沈黙の島

蘇偉貞 Su Wei-chen

倉本知明 訳

台湾文学セレクション ❸

あるむ

何人《なんぴと》も孤立した島ではない――日本語版序

蘇偉貞

かつて、芥川龍之介は「人生は一行のボオドレエルにも若《し》かない」と述べた。それは一生をかけて、どのように言葉を創りあげるかについて考えてきたボードレールが追求してきた文学の姿でもあった。「通りすがりの女《ひと》に」に描かれた「すらりと、細く、喪の正装に、悲しみの威儀を正して」「消え去った美しいひと」の描写を見てもわかるように、おそらく人生に同じ瞬間がおとずれることなど二度とはないのだ。

いわゆる言葉とは、作者が小説を創作する際の最も小さなエレメントであって、またその拠り所である。さらに言えば、小説とは意味を構成する最小単位でもあるのだ。平たく言えば、言葉は言葉へと、人生は人生へと還元され、それが小説にまで至れば消えてなくなってしまう。だからこそ、人生は小説の如く、あるいは小説は人生の如くと言われるのかもしれない。しかし、それこそが創作の核の部分であって、言葉に価値を与えるものでもあるのだ。

『沈黙の島』は、そうした言葉をもって孤独や記憶、トラウマやジェンダー、愛情といった、人生を織りなすさまざまな側面を小説に反映させようと思い、執筆したものであった。タイトルから見てわかるように、『沈黙の島』は「沈黙」と「島」の二つの言葉から成り立っている。私はこれまでヘンリー・ジェイムズの名言「人生にはシューベルトすら黙り込んでしまう瞬間がある」といった言葉から、沈黙と生命が互いに照らし出す極致といったものを言葉によって描き出すことができると信じてきた。一方、「島」のもつイメージについて言えば、イギリスの詩人ジョン・ダンの「何人《なんぴと》も孤立した島にてはあらず。何人もみずからにして全《まった》きはなし」といった言葉が深く私のこころに突き刺さっていた。

二〇一三年、シンガポールのエートス出版社（Ethos Books）が『沈黙の島』の英訳を出版した際、読者のために小説の登場人物やストーリーについて、簡単に説明を加えることにした。今回、日本語版が出版されるにあたって、再度小説の概要について述べておきたい。『沈黙の島』における主要な登場人物は大きく分けてAとB、二つの世界に分類することができる。Aの世界において、晨勉《チェンミエン》と晨安《チェンアン》は姉妹で、ドイツ人男性ダニーは晨勉の恋人として登場する。彼らは台湾、香港、シンガポールと、各地を流転しては出会いと別れを繰り返す流浪の生活を送っているが、そうした生活は決して世間一般で言われているような放逐された人生とは異なり、彼ら自身が自ら選びとった生活でもあった。閉じられた島嶼で生きる彼らの人生は完璧なものではなく、むしろ運命とすら呼べるものであったが、だからこそ、Bの世界における虚構の人物たちが登場することになる。Bの世界はAの世界のコントラストとして描かれ、同じように晨勉、晨安、ダニーの三人が登場するが、こちらの世界では晨安は晨勉の弟として現れ、ダニーはアメリカ国籍をもった華僑男性として登場している。こうした変化が起こった背景には、晨勉自身の不幸な身の上と現実に対する不満が隠されている。晨勉はまるで無性生殖を行うように、社会背景や性別すら異なるもうひとつの世界の人物たちを創り出してきたが、それらはすべて自らの人生の隙間を補填するために必要としたものでもあった。小説では次の三つの言葉が何度も繰り返される。「あなたはまだこの人生を続けたい?」「いいかな?」「僕と一緒に来てくれないか?」この言葉を聞くたびに、晨勉はまるでおのれの前世を垣間見てしまったかのように涙を零《こぼ》してしまうが、あるいはこうした言葉を聞くことができたからこそ、孤島の状態にあった晨勉は運命的に他の島嶼と関係をもつことができたのかもしれない。「ここにいれば孤独じゃない」おそらく、それこそが晨勉が島を愛する理由であったのだ。

実際のところ、作品には私個人の主観が多く込められている。

今回、『沈黙の島』の日本語版が出版社あるむの協力のおかげで出版されることになった。とりわけ、台湾の小説を日本の文壇に紹介する重要な仲介役を担っておられる愛知大学の黄英哲先生には、私の作品を推薦、激励していただき、こころから感謝している。もちろん、この場で触れずにおられないのは、本書の訳者でもある倉本知明氏についてだ。彼は二〇一〇年に台湾にやって来て、私が教鞭をとる国立成功大学で中国語文学の勉学に励んできた。その期間、中国語による創作も行い、彼の作品を読ませてもらうこともあった。また、倉本氏が執筆した私の作品に関する学術論文は彼に対する敬意をさらに深めることになり、二人の間に不思議な縁を感じさせた。今回、彼は創作者であり、また研究者でもあるといった立場から『沈黙の島』の翻訳を引き受けてくれたが、それは私に何人も孤立した島ではないといった件《くだん》の名言を深く信じさせてくれるものでもあった。

目次

訳注は［　］で括って本文中に掲載した。

沈黙の島

1

晨勉《チェンミエン》は、三十歳の誕生日を「もうひとりの自分」と迎えてから起こった出来事をずっと覚えていた。その日、台北を発った晨勉は再び香港へと舞い戻ってきた。

香港で暮らしたこの数年間は、彼女にとって貴重な体験だった。六月も終わりに近づき、空港へと向かう高速道路の両側では、到着したころに満開を迎えていたツツジの花もすでに盛りを過ぎていた。

晨勉は台湾での休暇をまるまる二ヶ月間、「もうひとりの晨勉」と過ごした。そのころの晨勉はまるで抜け殻のような状態だった。二十五歳のときに母はすでに刑務所で亡くなり、彼女を育ててくれた祖母も三年前にこの世を去って、唯一残った妹も遠くイギリスの地で暮らしていた。父にいたっては、記憶に残っているのは五歳のころに見た決して怒ることのない、ふさふさとした髪をもった色白の男であったということだけだった。

もうひとりの晨勉が初めてその姿を現したのは、大学を卒業して海外へ出立する前、最後に一度だけ刑務所にいる母を面会に訪れたときのことだった。ある種の人間は自分が別の世界に存在するといった幻想を好むが、それはある意味で他人の人生を覗き見するための手段でもある。だが、現実的でないことが嫌いな晨勉の場合は違っていた。自分の目で自らの運命を見ることが叶わないにもかかわらず、それでもなお別の人生を必要とするような状況のもとで、おのれとはまったく違った運命をもつもうひとりの霍晨勉《フオチェンミエン》を創り出したのであった。「ねえ、まだこの人生を続けたい?」晨勉は生まれたばかりの晨勉に向かってたずねてみた。その晨勉は一瞬黙り込んで答えた。「少なくとも、あなたにはまだこの人生を続けたいかどうかたずねてくれる人がいるじゃない?」初めて交わされた二人のコミュニケーションはこうして滑らかに進められ、以来運命の輪は二人を軸に廻り始めることになったのだった。

母が亡くなるまで、家庭に関する一切のことはただぼんやりと噂に聞くばかりで、さしたる証拠もないためにはっきりしたことは何ひとつわからなかった。なんでも父はオランダ人の血を引いていて、母は昔からおかしな性格をしていたらしい。大学受験が終わると、母はすぐさま加工品工場で働き始めて、合格発表の際に父と知り合うとそのまま同棲生活を始めたのだった。妊娠した母は子供を堕ろすのがイヤで結婚を決めたらしい。若い父はトラック運転手の仕事を始めると、道すがらナンパを繰り返してはケロリとした顔をして家へ戻ってきたが、母に問い詰められるとすぐにゲロした。父は決して嘘をつかない人間だったが、それはただ嘘をつくのが面倒だったからだ。そして、母は二十七歳の誕生日を迎えた父を殺した。下された判決は無期懲役だった。

幼い子供はどうして自分の両親が結婚して一緒に暮らすようになったのかたずねたがるものだが、彼女と晨安《チェンアン》は幼いころからその理由を知っていた。彼ら夫婦を結びつけていたものは性だった。祖母はよく晨勉の性格が母のそれと瓜二つだと言った。異常なまでに寡黙で、まるで異郷を旅行して唖《おし》になった外国人みたいだと言っていた。二人の姉妹は駆け足で成長していった。世間の情けから外れて生きる二人は学校では常に優秀な成績をキープしていたが、それだけにクラスではひどく浮いた存在だった。晨勉たち姉妹が夏休みや冬休みにしなければならない宿題は、毎週刑務所まで足を運んで母に面会すること、それにアルバイトだった。近所の人たちは犯罪者の子供は頭がいいのだと噂しあった。実際、二人は電子部品の加工工場に食品製造業、それに路上での皿洗い、洗車にガソリンスタンドの店員など、何でもやってきた。晨勉はこうして稼いだお金を一銭にいたるまで貯金して、学費と生活費にまわした。晨勉の人生において、金銭に関する態度は一貫していた。金は所詮、金でしかなく、一度としてお金のために罪悪感を感じたり、苦しみを覚えるようなことはなかった。

こうして滔々《とうとう》と時が流れていくなかで、母だけがいつも蚊帳《かや》の外の存在だった。母は鉄格子のなかで完全に成長することを止めていた。晨安は母が成長することを止めたのは刑務所には性がないからだと言った。手入れが面倒にもかかわらず、母は刑務所で髪を伸ばし、面会するたびにやせ細ってゆく優美なその容姿は、ますます幼さを増していくようだった。晨勉と晨安は必ず連れだって面会に向かい、毎週交替で母と会うことにしていた。ときには祖母がついてくることもあったが、母が面会で口を開くことはほとんどなく、口うるさく何かを言いつけるということもなかった。面会の時間はなんだかまとまりのない切れ端のようだった。静止した、ふわふわと浮かんだ切れ端。だけど、不思議と長くは感じなかった。彼女はいつも他の面会者たちがどんな会話をしているのか、じっと聞き耳を立てていた。隣の面会者は、「私たちは平気よ。だから心配しないでね」と言った。晨勉もそっとその言葉をこころのなかで繰り返してみる。一度としてまともに母と言葉を交わしたことはなかったが、それでも隔週ごとの面会の時間は何よりも楽しみだった。面会を通じて、母の本能的な何かを感じることができたし、それに母の方でも沈黙によってそれを自分に向けて発信しているように思えたからだ。

大学卒業後、海外で勉強を続けることを決めた晨勉は、出国前にもう一度母に会いに刑務所へ行った。何を勉強するのかとたずねる母に、晨勉は「心理学」と答えた。その年、母の容貌は晨勉と変わらぬほどに若返っていた。少なくとも、母の精神年齢は彼女よりもはるかに幼かった。晨勉も晨安も容姿は母に似ていたが、色白なところは父に似ていた。二人の姉妹は母の容姿を受け継いだが、一見すると幼い母の方が二人の姉妹たちが間違いを犯して生まれた娘のように見えた。そのころから、母は長いあいだ温めてきた物語を娘たちに語って聞かせ始めたが、なかには結婚前に父とホテルにしけ込んだときの話まであった。アルバイト続きの鬱屈とした生活から抜け出すように、少女は街の不良を誘って旅に出かけたのだった。それはさながら性の国をめぐる旅で、少女であった母は自分がどういう人間なのかよくわかっていた。

仮に、感情とは元来どういったものであるべきかということを見極める能力が人に備わっていたとしても、ある種の力が母にそうした啓発を受け入れさせなくしているのだと晨勉は信じて疑わなかった。母は自分がどんな感情を必要としているのかよく理解していた。殺人の罪で懲役を食らってもなお、母は全身で沈黙を貫き、愛に対する神秘と信仰を固く信じ続けていた。しかも、そうした信仰によって母はその不思議な若さを維持し続けていたのだった。

面会時間が終わろうとしたちょうどそのとき、自ら席を立った母がひどく無愛想な口調でつぶやいた。「あなたたちが、私《あたし》じゃなくてあの人に似ていればよかったのに。あなたたちのお父さんはね、とってもエネルギッシュで変化に富んでたのよ。あの人は私たち二人の関係を支配したけど、自分が向かうべき方向を決めることはできなかった。だから私たちは袋小路に入り込んじゃって、彼も私をこんな小さな場所に追い込んでしまったのよ。生きているのか死んでいるのかもわからないような、こんな場所にね」母は鬱屈として変化のない生活を何よりも恐れていた。そのときはじめて、晨勉は鉄格子のなかで長年暮らす母の生活には何の変化もなく、そこは生命を維持できる最も小さな空間に過ぎないのだということに気づいた。その瞬間、まさにそうした痛みが、晨勉にもうひとりの自分を生み出させた。そこでは美しく憂いを知らない母が、留学する娘の未来を気にかけながら別れを惜しんでいた。「その晨勉」は海外で演劇を学ぶつもりで、夜になれば家族全員、もちろん父と弟も揃ってレストランで一緒に食事をとる予定になっていた。その晨勉は明るい性格でありながら立ち振舞いは神秘的で、そこから溢れ出す矛盾に満ちた雰囲気は周囲の人々をひどく魅了した。夢見ることに憧れを抱いているその晨勉は感傷といったものを微塵も解さないタイプの人間だった。それは晨勉がはじめて世間一般の価値観を身につけた「本物の晨勉」と視線を合わせた瞬間でもあった。晨勉はじっと目の前にいる幼い母の顔を見つめた。いったいなんと非現実的な光景か。晨勉はこの「本物の晨勉」の生命《いのち》を通じて、もうひとつの人生を創造することに決めたのだった。同時に、こころのなかである誓いを立てた。この晨勉が呼吸をするたびに、自分のなかに広がる空白は補填《ほてん》されていくのだ。「さようなら。母さん」晨勉は低くつぶやいた。

実際のところ、母のこころのなかに二人の姉妹は存在していなかった。母はただ呼吸をしているだけで、往年の父の愛情を懐かしみながら、自分がその男を殺してしまった過ちには目を背け続けてきた。

母はいつだって父のことしか考えられず、最後になってようやく、晨勉たちにそのことを告げたのであった。

　晨勉が海外に出てちょうど二年が経ったころ、大学を卒業した晨安が留学前に母のもとへ面会に訪れた。そこでも母は同じような話を繰り返しただけだったが、晨安が飛行機に搭乗したその直後、母は刑務所で自殺した。海外で暮らす晨勉は、毎週一度必ず家に電話をする習慣があった。祖母は文字を読めなかったし、何よりも祖母と晨安のことが心配だったからだ。母が亡くなったとき、晨安はまだ機上の人で、祖母は晨勉に帰ってこなくてもいいと言った。おそらく、祖母はこうなることをすでに予想していたのだ。「起こってしまったことはいまさらどうしようもないよ。帰ってきたって、どうにかなるものでもないんだ。なんだかいまになって、かえってこころが決まった気がするよ」このときになってはじめて、晨勉は母を一番理解していたのが祖母であったのだと知った。そして、母が鬱屈とした二度目の人生をなんとか生きようと努力していたのが、他ならぬ自分たち姉妹のためであったことに気づいたのだった。

　大学で学位を取得すると、晨勉はすぐさま帰国を決めた。「本物の晨勉」だって、きっとそうするに違いなかった。しかし、生活にさしたる起伏がないときには、晨勉はもうひとつの世界を覗き見したいとは思わなかった。帰国後は外資系企業でマーケットリサーチの仕事に携わり、南部に住んでいた祖母を台北へ呼び寄せることにした。これまでの環境から心機一転させようと考えたのだった。晨勉は決して自分の身の上を隠すようなことはしなかったが、誰かれかまわずそれを話すというようなこともしなかった。ましてや問う者がいなければ、わざわざそれを口にする必要もなかった。新しい生活に慣れてきた祖母は、またたく間にどこにでもいる普通の老人と同じように老いていき、若い娘は結婚することが何よりだと口にするようになっていった。姉妹が学業を修めて独立すると、祖母の老衰は一段と激しくなっていった。余命いくばくもない祖母の姿を目にした晨勉は不安に駆られ、なんとかして祖母の老化を押しとどめようと晨安と話し合った。その結果、姉妹のうちどちらかひとりが結婚することで、祖母を安心させようということになった。

晨安の行動は早かった。それから幾日も経たないうちに、イギリス人のアルバートとの結婚を決めたのだった。それを聞いた晨勉はおかしくてならなかった。「外国人と結婚したって意味がないわよ。おばあちゃんに英語がわかるとでも思ってるの？」すると晨安は、「それもそうね！　ならあの男はやめにして、やっぱり別の男を探そうかしら。それとも母さんが言ってたみたいに、父さんのようにバイタリティに溢れて、だけどすっごく方向音痴な男を探した方がいいのかも。私ってきっと父さんのそういうところだけが遺伝したのよ。もう一度相手を探してみようかしら。もしかしたら、母さんの言ってたことは正しかったのかもしれないじゃない？　バイタリティに溢れて、でもすっごく方向音痴な男」いまでは二人もこういった話を笑い話にすることができた。「別に外国人でもいいのよ。私なんて付き合う相手すら見つからないんだから。あるいは、そんなふうに相手を見つけた方が案外幸せになれるのかもね」当時の晨勉は、やがてその言葉が自分自身の身に降りかかってくるなどとは思いもしていなかった。

晨安はどうしても祖母に結婚式の主催役をしてほしいと言った。ロンドン近郊の小さな街に住む晨安は、結婚式もそこで挙げるつもりだった。

祖母にとって、飛行機に乗って海外まで出かけることは一大事だった。祖母は晨勉の手ほどきでいくらか英語も習った。新しい言葉を学ぶ祖母は幾分学生のような若さを取り戻したが、それでも何かを覚えるたびにそれを忘れていった。しかし、祖母の学習意欲に興味をそそられた晨勉は諦《あきら》めることなく祖母の頭にいくつもの新しい言葉を補充していった。その結果、飛行機の搭乗から目的地に至るまで祖母は何一つ不自由することなく、税関職員もキャビンアテンダントもみな祖母の言葉を理解できたのだった。ここにきて、晨勉はなにやら祖母の意志の強さを垣間見たような気がした。

祖母は西洋人の婿をことのほか気に入ったようだった。その場でご祝儀を包んで彼に手渡したが、西洋人の婿は金銭に対しておのずと損得を勘定するようなところがあって、祖母の前で一応大喜びしてみせたのも、所詮それはまねごとに過ぎなかった。それを見た晨勉はなんだか悲しくなった。祖母の行為が真心から出たものであることを知っていたからだ。祖母は一生のうちでこころから喜んだことなどほとんどなく、おそらくこの数日こそが、そうしたこころから喜ぶことのできた数少ない日に違いなかった。すると、晨安がそっと祖母に近づいていって、自分が妊娠しているのだと耳打ちした。「まったくなんて娘《こ》だい！　順番も何もあったもんじゃないよ」祖母は笑いながら晨安を叱ったが、その表情は明らかに喜んでいた。夫以上に強い血縁関係をもった人間が、ようやく晨安の人生にも加わったのだ。実際、晨安の立てた「功績」は娘としての役割を越えていた。いい学校を出て、悪くない結婚相手も見つけた。何にせよ、結婚式の間、姉妹は一日中騒ぎ明かして過ごした。飲んで食って遊んで、それは彼らの普段の生活とはかけ離れていたし、また結婚を祝福するような騒ぎ方でもなかった。意味のない生活はひどく人を消耗させるが、それでもそのときばかりは祖母がそのままイギリスに留まり、一生台北へと戻ることなく、何事もなくただ時間が過ぎていくことをこころから願っていた。

「ねえ。アルバートのこと、ずっと愛することができる？」晨勉がたずねた。

「ずっとってなによ。あいつのことを愛したことなんて一度だってないわ！」

晨勉は少しも驚いた様子を見せなかった。「それじゃ、子供は？」晨安が答えた。「バカね、子供なんているわけないじゃない。おばあちゃんを喜ばせてあげただけよ」晨安が顔をあげて笑った。「私ってね、自分のためなら平気で人を踏みつけられるのよ。だから、誰かを愛するなんてまっぴらごめん！」こうした台詞《せりふ》こそが、まさに晨勉が晨安を愛《いつく》しむ理由のひとつだった。晨安は決して誰かを愛する能力がないわけではなく、ただその力を無理に抑えつけているだけなのだ。しかし、時間は無情に流れていった。そこで晨勉は祖母を連れて台北へ帰ることに決めた。これ以上演技を続けていれば、いずれ祖母にも見破られてしまうはずだった。

晨勉は祖母の手を引いて台北へ舞い戻った。もうひとつの世界がもつ秩序を必要としていた晨勉は、出入国する旅人たちの影のなかから「あの晨勉」を呼び出してみた。入国審査のロビーを通り抜けていったもうひとりの晨勉は、帰国するなりコネを使って国立劇場に就職すると、晨安と同じ時期になんの悩みもない華やかな結婚式を挙げていた。夫の名前は馮嶧《フォンイー》。すっかり老け込んでしまった自分とは違って、二人はまだ若々しく、夫婦は互いに手を取りあって生活していた。彼ら夫婦の間に感情の流れが途切れたことはなかったが、それは「あの晨勉」が生まれつき朗らかな性格をしていて、本物の感情といったものを敏感にかぎ分けることができたからだった。

台北に戻った晨勉はその後何人かの男性と知り合った。自分が他人よりも異性に出会う機会が多いことはわかっていたが、だからといって何かをしようとも思わなかった。実際晨勉はまだ若く、二十六歳になったばかりだった。自分が他人との感情的なつながりを必要としていることは十分にわかっていた。急ぐわけではなかったが、ただ新しい生活を送る自分の姿を簡単に想像することはできなかった。晨勉のもつ沈着で、それでいて運命に対する疑念に満ちた趣きや神秘的なその雰囲気は、決して他人が真似しようと思ってできるものではなく、それがまた多くの男たちを惹きつける要因となってきた。彼らは晨勉が特別な女性であることを肌で感じとり、彼女がひどく思慮深く、また責任感の強い女性であると考えた。俗っぽさのない晨勉のその美しさが、彼らにまたそうした考えを容易に信じ込ませてきたのだった。

個性の欠片《かけら》もないような生活は、晨勉にもうひとりの自分の行方をすっかり見失わせてしまっていた。唯一守るに足るだけのルールは、晨安が出産する時期になって送ってきた赤ん坊の写真だけだった。いったいどこから借りてきたのやら、赤ん坊は完全に西洋人の顔をしていた。晨安は公然と詐欺行為を行ったわけだが、祖母は隔世遺伝を信じて赤ん坊が祖父に似ていると言った。こんな時代にまったくでたらめだと思ったが、晨安が自分よりも一貫した毅然とした態度でこうした詐欺を行っていることはわかっていた。自分たちは他の誰でもなく、ただ祖母に少しでも長生きしてほしいだけなのだ。晨勉はこうした考えを実行する際のもの覚えだけはよかった。この性格がいったい父に似たのか母に似たのかはわからなかったが、ただこうした運命の流れのなかにあって、父についてもっと詳しく知りたいと思うようになっていた。強烈な個性をもっていたにもかかわらず、なぜ父は母に抗うことなく命を落としてしまったのか。あるいは、人生とはすべて偶然のなせるわざなのかもしれない。それは祖母を亡くした後、香港で新しい仕事を始めようと、晨勉がわずか十五分で自分の未来を決定してしまったことと同じなのかもしれない。

二ヶ月の休暇は思ったよりも短かった。晨勉はあの日のことをはっきりと覚えていた。飛行機が離陸した後、注意して窓の外を眺めていると、地上にある台湾はひどく小さく感じられた。初めてこの国を出たときよりもさらに小さく見え、飛行機はあっという間に外海へと飛び立ってしまった。ずっとあとになって、晨勉はあの瞬間に三十歳になる前の自分へ別れを告げていたのだということに気づいたのだった。台湾にいる間、一度だけ南部へ戻ったことがあった。そこでかつて自分が暮らしていた路地裏まで足を延ばし、入り口に鳳凰木《ホウオウボク》を植えている旅館に泊まった。それから、母が亡くなった刑務所へ立ち寄り、両親の墓参りも済ませた。母の死後、祖母はその遺灰を取り出して父の墓のすぐそばに埋葬したが、いったいそれをどんな組み合わせと呼んでいいのかさっぱりわからなかった。生前の母は父を殺しながらそれでもなお父を愛していた。そして、いまでもこうしてともに埋葬されているのだ。こんな埋葬をいったい誰が喜ぶのだろうか。自殺した際、母は遺書らしきものを何も残さなかった。

南部の旅館で泊まった十日間、台北でいるときと同じような生活リズムで毎日を過ごした。何かを読んで、それについて考える。思考の道筋に沿ってやがてそれが中心へ至ると、そこにじっと留まり続けた。愛情に関することを除けば、それだけが自分のすべてであると信じていた。

実際、どこに身を置こうが何も変わりはしなかった。ただ、ますますひとつの場所に留まり続けることが困難になっていた。もしも自分がひとつの場所に長く留まることになるとすれば、それは人生のなかで何か重要な転機があったときに違いなかった。それはきっと母が亡くなったことなどよりもはるかに重要なことであるはずだった。母の死によって一度は生きる望みが断ち切られたが、晨勉にとって

「さらに重要なこと」は、必然的に引き起こされる「変化」にあって、そうした変化があってもなお生き続けることであった。こうした変化は重要ではあるがそれほど恐ろしいものではなく、さもなければきっととっくの昔に自分はこの人生を諦めてしまっているはずだった。現在のような塞ぎ込んだ生活を続けるなかで、晨勉はふと自分がそうした日が来ることをじっと待ち望んでいることに気づいたのだった。

当時の状況からみて、晨勉の人生はある種の冷凍状態にあった。晨勉は「まだはじまっていない」といった言葉をひどく嫌っていた。例えばセックスについて、晨勉はそれを冷凍状態に保つことで自分の人生のなかでも価値あるものとして位置づけてきたが、それは自分がセックスについてまだ何も理解してないこととは違っていた。唯一変わらないルールと言えば、晨安と頻繁に連絡を取りあうことだけで、どこにいても晨安と連絡をとる習慣だけは忘れないようにしていた。

博士号を取得した後、晨安は若くして書いた論文が評価され、大学に慰留されて教員となった。そればかりか、台北の大学に請われて何度も講演を開くようになっていた。情報コミュニケーションを専攻している晨安はいかにも学者らしい雰囲気を醸し出していたが、アカデミックな成功は必ずしもプライベートとは関わりがなかった。アルバートとは今後も子供を産まないことについて合意したが、この点に関してアルバートに意見はなかった。晨安によれば、アルバートは東洋人の親戚をまるで宇宙人のように感じているらしく、自分の理解の範疇の外に生きる彼らに強い関心を抱いているらしかった。彼のそうした興味の対象は晨勉に対する好奇心としても表れていたが、そこには幾分か邪《よこしま》な感情も混じっていた。そのことを口にした晨安はあっさりした口調で、「ほんと、クソ野郎よね」と吐き捨てた。

二人は夫婦間の性生活についても議論した。この件に関して晨安は、「だいたい東洋人と西洋人は肌が合わないのよ。あいつが私を啓発したことなんてなかったし、私だってあいつを啓発したいなんて思わないもの。外国人って考えることは慎み深いくせに、やることはホント単純なのよ」ときおり晨安の性をめぐる考え方があまりに複雑すぎるのではと心配したが、晨安には他にも代わりになるような相手はいくらでもいた。

祖母が亡くなると、晨安は急いで帰国の途についた。アルバートは興味本位で一緒に台湾へ帰国しようとしたが、祖母と晨勉との間にある完璧な関係を壊されたくなかった晨安は、彼の同行を許さなかった。晨安は夫に自分の両親について話したことがなかった。それは他人とは関係のない出来事であって、感情の善し悪しとも別問題であると考えていたからだった。おそらく、それこそが晨安が外国人に嫁いだ一番の理由なのだ。他に理由を挙げるとすれば、二人の父親が外国人に似ていたからかもしれない。

晨安が台北に戻ると、姉妹は祖母のために法要を執り行い、一心に読経した。祖母が生きていた間にできることはすべてやった。だからこそ、死んでしまってからのことはなんだかどれも余計なことのように感じた。しかし、最後に祖母の遺体を荼毘《だび》に付す際になって、突然晨安が狂ったように泣き叫んだ。「焼いちゃダメよ！　そんなことしたら死んじゃうじゃない！　私のお母さんを焼かないで！」晨安はまるで気が違ったかのように泣き叫び続けた。精神的にも実質的にも、晨安の母は祖母のなかにあったのだ。記憶と生命《いのち》を跨ぎ、晨安は祖母のなかに年老いた母の姿を見ていた。二人は後に祖母の遺灰を南部へ持ち帰り、母と同じ納骨堂のなかへ納めた。いったい自分の気持ちをどう考えていいのかわからなかった。まさか祖母が生前に母を恋しく思うような言葉を口にしたわけでもあるまい。自分の行動になにやらもやもやしたものを感じたが、なぜこんなことをするのか説明できなかった。どうして死んでまで二人を一緒に埋葬しなくてはならないのか。死がもたらしてくれた唯一の慰めは、毎回土地を離れるたびに二度とその土地のことで頭を悩ませなくてもいいということだけだった。この世を去った祖母も、きっと自分を悩ませ続けてきた娘たちを許してくれているはずだった。実際、コントロールの効かないサーフボードに身を任せているような人生は、祖母の本来の人生からは大きく外れていた。祖母が母の遺灰を父と一緒に埋葬したのは、あるいは夢でお告げでも聞いたせいなのかもしれない。火葬から二日もすると晨安はいつもの様子に戻ったが、ぼんやりとした調子で深い沈黙に沈んだまま、予定よりも早く台湾を離れていった。

親しい人たちはみんな死んでしまった。そのことは二人がアイデンティティのランドマークを失ったことを意味していた。自分たちはいったい何者なのだろうか？　それはいまだかつて人が足を踏み入れたことのない孤島のような場所であった。

香港もまたそんな島だった。あるいは自分が島国で生まれたせいもあって、とりわけそうした島が好きだったのかもしれない。晨勉は島のもつ雰囲気が好きだった。見渡せるほど小さいのに自立していて、それでいて孤独なところがたまらなく好きだった。

今回は香港で長期間滞在するつもりでいた。グローバルに事業展開している香水会社のアジア地区巡回顧問の職務に就いた晨勉に、会社側は市場のニーズをしっかりと把握して報告書をあげるよう指示してきた。それは晨勉が最初にこの仕事を希望した理由のひとつでもあった。なんとかしてこれまでの環境から抜け出したかったのだ。

台湾を離れる前に、もうひとりの晨勉にそっとたずねてみた。「ねえ、私と一緒に来てくれる？」晨勉は首をふった。全身から放たれる正常《まとも》な暮らしへの憧れがもつ光のせいで、とてもその姿を直視することができなかった。仕事が始まってからはアジア各地を股にかけて出張を繰り返した。本来なら異性との出会いなど期待できないはずだったが、実際そうはならなかった。普段接する人たちの多くは未婚の西洋人幹部がほとんどで、アジア人男性と出会うことがあっても、その多くは英語を母語とするような人たちばかりだった。そこでは日常的に連絡を欠かすことはないが、それぞれがみな独立した一個の主体だった。こうした「花園」において、彼らは互いに隔たりあった離島のような関係を築いてきた。あるいは、離島のように独立した関係性は男性たちの心理に最も心地よいものであったのかもしれない。なぜなら、晨勉の感情をめぐる市場《マーケット》はまるで香水の匂いに引き寄せられるように一箇所に集まり始めていたからだ。

本社が香港にアジア地区の取次販売センターを設置することを決定したために、香港にいる間はそこに定期的に出勤すればよかった。香港本島ではなく離島で暮らすことにした晨勉は、車を香港市内に停めて毎日連絡船に乗って出勤することにした。島には少なからずそうした生活を送る人たちがいたが、そこで暮らす人々の生活がみな同じだとは思わなかった。彼女が好きなのは流動的な生活であって、色分けされた生活ではなかったからだ。実際自分の生活は薄い紙切れのようなもので、生活はあってもそこには家庭で養われるべき習慣のようなものが欠けていた。例えば晨勉はどこでも本を広げて読むことができたが、麗らかな光が差し込み、心安らかな雰囲気のなかでコーヒーの芳しい香りが風に運ばれてくるような場所で本を読むような習慣はなかった。どんなふうに過ごそうが一日は二十四時間しかなかったし、そこで何か特別なことが起こることもなかった。おそらく、晨安もまた自分と同じような毎日を送っているはずだった。なぜなら、彼ら姉妹たちの周囲には生活とは何かを教えてくれるような者がいなかったからだ。

休暇のたびに離島には多くのカップルたちが押しかけてきた。ときには好奇心から坂の上にある小屋を離れて、人ごみに潜り込んでみることもあった。黄昏時の路上は薄暗く、流れゆく人ごみは蛍光指標のように一束一束と灯りのついた店の中へと吸い込まれていったが、晨勉の周囲だけは灯りの当たらぬ路上のように暗かった。「離島バケーション」の宣伝文句が打ち出されて以降、外国人もカップルでこの島を訪れるようになっていた。他の場所を旅行する際にはしばしばひとり身で休暇を楽しむ外国人の姿を見かけたが、この島ではそうした人々もさながら絶滅した恐竜のような存在であった。

離島にあるバケーションビレッジは一部屋ずつ間隔を空けて次々とレンタルされていった。部屋数はそれなりにあったが、これまであんなに狭い寝室を見たことがなかった。カップルたちは昼間に浜辺でぶらぶらしたり追いかけあったりして過ごしていたが、正午になっても激しく照りつける太陽のもとでまるで気でも違ったかのように陽光を浴び続けていた。日が沈むころになれば連れだって街に出かけてレストランに入ったり、食材を買って自分たちで料理したりしていた。昼夜を問わず、寝室にはなぜかいつもカーテンがかけられていて、一見するとそれはまるで難民キャンプのようだった。あり余る精力を発散させようと躍起になっているカップルが戻った部屋のなかでは、きっと膨大な数の性行為が行われているに違いなかった。

そのことを晨安に話したことがあった。すると晨安は笑いながら、「みんなお楽しみってわけね。おひとりさまのあなたにはますますチャンスがないじゃない」晨安は続けて、離島に集まるカップルたちの顔立ちについてたずねてきた。晨勉はしばらく考えてから、「別になんてことないわよ。ただ、あの人たちって男女にかかわらず、特に男がそうだけど、なんだか性別がはっきりしないってことくらいかしら」

「それじゃ、どうしてそいつらがヤッてるなんてわかるのよ」晨安はひどく嬉しげな様子だった。

「それも含めて休暇だと思ってるんでしょ？　最後までやっちゃわないと気が済まないのよ。あの人たちが何を考えてるかなんて知ったことじゃないわ」なんだか急に感慨深くなった晨勉はそのまま勢いに任せて、「もしもあのなかにひとりっきりで休暇を過ごそうって男がいれば、その人と付き合ってもいいわよ」晨安はすぐさま前言を誓うように言い、晨勉はそれに頷いた。

香港にいても積極的に何かをやろうという気持ちは起こらず、晨勉はそこで何かが起こるのをただじっと待っていた。香港はどこまでも現実的な場所で、めずらしい話などてんで聞かなかった。だからこそ、あんな誓約を交わすこともできたのだ。他に原因を挙げるとすれば、晨勉のそれまでの人生がひどくぼんやりしていたために、異性との間で恋人か友人かといった曖昧な時期をもたなかったからなのかもしれない。しかも、恋人たちのなかにはマイケルやジョージ、ウィリアムなどといった横文字の名前があがることもなく、「その相手」がある日突然、自分の目の前に現れるとは到底思えなかった。

晨勉はその日もまたひとり見慣れた古巣へと戻っていったのだった。

飛行機から降りたころは空はまだ明るく、税関を出た晨勉はちらりと空をうかがうと、そのまま離島へ戻ることにした。離島へ向かう連絡船はちょうど時間の関係から満員だった。人々は暗くなる前に離島まで行って、海鮮料理を食べようと考えているようだった。ぎゅうぎゅう詰めの船上に、船も乗客もすっかり慣れきっていた。そんななかで、晨勉はひとり船の隅へと追いやられていた。

そこで晨勉は初めてダニーと出会った。彼は落ち着いた様子で、同じように船の片隅でひとり本を読んでいた。周囲にはコーヒーの芳ばしい香りもなければ、お世辞にもお洒落な雰囲気があるとも言えなかったが、それでも彼からは何か静謐《せいひつ》な気品のようなものが感じられた。晨勉はふと名前さえ知らないその男性の生活を垣間見てしまったような気がした。彼には確かに生活がもつ匂いのようなものがあった。彼にとって、生活とはきっと飲食や旅行、考えごとや読書といった日常の組み合わせであるに違いなかった。彼のそうした日常に触れた途端、晨勉はなにやら身体《からだ》全体がゆっくりと甦っていくような気がしたが、よくよく見ればそこにいるのは離島へ向かうひとりの男性に過ぎなかった。今日が自分の誕生日だと気づいた晨勉の頭にふと、晨安と交わした例の誓約のことがよぎった。

この数年間、多くの男たちと出会ってきた。だからこそ、自分がどんな女で、どんな男の注意を惹くことができるのか、よくわかっているつもりだった。晨勉はその場から動かなかった。すると顔を上げたダニーとふと目があい、彼は躊躇することなく晨勉に近づいてきた。たずねたいことがあるんだ。ダニーは晨勉に席を詰めてほしいと言った。彼は島ではどこに泊ることができて、どんな食べ物があるのかとたずねてきた。ここにやってくる前にたくさんの本に目を通してみたが、香港での経験を考えればガイドブックがあまり役に立たないことがわかって、ずいぶんと困惑している様子だった。晨勉はそれがガイドブックのせいではなく、香港が変化に満ちた都市で、しかも中国料理には地域によってそれぞれポリシーがあるためにその種類やスタイルも繁雑で、基本的によそ者が短期間で自分にあった居場所を見つけるのは難しいのだと教えてやった。それを聞いたダニーは安心した様子だった。ドイツからやってきたダニーは温和なまでに理性的な性格をしていた。二人の話題は決して観光から逸《そ》れることなく、その口調からはある種の教養さえ感じられた。相手の女性がどこに住んでいるかといったようなことを聞くこともなく、彼の晨勉に対する興味はそれ以上の展開を見せなかった。彼は晨勉と同じように離島を旅していて、連絡船を降りるとそのまま船を離れていった。理性的なその口ぶりのせいで、晨勉は「霍《フォ》」という自分の名字を相手に告げるだけで精一杯だった。外国にも同じ発音の名字をもつ人間がいたおかげで、相手の発音を直すためにいろいろと気を揉む必要はなかった。

船が離島に着くと、晨勉は彼のために海辺にあるバケーション用のアパートに空きがないかたずねてやった。それは埠頭の近くに密集しているアパートではなく、山向こうの海辺にあるアパートで、少し遠いが周囲を一望できるほど視界が良かった。彼が巨大なその体躯をバケーション用アパートの「小さな」部屋のなかに押し込めている様子を想像しただけで、思わず笑いがこみあげてきてしまった。「どうかした?」彼の問いに晨勉は何でもないと答えた。彼には自転車をレンタルして、埠頭とアパートの間を往復することを薦めた。そうすれば山頂まで登っていけるはずだった。また会えるかなとたずねると、慌てた様子でダニーをアパートへと連れていった。きっとぐずぐずしていれば客が逃げてしまうとでも思ったに違いない。晨勉はダニーの代わりにチェックインの書類を記入してやった。そのときはじめて彼が自分よりも六つも年下で、この島で一週間滞在するつもりなのだと知った。西洋人の考えていることはよくわからなかった。仕事をするでもなく、何の思い出もないような場所に長逗留して、しか

ダニーに向かって、晨勉は「さあ、どうかしら?」と答えた。大家は自分を「平《ピン》おばさん」と名乗る

もそこで何かを追い求めることもなく、ただじっと何かを待ち続けているだけなのだ。

人ごみで別れる際、鶏群《けいぐん》の一鶴《いっかく》のように遠くへ流れ去っていくダニーの後ろ姿は、さながら海辺に寂しく佇《たたず》む椰子の幻影のようであった。その日はちょうど満月だった。月が東から西へと傾き、中天にさしかかったころ、海面にはひとすじの光の橋がかかり、橋は波に揺られてゆらゆらと広がっていった。月が落ちていくにしたがって、光の橋はだんだんと短くなっていき、やがて空が明けていった。浜辺には一晩中ぶらぶらとしている人たちの姿があった。人は離島にやってきた途端、宵っ張りになるものなのかもしれない。彼らは夜遅く眠りにつき、また同じように朝遅くに目覚めた。

想像していたよりもそれはひどくあっけないものだった。家に帰ると、週に一度部屋を掃除に来る清掃員が部屋のなかをきれいさっぱり片付けてしまっていた。晨勉には普段から食料を買い込んでおくといった習慣はなかった。その日はちょうど自分の誕生日で、いつもと同じように晨安に電話をかけることにした。晨安はいまからその外国人を探してきて一緒に誕生日を祝えばいい、そろそろ長いモラトリアム期間を卒業したらどうだと言ってきたが、晨勉はそれには取りあわなかった。

九時ごろ、人波が引いたのを見計らって再び埠頭へと向かった。埠頭には長い海岸線に沿うように秩序正しく海産物が並べられていて、籠のなかには魚やエビ、カラスガイの類が溢れていた。この島の食べ物の特色はどれもはっきりしていたが、いざ食事になるとそれをどのように説明していいものやらわからず、しかしそれは確かに自分の目の前に並べられていた。水槽のなかを活き活きと泳ぎ回る海水魚たちはどれも鮮やかな色をしていて、その姿は魚と言うよりも碧いサンゴ礁やピンクダイヤモンド、白真珠といった感じがした。どの大きさの魚を買おうか悩んでいたちょうどそのとき、晨勉のすぐそばでダニーが平素となんら変わらぬ調子で、「一緒に食事をしてもいいかな？　君が選んでくれるとありがたいんだけど」と言った。まさか、西洋人がこれほど正確にアジア人の顔を見分けることができるとは思いもしなかった。

二人は埠頭に一番近い席に腰を下ろした。湾内の港に停泊している船上生活者たちが灯りをつけて、テレビを見たりご飯を食べたり体を洗ったり服を干したりしていた。子供がひとり船上で薄い青色の凧を揚げていたが、深い青をした夜空に浮かんでいた凧はさながら長方形をしたお月さまのようだった。

ダニーは彼らがいったいどういう人々なのか知っているようだった。蛋民《だんみん》［華南一帯の河川で暮らす水上生活者の総称］と呼ばれる彼ら船上生活者たちの名前こそ出さなかったが、彼の表情はひどく落ち着いていた。彼ら蛋民たちが船上でその一生を終えねばならないことも知っているようだったが、このような人間がこの世界に存在することについて、おそらく受け入れがたいのではないかと思った。向かい合わせに座った二人の視線はそれぞれ互いの背後へと伸びていた。それはさながら互いの複眼を使って、立体的で非平面的な風景を眺めようとしているようだった。離島では海鮮に火を通して食べる人間もいて、店側は客が海鮮を選ぶと、まず蒸して食べるのか炒めて食べるのか、それとも揚げて食べるのかとたずねてきた。そして客が注文を決めると、子供に希望した海鮮を持たせてくるのだった。「間違って持ってくることはないのかな？」ダニーが言った。彼女は首をふって、「それはないわ。どのみち、あなたが食べなくても、誰か別の人が食べちゃうだけよ。ここにはたいしてメニューに違いなんてないんだから」このとき、晨勉ははじめて二人で食事をすることがひとりで食事をするよりもはるかに難しいのだと知った。何を頼んでも多すぎたり少なすぎたりして、どうにもしっくりこない。いつもなら料理の量が多すぎて困ってしまうのだが、もしもそれが相手の口に合わなければその分自分が食べる量まで増えてしまうのだ。ひとりで食事をしていれば、こうした冒険をすることはなかった。

ダニーが選んだのは真っ青な色をした海水魚で、しばらく煮込まれた魚はやがてその身を赤く変えていった。魚の身体が青から赤へと変わるその間にいったいどのようなカラクリがあるのか不思議に思ったが、そのことは重要のようでもあり、また次の瞬間にはどうでもいいことにも思えた。「ハッピーバースデー」晨勉が静かにグラスをかかげた。ダニーは確かにするどい観察眼をもっていた。今日が晨勉の誕生日だということに気づいた彼はすぐに一献傾けると、ひどく自然な感じで晨勉の頰に軽くキスをした。「君の健康と美しさに」晨勉は笑って、「私からキスするのはいやよ」と言った。すると、彼は悪戯っぽくドイツ語でなにやらまくし立てた。その様子を見た晨勉は、眉を上げてその意味をたずねた。彼はひどく真面目くさった表情で、「ご下命をお待ちしておりますよ」と言って、彼女がキスしやすいようにグッと身を乗り出してきた。彼が口にしたドイツ語にさしたる意味などないのだとわかった。こうしたことを追求するのは確かに野暮であった。

長い間、晨勉はひとりで誕生日を過ごしてきた。これまで誕生日だけは大切にしてきたつもりだった。幸福な人間も不幸な人間も自分の誕生日くらいは大切にするものだ。ただ、祖母が生きていたころはそれをあまり口には出さなかった。祖母が大事にしていたのはどちらかといえば命日の方で、毎年孫たちの父親のために線香をあげていたが、母が亡くなってからは今度は母の分まで線香をあげることとなった。晨勉が誕生日を大切にしていたのは他ならぬ母のためだった。そんなとき、晨勉は母が自分を産む前の出来事まで想像することがあったが、それは明らかに自分の人生の外側にある経験だった。この数年間、どこにいても誕生日だけはきちんと過ごすようにしてきたのは、そうすることで自分の存在をはっきりと感じることができたからだった。いまでは母の辿《たど》った激しい過去をますます強く感じられるようになっていたが、そのことは晨勉により深い生命の記憶をもたらしてきた。自分は何事もなくすくすくと育ってきた無垢な少女などではないのだ。ダニーの肩越しに海を眺める晨勉は、喧騒に満ちた街の声が背後から波のような音を立てて大自然に抗っている様子を耳にした。しかし、若いダニーの人生はおそらくまだ何も始まっていないのではないだろうか。それとも、彼もまた自分と同じように、何かが起こるのをただじっと待っているだけなのだろうか。

空の果てが急速に色を変え、海面からひとすじの稲妻を高く引き抜いた。「霍《フォ》。この離島に降る大雨ってどんな感じなのかな?」ダニーが口を開いた。

「波が高くなって、雨水はあっという間に海へ流れていくのよ。逃げる場所なんてどこにもないくらい」

「まいったな。僕は大雨恐怖症なんだ」ダニーが首をふりながら言った。

「雨が怖いの?」

「ああ。ドイツでは雨はあまり降らないからね。僕にとって、雨は神秘的な経験なんだ」ダニーはこの件についてこれ以上話したくない様子だった。彼が本当に雨を嫌っているのは確かだった。生まれ持った性格とはなかなか変えられるものではない。晨勉はふと小さな声で、「あなたたちの国は出生率が低いって本当?」とたずねた。「若者があまり結婚したがらないからね」こうした質問は雨が降ることと同じくらい、ダニーとは何のかかわりもない問題だった。

突然、ダニーがポケットから指輪を取り出した。ひどくシンプルで、その表面には蛇が舌を伸ばしたような穏やかなデザインが彫られていた。銀色に輝く指輪は安らかな光の輪のようにも見え、何か特別な価値があることは一目瞭然だった。

「君にもらってほしいんだ」ダニーがまるで中国人のような口調で言った。晨勉の気に触るのを恐れてか、はたまた誤解されるのを気にしているのか、しかしそれは明らかに杞憂だった。なぜなら、晨勉はこれまで自分より年下の男性を一度も恋愛対象として見たことはなかったからだ。自分よりも若いことは、それだけ不必要な負担を背負うことでしかなかった。

二人は同じ船に乗りあわせて、食事しただけの仲に過ぎなかった。彼は離島をひとり旅する外国人だったが、もしも晨安と交わした約束に従えば、果たして自分はこの指輪を受けとるべきなのだろうか。もし仮に受けとるとすれば、やはり宣誓どおりに自分は彼を恋人とすべきなのだろうか。晨勉が不安に思ったのは、ダニーがそうした事情を一切知らずにいることだった。それはますます運命がもつ呪いの様相を帯びてきていた。

「とりあえず、つけてみてよ。合わなければそれまでだから」

ダニーが晨勉の指に指輪をはめた。少し緩い、そう思って指輪を外そうとした瞬間、その手をまっすぐに引っ張ったダニーが「うん、似合ってる!」と言った。アクセサリーには言語も国籍もない。ダニーのプレゼントを簡単に受けとってしまったことを許してもいいと思った。その瞬間だけはダニーが自分の宣誓の相手だということもすっかり忘れてしまっていた。

「次はどこに行くつもり?」晨勉がたずねた。

「グアム。島が好きなんだ」ダニーが答えた。

島が好きだと言う男はどんな男よりも危険な存在だった。その言葉を聞いた晨勉は再び言葉を失ってしまった。雨はいまにも降り出しそうな雰囲気で、ダニーはひどくそわそわしていた。空を見上げた晨勉が口を開いた。「そんなに急には降ってこないかもよ。この島は小さいから、雨雲だってうまく照準を合わせられないかもしれないじゃない」するとダニーが笑いながら、「ずぶ濡れになるのが嫌なんだ。泳ぐのは好きなんだけどね。水ってやつは人を無力化させるそれと、レジャーとしてのそれがあるだろ?」

雨雲は思ったとおりあっという間に過ぎていった。二人が頼んだ料理はさっぱりとして口当たりがよかった。ダニーにとって料理の味はきっと重要で、おそらくそれはある種の異国情緒を醸し出していたに違いなかった。晨勉は彼が見かけだけでなく、その中身も子供なのだということに気づいた。彼は徹底的に思考する子供であって、誰かに何かを与えられてそれに取り掛かるようなタイプではなかった。だからこそ、彼がなにか問題に直面するようなことはこれまで一度としてなかった。

ダニーはすでに晨勉がこの島に住んでいることに気づいているようだったが、結婚しているのかどうかについてはどうにも測りかねている様子だった。二人が唯一踏み込まなかった話題は結婚についてだった。ただ、出会ったばかりの男女が食事をするにしては二人の夕食はあまりにも長すぎた。

ダニーはよく飲み、よく食べた。ビールを呷《あお》った彼はひどくいい気分だと言った。雨が降らないとわかった彼はこころゆくまで痛飲した。夜影はいつの間にやら海面に低くへばりつき、海水と同じような深い藍色をした空はどちらかと言えば漆黒に近かった。周囲の人間は続々と船へと乗り込み、やがて雨粒のように静かに暗い海へと消えていった。店には相変わらず煌々と灯りがともっていたが、一席また一席と家族や団体客用のテーブルが空いていくと、店内はずいぶんと広くなった。彼らの座っている場所だけがテーブルと人が一緒になっていて、まるで空っぽの舞台に腰を下ろしているようで、カメラの照準が一時停止してしまったかのようだった。島にほとんど木が生えておらず、それだけに人と海とレストランの存在が余計に際立っていた。

五分酔いになったダニーの灰色がかった青い瞳には、深海に似た静けさが光っていた。それはさながら海の底から心臓へとまっすぐに伸びていくひとすじの光でもあった。

あの人もよくお酒を飲んでいたのよ。かつて母はそう言っていた。飲み終わると、いつも沈黙の中で喜々として母を抱いたらしい。父は仕事柄、一日中ひとつの場所に留まることがなかった。どこに行ってもその土地の酒を飲み、その土地の女を抱いた。家庭といったものを必要としない運命だったのだ。それでも、あの人はやっぱり私やあなたたちを愛していたのよ。最後に面会に訪れた際に母が言ったその言葉に、晨勉は思わず涙してしまった。父はさながら太古に生きる人間で、原始的な本能と意志だけをもっていたのだ。この数年来、晨勉が出会ってきた男たちにはこうした人間はいなかったが、自分が必要としていたのはまさに父と同じような本能と意志をもった男ではなかったのか。ただ、日常生活のなかでこうした異性と出会う可能性がますます低くなっていることはわかっていた。母と出会ったころの父はまだ軍隊から帰ってきたばかりで、二十三歳にもなっていなかったはずだ。若いころほど原始的な本能に出会える可能性があるものだ。あるいは、自分がダニーの身体から感じとったのはこうした原始的な匂いであったのかもしれない。

六分ほど酔いがまわったダニーの瞳は、まるで柔和な大海原のように静かな喜びに満ちていた。離島の夜は昼間よりも彼に似合っていた。夜の闇にその性と光をばら撒き続ける彼は、暗く青い海と喜びをともにしていた。白日のもとでは確かに彼独特の個性は見えにくかった。晨勉はそのときになってようやく彼がこれほど素直な性格をしていながら、寛容で温和な気質であることに気づいた。澄みきったその光が晨勉の身体に反射していた。「ここの暮らしは悪くないね。君には本当に感謝してるよ」六分酔いのダニーがゆっくりと口を開いた。

ダニーの酔いが七分ほどまわったころ、突然土砂降りの雨が降り始めた。すると彼は晨勉の手を牽《ひ》いてバイクに跨った。海沿いの街道を走るのは彼ら二人だけで、バイクは深い闇の果てに向かって走り続けた。山頂まで辿り着くと、今度は海に沿って走った。完全に雨に包囲された二人はまるでお互いに抱きしめあっているようで、大海原を叩く雨音はバラバラと音を立て、目に映るのはただ空に撒き散らされた幾千万の星々だけだった。それはひとつひとつ絹糸を繰った手作りの刺繍のようで、また声をもたない織物でもあった。雨粒が海に降りしきる光景がまさかこれほどこころ安らぐ静かなものだとは思いもよらなかった。

彼はこのとき初めて晨勉がどこに住んでいるのかたずねてきた。「濡れ鼠になるってずいぶん恐ろしい経験だと思わないか？　でも、いまは不思議とどうってことないよ」

晨勉の家はそこから比較的近い場所にあった。ダニーの宿を遠くに手配しすぎたことをいまさらながら後悔した。二人ともすっかりずぶ濡れで、彼女は自分の家がある路地の坂道を曲がるようにダニーを誘導した。部屋へと駆け込んだ二つの影は巨大な水滴のようだった。部屋に大量の雨粒を持ち込んでしまったせいか、はたまたその雨粒で二人の身体がすっかり膨張してしまったせいか、部屋のなかがいつもより小さく感じた。男物の服がなかったので、晨勉はベッドのシーツでダニーの身体を包むしかなかったが、シーツの下が真っ裸であることに気づいた二人は、互いに顔を合せると声を出して笑った。

「ごめんなさい。別に意味はないんだけど、あなたって私よりもずいぶん年下だから……」酒のせいというわけでもなかったが、つい訳のわからない言葉を口にしてしまった。

ダニーは反対に落ち着いた様子で、「部屋のなかで何か着なくちゃいけないって決まりはないだろ？」彼は決して部屋に男物の服があった方が傷付くなどといった軽口は叩かなかった。

酒はないかなとたずねてきたダニーに、ワインならあるけれど少し酸味が強いわよと答えた。「一杯いいかな？　どれだけ強いか試してみたい」

雨粒は相変わらず大海原へと流れ込み続けていた。近くで聞く音よりも遠くで聞こえる音の方が激しいような気がしたが、あるいはそれはただそう感じただけかもしれなかった。うねり続ける大海原はまるで何かを吐き出そうとしているようだったが、まさか飲み込んだばかりの雨粒でもあるまい。ダニーは信じられないといった様子で彼女に目をやった。晨勉もこれほどの轟音を耳にするのは初めてだった。

彼に晨安と交わした約束について話すことにした。彼が初めてそれを耳にすることはわかっていたが、晨安との約束がもつ大切さを彼にもわかってほしいと思った。すると彼は短期間の喜びはセックスや麻薬みたいなもので、ダイレクトで強烈だけど長期間の喜びには必ず記憶が必要になるんだというようなことを口にした。

ダニーはまだまだ飲めるようだったが、あるいは雨に濡れてしまったせいか、八分ほど酔ったところでふと立ちあがって晨勉に別れを告げた。普段酔っ払ってもこの程度なのか、少なくともそのときの晨勉にはわからなかった。雨は止み、酔いはまだ醒めていなかったが、ダニーはひどくさっぱりとした面持ちだった。帰り道がわかるかしらとたずねる晨勉に向かって、ダニーは「僕は道に迷ったことは一度もないんだ」と答えた。もしも迷えば、もう一度振り出しに戻ればいい。こうした人間がもつ意志の強さに、晨勉はこれまで一度も出会ったことがなかった。それはある種原始的な意志の強さであって、動物のそれに近かった。「あるいは君は僕と付き合ってみるべきなのかもしれないよ。これまで妹との約束を違《たが》えたことなんてなかったんだろ?」清々しい夜の闇を背にした彼が言った。遠くの空がぼんやりと白み、真っ白な光が四方から差し込んできていた。なるほど、雨も止むわけだ。すでに日の出が近かった。

二日目、正午近くになって晨勉はようやく眠りから覚めた。眠っている間に知らず知らず指輪をはめた掌を固く握りしめてしまっていた。指輪はちゃんと指にはめられていて、昼間に見るとまた違った雰囲気をもっていた。まっすぐに晨勉へ向かって伸びた蛇の舌はまるで鏡のようで、指輪の内側にはDanneという字が彫り込まれていた。これはダニー本人の指輪だったのだ。

会社に休暇の連絡をとるとひどい頭痛を覚えたが、最初はただの二日酔いだと思った。しかし、頭痛がどんどんひどくなっていき、熱が出始めてからはじめて二日酔いではないのだと気づいた。部屋で一日過ごすことにしたが、どうにも落ち着かなかった。つま先から立ちのぼってきた熱が頭まで押し寄せると、しばらくそこに留まり続けた。そして熱が頭までのぼってくると、今度は何も考えられなくなった。やがて蒸発した熱がある情景を頭の中に描き出していった。真っ白な頭の中にはダニーが自分をバイクに載せて片側が暗く沈み込み、もう片側がネオンで輝く街道を駆け抜けていく場面が浮かんでいた。そのころには埠頭の蛋民たちもすでに眠りについていた。船が静かに空を揺らして、雨粒も音を立てることなく海面を静かに叩いている。近くからは何の物音も聞こえなかった。昨夜は確かにそう感じたが、本当にそんなことがありえるのだろうか。離島の雨粒はあっという間に海へと流れ込み、島の周囲は陸地よりも高く、そこには確かに海水が蓄えられているはずだった。離島はどこも乾かしたばかりのティッシュペーパーのようで、踏めば大地が破けるような音がして、耳を澄ませば誰かがそこで徘徊している足音が聞こえるような気がした。

黄昏時、七時近くになって、晨勉は浜辺を散歩しようと思った。今日は休日ではなかったが、冬場をのぞけばどの季節も浜辺はいつも人でごった返していた。ただ、七時を過ぎるころには一日中遊びまわって腹を空かせた「餓民」たちが街へ出かけるために、浜辺にいる人の波はやがて引いていくはずだった。島が好きだった。島は周囲が海で囲まれているために、ある種隔離された感じがした。晨勉が真夜中に浜辺をうろつく「病気」は高校のころから始まっていた。祖母はそれを「病気」だと言った。「病気」であって「精神病」ではないのだと言った。祖母は晨勉の父が外国人であったと言って聞かず、孫娘は浜辺に出て、遠い故郷を眺めているだけなのだと言った。

玄関を出ると、バイクに跨ったダニーが向かいの坂道から自分を見上げている姿が目に飛び込んできた。海を背にした彼の周囲は青く輝いていた。なんだか怖くなった。まさか神様でもあるまいに、どうして彼に関する記憶はどれも光に満ちているのか。それとも、自分の人生にはあらかじめ奇跡が起こることが定められているのだろうか。生まれた日に自分を迎えに来たのは父ではなく、あるいは彼であったのかもしれない。バイクを路面に倒したダニーは彼女がどこへ向かうのかたずねることもなく、黙ってその後についてきた。しばらく歩いてから、ダニーは晨勉の手を取ってその体温に触れた。「まさか風邪を引いたのかい？」

「このくらい、中国人は風邪とは言わないのよ」

「謝りに来たんだ。君に会えると思ったから、一日中この道を走ってた。それから昨夜のご馳走と、すばらしい思い出についてもお礼したかったんだ。あれは今回の旅のなかでも意義深い一日だったからね」温和なまでに理性的な性格、彼に対する第一印象は依然として変わらなかった。

「意義深いって？」

「忘れられないって言ってもいいかな。とにかく印象的で。それに君がいたから」

ダニーは自分の感情を素直に伝えた。晨勉の知り合いのなかには、こうした気持ちを率直に伝えるだけの勇気と情熱をもった男はいなかった。結婚を望む男は少なくなかったが、晨勉にとっては結婚するか否かは問題ではなかった。そうではなく、まさに自分の両親がそうであったように、身体の奥底から互いを求めあうような本物の情熱をこそ必要としていた。言葉を換えれば、それは結婚など度外視した上で結婚する自由を求めていたといってもよかった。母のもとを離れても、父はなお母から頑《かたく》なに信頼されていたが、それはまさに父がもつ原始的な愛と母が父に抱く愛ゆえだった。

ふと笑いがこみあげてきた。くだらない。だから何だって言うの？　愛情なんて所詮香水と同じじゃない。いずれ匂いは消えていく。いい香水と悪い香水の違いは、ただそれが官能的かどうかといった点に過ぎないのだ。なるほど、彼は素直に自分の気持ちを伝えた。だけどきっとそれでおしまい。何も彼自身が薫り高い香水を発明したわけではないのだ。この男はきっとこうした愛の公式を創り出したりはしないはずだった。

彼の手を振り払うと、晨勉は指輪を外した。「あなたの望みどおりはめてあげた。だから返す」

ダニーは首をふった。「信じてくれないかもしれないけど、この指輪をはめることのできた人はこれまで誰もいなかったんだ。これは小学生のときにママが作ってくれたもので、僕はこれをずっと持ち歩いてきたんだ。アルミニウムで磨きながらね。ママはいつの日かこの指輪をはめることができる女性に出会ったらプレゼントしなさいって言ったんだ。大きくなってから、僕は東洋人の女性を探すべきなんじゃないかって思い始めた。だって、東洋人はみなほっそりとしてるだろ？　実は最近大学院で経済学の修士号を取って、家族がご褒美に僕を海外旅行に出してくれたんだ。そのときから、今回はなんだか運命の相手に出会えるような気がしていたんだよ」

「そうやっていろんな女性の指にこれをはめてきたってわけね」晨勉の声は暗く沈んだ。なるほど、どうりであの連絡船で彼と目があったわけだ。彼はそうやってアジア中を旅して、この島へと流れ着いたに過ぎないのだ。もちろん、だからといって彼が島好きだということまでは疑わなかった。

「ほらね、君はきっとそれを気にしてると思った。もちろんそんなことはしないさ。僕はこれでも自分の直感を信頼しているんだ」ダニーが声をあげて笑った。

不愉快だった。「ずいぶん自信過剰ね。あなたのママはアーティストか何か？」

「ああ、素晴らしいアーティストさ！」

「そうね。小学生のときにあなたのためにわざわざ『運命』の東洋人女性を探してくれたんだっけ？」

「それはママがもつ非理性的な一面だよ。僕のパパはママのそういったところが好きだったみたいだけど」

「それじゃあなた自身は？」

「君は理性的なタイプ？　それとも非理性的なタイプ？」

「私は人を食べるのが大好き。私の一家はみんな人食いの遺伝子をもってるのよ」

「人食いもまた理性的な行為だと思わない？」ダニーが甘えるような口調で言った。

なぜ彼が自分の機嫌を取ろうとするのかわからなかったが、その誠意だけは十分に感じることができた。彼は自分が決して晨勉を欺くような行為をしないことをなんとかして知らせようとしていた。例えば彼はあらゆる悩みを晨勉に打ち明けながら、その反応を盗み見るようなことはしなかったし、また結婚など考えたこともなく、子供だって欲しくはない、子供を産むということはとてもシリアスなことなんだと言った。そして結婚すれば絶対に離婚はしない、もしも別の女性と結婚するようなことがあれば二度と晨勉には会わず、しかも彼女のためにこの離島に留まることもないと続けた。彼のこうした考えはひどく情に欠けている上にいくつもの矛盾を抱えていたが、それでも晨勉にはフェアであるように思えた。そして、どうしてダニーが自分にこういった話を聞かせたのか、ようやく理解できたような気がした。

不思議だったのは、こうした自己紹介にも似た会話を続けるなかで、晨勉のこころや身体がまるで何か拠り所を見つけたかのように落ち着きを取り戻していったことだった。しかし、この男は自分のためにこの離島に留まる気もなければ、自分もまたこの男のために彼の国に行くことはないのだ。

二人は暗くなるまで浜辺を歩いた。海と向かいあった灯りが水気を含んできらきらと煌《きらめ》き、海面もまた完全なる漆黒ではなく、そこには黎明の光が映し出されていた。油を含んだような静かな水面はさながら対岸の灯りをその身に焼き付けているようでもあった。彼の前をとぼとぼと歩く晨勉であったが、前へ後へと入れ替わる二人の影は遠目には追いかけあっているようにも見えた。歩けば歩くほど、徐々に目の前が明るくなっていった。市街地の灯りはまるで松明《たいまつ》のようにこの島全体を燃やしていた。

ダニーがそっと手を伸ばしてきた。「触らないで」こんな安っぽい探りをいれられるのは好きではなかった。

「そうじゃない。まだ熱があるかどうか確かめたいんだ」ダニーが彼女の手を強く握り締めながら言った。

彼は早く帰って休むように言ったが、晨勉はこれからどこに行くのかとたずねた。すると、ダニーは昨夜のワインの残りを飲みたいと言ってきた。彼もまた自分と一緒にいたいのだ。晨勉は普段から相手の男がいま何を求めているのか容易に嗅ぎ分けることができたが、ダニーはこうした世俗の嗅覚の外にいる存在だった。彼はこれまで付き合ってきた外国人たちとは明らかに違っていた。他の外国人男性に対して、なんらかの感情が湧いたことなどこれまで一度としてなかった。

「ねえ、雨が心配じゃない？」晨勉がからかうような口調で言った。なんだか急に楽しくなってきた。

「今日は酔っていないから、君は二つのことを心配しなくちゃいけないよ」彼が反撃に打ってでた。

「二つのことって？」

「君の病気と、それから僕さ！」

結局、二人は昨夜と同じように港にある屋外レストランへ向かった。そこで昨夜とは違った料理を選び、冷たいビールを頼んだ。料理を口に運ぶと、なにやらまったく違った生命体に生まれ変わったような気がした。ダニーは晨勉の風邪がまだ治っていないと注意していたが、それは口先だけのことで、彼の理性がそれによって興ざめするようなことはなかった。

今回は月が海面に描く光の橋を二人で目にすることができた。光の橋のそばでは相変わらず船上の家族たちが彼らの日常を送っていた。船の上では犬まで飼われていて、その生活は陸上となんら変わらないようだった。

「ねえ、どうして蛋民たちはこんな生活をするんだと思う？　あんな生活をしながら、子供まで産むのよ」晨勉はその答えを知っていた。彼らには他に行き場がないのだ。酒をグッと飲み干すと急速に体温が上がっていくのがわかったが、反対に気分はどん底まで落ち込んでしまった。この数年、自分はずっとひとりだった。孤独であることは仕方なかったが、しかしいまのように弱々しく自らの心情を吐露するようなことはなかった。

まるで物語を語るように、晨勉は刑務所にいた母について話し始めた。若くして結婚した母に、女なしではいられなかった父、三年前に亡くなった祖母に、それから晨安のこと。その極めて複雑な家庭環境はさながら一本の映画のようだった。自分の話を聞きたいかたずねることもなく、晨勉はそれを自らに言い聞かせるようにぼそぼそと語り続けた。そうすることで、三十歳までの自分の人生を辿り直そうとしたのであった。

ひとつだけ確かなことは、ダニーが極めて冷静で反応のいい聴衆であったということだ。彼はさながら灯台のような人間だった。母が刑務所で亡くなったことにまで話が及ぶと、脳裏には最後に目にしたあの若く痛みを無視したかのような母の顔がふっと浮かんできた。自分と晨安はきっと一生母に顔向けできないに違いなかった。母は二人の子供を育てることを引き受けたのに、晨安は子供を産むことを拒否しており、彼女はそもそも結婚したいのかどうかさえわからないのだ。すると、ダニーがまるで助け舟を出すように口を開いた。「霍、何も君は罪を犯したわけじゃない。もしも君がこの話を誰かに話したいなら、それは何ら恥ずかしがることじゃない。これは君の秘密だ。けど、人に言えないようなことじゃないんだ」

ダニーは晨勉が自身の身の上について話すことができるようにうまく話を誘導してくれた。そのどれもが晨勉自身に関する物語だった。自分の一家はどこか異常であったが、いまのいまになってようやくこうした話がそこまで人を驚かせないのだということを知った。

「ダニー。私、ようやくわかった。人生って耐えられないからこそ特別なんだって。私はあなたより六つも年上だけど、人生についてわかってるとは言えないわよね」

「年なんて関係ないさ」ダニーは少し言いにくそうに口を開いた。「愛と年齢には何の関係もないんだ」ダニーはふっと横を向いて海を眺めた。きっと照れた表情を見られたくなかったのだ。自分がはじめて身の上話をしたように、まさか彼もはじめて愛という言葉を口にしたのだろうか。もしそうであれば、自分にとっての身の上話がそうであったように、愛はダニーにとっておそらく最大の秘密であったはずだ。そんなことはこれまで思ってもみなかった。

彼は晨勉を家まで送ってくれた。顔を上げると、彼のきゅっとすぼめた唇が目の前にあった。「今度は絶対にワインを飲みに来るよ」彼が何を言わんとしているのかすぐにわかった。

「いいかな？」両手を伸ばしたダニーが言った。彼は答えを待つことなく優しく晨勉を胸のうちに引き寄せると、そっと顔を重ね合わせてきた。ゆっくりと移動したダニーの顔が唇へと触れたその瞬間、晨勉の身体からは完全に知覚が失われ、ただ顔だけがそこに浮かんでいるような感じがした。

「いいかな？」ダニーは相変わらず答えを待つことなく、落ち着いた息遣いをまっすぐに晨勉へ向けてきた。愛とは何かを知る必要はなかったが、それでも彼の身体を知りたいと思った。今日は口づけだけで終わったが、もちろんそれ以上の進展があってもよかった。ダニーもまた、自身の身体が温和なまでに理性的であることを身をもって感じているようだった。

唇を離した彼は両手で晨勉を抱きしめると、無言のうちに自分の心臓の鼓動を彼女に聞かせようとした。ため息をついた彼は一歩下がって晨勉をじっと見つめた。「いい匂いがする」ダニーの身体からもいい匂いがした。匂いを叙述することで、彼は自分の誓約に応えてくれたのかもしれない。彼の身体から発せられるその息遣いが気になって仕方なかった。いったい高熱のせいか、それとも匂いに敏感なせいか、頭の中はすっかり混乱していた。夢の中、同じように潮騒が聞こえる坂道で、かつてこうしてダニーと別れたことがあったような気すらしてきた。しかし、ひとりでこの離島をおとずれたことのある男など本当はどこにもいないのだと、頭の中でははっきりわかっていた。こんなことを考えてしまうのは病気のせいかもしれない。さもなければ、きっと頭がおかしくなってしまったのだ。

夜半になって、晨勉は雨音と電話のベルに目を覚ました。二つの音が同時に鳴り響いたために、ついそれをダニーの仕業だと勘違いしてしまった。電話は晨安からだった。時差があることなどまるでおかまいなしだった。一晩中電話をかけたがつながらず、晨勉が例の外国人男性とその後どうなったのか気になって仕方ないようだった。しかし、ダニーが自分の電話番号など知らないことを思い出した晨勉は落ち込んだ口調で言った。「私、まだベッドの中なのよ」

　それを聞いた晨安がけたけたと声をあげて笑った。「なるほど、バージンは無事卒業できたってわけね」晨安はこうした話題に容易に興奮する性質《たち》だった。そして、まるで巫女《みこ》のような多少意地悪げな口調で言葉を続けた。「彼のキス、巧妙でなかなかよかったんじゃない？」

「あなたって何でも知ってるのね！」

　晨安はひどく芝居がかった口調でそれを描写した。「あら、声を聞けばすぐにわかるわよ！　柔らかくて深い、まるで夢のような口づけだったのよね」

「全部病気のせいよ」

「霍晨勉《フオチエンミエン》。よく聞きなさい。もしも彼を愛せないっていうなら、あんた本当に病気よ！」なぜか晨安は家族に関することについてはいつだって冷静でいられなかった。祖母が死んでから、一家はすっかり離散してしまったものだと思っていた。ところが晨安の反応を見ると、特殊な家庭環境から生まれた自分たち姉妹は永遠に同じ島の住人であるのだと感じることができた。

　電話を切る前に、晨安は繰り返して言った。「ほんの些細なことだって隠しちゃ駄目よ。また電話するからね」晨安自身、性の目覚めはひどく早かった。セックスについて何でも試してみるんだと言っていた時期すらあった。

「ねえ。私だって何も初めて男と付き合ったってわけじゃないのよ」晨勉が口を尖らせて言った。

「そんなのは数のうちに入らないわ。そいつらがあんたを女にしてくれたことが一度でもあった？」晨安はそう言うとガチャンと電話を切った。窓の外では相変わらず降り続く雨が重々しく海面を叩いていた。なんだか気分が悪く、気がつくと身体全体がまるで火の玉のように熱く火照《ほて》っていた。

次の朝、連絡船で香港の病院へ行って、それから会社で報告を済ませた。病院で半日間苦しんだ挙句、ブドウ糖一瓶と食塩水を注射されて、ようやく熱が引いた。身体は死んだように硬く凝り固まっていたが、頭はむしろはっきりとしていた。彼女はかつて母が刑務所でそうしていたように、自らの意思で自身と香港での生活をコントロールしていた。価値観の混乱したこの社会はまさに牢獄だった。自分の行為は確かに他人とは違っていたが、それでもダニーは母も自分もまともな人間なのだと言ってくれた。しかし、もしも仮にダニーと付き合うようなことになれば、いつの日か彼はきっと絶望に満ちたまなざしで自分を見つめながらこう叫び出すに違いなかった。「なあ、まだわからないのか？　お前は頭がおかしいんだよ！」

本社はすでに莫大な経費のかかるアジアにおける販売促進計画を承認していた。立ち上げ段階の計画を晨勉に任せ、半年の販促期間中いつでも香港を離れてよいということだった。

副総裁のジョージが香港に戻ってくると、すぐさま晨勉を交えて簡単なミーティングを開いた。そこで二ヵ月後に晨勉が東南アジアの各都市へ現場指揮に向かうことが決まった。今回のマーケティング戦略の主な目標は男性香水市場の開拓にあった。アジア人男性の香水市場は未知数で、確かなのはこの方面の市場がいまだ未開拓の分野であるということだけだった。

「今後、アジアの男たちは独特の男性的な匂いを手に入れることになるはずさ」ジョージが言った。

「ねえ、チャーミング。今回の計画の成功を祈って、今晩一緒に食事でもどうかな？」

「申し訳ありませんが、すでに先約があるので」チャーミングという英語名《イングリッシュネーム》は、晨安がつけてくれたものだった。「晨勉《チェンミエン》」をそのまま音訳すれば、文字どおり「チャーミング」となった。風邪を引いているとは言いたくなかった。そんなことを口にすれば、やれ花だ電話だと余計に面倒ごとが増えてしまうだけだった。西洋人はこうしたことについてある種口実のない浪費をしてきたが、それは感情や人生を無駄遣いしない行動ともいえた。そうして誠意のない形式だけのお見舞いが延々と繰り返されていくのだった。

「男って本当にバカよね。あんたたちに自分らしい匂いなんてどこにもないのよ」ふと、ダニーのあの息遣いを思い出した。彼らはまさにダニーがもつああした息遣いを絶滅へと追い込もうとしているのだ。きっとこれまで女性たちから啓発されたことがなかったのだ。あるいは、愛された経験はあるのかもしれないが、もしも女性たち自身があの息遣いの存在を知らなければ生命《いのち》のもつリズムがいったい何であるかわかろうはずもなかった。だからこそ、男たちもまたあの匂いを理解することができずにいるのだ。

離島に戻ったのは午後の太陽が最も苛烈に身を燃やしている時間帯だった。ダニーは埠頭で自分の帰りを待っていたが、彼の姿を目にしても取り立てて驚きはしなかった。あまり多くを考えたくなかった。もしも自分の国で暮らしていれば、彼にはもっと別の生活があったに違いないのだ。仕事に人間関係と、忙しい日々を送っていたに違いない。ただ、旅と愛だけが彼をそうした日常から完全に自由にしていた。自分は彼が人生で最も自由である時期に出会っただけで、そこには二人が付き合うだけの十分な時間があって、肉体的にも精神的にも互いに対する好奇心と渇望だけが満ち溢れていた。

ダニーはバイクで彼女を家まで送ってくれた。道すがら二人は一言も口をきかなかった。離島では車の運転が禁止されていて、晨勉の車も香港本島に置いてあった。バイクを運転するダニーはまるで人生の難関にでもぶちあたったかのようにおとなしかった。

ワインを取り出すと、ダニーの向かいに腰を下ろしてじっと彼を眺めた。焦がされ続けたこころに微塵も意志は残されてはいなかった。まるで身体全体が灰になって空を舞い、そこには思想や生命さえも存在していないようだった。

ワインを口に含んだダニーが身を乗り出して晨勉に口づけをした。彼は口の中で転がるワインを晨勉の舌先へと流し込んできた。絡みあう二枚の舌はまるで互いの存在を探ろうとする二つの身体のようだった。

「まだ熱がある。医者はなんて言ったんだ?」ダニーが低い声で言った。

「染るわよ」

ダニーは笑いながら言った。「君たち中国人は他人に風邪を染せば病気が治るって言うじゃないか。霍、会いたかったよ」

晨勉は軽くキスをして、自らの頬を彼の頬に重ね合わせた。すると、ダニーが優しく彼女を抱きしめてきた。そこで、晨勉は再び例の匂いを感じとった。今後、この生命《いのち》が終わりを迎えるまでに再び彼とこうして出会える日は果たして来るのだろうか? いずれにせよ、二人はいまこうして再び顔を合わせることができた。

そうした思いがまるで波のように再び晨勉をダニーのもとへと押し戻したが、彼もまた同じような気持ちで彼女の思いに答えてくれた。

「あと四日」ダニーが口を開いた。

四日後、彼が去ってしまった分だけ、彼を愛した力もまた遠くへと去ってしまうのだ。ダニーがゆっくりと体重をかけてきた。急ぐ必要はなかった。彼を受け入れるために、晨勉は身体から力を抜いていった。ああ、ダニー！　頭の中で彼の名を叫んだ。彼に自分を導いてほしいと思った。

ダニーは身を起こすと、ひどく戸惑った様子で晨勉を見つめた。それをどう説明していいかわからなかった。本当にわからなかったのだ。セックスもまた一種の習慣に過ぎなかったが、これまで自分にはそうした習慣がなかったことを彼にどう伝えればいいのかわからなかった。

「まさか初めてだったの？」ダニーは顔を覆った晨勉の両手をとろうとした。

涙が頬を伝って流れ、晨勉はこくりと頷いた。こんなこと、きっと晨安だって信じてはくれまい。しかし、繊細なこころをもった彼はそれを詳しく話すまでもなく、すぐにすべてを理解してくれた。

愛は二人のこころをひとつにしたが、性は二人をシャム双生児のように変えてしまった。涙の向こう側にダニーの若い肉体が映った。柔らかく、美しい光を放つ涙にいくぶん大胆な気持ちになった晨勉は、身を起こしてダニーの身体を抱きしめた。涙に滲んだ頬を彼の胸の凹んだ部分へ埋めると、なにやら自分の顔がもともとそこにあったかのような気がしてきた。彼の目でこの世界を眺めて、こころから彼の悩みに耳を傾けたいと思った。

「ねえ、いいかしら？」晨勉が言った。

ダニーはそれに涙で答えてくれた。彼は一切をかなぐり捨て、自分を牢獄から救い出してくれたのだ。孤島のような晨勉のこころは未知の大海原に向かって漕ぎ出していった。深い海の底には草原もあれば高山もあった。「息ができない」晨勉が言った。感極まった際、どうして息ができなくなってしまうのかわからなかった。

ダニーは人工呼吸のような長い口づけでその呼吸を助けた。それはまるで深い海に潜っていくような感覚だった。気泡か、あるいはスカーレットジェムのように、晨勉は周囲の水草の色に合わせて自らを変化させていった。深海に波はなかったが、海の底にはいくつもの高低があって、二人はそれらを乗り越えながらその精神《こころ》を洗い清めていった。

いったいどれほどの時間が流れたのか、二人は再び島へと舞い戻ってきた。

瞳を開けると、ダニーの灰色がかった青い肌が目に入った。窓の外から差し込んでくる木蔭の緑がその白い皮膚に映っていた。なるほど、先ほど水草を滑るように泳いでいたスカーレットジェムは確かに存在していたわけだ。晨勉は濡れたその手で彼の灰色がかった青い目や顔に触れてみた。伸ばした指先もまた、同じように庭師の指のような緑色に変化した。

「君の『呼吸』は十キロ先まできこえだったよ」軽くキスをしてきたダニーが微笑を浮かべて言った。

両目を大きく見開いた晨勉は声を出して笑った。先ほど起こったことを思うとなんだかおかしかった。身体を密着させていたダニーはどうしたことか再び興奮してきた様子で、晨勉の手をとってそれを自分の胸にあてた。「ほら、僕の鼓動。すごいだろ」彼が興奮を抑えているのがわかった。晨勉は注意力を逸《そ》らすために、黙って足の裏で彼のすねの内側を撫で、身動きの取れないその身体を微かに揺らした。

ダニーはすぐに再開しようとはしなかった。「霍。僕にとって、君は何も初めての相手ってわけじゃないし、それに初めてを君に奉げたいとも思わない。だけど、今回は本当に生まれて初めてセックスしたような気分だったよ。しかも、それをなんて言っていいのかまるでわからないんだ。僕は君の『呼吸』が好きだ。何としてでもそれを手に入れたい。これは褒めてるんだよ」晨勉を苦しめてきた熱はあっという間に引いていった。ダニーは自分に欲望とは何か教えてくれたのだ。もしもこれから先も生きたいと強く願うことがあるとすれば、それはきっと他でもない、彼によって与えられたものに違いなかった。

毎朝目を覚ますと、ダニーはベッドの上で静かに横になっていた。どんな場所でも何が起こっても、彼はそうしてただじっと横になっていた。ただ一度だけ、離島に到着した最初の日に目を覚ました際に、すぐさま自分のもとに駆けよってきたことがあった。

「もうお昼だよ。お日様だってとっくに昇ってる。いったいいつまで横になっているつもりなんだ？」

「まだ早いわ。一晩中雨が降ってたせいで一睡もしてないのよ」

「一睡もしてないなら、起きる必要だってないじゃないか」彼がそうして自分の機嫌を取ろうとしたように、まるで何か見えない強い力が晨勉に彼の歓心を買わせようとしているような気がした。

ダニーは晨勉が病をおして自分とセックスしていることをずっと気にかけているようだった。僕と一緒にドイツへ来てくれないか。彼が言った。結婚することはないにしても、一緒に生きていくことはできる。

しかし、晨勉はその言葉に自分の生活を賭けようとは思えなかった。ようやく愛についてわかりかけてきたばかりなのだ。あまり深入りすべきではなかった。いま必要なのは距離だった。

二人は愛とは何かを見極めることができたし、またそこに深く分け入るだけの力もあったが、そうした愛のある生活を拡大していくことはできなかった。彼らは二人ともいまある生活をどうやって捨てればいいのかわからなかったが、とりわけ晨勉がそうだった。

いずれにせよ、ダニーはまだ若すぎた。自分に対する気持ちも一時的な気の迷いかも知れなかった。彼との関係を偶然や一夜だけの思い出にはしたくなかったが、「突然」の出会いといったものについて、ダニー自身も多くを語ろうとしなかった。

晨勉が一緒に帰国しないことを知ったダニーは、セックスのたびにまるでそれが最後の別れでもあるかのように、絶望的なほど深刻な表情を見せるようになった。そして毎回晨勉の意志がその身体から離れる隙を狙って、「霍、僕と一緒に行こう」とその耳元にささやいた。

「もうひとつの島であなたを待ってる」そのたびに晨勉は答えた。

四日目の晩、島をぐるりと半周してから埠頭へ着くと、そこには芝居小屋が建てられていた。どうやら関帝廟のお祭りが行われているようで、ちょうど廟の管理委員たちに雇われた劇団が祝辞を述べているところだった。離島でもいい役どころは選びがたいらしく、ほんの形式的なものだったが現場は思いのほか盛りあがっていた。田舎歌手たちの生計手段はとにかく場を盛りあげることに尽き、その滑稽な様子は観衆に大いに受けていた。舞台では粤劇《えつげき》［広東オペラ］が上演されていた。一人二役で男女が交互に演じられ、うまくつじつまが合わせられていた。粤劇のはずだったが、なかには現代歌謡なども混じっていて、ずいぶんとモダンなスタイルだった。役者たちは歌い終わるたびに観衆に拍手を求めて、やれ馬券が当たっただとかロトが当たっただとか騒いでいた。煽《あお》られた観衆たちは狂喜して、楽隊にも盛大な拍手を送っていた。離島の日常生活は若い旅行者や西洋人たちの目には興味深いものとして映っていた。西洋人の観光客が歌手と一緒に写真を撮り、中国旅行の記念にしている姿も見かけた。晨勉はダニーが演劇に見入って深く考え込む様子を眺めながら、三人の歌い手たちがそれぞれ三曲ずつ歌う様子を鑑賞した。歌い手たちが何を着てどんな話し方をしても俗っぽさは免れなかったが、それでも彼らは身振り手振りを交えながら懸命に歌い、観客はたとえ歌詞を聞きとれなくても、彼らがいったい何をやっているのか理解することはできた。もしもひとりでいる際にこうした場面に出会っても、せいぜい歌い手ひとりが歌い終わるのを聞いてその場を立ち去るのが普通だった。しかし、おりよく粤劇に出会えた今回は最後まで彼らの歌を聞いてみることにした。晨勉はあの細やかな感情に隠された骨太な味わいを他の演劇ではまだ耳にしたことがなかった。野外ステージと文化センターでは演劇にも一抹の生命力と豪華さの違いがあって、同じ脚本でもそれが辿《たど》る運命には明らかな違いがあった。

舞台から離れる際、ダニーが低くつぶやいた。「あるいは僕がアジアに残るべきなのかもしれない。別に悪くないだろ？　ここにはこんなにも豊かな生活があるんだ」

彼はここに留まるための理由を必死に探していた。活気ある生活に深刻な表情の晨勉、そして答えのない愛情。いまここにいるこの島こそがまさにもうひとつの島なのかもしれなかったが、彼にもそれははっきりとはわからなかった。出し物が一巡すると、彼らは続けて三人の歌い手たちの歌に再び耳を澄ませた。

離島を離れる最後の夜になって、ダニーが浜辺を散歩しようと言ってきた。夜の浜辺を前へ後ろへと振り子のように歩く二人であったが、手を引かれることはどうにも慣れなかった。空には満月が浮かび、海面に清々しい光を映し出していた。「君のことが心配だ」ダニーは何度も繰り返して言った。遠くでは二人羽織《ににんばおり》を演じる際に叩く太鼓の音が響いていた。

「三十年間、私はこうやって生きてきたのよ」晨勉が言った。

ダニーは少し考えてから言葉を続けた。「僕のことを恋しく思う君のことを考えると心配なんだ」彼が何を言わんとしているのかわかった。ダニーはかつて自分と出会うために晨勉が生まれてきたのだと言ったことがあったが、それほどまでに二人の息はぴったりとかみあっていた。たとえ晨勉のことを忘れてしまったとしても、その肉体だけは晨勉をはっきりと覚えているはずで、彼は晨勉もまた同じように考えていると思ったのだ。

「わからない。でも、もしも本当にあなたが言うようなら、私は母と同じように関係をもってからあなたを殺してしまうかもしれない。いまの私はもうすっかり自分をコントロールすることができなくなっているのよ」

「それじゃあ、僕に会いに来てくれる?」

晨勉は海面に敷きつめられた月の光を黙ってじっと眺めていた。海はひと波ひと波と月に向かって押し寄せていった。何を考えるにしても、ダニーから離れることができなかった。未来がどうなるかはわからなかった。いまの彼は確かに実体として存在していたし、彼への思いも決して言葉にできないものではなかった。ダニーはとらえどころのない晨勉とのセックスをどう形容すればいいかわからないと言っていた。仮にそうであるなら、自分から離れていこうとする彼を捉まえることなど果たして本当にできるものなのだろうか？

「会いにいく」晨勉が答えた。そして沈黙のうちに「あの晨勉」にたずねてみた。ねえ、あなたならいったいどう答えるの？　晨勉は「あの晨勉」がすでに海外から戻ってきたばかりの中国人男性祖《ズー》と出会ったことを知っていた。

すべてが絶望的に思えた。夕食の際、湾内に向かいあった船に目をやったダニーは、蛋民たちが「家族旅行」をしている真っ最中だと言った。いったいそれがどれだけ幸せなことか。一息に三杯ものビールを飲み干したダニーははらはらと涙を流しながら言った。「僕は誰かに愛情を無理強いしたことなんて一度もないんだ。でもね、霍。君は僕をどうしようもなくさせる」

「会いにいくって言ったじゃない？　どうしようもなくなったときにはあなたに会いにいく」晨勉にはある予感があった。次に彼と再会する際には、たとえ彼がどれだけ自分のことを強く求めていようとも、他の男たちとの間にもすでに肉体関係をもっているはずだった。

再びポツポツと雨が降り出したが、ダニーはもうそれを気にしなかった。二人はゆっくりと歩いて帰った。雨足は強くなかったが、海面は依然として轟々《ごうごう》と巨大な音を響かせていた。彼が現れたときも、また去っていくときも同じように雨が降っていた。雨粒は最終的には海へと流れ込み、ただ二人だけがそこで何が起こったのか知っていた。ダニーは最後の別れに気を取られて、すっかり雨のことを忘れてしまっているようだった。彼らはさながら雨水のなかに浮かぶ二つの島のようだった。

「今度来たときにもしも雨が降らなければ、それはつまり僕が君を失ったってことだね」ダニーが晨勉の手を握った。すると、二人の腕を伝って拳に留まっていた雨水が地面へと零《こぼ》れ落ちていった。

部屋に戻った二人はずぶ濡れになった状態で廊下に立っていた。ぴったりと身体にへばりついた服を見つめながら、「素敵な彫刻だ」とダニーが言った。廊下の灯りのもとで、彼は晨勉の服を脱がせた。湿った身体でぴったりと抱きしめあうと、涙がふっと溢れ出してきた。

「君を失ってしまった」まるで深い夢のなかに落ち込んでしまって這い上がることができないでいるように、ダニーは一晩中その言葉を繰り返した。「いいかな？」寝返りを打った彼は今度はそう言って晨勉を抱きしめたが、いったいそれが晨勉であるとどうしてわかったのだろうか。

「駄目よ」晨勉は涙ながらにそれに答えた。

次の日、ダニーは昼の便で島を経つ予定だった。朝、目が覚めると、亜熱帯特有のスコールはすでに止んでいた。両目を開けたダニーはいつもどおりベッドで静かに横になっていた。「ここはどこ？」彼はまるで独り言のようにつぶやいた。両手を伸ばして晨勉の身体に触れると、「もうとっくにここを離れたものだと思ってたよ」

すべては予定どおりに進んでいき、想定外のことなど何ひとつ起こらなかった。大人の世界では想定外のことなど何も起こらないのだとダニーはよく言っていた。

連絡船でダニーを見送ることにした晨勉は初めて彼と出会った場所に立って、優しげなその顔をじっと見つめた。「もし私が男なら、きっと髪を伸ばすわ」晨勉はまったく的外れな話題を口にした。次に別の島で出会えば、二人の物語はまたそこから再開するはずだった。いまはただすべてが一時停止した状態に過ぎないのかもしれない。そう考えると、なんだかすっかり感傷的な気分になってしまった。

「どうしてそう思うんだい？」

「だって生き生きしてるじゃない！　長髪って本当は男の方がよく似合うのよ。髪はなんといっても力だもの」二人の生活はようやく前へ進み出したが、その感情は反対にすっかり停頓してしまったようだった。彼らは確かに互いに惹かれあっていた。晨勉にとってそれは非常に大切なことだったが、だからといって彼と一緒に生活することはできなかった。さながら狂女のように鋭敏な嗅覚をもつ晨勉は感情に関する問題を鋭く嗅ぎ分けることができた。幸運だったのは、少なくとも二人は同じ時間を生きていたのであって、それは決してパラレルな世界などではないということだった。細やかでいて大胆な時空の交錯など、きっとドラマのなかにだけ存在するものなのだ。これほど広大な世界に生きているにもかかわらず、自分の両親は結局出会ってしまった。あの晨勉と祖、彼ら二人もまた同じ運命を辿っていた。晨勉はもうひとりの自分にたずねてみた。「もしもあなたなら、祖のことを引き止める？」自分ならきっとそうするはずだった。でも、「あの晨勉」はたぶんそうしない。結局、晨勉はダニーを引き止めることができなかった。それぞれの世界で、二人はすれ違っていってしまったのだった。

2

ずいぶんと長い間、晨勉《チェンミエン》は祖《ズー》と出会ったあの日のことを思い返してきた。祖との出会いはさながら後ろ向きに歩く人生のなかで衝突してしまったようなもので、ある意味避けようのない出来事であった。当時、晨勉はすでに結婚していて仕事も順調だった。それまで自分の人生で何かが欠けていると感じたことはなかった。愛情や道徳といったことについて真剣に考えたこともなく、ただある種の思考やディテールに関してだけは気にかけるようにしてきた。例えば、人生における最大の快感はセックスから得られたが、それはひどく具体的な行為だった。だからこそ、晨勉は自分の人生で何かを変える必要があるとは思わなかった。

彼女はこれ以上ないほどまともな家庭で育ってきた。父と母、それに三つ年下の弟晨安《チェンアン》。母は晨勉に避妊方法と財テクを教え、弟の晨安はそんな彼女とともに大きくなった。不思議だったのは、晨勉はこれまで一度も夢を見たことがないということだった。夢を見るという行為がいったい何を指すのかわからなかったのだ。ただ、比較的それに近いのが性だと考えていた。男性がもつ性格的な弱さを語ることを憚《はばか》らない父は、晨勉に男とは何かを教えてくれた。男とは想像力も誠意も忍耐力も持ち合わせてはいない生き物で、性に依存して夢を見るために女よりも多くを必要とするのだと言った。しかし、女が人生の脇役である以上、自分がどれだけ努力してみても、そうした言葉には何の意味もないように思えた。遺伝子はすでに自分の進むべき道を決めてしまっているのだ。晨安はそんなふうに考える晨勉をろくな死に方はしないと吐き捨てるように言っていたが、彼女自身も笑ってそれに同意した。

実際、自分の周囲の者たちはどこにも行くあてもないような人間たちばかりだった。彼らは子孫代々まるで泥沼に生きる魚のように、ただより深い棲家に顔を向けて呼吸をしているに過ぎなかった。晨勉はそうした生き方をひどく蔑《さげす》んでいたが、彼女自身もまたそんな彼らと同じようにどこに行くあてもない生活を送り続けていた。

大学卒業後、晨勉は演劇を学ぶために留学した。目的は学位を取得することで、取り立てて何か壮大な人生設計があるというわけでもなかった。帰国後は国立劇場で舞台監督の仕事に就くことになった。職場で毎日違った人間と触れあう晨勉の姿を見た父は、まるで観光客に永遠と上辺だけの生活と休暇を提供する観光用の島のようだと言ってその生活態度を批判した。

こうした生活は祖に出会うまで続いた。生命の存在を強く感じさせる祖の身体《からだ》はひとつの容器であって、また思考する魂でもあった。彼は先天的な情熱をその身体に宿していたが、それは人や物に対してではなく、生活全体に対する情熱であって、ある種の信仰に似ていた。彼はひどく純粋でシンプルな性格をしていた。そんな祖と出会ってから、晨勉は自分のなかの何かがひどく傷つけられたような気がした。まるで鏡を見るように自分の生活がいかにもくだらなく思えて、ひどく時間をムダにしているように感じてしまったのだった。仕事や結婚など、自分があまりにも多くの時間を割いて上辺ばかりの物事に気をとられているように感じて、なんだか頭がおかしくなってしまったような気がした。

祖の表情と思考回路は鏡のように相手の姿や思考を映し出した。つまるところ、晨勉は彼のなかにおのれの生活を読みとってしまったのだった。彼女が生まれた一ドル四十元の時代、誰もが貧しかったが金銭は最大の関心ごとではなく、社会もそこまで騒々しくはなかった。ところがある日、元が突然値上がりして、人々はそれを自分の手柄のように騒ぎ始めた。同性愛は道徳の試験問題となり、文学はすっかり萎《しな》びて一部の人間だけが享受するマイノリティ文化になってしまった。そんななかで芝居がかった音楽だけはますます大衆化していった。良いものは良く、悪いものは悪いといった価値観のはっきりした時代はすでに過去のものとなって、時流にのった専門家たちは勢いがあるからこそ市場《マーケット》は活気を見せるのだと我が物顔で語っていた。なるほど、どうりで母はよく「あの人たちみな頭がおかしくなっちゃったんじゃないかしら?」と愚痴をこぼすわけだ。

晨安の考え方はさらにシンプルだった。「やつらみたいな単細胞の低級動物たちにいったいどんな価値のあるものを生み出せるっていうんだ?」彼の口調はいつだってひどく冷めていた。

祖は晨安のアメリカでの修士課程時代の同級生だった。当時の社会情勢を鑑みた祖の父は、二人の息子をアメリカへ留学させるように妻へ言いつけたが、中産階級の一家に経済的な余裕などなく、結局現地の知り合いに二人を預けて面倒を見てもらうことになった。ところが、アメリカで新しい相手を見つけた母は空港で離婚届けにサインをしてそのまま夫と別れることに決めたのだった。離婚を突きつけられた父の唯一の要求は二人の息子たちを台湾に戻して一緒に暮らすことで、祖の母も当初はそれに同意していた。しかし、父が離婚届けにサインするやいなや、祖の母は息子たちを連れてそのまま引っ越してしまい、それ以降一切の連絡を絶ってしまったのだった。大きくなった祖は、母が再婚した相手が当時父が家族の世話を頼んだ友人であったことをはじめて知った。夫と再び合間見えることなく、また息子たちを失うことも拒否していた母に残された道は結局これしかなかった。「あなたたちは帝王切開して私が産んだのよ。だから、私はもう子供が産めない。でも、あなたたちの父親にはまだ生殖能力があるじゃない。あなたたちはもちろん私のものよ」

ママはとっても感情の起伏が激しい人間なんだ。かつて祖は自分の母親をそんなふうに言っていた。生涯愛に餓え、だからこそ往年の父が息子を連れてアメリカへ行けといった際にはひどく夫を恨んだらしい。それは、祖の母がもつ欲情と必要としている一切を無視した決断であったのだ。だからこそ、祖の母は自分の夫をひどく身勝手な人間だと信じて疑わなかった。

大学時代、祖は行方不明になった父と連絡を取ろうと試みたことがあった。会計士の仕事をしていた父は、いわゆる勤め人ではなかったために探し出すのは簡単ではなかった。音沙汰がないままときは流れ、やがて晨安が帰国する段になって、祖はこの件を彼に任せることに決めたのだった。今回、祖は「台湾島嶼文化と劇場の形成」といった博士論文を執筆するために、自ら台湾へ帰国して父を探すつもりでいた。父親はいったいその後どうなってしまったのか。すべてを失った中年男性の絶望と寂しさ、それに堕落、祖はあらゆる事態を想像した。あるいは、パパはもうこの世にいないのかもしれない。そう考えると祖はいつも不安な気持ちに押しつぶされそうになるのだった。

彼ら兄弟は父と再会する機会を失わないように、何があっても中国語を忘れないようにしてきた。言葉を話せなくなることで、二度と父に会えなくなるのではないかと恐れていたのだ。しかし、懸命に勉学に励んだ結果、二人の兄弟は最短期間で学位を取得することができた。いずれにせよ、早く自立するに越したことはなかった。

祖は晨安より三つほど若かった。彼の自由な思考や物事を自分で判断する能力を高く評価していた晨安は、知り合いのなかでも数少ない性格に問題のない人間だと言って彼を手放しに賞賛した。祖には積極さといったものが足りなかったが、それは習慣の問題であって、性格の問題とは違っていた。晨安は祖が明らかに単細胞の低級動物たちとは違うのだと言っていたが、晨勉にはいったい両者の間にどんな違いがあるのかわからなかった。

「お前の旦那、馮嶧《フォンイー》を見ればわかるだろ？　あれがまさに単細胞動物の典型さ」

「余計なお世話よ！」晨勉はてっきり弟が冗談を言っているのだと思った。

「可哀想な霍晨勉《フオチエンミエン》。お前の人生はまだ何も始まっちゃいないんだ」晨安の口ぶりはいつだって皮肉に満ちていた。

その言葉に、晨勉は思わずカチンときた。「それじゃあ、あんたの人生はもう始まってるっていうの？あんただって、ボロい家を何棟か建てて後ろ暗い金を稼いでるだけじゃない。正直に言いなさいよ。この前話題になった鉄筋コンクリートの放射能汚染マンション。あれはあんたんとこの会社が請け負ったものじゃないの？」晨勉は一家の男たちが日がな一日自分に批判的であるとわかっていた。

「ニュースとおしゃれにかけてはさすがに敏感だよな。まあ、それこそがつまりお前自身の価値ってやつさ」電話越しに晨安の笑い声が聞こえてきた。

当時の晨勉は正直なところ祖にあまりいい感情を抱いてはいなかった。きっと最低な男に違いない。上っ面だけで演技のうまい男に晨安は騙されているのだと思っていた。晨安の用件は、祖が研究を進めながら父親と連絡を取るのに便利なように、劇場で臨時の仕事を斡旋してやってほしいとのことだった。

劇場ではちょうどシナリオの翻訳を計画中で、ここ数年発表された作品を英訳する必要があった。やってみてもいいわよ。晨勉が答えた。

「霍晨勉。もしこれがうまくいけば、きっとお前の人生で一番有意義な仕事になるはずだぜ」晨安が突然真面目くさった口調で言った。晨安は一度として自分を姉と呼んだことはなかった。彼が二言目《ふたことめ》には口にする言葉は「このクソ野郎」だった。

「言葉には気をつけなさいよ」晨勉は言った。

あの日、晨安と話すまで、晨勉は目下自分が送っている生活が幸福なものであると信じて疑わなかった。家族に愛情、それに友情に仕事、人生のすべてが自分自身とぴったりと重なっていて、そこに足りないのはただ子供だけだった。しかも、もし子供ができれば、きっと最高の愛情をその子に注いでやるつもりでいた。出産は三十五歳と決めていて、その計画にはまだ五年ほどあった。

もちろん、晨安がそうした計画に同意しないことはわかっていた。あの子はきっと自分をこう罵《ののし》るに違いなかった。「お前ってやつは頭がおかしいんじゃないか。そんなふうに周到に愛情を注いで、また頭が空っぽの人間をひとり作るつもりなのか」晨安は両親を満足させるために子供を産むべきではないと考えていた。確かに、頭の悪い両親のなかには子供のもつ生命力に頼って生きるしかない者たちもいた。「子供のなかには生まれながらの少年工なんてのもいる。その子たちは両親を肥え太らせるためにだけ存在しているんだ。その子たちが普通の少年工と何が違うかわかるか？　彼らは金銭じゃなくて直接生命《いのち》を搾取されているんだよ」

晨安の口から溢れ出す理論は延々と尽きることがなかった。晨勉はやがて弟が何か道徳的な潔癖を抱えているのではないかと疑うようになった。ジェンダーやエスニシティに対する彼の本能的な拒否感を考えると、あるいは弟は同性愛者ではないのかもしれないと思えてきた。彼らはおそらく晨安のもつ別の一面を知らないだけなのだ。知らず知らずのうちに自分の好奇心からそうした考えを発展させていった晨勉は、父を食事に誘って自分の考えを告げてみることにした。

晨勉の考えを黙って聞いた父は猛烈に首をふった。「晨勉。どうりで晨安がお前のことを歴史をもたない悲観主義者だなんて言うわけだ。お前は人と違った考え方を受け入れることができないのか？」

「あれは人と違った考え方なんてもんじゃなくて、ただズレてるだけよ。私だって別に道徳的な立場からあの子を批判したいわけじゃないわよ」

父は再び首をふった。「なあ、お前はそんなつまらない人生を生きていて楽しいか？　ああ、お前の人生に何か大きな変化でも起きればいいんだがな。苦しみでも、あるいは何かを失うような経験でもいい。とにかくお前はもっと生活の匂いってやつを嗅ぎとるべきなんだ」年老いた父はいまでもこうした想像力に対する寛容さを失ってはいなかった。

確かに自分の人生にはいつもすぐそばに導いてくれる人がいて、寄り添ってくれる者たちがいた。結婚を除くあらゆる問題に関して、自分の言葉に耳を傾けてくれる人たちがいた。父の話は、ぼんやりとではあるが、自分に欠落しているのがある種の啓発の類ではないかと気づかせてくれた。晨勉はすでに結婚していたが、恋をすることまで止めたわけではなかった。劇場で働く者たちにとって色恋沙汰は日常茶飯事だったが、もしも誰かがそうした啓発から本物の愛情といったものを生み出したりすれば、それこそ荒唐無稽な笑い草だった。奇妙なことに、晨勉の周囲にいる者たちは誰ひとりとして真実といったものを信じてはいなかった。彼らが好んでいたのは自分自身がコントロールできる、つくられた生活だけだった。

せっかくの食事はひどく興ざめする結果に終わってしまい、二人はそそくさとレストランをあとにした。外はひどく清々しく、安らかな雰囲気に包まれていた。何かが起こったようにもまた起こるような気配もなく、すべては意味のないから騒ぎのように思えてきた。すると、なんだか自分が晨安が言うようなひどく平凡な人間であるような気がしてきた。人生のすべてが平々凡々で、そこでは何も劇的な出来事は起こらず、リアリティに欠けた世界だけが広がっていた。こうした中でもしも何かが起こるとすれば、きっとそれこそが運命と呼ぶに相応《ふさわ》しい出来事に違いないと思った。しかし、同時にひどく恐ろしくも感じた。果たして、これほど強い感情によってしか与えられた運命を変えることは叶わないのだろうか。

祖と顔を合わせることすら怖く思えてきた。もしかしたら、彼と出会うことで何かが変わってしまうかもしれない。あるいは、潜在意識の中で彼が自分の運命を変える何かを隠しもっていることをすでに感じとっていたのかもしれない。晨安の話を一方的に聞くだけで、実際彼がどんな人間なのかまだ何も知らなかった。

しかし、現実は想像していたよりも自然なものだった。

祖の名前が入ったリストを編集チームに手渡すと、チーフはすぐさま彼と面談したいと言ってきた。

初めて祖を目にした晨勉は、彼を音楽家のようだと感じた。ゆったりとした眉宇《びう》に泰然自若《たいぜんじじゃく》としたその様子は、さながらこころに小さな五線譜を秘めているようであった。背が高く、正確な中国語を話してはいたが、しかしその雰囲気と顔つきは白人のそれに近かった。

自分を見つめる晨勉の瞳に驚きの色を感じとった祖は、多少おどけたような調子で口を開いた。「ねえ、君。お願いだから、僕にバスケが得意かなんて聞かないでくれよ。僕を見た人間は、決まって僕がスポーツ選手に向いているなんて言うんだ」

「スポーツは得意かしら？」晨勉は笑いながらたずねた。

祖はしばらく考えた後、「本当のことを言えば、コートに上がればドリブルだってまともにできやしないんだ」

「本当？」

「面倒なことが苦手なんだ。球技の選手なんて、まさに面倒な存在だろ？」彼が冗談を言っているようには見えなかった。

初めて出会った二人が交わしたのは、運命や生活とはまったく縁もゆかりもないような話題ばかりだった。晨勉は自分の潜在意識を捨てることにした。何かが自分の運命を変えてしまうなんて馬鹿げてる。自分がまともにこうした相手と向き合えることに、晨勉はほっと胸を撫で下ろした。

面談が終わると、劇団はすぐさま彼をチームに加えることに決めた。祖は半年間台湾に滞在する予定で、晨勉がこのとき請け負っていた仕事は演劇「白い街」のリハーサルの舞台監督だった。それぞれが自分の仕事で忙しく走り回るなかで、やがて祖のこともすっかり忘れてしまった。

後々になって思い返してみると、運命の歯車は頭の中で繰り返されるあの声の時点から、すでに動き始めていたのかもしれない。「あなたはまだこの人生を続けたい?」「いいかな?」「僕と一緒に来てくれないか?」誰かが自分にそう問いかける声を晨勉は何度も耳にしていた。

まるでそうした抽象的な見えない力によって、自分の進むべき道が決められてしまったような感じがしていた。実際、この声がどこからやってきてなぜ自分に語りかけてくるのか、まるでわからなかった。晨勉はこの三つの言葉がもつ意味について晨安にたずねてみたことがあった。「おかしなことなんて何もないさ。いいか、祖はお前の運命がもつ磁場を変えたんだ。もしも俺がお前ならそんなふうにうじうじ悩んだりしないね。本当に馬鹿なやつだ」晨安は気だるげな調子で答えた。

海外から帰国した晨安はなんだか別の惑星からやってきた宇宙人のようで、まるで手の施しようがなかった。晨安の反応は晨勉をひどく不安にさせ、また将来を悲観するようになっていった。晨安が暗に知らせようとしていたのは、自分が日常のなかで向き合っている考え方や結婚生活、仕事や人間関係といったすでに死んでいったものたちばかりであった。祖は本当に自分のもつ運命の磁場を変えてしまうのだろうか。ただ、祖の存在だけが光を放っていた。

何にせよ、あの声の存在を忘れる必要があった。三つの言葉は予言か、さもなければ妄想性障害の類《たぐい》のように思えたが、あまりあれこれと気を揉みたくはなかった。目を閉じれば松明をかかげた女が目の前を疾走していて、まるで狂ったように、「間に合わない、もう間に合わないのだ!」と叫んでいるような気がした。

気持ちを落ち着かせるために、何かに集中する必要があった。そこで晨勉は「白い街」の演出家ルイと出会った。ルイは新進気鋭の演劇関係者で、弁舌を好み徒党を組むのが好きだが、決して他人から好かれているわけではなく、かといって彼らを無視するような度胸もないタイプの人間だった。晨勉自身、海外で演劇を学んできたために、それほど唯心論的な人間でもなかったが、それでも積極的に劇場のもつ雰囲気に馴染《なじ》もうと努力した。そんななかにあっても、晨勉はリアリティといったものを好んで追求してきた。

ルイの妻はすこし前に血液のがんですでに他界していた。そのせいか、ルイは劇場では熱心に仕事に打ち込み、それだけに権威的でもあった。役者たちは彼を恐れると同時に、その注意を引こうと躍起になっていた。晨勉とルイの関係は決してよくはなかった。彼らはパートナーであったが、同時に彼女の役目は舞台監督を兼ねていたために、どうしても衝突することが多かったのだ。

しかし、彼を嫌えば嫌うほど二人が顔を合わせる機会は自然と増えていった。ある日、彼女はルイがいつもひとり遅くまで劇場に残っていることに気づいた。他のスタッフたちが帰ってしまった後、彼は劇場の中央にある小道具を積んだ机の前で煙草を吸っていた。稽古のために空っぽになったリハーサル室でひとり舞台の注目を集めるルイの姿は光り輝いていたが、それを目にした瞬間、晨勉はある種のか弱い真相を、彼がこころに抱える痛みを目撃してしまったような気がした。

リハーサルを終えたある日、ルイはいつものように舞台の中央で煙草を吸っていた。扉を開けると、劇場内は煙草の煙で濛々としていた。彼女は黙ってルイの前に腰を下ろした。父の言ったことは間違っていた。おのれの愛情を更新することに関して、彼女は昔からひどく勇敢だった。しばらく黙っていたルイは、まるで何かに引き寄せられるように晨勉の頬を優しく撫でた。その瞬間、彼女は自分の愛情がひどく道義に適《かな》っていて、目の前にいる男を癒してやることができるのだと感じた。

「君はあいつによく似てる。本当に懐かしいよ。あいつの顔、ただそれだけあればいい。身体だって必要じゃない」触れれば壊れるような脆《もろ》い夫婦関係は晨勉をひどく悲しくさせ、同時に自分がまだ生きていることに不思議な感動を覚えた。ルイのこころの中で、妻はすでに過去の住人なのだ。しかし、自分が他の誰にも似ていないことを彼女は十分にわかっていた。

劇場のなかで行為に及ぶことこそなかったが、日常的に身体の接触を伴う仕事であるために、長期間の訓練ともなればそうした可能性も十分にありえた。彼ら劇場関係者たちにとって、セックスは最も自由な行為の一環だった。ただ、二人の場合はこころが先に触れ合ってしまったために、肉体的な関係をもつことが比較的難しかった。

ルイは晨勉を自宅へと連れて帰った。部屋には妻の写真が何枚か貼られていた。自らの空間のなかで生き生きと輝くその女性は、いまとなっては何ものをも侵すことが適わなかった。ルイは昔撮った実験映像をいくつか見せてくれたが、それらはひどく不自然で退屈だった。映像はレズビアンに関する自伝的作品で、彼女はこの手の映画をひどく窮屈だと思っていた。フィルムの中の女性は自らのアイデンティティを隠しながら恋愛する一方、性の源泉や身体に対する渇望に思いをめぐらせていた。ある箇所では、ロングショットでヒロインと仮初《かりそ》めの恋人がカフェテラスに座ってお喋りをしているシーンが撮られていたが、ヒロインが自らについて告白する場面では同じシーンが十分以上も続き、ひどく味気ない感じがした。

ルイの作品を批判することができなかった。以前なら何の遠慮もなく批判を加えることができたが、彼に特別な感情をもっているいまの自分にはとてもできない相談だった。それに、感情の上では常に男性の側に立っていると考える晨勉としては、同性愛に対して何か意見を述べるようなこともしたくなかった。どうしてルイが自分にこんな映画を見せたのかわからなかった。映画に出てくるのはどれも肉体ばかりだった。

ルイの手は器用すぎるほど器用で、脊椎に沿うように彼女の身体を愛撫していった。思わず笑い出しそうになった晨勉は、彼の注意を逸《そ》らすように口を開いた。「ねえ、どうしてあの映画には身体ばかり出てくるの？」

「へえ？　でも僕が撮ろうとしたのは主人公の性をめぐる心理だよ！」ルイが驚いたように答えた。

「きっとあなたが最初に興味をもっていたのは細部、身体がもつディテールなのよ。それもまた心理と言えなくはないんじゃない？」晨勉は慰めるように言った。

「慰めはいらないよ。身体ってやつを僕は何も理解していなかったんだ。身体のディテールだなんて、よしてくれよ」ルイは深いため息をついて言った。

どうも自分は無意識のうちにルイのこころを打ちのめしてしまったようだった。それは同時にルイに対する好奇心まで殺してしまったようで、まだ何もはじまっていないのになんだかひどく飽き飽きした気分になってしまった。きっとピントの合わせ方に失敗してしまったのだ。しかし、それでも二人は最後まで関係をもった。テクニックを重視するルイは身体の本能的な部分をひどく軽視していたが、だからこそ二人のセックスには性が満ち溢れていた。

晨勉の身体に興奮を覚えていたルイの身体は、しかしそのことに気づいた途端にすぐさま落ち着きを取り戻していった。

運命の磁場が大きく変えられてしまったことを認めざるを得なかった。「本当に悪かったと思ってるのよ」晨勉は涙を流しながら言った。

「君は悪くないよ。君の身体が僕のことを必要としていなかっただけのことさ。僕の方こそ、身体のディテールについて教えてもらって感謝してるんだ。これまでそんな意見を聞いたことがなかったから」

「でもあなた、演劇を勉強してきたんでしょ?」晨勉は驚きのあまりすっかり涙を流すのも忘れてしまっていた。

「男ってのはついついテクニックを崇拝してしまうものなんだ。身体を見ればつい征服したくなる」ルイは自嘲気味に笑った。

結局、この件は喜劇として幕を閉じた。以来、ルイは親友として晨勉の味方をしてくれるようになった。晨勉の身体こそが本当の友人だと主張するルイは、それを理解する必要はなく、ただ直感を信じて愛せばいいのだと言っていたが、同時に彼自身は永遠にそのチャンスを失ってしまったのだと零《こぼ》した。晨勉は自分の運気について十分承知していた。こうした華のある交際は往々にして友人たちの心身を破壊していったが、ルイには家庭もなければ妻子もおらず、その点で何も恐れる必要は何もなく、傷つくのは晨勉ひとりだけだった。幸運だったのは、少なくとも彼女自身がルイの気まぐれな性格をはっきりわかっていることだった。

なんだかこころも身体もすっかり萎びてしまったような気がした。まだ何も起こっていないのに、ずいぶんと歳をとってしまったような感じだった。そしてふと、もう長い間、例の声を聞いていないことに気づいた。どうやらもうひとりの主人公が海外に出てからその声が聞こえなくなってしまったようだった。ひどく塞ぎ込んだ気持ちになって、なんだか自分の個性まで消えてなくなってしまったような気がした。もしも個性がなければ、そこでは何も起こるはずがなかった。まとまりのない生活は散漫として、こうした境遇を一言で言ってしまえば、まさに座して死を待つといった言葉がぴったりだった。

祖のことがふと頭をよぎった。レールの敷かれた人生において重い使命を背負って歩くその姿を思い、なんとかして彼を助けてやりたいと思った。あれから、父親の行方はつかめたのだろうか？

オフィスに行ってはじめて、彼が休暇をとってアメリカへ帰国していることを知った。なんでも、アメリカにいる母親が交通事故にあって、詳しい状況がつかめなかったらしい。彼のデスクには家族写真が立てかけられていた。小学六年生くらいだろうか。祖と彼の弟は母親と瓜二つだった。祖の母はその容姿もさることながら、自己主張の強そうな美人だった。このような表情の女性が何事もなくその生涯を終えてしまうことはおそらくありえなかった。祖の母はまたどこか舞台女優のような顔つきをしていた。それは愛することも恨むことも決して躊躇することのない表情とも言えた。それに比べると、祖の父は非常に温和な感じのする男性であった。晨勉の脳裏にふと、ルイの部屋に飾られていた彼の妻の写真がよぎった。帰る場所がある男には、そのことをきちんと教えてやる必要があるのかもしれない。

写真を見たその日、晨勉は再び例の予言を耳にした。「あなたはまだこの人生を続けたい？」晨勉は答えた。「ええ。続けたいわ」それからしばらくして、晨勉は不思議な高熱に襲われた。「白い街」の上演が近づいていたせいもあって、休暇を取りたいとはなかなか言い出せなかった。舞台監督の仕事は舞台全体の監督と舞台の表と裏をうまく切り盛りしていくことで、劇場側はチケット販売と宣伝も重視していた。これほど疲れる舞台をこれまで経験したことはなかった。その原因がルイだということはわかっていた。もしも演出家である彼に国際的な名声があれば、誰も興行成績など気にしなかったはずだ。晨勉は舞台に上がった自分の一挙手一投足がひどく芝居じみているように感じていた。あまりにも深く芝居にのめり込みすぎたせいで、どのように動いていいのやらすっかりわからなくなってしまっていた。

誰かに手を差し伸べてほしいと思っていたちょうどそのとき、祖が劇場へ戻ってきた。

その日、彼らは初めて夜通しでリハーサルを行った。ルイは晨勉を連れて照明や衣装、セットや小道具など舞台の内容をひとつひとつ細かくチェックしていった。公演が近づけば近づくほどルイは苛立ちを募らせ、おのれの感情を抑えなくなっていった。「君が言っていたディテールってやつをようやく理解できるようになってきたよ。これぞまさに探求するにふさわしいものだ。それ以外のことなんて、誰でも知っているクソみたいなもんさ」

彼らは何度もリハーサルを繰り返したが、あるシーンの技術的な部分をどうしてもうまく克服することができないでいた。観客席に深く身を沈めて考え込んでいたルイは、すぐそばに座っていた晨勉に向かって口を開いた。「なあ、ちょっと気分転換に外で一発やらないか？」

「征服できないものにぶちあたったから、身体のことを思い出したってわけ？」晨勉は笑いをこらえながら答えた。

「そうさ。あるいはヤッてる最中に何かインスピレーションが得られるかもしれないじゃないか」ルイは一段と大きく声を張りあげると、「君はどうやって身体のディテールを理解したんだ？　リハーサルがセックスより難しいなんて僕は信じないぞ」

　すると突然、二人の背後から声が聞こえた。「セックスの際には灯りを消すのを忘れない方がいいと思うな。あるいはインスピレーションは第二幕の亡霊がのりうつってくるシーンで照明を消して蛍光灯を使えば、灯りをつけたときに人と亡霊が同時に現れる形になるから、演出にも緊張感が出てうまくいくんじゃないかな。技術的な部分もこれでだいたい解決できると思うけど」

　祖だ。彼が帰ってきたのだ。しかも、ルイとの会話を聞かれてしまった。彼は先ほどの会話の内容を真《ま》に受けるだろうか。

　ルイは客席から身を起こすと、声の主を探した。暗い観客席の後ろから灯りのもとへ姿を現した祖は、まるでこの惑星《ほし》の暗闇を司る神のようだった。

　晨勉は両者を仲介する形でお互いを紹介した。祖を舞台に上げたルイはもはや恥も外聞もなく彼の教えを請うた。彼女は舞台の下から二人が議論している姿をじっと眺めていた。スポットライトは祖のいる場所を照らし出して、反対に晨勉は暗闇の中に身を沈めていた。まるで少しずつ沈んでいく孤島のように海岸線に浮かぶ灯台を眺める晨勉の頭に、ふと不思議な思いがよぎった。「お願いだから降らないで。雨に濡れるのだけはいや。雨は私を深く深く沈めていくから。どうか私を海の中にひとりぼっちにしないでちょうだい」その瞬間、晨勉はなぜか雨に対する新たな恐怖を覚えたのだった。

　舞台に残ったルイはそのまま指導を続けて、一方、舞台から降りてきた祖は彼女のそばまでやってきた。しばらくの間、祖は通路側の席に座る晨勉をじっと無言で見下ろしていた。「オフィスまであなたを探しに行ったのよ」たまりかねたように晨勉が口を開いた。

「知ってる。デスクの写真が誰かに見られてたことも」祖が微笑を浮かべて言った。晨勉の瞳を見つめながら、彼はそっとその頬に手を差し伸べてきた。「熱があるね」

不思議とは思わなかった。晨安が言っていたように、彼は身体全体で相手の生命を感じることができるのだ。祖の身体はまさに魂そのもので、一見するなり自分が風邪を引いていることを見抜いたのだった。

うつむいた晨勉が小さな声でつぶやいた。「ごめんなさい。晨安があまりにも誉めるもんだから、あなたを無意識に避けてたみたい」顔を上げた晨勉は続けて、「お母さんは平気だった？　お父さんとは連絡がついた？」あまりにやぶからぼうな言い方だったために、自分でも思わず失笑してしまった。

「二人とも元気さ」祖は相変わらず彼女の頬を撫でながら話を続けた。

「お父さんの消息がつかめたの？」晨勉は驚いて言った。

祖は首を横にふった。「いや、でも手がかりはあったかな。でもはっきりしたものじゃないんだ。パパはどうも再婚したらしくて、最近息子がひとり生まれたらしい。パパもようやく新しい生活をはじめることができたんだ。きっとたくさん時間をかけて悩み抜いたに違いないよ。いまじゃもう諦めてるんだ。パパの生活を邪魔するわけにはいかないからね。ママなら平気さ。ただのかすり傷だから。僕をアメリカに呼び戻したかっただけなんだよ。ママはいつだって相手を力ずくで支配することしか知らないんだ。長い時間をかけて、ようやくママが僕たち兄弟をちっとも愛していなかったことに気づいたんだ。でも、いまではもうすっかりふっきれたかな」彼はこれまでに起こった出来事を一気に吐き出した。

彼は両手ですっぽり晨勉の顔を覆っていたが、しばらくしてからようやく彼が掌で自分の熱を冷まそうとしているのだと気づいたのだった。「こんなことに惑わされちゃダメよ！」晨勉は自分にそう言い聞かせた。

「いいかな？」祖は自分のそばにある席を指差して言った。

その言葉に晨勉の心臓が思わずぴくんと跳ね上がった。それが頭の中で繰り返されるあの声とまるで同じだったからだ。「いいわよ」晨勉が答えた。何にせよ、これ以上掌を顔にあてられ続けるのはごめんだった。

両手を離した祖は、晨勉の隣に静かに腰を下ろして舞台を眺めていた。そのときになって、晨勉はどうして祖がこんな時間に劇場に姿を現したのか不思議に思った。

「いつ戻ってきたの？」

「さっき着いたばかりさ。時差ぼけがひどくてね、まだ時間の感覚がぼんやりしてるんだ。だから今夜は一睡もしない方がいいと思って。そこでちょうど君たち劇団の開幕が近いことを思い出して、きっと今ごろリハーサルをしていると思ったんだ。でも、本当のところを言えば、ここに来たのは君に会いたいと思ったからなんだ」

晨勉は振り返って彼の顔を見つめた。祖は相変わらず涼しそうな顔をしていたが、その表情には一抹の疲労の色が浮かんでいた。「この年になって、僕は初めて君のような自分に救いの手を差し伸べてくれる人に出会ったんだ。誰かがこんなふうによくしてくれる感覚は君にはわかりにくいかもしれないけど。いまの僕は空っぽの状態で、だからこそ誰かにそばにいてほしいってこころから思っていたんだ」

「私、結婚してるのよ」いったいどう答えていいかわからなかった。

「君は本当に健康的だね」彼は微笑を浮かべて言った。「知ってるかい？　もしも僕のママがそんな言葉を聞けば、きっと相手の男にビンタの一発くらい食らわせていると思うよ。でも、ママが人生で聞きたかったのは、きっとその手の話なんだ。君は違うよ。だって、君はこういった話を笑い話にすることができるから。例えばさっきルイが君に言っていたようにね」

「冗談で言ったのよ。そのくらいの区別、私にだってつくわ」

「そうかもね。僕のママもいつも演技をしているような性格なんだ」

晨勉は舞台を見つめながら話を続けた。「ずっと何かを演じ続けるなんて恐ろしいことよ。でもなんだかわかる気がする。あなたを避けていたときの私がそうだったから」何かを演じることを嫌って、自分はこうした可能性から目を背《そむ》け続けてきたのだった。

祖が差し伸べた手で固く晨勉の手を握り締めると、二人の間に束の間の沈黙が流れた。

「舞台が終われば、お祝いに一杯やりにいこうよ」祖が笑って言った。

技術的な問題が無事解決すると、リハーサルはあっという間に終わった。ルイは特別に役者とスタッフ全員に祖を紹介した。晨勉はふと劇団員たちのなかで唯一、祖だけが自分と感情的なつながりをもっていることに気づいた。夫の馮嶧《フォンイー》が自分のこころに入り込む余地はなかったし、ルイは自分とは違ったタイプの人種だった。

彼の感情には艶があった。それまで出会った男たちは鏡のように晨勉の影を映すだけだったが、祖の場合は彼自身が光を放つ実体でもあった。

ルイはヒロイン役の女優を連れて飲みに出かけたが、それはどうも新しい恋人のようだった。ルイのこうしたやり方を決して悪いと思わなかった。反りの合わない愛情に嘆きなど必要ないのだ。亡くなった妻を追悼するルイの姿はすでに十分すぎるほど厳粛だった。

深夜二時を過ぎていたが、祖は明日の夜まで眠らずに時差ぼけを治すのだと言った。小さなバーの中は宵っ張りたちで溢れ、大いに賑わっていた。

バーに入った祖はコロナを注文した。それはメキシコ産のコーンビールの一種で、彼はアルコールにレモンを沈めて飲んでいた。彼自身はさっぱりしたその味が好きだったが、アルコールに弱い晨勉にはワインにチーズを合わせて飲むように勧めてきた。そして、ワインには何よりもチーズが合うこと、それに治癒の効果もあるのだと続けた。身体以外すべてが麻痺状態になっていた晨勉の頭は、まるで身体の言いなりだった。そしてその身体もまた祖の言いなりだったが、面白いのは彼女自身がまったく自分の身体について理解していないことだった。晨勉は何かを懐かしむように一杯、また一杯とグラスを空けていった。

「霍晨勉《フオチエンミエン》は飲めば飲むほど勇敢になるんだな」ルイが驚いたように言った。

どうしたことか、ヒロイン役の女優はひどく晨勉に冷たい態度をとっていた。よりによって自分の頭がまったく働かず、舌もろくに回らないときに限ってそうだった。ルイと祖の二人が世界の演劇について熱く語り合っている声が聞こえてきた。すると、徐々に自分の意志がはっきりと目覚めていくのを感じた。そしてふと、祖と世間との間には何か大きな隔たりのようなものがあるのではないかと感じたのだった。それはまた、彼がある種の天才か偏執狂の類であることも意味していた。

明け方五時になって、バーはようやくシャッターを下ろした。ルイはまだまだ飲み足りない様子で、この近くに早朝八時まで開いている店があるのだと言った。例の女優はもうおひらきにしたい様子だったが、それでもルイについていった。そのときになって、ようやくこの女優がルイと親しくしているのは自分に見せつけるためであったのだと気づいたのだった。

しかし、ルイが自分と関係をもったことを、あるいはルイ自身がはっきりと覚えていないかもしれなかった。また、彼の性格からして自分からそれを口にするとも思えなかった。つまり、あの女優は自分の猜疑心でおのれの首を絞め続けていたわけだ。

これ以上はもう十分だと言ったが、ルイはまだ飲み足りないと言って、件《くだん》の女優を連れてそのまま飲みに出かけた。晨勉はため息をついて言った。「怖いわね。自分で作った妄想であんなふうになっちゃうなんて。きっとディテールに至るまでリアルな想像だったのね」演劇を現実の世界に持ち込むことは危険極まりない行為だった。再びため息をついた晨勉は、いつの間にか熱が下がっていることに気づいた。

「身体を壊すってことは、実は他の何かを壊すよりも難しいことなんだ。僕なんてずっと自分の身体を壊したいと思ってるよ」祖が笑いながら言った。

晨勉も笑って答えた。「確かにね。私だってもう何千回も身体を壊してるのに、それでもまだこうして倒れずに生きている。でも、あなたの身体は使いすぎて壊してしまうにはもったいないわよ。だってあなたは他の人のような単細胞動物じゃないんだから」

六月、黎明前の空はくすんだ灰色に近かった。もう少し待てば、空の彼方が灰色から赤へと変わり、そこから青い光が滲み出すはずだった。そうすればやがて夜が明ける。

二人は静謐に満ちた台北の路地裏まで車を取りにいった。「この十五年間、僕は一度も台北の路地裏に足を踏み入れたことがないんだ」そして、台北に広がる路地裏が一番懐かしい場所なんだと言葉を続けた。小さなころ、弟と二人路地裏で遊ぶように言いつけられてきた祖は、大通りに出たことがなかったのだ。

「やっぱり、家に帰らなくちゃ駄目かな？」祖は相変わらず眠る様子がないようだった。

「リハーサルがあるのよ」晨勉が頷きながら答えた。

祖は海が見たいと言った。子供のころ、夏になると両親と一緒に海辺で遊んだことをまだ覚えていたのだ。アメリカはあまりに広く、砂浜のある場所はいつも旅行者たちで溢れかえっていて、海は見にいくものではなくレジャーやバケーション、さもなければプライベートビーチのような場所でしかなかった。彼の記憶の中では海まではいくらか距離があった。すぐ近くに海があると教えてやると、祖は少しはにかむようにして、「運転できないんだ。悪いけど代わりに運転してもらえるかな？」晨勉は驚いてしまった。「運転できないの？」祖は笑って答えた。「ママが習わせてくれなかったんだ。その方が僕たちをコントロールしやすいからね」アメリカのような国で、しかも祖のような成人男性が車を運転できないというのは何とも不思議な感じがした。

六月の砂浜はその空と同じように、艶やかな季節がもつ温和さを欠いていた。明け方の道はひどく空いていて、三十分もせずに目的地に辿り着いた。海開きにはまだ早く、浜辺はまるでゴーストタウンのようだった。そこではただ波だけが生命をもっていて、自らを陸地に押し上げようとしていた。砂浜には艶やかな黄色い天人菊《テンニンギク》が咲き乱れ、朝の匂いに混じったむっとする草いきれが、ほんのりと生臭さをふり撒《ま》いていた。灰色の砂浜と藍色をした海水はひどく立体的で、油絵かあるいは記憶の中に出てくるワンシーンのように見えた。

いったいそれをどう言えばいいのやら、現実の荒唐無稽さが生み出したこのコントラストに晨勉は奇妙な興奮を覚えた。

青白い空が海の向こう側から浜辺にかけて伸び、それが白人のような祖の容貌の上で凝縮していた。二人の周囲は暗闇に包まれていて、砂浜に横になった晨勉はじっと空を見上げた。静寂の中、二人は原稿用紙の片隅で何かが書き込まれるのをただじっと待っていた。あるいはその瞬間、二人は深い運命の中に横たわっていたのかもしれない。大きくなってから関係をもった男たちは、父親を除いてほとんど自分と同じような背景をもつ人間ばかりだった。それは晨安もまた例外ではなかった。彼らはみな海外へ留学して、それからこの島へ戻ってきた人間たちであった。祖もまたそうした経歴をもった人々とよく似ていた。なんだかひどく不安な気持ちになった。あるいは、彼もまたこの社会から選り分けられた人間のひとりに過ぎないのだろうか？　大人になってからの生活は一見すると自分の手で築き上げられたものであるように見えたが、小さいころの出来事を晨勉は何ひとつ覚えておらず、それが自分の人生に必要なものだとも思わなかった。なぜなら、彼女にとって過去とはゆらゆらと揺れる影法師でしかなかったからだ。こうした断絶は人為的に造られるものではなく、ただ運命としか言いようのないものだった。それだけに、自分が運命に選り分けられてしまうことをひどく恐れていた。

「ねえ、小さなころのことって覚えてる？」

「全部覚えてるよ。僕が怖いのはたったひとつだけ。過去を忘れてしまうことさ」

「私の記憶はあっという間に零《こぼ》れ落ちていくのよ」晨勉がため息をついて言った。「すべての出来事が真夜中に起こってるんじゃないかってくらい。だから私は一生懸命頭を使ってそれをプールしていくの。物心がついてから、私はいつも真夜中に遊ぶ子供だった。昼夜逆転の生活。だからきっと何も覚えていないのね。私はね、たまにこの世界が炎の中で燃え上がる一軒の家のような気がするの。何も知らない人たちは気も狂わんばかりにバカ騒ぎをしていて、煙の匂いにもまるで気づかない。その人たちはいったい何が燃えているのかすら一生気づくことなく、最後の最後になって家は燃えてなくなっちゃうの。私たちはこうして記憶をなくしてしまったのよ」晨勉は過去をもたない人間がもつ楽観性と、いまこの瞬間にしか生きることのできない悲観性といったものをうまく他人に説明できないことをよくわかっていた。

「僕は全部覚えてるんだ」肘をついた祖の顔が視線の上に浮かんでいた。「君は僕を孤独から救ってくれた。だからこれからは僕が君に記憶を作ってあげる。いいかな？」

「ねえ、もう一度言って」晨勉は再び例の予言を耳にした。「お願い、もう一度だけ」彼女は哀願するように繰り返した。どうしてこんなにも簡単な言葉をいままで誰も自分に言ったことがなかったのだろうか。

「晨勉、何か聞こえたのかい？」祖の声は優しい呼びかけのようにこころに響いた。

「記憶よ」晨勉は涙を流しながら答えた。

肘を崩した祖が身体を摺り寄せてきたが、その重みからは確かな「誠意」が感じられた。彼が伝えたかったのは自分が何よりも晨勉を必要としているという一点に尽き、それは他に必要としているものが手に入ったから次の相手を欲しくなったといった類のものではなかった。

彼がもつ無垢なまでの愛情は、晨勉をひどく怯えさせた。果たして、男は自分が人生で一番大切だと思うものを本当に愛することができるものなのだろうか。これまでこうした問題と真剣に向き合ってきたことはなかった。何よりも、祖の身体が示す反応は彼女を困惑させた。彼の身体はまるで大脳の支配を離れているようで、晨勉に考える時間を与えてくれなかった。それは単独で存在していて、しかも自由だった。思うままに行動して、それがどこへ向かおうとしているか、彼自身まるでコントロールするつもりがないようだった。彼はこの単独で存在する身体にすべてを任せて、出口を探し求めていた。変化に富んだ祖の身体は、身体が生み出す技術的な部分だけではなく、身体そのものがもつディテールによって存在していた。そのリズムや腰つき、首筋や息遣いのすべてが、それと相対《あいたい》する晨勉の身体にひどい渇きを与えた。それが欲望と呼ばれるものであることはわかっていた。同時に、晨勉は自分からも何かを差し出したいと思ったが、それを祖にうまく伝えることができないどころか口を開くことすら適わなかった。すべてが終わってから、祖の動作にとりたてて強烈なアクションがなかったことに気づいた晨勉は、すっかり困惑してしまった。特殊なその身体に触れたくても触れられないときのことを思うとひどい孤独を感じた。そのときになってようやく、自分がいったい何を恐れていたのか理解することができた。感情的な衝突によって血を流すことを少しも恐れてはいなかったが、おのれの身体が苛まれ、試練を受けることだけは耐えられなかった。晨勉は自分の身体が自立していることを望んでいたが、祖によってその自立はあっけなく侵されてしまった。このような経験は、これまで関係をもった男たちの間では決して起こりえなかったことであった。

それは月の明るい夜だった。空気中に塵が舞っていたせいで、遠くに見える街はまるで燃えあがるように夜空の中に跳躍していたが、二人の周囲は静寂と海のもつ深い暗さに取り巻かれていた。自分の身体がますます深く沈んでいくのがわかった。それもこれも、自分が祖をかどわかしてこの場に連れてきたせいだった。

横たえた身体を支える砂は柔らかく、流動的だった。砂の摩擦から身体のリズムは緩慢になってていき、晨勉はやがてオーガズムを迎えた。彼らは互いを迎え入れるように相手の滑走路へと下降していき、身体は永遠に尽きることなく延びていくその滑走路を滑り続けていた。二人は難易度の高いフライトを好んだが、それは身体が生来もった情熱への行使でもあった。それまでもっていた性に対する余裕は、祖によって完全に打ち壊されてしまった。その瞬間、あまりの幸福にある種の悲哀に似た感情が湧き上がってきた。これまで積み重ねてきたセックスに関するあらゆる記憶が、おのれ自身の身体が、そして身体に対する考え方のすべてが失われようとしていた。祖を拒絶することができなかった。ひとつだけ確かなことは、祖にはセックスの経験がないことだった。だからこそ、晨勉はこれまでの肉体がもっていた記録を失うことができたのかもしれない。いったいどういった天恵から童貞男性がこのような身体をもつに至ったのかまるで理解できなかった。都会で暮らしてきた晨勉は、大学に入るとそそくさと初体験を済ませていた。しかし、初体験がそこまで重要ではないことを今日になってようやく知ることができたのだった。それは祖が身をもって教えてくれたことでもあった。「祖《ズー》、ありがとう」晨勉が小さな声でささやいた。これ以上、続けることはできなかった。空は急速に白く滲み始め、舞台の明かりにも似た青い濛々とした光が二人を包みこんでいた。空の彼方に雷の音が響き、稲光が走った。そうした劇的なシーンはひどく現実感を欠いていた。「雨が降るんじゃないかしら」晨勉が苦笑いを浮かべながら言った。二人は言葉を交わすことはなかったが、その身体はすでに自分たちの運命を受け入れていた。彼らは砂にまみれた身体をぴったりと寄り添わせていた。

「台湾のお天道《てんとう》さまにも道徳的な力があるのかな？　もしそうなら、今度は必ず最後までやるって誓うよ」

そうね、晨勉が笑った。情事を続けていくには、恐ろしい雨に、どうにも気が散ってしまう砂の存在が邪魔だった。

「雨が怖い？」空を見上げた晨勉がたずねた。

その言葉を聞いた祖が晨勉の手を強く握り締めてきた。明るく、しかし朦朧とした砂浜を走る二人が向かう先はどこまでも未知数だったが、それは決して幻想や期待を抱くような性質のものではなかった。晨勉はいやというほど自分を理解していた。平凡な性格をした自分は荒唐無稽な生活にあこがれ、堕落した人生を送ってもかまわないとさえ思っていた。ただ、朝目覚めたときに、昨夜何があったかを覚えていたかったが、それはいつも徒労に終わった。しかし、いまこの瞬間の自分は決して平凡な存在などではなく、しかも昨夜何が起こったのかすらはっきりと記憶していた。それがもしも他の男であれば、きっと晨勉の方がその男を啓発していたに違いなかったが、いま自分の身体を啓発しているのは他ならぬ祖の方だった。あるいはこうした日が来るのをずっと待っていたのかもしれない。うまく説明することができなかったが、晨勉は自分の身体がまだ何もはじまっていないのだとわかっていた。しかし、まさか自分に新たな啓発を与えたのが童貞である祖の身体だとは思いもよらなかった。これでも自分の身体はいろいろと経験してきたはずだったが、どうしてよりによって彼の身体などに啓発されてしまったのだろうか。感情に一文の価値もないと考える晨勉は、おのれの人生を浪費するようなことだけは避けたかった。ちょっとした過ちによって情操に溢れた祖の人生を浪費してしまうことは、相手にとってもひどく不公平に思えたからだ。祖はいつだって犠牲を払ってきたが、自分にはこれ以上犠牲にできるようなものは何もなかった。なんだか泣きたい気分だった。自分がすでに過去の人になってしまったような気がしたのだ。

「何を考えているんだい?」彼の表情は相変わらず生き生きとしていた。

「ねえ、あなたはどうしてこの島に戻ってきたの?」晨勉は彼から身体を引き離した。どうにかして彼から自分の身体を隠したかった。

「これまではずっとパパのためだと信じてきたんだ」

「そうじゃないの?」

「パパを探している間に、それまでとは違った考え方が生まれてきたんだ。パパが僕たち兄弟を連れてママに留学を命じたのは、おそらく偶然なんかじゃなかったんだってこと。きっとパパはママのもつあの強烈な愛情と独占欲に我慢できなくなったんだよ。ママが離婚を切り出したことも、パパにとってはきっと想定内のことだったんだ」

「この数年間、ずっとひとりでそれを考えてたの?」晨勉が小さな声で言った。

「僕が一番孤独に苦しんでいたとき、君に出会った。晨勉、喧騒のなかで完璧を求めない君の性格とその考え方が僕をこの島に呼び戻したんだ。それはパパのためなんかじゃない」

晨勉はじっと車のフロントガラスを見つめていた。二人が乗った車はもうすぐ台北市内に入ろうとしていた。家に帰ればすぐにでも眠りたかった。目の前の道路を見つめる晨勉の脳裏に、ふとある声が響いた。「本当に残酷よね。それでもあなたはまだこの人生を続けたい?」まるで冗談のような話だった。晨勉は生涯この島から離れるつもりはなかった。自分の人生は間違いなくここにあるのだ。

「私はずっとこうして生きてきた。いまさら何かを変えるなんてできっこないのよ」晨勉は思わず脳裏に浮かんだその言葉に反駁《はんばく》した。

突然飛び出した晨勉の言葉に、祖はまるで話の手順をステップするように話題を変えた。「いまの仕事が一段落したら、一緒にこの国を出てどこかの島を旅行しないか」

「どうして私があなたのルールに従わなくちゃならないわけ?」ハンドルを握る晨勉が、横目で祖を見ながら答えた。自分が本当に彼を必要としているのかどうかさえわからなかった。晨安はやはり正しかった。自分はきっとろくな死に方をしない単細胞動物に違いない。

晨勉は生まれて初めて驚くほど長い沈黙を体験した。選択する余地もなく、人生で最も長い窒息期間を味わうことになってしまったのだ。帰路も半分に差し掛かると、祖もすっかり口を開かなくなってしまった。

ラッシュアワーに遭遇した車はいよいよその動きを緩めて、互いの沈黙もそのぶん長く感じられた。それだけにこの後、何かが起こるかもしれないといった予感も徐々に強くなっていった。晨勉は自分の頭の中がすっかり真っ白になってしまったのを感じていたが、祖は存外落ち着いている様子であった。

車がようやく家に辿り着いた。そこは深く静かな路地で、まるで少年時代の生活を延長したような場所だった。昨晩路地に溢れかえっていた車は今朝にはすっかりその姿を消して、沈黙が醸し出すプレッシャーはますますその重みを増していった。これから何が起こるのかわかっていた。祖の身体は次の島へ旅行するまでもちそうになかった。彼の身体はすなわち魂そのものであった。

晨勉は呆《ほう》けたようにシートに座っていた。彼の掌が首の後ろを優しく撫で、その頬をゆっくりと近づけてきた。一晩中眠ることのない彼らはまるで二羽の不死鳥のようだった。祖の唇が晨勉のそれを嗅ぎ取り、まるで哀願するように誘惑してきた。その瞬間、はらはらと涙が零《こぼ》れてきた。これまで出会った男たちのなかで、これほど誠意をもって自分を誘惑してきた者はいなかった。それは身体ではなく、愛情を満足させる行為であった。

「あったかい。熱は下がったみたいだね」深い口づけを終えた祖が言った。

「まだ下がってないと思うけど」

「もう少しだけ付き合ってくれるかな?」祖が言った。

祖の暮らす小さな部屋は明るく、シンプルな内装からは生活感がまるで感じられなかった。ただこのような空間は何か考えごとをするには最適だった。

自分はいま彼の暮らす島へ、男の島へと足を踏み入れたのだ。晨勉は自分がこの孤独な島を慰める必要があるのだとわかっていた。

明るくシンプルなその部屋のなかで、祖が優しげな微笑をたたえていた。それはまさに声を持たない愛だった。明るいその空間のなかではすべてを目にすることができた。二人の身体はそこで静かに膨張していった。いったい彼がどんな気持ちでいるのか知りたくなった晨勉は、自らの身体を使って彼にたずねてみた。

「僕と一緒に来てくれないか？　頼むから僕から逃げないでくれよ」祖はほんのわずかでも晨勉から目を逸らすのが惜しいといった様子で言った。

晨勉は繰り返されるあの予言が穢《けが》れなきこの場所で事実へ変わっていく瞬間を耳にしたが、もはやそれを恐れはしなかった。こうして二度目の処女を失った晨勉は、二度と彼との間に壁を築かないと決めたのだった。

強く抱きしめた祖の身体は、それまでとはまったく違った新たな身体になっていたが、そのことはまた晨勉自身にもいえることだった。それこそがまさに二人が向かうべき島であった。それはいまだかつて誰も足を踏み入れたことがないにもかかわらず、いつかどこかで見たことのある光景であった。こころに広がる驚きと喜びは限りなく純粋で、それは死や悲哀の感情に近かった。

晨勉は頭に浮かんだ疑問をそのまま口にした。「ねえ、あなたにも英語名《イングリッシュネーム》ってあるのかしら？」

祖はすばやく晨勉の身体に滑り込んできた。その身体はまるで明け方の空のようで、白く柔らかい光が室内に満ちていくように晨勉の身体へと潜り込んだのだった。祖はその柔らかな光を自らの腕のなかに集めると、晨勉の背中にそっと手を回した。それはまるで映画のワンシーンを切り取ったかのような光景だった。そうして、祖は自らの名前を厳かな調子で口にした。「ダニー」

「僕と一緒に来てくれないか？」祖が繰り返してその言葉を口にすると、二人は同時に手を携えて高みへとのぼりつめていった。まるで前世で約束したかのように、晨勉は本物の高みをその目で目撃することになった。その瞬間、晨勉は初めてセックスが音楽のように抽象的な真実を伝えることのできるすでに滅びてしまった古い芸術の類であることを信じることができた。不思議だったのは、童貞である祖がどうしてこうした高みにのぼりつめることができるのかという点だった。

ベッドから身を起こした晨勉は、バッグから銀色に輝く指輪を取り出して、再び彼のそばへと戻ってきた。待ちきれぬように身を起こした祖は、「きれいだ」と言って彼女を抱きしめた。

自分の中で身体が最も子供っぽい部分であることはわかっていた。晨勉の身体は無邪気で飾り気がなく、それでいてひどく悪魔的だった。その身体は性を拒むことができなかった。

晨勉は祖に指輪の内側を見るようにうながした。そこにはDanneという文字が彫り込まれていて、それを見た彼はひどく混乱した表情で彼女を見つめた。

朝焼けの中に立つ晨勉の骨格は柔らく繊細であったが、彼女はそれを隠すこともまた見せびらかすこともしなかった。

そこで、晨勉は自らの過去について語り始めたのだった。「アメリカの大学院を卒業して帰国する最後の日に、ニューヨークの街をぶらぶらしてたのよ。そこでヨーロッパの装飾品を専門に扱う路地に入って、急に自分への記念品を買っておきたくなったの。この孤独な日々を記念する、何かが欲しいと思ったから。たくさんの西洋人の顔が浮かんでは消えていったけど、そこには私を引きつけるものは何もなかった。行き止まりまで歩くと、この土地を離れる私はきっと二度とここには戻ってこないんだって思ったの。小さなころからあちこちを旅行するのは苦手な方だったから、どうせならこの機会にヨーロッパを経由して帰国しようと思った。そこでスケジュールを急遽変更して、ヨーロッパ経由で台北へ戻ることに決めたわけ。寂しかったけど、こころはなんだか想像のなかにある子宮に舞い戻ってもう一度生まれ出るのを待っているみたいに落ち着いていた。ドイツのミュンヘンに着いたとき、大学街にある一軒の旅館に泊まることにした。そこはなんだか見覚えのある場所で、黄昏時にその旅館近くにある商店街をぶらぶらしていたら、欲しかったこの記念品を突然見つけたのよ。それはデザイナーが手ずから作った装飾品を直接取り扱う専門店で、店のショーウィンドウにこの指輪が置いてあったの。シンプルなデザインで、まるで舌を伸ばした蛇みたいな形をした指輪。巳《へび》年の私はなんだか急に親近感を感じたのよ。指輪は紺色のビロードの上で静かに光っていて、まるで何かを待っているみたいだった。店の人は商品の購入は物々交換が条件で、同じ価値のある芸術品としか交換しないんだって言った。新しい芸術品が現れて、はじめて自分たちの店の商品を手に入れることができるんだって。彼らには独自の鑑定委員会のようなものがあって、それが交換可能かどうか判断してくれるらしくて、私は三日間結果を待った。ちょうど真珠のイヤリングを持ってたから、それと交換することにしたの。そのころ、ヨーロッパではアジアブームが起こっていて、真珠のイヤリングはとっても東洋的な雰囲気があったからちょうどよかったのよ。そして三日後、店からは交換してもいいと連絡があった」

「君はここに彫られた言葉に何か意味があると思うかい?」

晨勉は人差し指と親指で指輪を挟むと、それを光にかざしてみた。「私は前世や輪廻なんて幻想を信じたことは一度だってないのよ。ただ、私がこれに惹きつけられたのは事実。でもね、これでもめぐり合わせのようなものは信じてるのよ。あるいはあなたならこの謎を解けるのかもしれない」晨勉は指輪を丁寧に祖の薬指にはめた。

指輪はまるでつい先ほど彼の指からはずしたようにぴったりと合い、なんだか指輪をはめ直しているような気すらした。祖は信じられないといった様子で晨勉を見つめた。

同じように驚いた晨勉は、しかし茫然とした様子で、「ねえ、これをもらってくれない？　きっとこれはあなたのものなのよ」

向かい合った二人の間に沈黙が流れ、白昼に二つの裸体が浮かび上がっていた。きめ細かい晨勉の皮膚はひどく透き通っていて、その下を流れる緑色の血をうっすら目にすることができた。一方、青磁色をした祖の皮膚はまるで薄い一枚の釉《うわぐすり》のようだった。抱擁する二つの身体の間にはひとすじの亀裂が走っていた。

祖は知らず知らずのうちに身体を摺り寄せてきたが、それは彼らの磁場がもつ力のせいでもあった。電気を帯びたその身体はプラスとマイナス両極の電荷をもっていて、祖の身体が軽く晨勉の身体に触れると、まるで皮膚と皮膚がお互いに呼吸するように彼はそれ以上前に進むことができなかった。これ以上進めば、晨勉の身体を追い越してしまいかねなかった。

「ねえ、僕のどこが好き？」祖が晨勉の身体に鼻を近づけながら言った。

「別にあなたを拒絶できないわけじゃないのよ」晨勉が深い息をついて言った。

「じゃあ、何？」

「欲望かしら。私の身体はなんだかあなたに借りがあるような気がするの。そこにあるべきものがないってわけじゃなくて、一種の想像上の満足感みたいなものとでも言えばいいかしら？　ああ、うまく説明できない。あなたと関係をもって、私は前よりずっと不安になった。でもそれは私のなかにある欲望があなたに何か強烈な渇きをもっているってことの証明なのかもしれない。あなたとの関係を拒めば拒むほど、私はひどい渇きを覚えるのよ。こんなこと、きっとあなたにはわからないわよね。別に自分の性格に不満をもっているってわけじゃないんだけど、ただそこには不安だけがあるような気がする。晨安はいつも私のことをろくな死に方をしないって言ってたけど、それは私が他人の存在を必要としないから。でもあなたと肌を合わせていると、なんだかとっても哀しい気分になる。なんて言うか、とってもリアルな感じがする。こんなふうに言うとあなたには残酷に聞こえるかしら？　でも私にはどう言えばいいか本当にわからないのよ」

微笑を浮かべた祖が口を開いた。「僕はむしろそういった残酷な話を聞きたいんだ。晨勉、僕は君が必要だ。それは何も肉体的な関係だけじゃなくて、生活の上でも君の存在が必要なんだ。君が僕のために何か代償を支払うなんてこと、僕は望んじゃいない。でも、僕が君のために何かを諦めなきゃいけないってことは十分にわかってるつもりだ。そうじゃなきゃ不公平だろ？　さもないと君はきっとすぐに僕のことをイヤになってしまうはずだから」

「でも……」晨勉は彼を拒みながら、同時にまた彼の吐息に強く吸い寄せられていく自分に気づいていた。彼の身体で循環した吐息がこれほどまでに自分を溺れさせ、また冷静にさせるとは思いもしなかった。「あなたをイヤになったりしない。ただ怖いのよ。ダニー、私は何がなんでもあなたから逃げてみせる。運命なんて私は信じない」

祖はそれをまったく気にかける様子もなく言葉を続けた。「もう遅いよ！　君はまだこの人生を続けたいと思うかい？　僕は君の人生が必要なんだ」

「もう一度言って」

「晨勉、どうして君はいつも『いいかな？』『僕と一緒に来てくれないか？』『この人生を続けたいかい』、この三つの言葉を何度も繰り返して聞きたがるんだ？　まさかこれが君の意思を支配する予言か何かだとでも言うのかい？　この言葉が君の潜在意識に沈んだ何かを呼び起こすとでも？　晨勉、僕は君の秘密を知ってしまった。これを使って君をかどわかしたりするつもりはないけど、もしも必要なら僕は躊躇なくそれを使うつもりだ。ねえ、どうして僕から逃げるなんて言うんだ？」

「私、結婚しているのよ」晨勉は再び高みへと舞い戻っていった。彼と膨れ上がった自身の身体を目にした晨勉は光り輝く世界にその魂を引き抜かれ、高みの中でただ彼が自分と同じ場所に到達するのを待っていた。

「結婚なんてどうでもいいよ。僕はただ君が好きなんだ」まるで碧螺春《へきらしゅん》の緑茶でも啜《すす》るように、彼は伸ばした舌先で晨勉をゆっくりと飲み干していった。次の瞬間、二人は再び欲望の原郷へとのぼりつめていった。

祖と肌を合わせるだけで、自分の身体が絶え間なく、しかも延々と遥か彼方へと飛ばされていく様子を連想することができた。二人のこうした関係はまさに性的な啓発関係ともいえた。

日が暮れるまで祖の部屋に留まっていたが、彼の部屋には電話も新聞もなく、ただ会話だけがあった。一糸纏《まと》わぬ身体で摂氏二十九度の部屋を動き回る二人はコーヒーを飲み、またフルーツをワインにつけて飲んだ。

「こんな学生みたいな生活をしたのは久しぶりよ」晨勉は静かに口を開いた。セックスによる啓発は、彼女のこころをことのほか落ち着かせたようだった。

「ぼんやりできる時間があるっていうのは学生生活における最大の利点だよ。僕たち西洋人はその点よくわかっている。学生生活っていうのは知識を求めて啓発を待っている段階なんだ。仕事は仕事、休暇は休暇。僕は学生生活ってやつが大好きなんだ。とっても純粋な生活スタイルだと思わない？」

「どうかしら。私の場合は外国で勉強しているとき、外の世界はあんなにも大きいのに、自分は一生かけて何かを待っているみたいな感じがして、とっても息苦しかった。だけど、こんなに急いでこの島に戻ってきて、本当は何をしたかったのか正直よくわからない」

空が暗くなり始めると、祖はますます晨勉から離れられなくなってしまった。「ねえ、どうして君は自分の島から離れることができないんだ？」どうやら晨勉は彼の気分を高揚させただけではなく、そのこころまで渇き疲れさせてしまったようだった。祖はただ晨勉を抱きしめていたいと願っていた。

「ここにいれば、私が必要としているものに出会えるからよ」頭を垂れた晨勉が答えた。

「晨勉、君を抱きしめたまま眠りたいよ」

「もう行かなくちゃ。仕事もあるし、また一日サボっちゃったのよ。今日は六時までに劇場に顔を出さなくちゃ。私が遅刻できないって知ってるでしょ？」

「もう少しだけ。いいかな？」祖はとりわけ、「いいかな？」の部分を強調した。

「ダニー。残念だけどどうやらもう免疫ができちゃったみたい。あなたの予言もいよいよ力を失っちゃったわよ」晨勉が苦笑を浮かべて言った。

アメリカで高等教育を受けたおかげか、ダニーの態度は理性的で、決して晨勉に何かを無理強いするようなことはしなかった。指輪をはめた彼は時差を跨いで深い眠りに落ちていったが、劇場へ向かう晨勉の気分は反対にひどく落ち込んでいた。これまで精神的なパートナーなど求めてこなかったくせに、どうしていまになってそれを望むようになってしまったのか。自分はただ肉体的な喜びを感じたかっただけなのに！　どうにかしてダニーから逃れる必要があった。彼が自分に何を与えてくれるにせよ、それを断固拒否すべきだと思った。

「霍晨安《フォチェンアン》のバカ。全部あんたのせいよ！」

彼女はこころの底から晨安を呪い、同時にそこから湧き上がる悲哀を押し殺そうとした。いったいどうしてしまったのか、こんなふうに自分が悲しむ必要が本当にあるのかわからなかった。まるで頭の中ではこうなることがあらかじめわかっていたはずなのに、それでもその結末に向かってまっすぐ歩き続けているような気がした。しかも、自分は祖のことを少しも理解していなかった。たとえそれが運命であるにしろ、それはダニーにとっての運命であって自分のものではなかった。それに、どうして彼には祖とダニーといった二つの名前があるのだろうか。この二つ名前の間にはいったいどんな違いがあるのか。そこには確かに何か違いがあるようにも思えたが、それをうまく言葉にすることができなかった。晨勉にはときにこうした自分のものではない思考がふと頭の中に浮かびあがることがあったが、それがいったいどこから来るのかまるでわからなかった。

オフィスに着いた晨勉を待っていたのは、馮嶧《フォンイー》が残した留守番電話だった。淡々とした口調でメッセージの内容を伝えるそれは完全に現実生活の産物だった。半月後の君の誕生日、レストランを予約しておいた。出席できるかどうか返事してほしい。家に帰るのが遅くなるようなら起こさないでくれ。言いたいことがあればメモに書き残してほしい。夫はひどく疲れているようだった。中国で建設資材の仕事を獲得できるチャンスがあるらしく、そのために何度も市場調査に中国まで出向いていた。懸命に働く馮嶧は自分は仕事をしているのではなく、命を削っているのだと言っていた。しかし、もしその巨大プロジェクトが軌道に乗るようであれば、彼にとって命の削りがいもあるというものだった。

馮嶧のメッセージを聞いただけで、昨夜彼が家に帰らなかったことがわかった。電話の目的はきっと晨勉の「戦況」を偵察することだった。台北にはこうした夫婦が少なくとも十万組以上は存在していて、その比率はすでに家庭生活における正常と異常の境界をひどく混乱させていた。しかし、晨勉自身はこうした正常か異常かといった選択で戸惑うようなことはなかった。なぜなら、家庭とは後天的に決められたものであって、盤古の昔からいまのような形であったわけではないからだ。それに、自分にもかつてまともな家庭があったのだ。そこには両親に弟がいて、正常な家庭環境と生活があった。

晨勉はこれまで男性が自分を本当に愛しているかどうかといったことを気にしたことはなかった。自分が求めているのはただ誠意だけで、馮嶧はまさにそうした誠意をもった男性だった。これまで付き合ってきた男たちのなかで、馮嶧だけが唯一自分に結婚を考えさせてくれた。もちろん馮嶧の理解力にも限界はあったが、それでも彼は自分の幸せや悩みといったものを第一に考えてくれた。このひどく劣悪な生活環境が、彼のようなスペックの低い人間にその動物的な本能をむき出しにさせている。きっとそれだけのことなのだ。

いま晨勉が向き合っているのは、これまで自分が信じてこなかったある種の感情だった。それは罪悪感を抱えながらも絶え間なく自分のなかにある真実の愛情を呼び起こそうとしているようで、非現実的な上に、ひどく受け入れがたいものであった。これまで晨勉はこうした感情を強く否定してきた。罪悪感などというものにこだわるつもりはなかったが、なにやら運命めいた何かが自分にこれ以上こうした生活を続けさせないようにしているような気がしてならなかった。罪悪感など怖くなかったが、それでもこうした感情のもつ形容しがたい力になにやらひどい困惑を覚えた。いったいなぜ、自分がこうした感情をもつことになったのか。また、未来はどうなってしまうのか。いまの晨勉には何ひとつわからなかった。「あなたはまだこの人生を続けたい？」これまで自分の過去や未来をはっきりと思い描いたことはなかったが、その予言めいた言葉が果たして疑問なのかそれとも解答なのか、それすらわからなかった。

晨勉ははじめてこうした感情問題に躓《つまず》き悩んだが、物事には何でも優先順位があって、目下優先すべきは劇場の仕事であった。興行結果がどうなるかは端《はな》からわかっていたが、ルイにとってそれは一大事であった。晨勉はどんなときでも平凡なプロセスのなかに価値を見出すことを大切にしてきた。予想と違わず、「白い街」の興行成績は良くも悪くもなかったが、それはチケットが売れないことよりもひどかった。彼らが呼び寄せた教条主義的な一般観衆たちは、今回の興行に何の意見も出してくれなかったのだ。そしてちょうどそれと同じ時期、晨勉は味気ない誕生日を迎え、自分の人生や考え方のすべてがひどくバカバカしく思えてきた。空白期間を経た後、彼女は身の回りを整理しておのれの感情と向き合うことを決めた。もう一度だけ祖に会ってみることにしたのだ。

晨勉は彼を郊外の山上へ食事に誘うことにした。比較的山深い場所にある隠れ家的なその茶屋は、夜遅くまで営業していた。ここ数年、台北では現地の特色を活かしたこの手の文化産業が増えていて、山上の茶屋もそうした店舗のひとつだった。食事どきともなると山道を行きかう車が急増して、まるで繁華街のような賑わいをみせていた。集まった人の波は深夜になっても引きそうになかった。

幸いその日は平日で、店内はそこまで混雑していなかった。くねくねと頂上に向かって延びていく台形の石畳を登って、晨勉は一番高い場所にある茶屋へ向かった。

彼のことを避けてきたせいもあって、二人の間にはしばらく重い沈黙が続いた。彼は答えを求めるわけでもなかったが、それでも晨勉が自分を避けてきた理由を知りたがっているようだった。

腰を下ろして注文を終えると、晨勉はわざと軽快な口調で口火を切った。「ねえ、お父さんは見つかった？」

祖は首を横に振った。「実は予定を切りあげて、早めにアメリカへ帰国しようと思ってるんだ」

「お父さんのことはどうするつもり？」

祖はまるでお茶を啜るように酒を口に運んでいた。「もういいんだ。きっと会わない方がいい。僕はこれまでパパと会うことだけを考えて生きてきた。自分のためじゃない。そんなときに僕は君と出会った。古い友人と再会したような気持ちがどんなものか君にはわかるかな？　僕はこころの底から絶望したよ。本当の再会ってやつが何なのかようやく理解できたんだ。きっと僕は自分のために生きるべきなんだ。そうすれば、パパにも同じような絶望を味合わせなくてすむ」

山腹に建てられた茶屋の周囲には宙《ちゅう》を舞う塵、それに星々と月が浮かんでいた。窓に寄りかかってその光景を眺める晨勉は、なんだか自分が星明かりの中に腰を下ろしているような錯覚を覚えた。そこには暗闇と澄みきった美しさが並立して存在していた。孤独と喧騒、親密と疎遠、頭は冴えわたっているにもかかわらず、相変わらず自分がこうした戸惑いを覚えていることが不思議でならなかった。

まるでワイン樽にでもなったかのように、祖は次々と運ばれてくるワインを胃の中へ流し込んでいた。さながら自らをアルコールに還元しようとしているようだった。きらきらと光るひと房《ふさ》の葡萄である晨勉は、そこで彼に見初められるのをただじっと待っていた。

「いままでどこにいたの？」自分が本当に彼を捨てることができたのか知りたかった。

「オフィスにいたよ。それから東部に行ってきた」

「東部？　海を見にいったの？」

祖はあまり多くを語りたがらず、ただ「朝日を見たよ」とだけ答えた。

晨勉の声はまるでがらんどうのようだった。「ちょうど劇場のスタッフたちが私の誕生日を祝っていたころよね？」自分は祖を捨てたわけではない。拒絶していたのだ。

「台湾を離れる前に行きたいところはある？　きっともう二度とこの島に帰ってこないだろうから、どこにでも付き合ってあげる」これ以上、理性的でいることは難しかった。

顔をあげた祖が答えた。「君は僕を引き止めないんだね。それとも僕のことなんかどうだっていいのかな？」

晨勉は祖の瞳をじっと見つめながら口を開いた。「誰かを引き止めるなんて、どうしていいかわからないのよ」

「君は感情の損得なんか気にするような人間じゃなかったはずだ。ただ、自分の考え方やこれから先に起こる出来事を気にかけているだけなんだろ?」

晨勉は頷いてみたが、そこにある違いとはすなわち自分がいま陥っているこれまで経験したことのない悲しみのなかに引き続き身を置くことを意味していた。いったい自分が何を考えているのか、晨勉自身にもよくわからなかった。

祖がはっきりとした調子で言った。「晨勉、一緒にここを離れよう。僕と一緒に来てくれないか?」再びその予言を耳にした晨勉であったが、もはやそのこころが動くことはなかった。

晨勉はひどく冷たい口調でそれに答えた。「なりゆきにまかせましょうよ。この島には私が必要としているものすべてがあるのよ」晨勉は生まれてこのかた夢を見たことがなかったが、それでも直感のようなものはあった。「ダニー、きっとあなたはまたここに戻ってくるはずよ。あなたはすべての真相と自分自身について知りたいと思ってる。それに、私たち二人の間にはまだ愛情が残っているじゃない」

山間には文山包種茶《ウェンシャンバオジョンチャ》の芳しい香りが舞い、まるで茶葉の匂いを全身で浴びているような気がした。雲を突く相思樹《ソウシジュ》の頂から漏れる月の光が彼女の身体を照らし出していた。風が吹くたびに右へ左へと揺れ動く光と影はときに薄く、ときに濃く映った。晨勉はなんだか自分の身体が徐々に甦っていくような気がした。

祖は冗談半分に晨勉の身体に映った葉っぱの影をはたき落とそうとした。その指には例の指輪がはめられていた。彼の身体はすっかりアルコールに還元されていて、ゆっくりと晨勉をその身体の中に漬そうとしていた。彼とのセックスは、これまで晨勉に生命《いのち》の歩むべき道を指し示してきた。

祖は山道に沿って走らせていた車を路肩の木陰へと停めた。この半月間に彼は運転免許を取得していた。彼の先天的な感性をもってすれば車の操作など造作もないことで、実際彼はひどく器用に車を運転していた。たったひとり、こうやって東部まで車を走らせていたのだろうか。彼は台湾東部の雰囲気があまり好きじゃないんだと言った。そこでは自分がまったく姿を消してしまい、何の匂いもしなくなるのだと続けた。

シートを倒した祖は晨勉に寄りかかるように寝そべってきた。木の葉が作り出す影は依然として晨勉の身体全体を覆っていた。むき出しの身体は暗闇の中で光を放ち、それはまるで大海原に浮かぶ島のように見えた。カーニバルに湧く、豊かで愉快な島。

軽い口づけを終えた祖は体重をかけてこの島を強く抱きしめた。彼はなぜか晨勉の身体を知り尽くしているようで、まったく負担を感じさせなかった。知らない相手とのセックスに興奮する者もいれば、知り尽くした相手とのそれに興奮する者もいるが、晨勉は後者のタイプであった。

「ここでしたい。いいかな?」レーザーのように鋭い彼のまなざしが晨勉のこころを射抜いた。

その言葉に晨勉は新たな感動を覚えた。「いいかな?」二人はまるでカーニバルの花火が暗闇と交錯するように、小さな花火が肉体の大空へとのぼりつめていくなかでそれを爆発させたのだった。そのスピードは流れ星が落ちていくのと変わらないほどに速く、二人に車内にいることをすっかり忘れさせてしまった。彼女はふといわゆるソープランドの類もこのような感覚ではないのかと思った。

家の前に車を停めた祖は、全身で求愛のフェロモンを醸し出していた。彼は自分の欲望が山を下るまで一度も爆発しなかったことにむしろ驚いているようだった。祖が晨勉を欲していることは明らかだった。晨勉は晨勉で、これまで出会ってきた人間たちの中で自分が最も性に無垢な人間だとは思ってもいなかった。祖の身体はまさに彼自身の思想の塊であって、その身体は更なる思想的な刺激を欲していた。彼が全身から発散する匂いを嗅ぎとった晨勉は思わず目が眩んだ。深く呼吸をすればするほど、頭はますます眩んでいった。「ねえ、いつ台湾を離れるつもりなの?」

祖はそれに答えることなく、自分の頬を晨勉の顔に擦り付けながら、「いいかな?」と低い声で繰返してきた。

「ここじゃダメよ」晨勉はふとその先に更なる高みが待っているような気がした。おそらく、そこにはまだ祖も達したことのないような高みがあるはずだった。だからこそ、二人はこうして互いの息遣いで相手を惹きつけ合っているのだ。

部屋のなかは暗かった。廊下の明かりが窓から部屋へと差し込み、ベッドや床、テーブルの上に伸びた光の手が、静かにその場所にある物体だけを浮かび上がらせていた。

晨勉は何もない場所に立ち、一方祖はそこから少し離れた場所に立っていた。そこで何をするわけでもなく、ただじっと晨勉を見つめていた。顔を上げると、天井にも自由自在に揺らめく光の倒影が映し出されていることに気づいた。部屋は思っていたよりも広く、また祖と同じように高かった。危険を冒すだけの価値がそこにはあるように思えた。

「ほら、見て。月の光がベッドと床、それにテーブルにまで手を伸ばしてる」

赤ワインを取り出した祖は二人分のワインを注ぐと、カチンとグラスを合わせて言った。「危険を冒してでも手を伸ばすだけの価値がある身体に敬意を表して」

二度も悲しむ必要はなかった。自分はようやく記憶の地に鍬《くわ》を入れることに成功したのだ。今後は自分も人並みに記憶をもった人間になれるはずだった。たとえ祖が自分から離れてしまったとしても、二度と孤独を感じることはないのだ。それは決して愛情のためなどではなく、記憶が自分をひとりぼっちにはさせないためであった。

グラスを彼に預けた晨勉は、彼の前まで歩み寄ると、顔を上げてたずねてみた。「ねえ、いいでしょ？」彼のシャツのボタンを外そうとしたが、グラスをもった手が邪魔だった。グラスにはキリストの血のように赤いワインがゆらゆらと揺れていた。暗闇に立っていたにもかかわらず、二人に見えないものは何もなかった。彼女はまるで下僕のように彼の服を脱がせてその身を清めていったが、誇りに満ちたその表情は、むしろ神聖な行為を祀《と》り行っているように見えた。

裸のままワインに口をつけた祖が晨勉に身体を摺り寄せてきた。祖が背すじに両手をまわすと、晨勉はだらりと両手を垂らした。口の中のワインを冷やした泉の水のようにゆっくりと歯と舌の隙間から流し込んできた彼にはさながら熱をコントロールする力でもあるようだった。冷たく冷やされたワインが身体のすみずみまで流れていった結果、彼にもっと強く抱きしめてほしいと感じた。

「ねえ、私としたい？」晨勉はまるで哀願するように言った。

これ以上ないほど手慣れた動作で、腕の内側で優しく晨勉の頬を撫でた祖は、「いましてるだろ？」と答えた。

晨勉は相変わらず呆けたように祖の瞳を見つけながら、優しく毅然とした口調で口を開いた。「ねえ、私としたい？」

祖はさらに深い惑溺《わくでき》でもってその問いに答えてくれた。二人の身体は同時に出口を探していたが、一方でそうした迷路から抜け出すことを断固として拒絶してもいた。祖の身体は完全な思考を行うことのできる脳で、そこには完全な記憶が存在していた。

「私から離れるときはそう言ってね」軽く瞳を閉じた晨勉が迷路を手探りで進みながら口を開いた。

「それは僕がアメリカに帰るときってこと？」

「そうじゃなくていま。なんだか身体が痺れちゃって」晨勉はこれまで関係をもった男たちとの情事のプロセスをほとんど記憶していたが、今回全身全霊で彼とのセックスにのめり込んだ結果、頭の中は空っぽになって、それまでの記憶はすっかり洗い流されてしまっていた。晨勉は処女として祖に抱かれ、ただ彼との経験だけが唯一の性をめぐる記憶となったのだった。彼に身を捧げるなかで、晨勉の身体はゆっくりと催眠状態に落ちていったが、嗅覚と触覚はことのほか機敏で、聴覚だけが遅れてやってくるような感じがした。耳元ではただ祖の呼吸《いき》だけが響いていた。

「晨勉、どこにいるんだ？」祖が何度も繰り返してたずねてきた。

「ここにいるわよ」慰めるような口調で答えた晨勉は、彼の手をそっと自分の脊椎へと誘導していった。背骨がある場所には間違いなく晨勉の身体があるはずだった。そこで二人は迷路から漏れ出す光のなかに生命《いのち》の出口を見出したのだった。そこは昼も夜もない空間で、晨勉はふと彼と同じように自分が相手を見失ってしまったような気になってしまった。

「ダニー、どこにいるの？」晨勉が声をあげて彼の名を呼んだ。

「晨勉。君のことが恋しくてならないよ」祖の答えはまるでこだまのようにこころに響いた。

全身が痙攣を起こし、こころがひどく痛んだ。もしもこのさき彼を恋しく思ったなら、いったいどうすればいいのだろうか。どうして彼が自分に与える記憶には肉体的な喜びだけでなく、ある種の時間的な感覚が付きまとっているのだろうか。夢うつつの状態で再び振り出しへと戻った二人は、相変わらず廊下の明かりが差し込む光のなかに立っていた。

晨勉からほんのわずか離れた場所に立っていた祖が、ゆっくりと口を開いた。「セックスだけが僕に夢を見ているような気にさせてくれるんだ。きっとパパと再会するときもこんな感じなのかもしれない」

「私の場合、セックスだけが自分にリアルな感覚を与えてくれるような気がする」

「夢みたいな感じはしない？」

「私は……」晨勉は言葉に詰まった。「夢を見たことがないの」

祖はその答えもまた想定の範囲だといった様子で、「セックスの夢も見ないのかな？」

「そうよ。以前の私ならそんな夢を見るくらいなら実行に移した方が早かったから」

「晨勉。夢を見ないっていうその現象は、やっぱり僕が知っている人のなかで君が一番変わってるよ」

祖が笑いながら答えた。

晨勉はぼんやりとした様子で、「きっと、私みたいにまったく秘密をもたない人間には、潜在意識なんて起こりようもないし、存在しないのよ」自分の周囲のことしか感じることのできない晨勉は「未来」や「夢」といった抽象的な思考をすることができなかった。だからこそ、こうしたあいまいな状態に陥ることを何よりも恐れていた。それはまた晨勉のこころをひどく焦らせた。

そのことに気づいた祖は、すぐさま晨勉を強く抱き寄せて、落ち込んでいたそのこころをあっという間に組み替えてしまった。まるで何も手につかなかった。彼のそばにいると、どうしてこれほど孤独になってしまうのか。これまではそれがどのような類の感情であれ気にかけるようなことはしなかったが、今回ばかりはまるで永遠の別れのように感じていた。

「ねえ、ダニー。私たちはきっと前世で結ばれなかったのよ」晨勉が涙を流しながら言った。すると、祖が静かな口調でそれに答えた。「僕にとってこれは全部夢なんだ。君がいないときに朝目覚めると、ただ死んだような静けさだけが繰り返される。まるで出口のない夢みたいにね。晨勉、いったいそこはどこだと思う？」

「島よ」

祖が早々と帰国を決めた原因はやはり母親だった。もしも帰国しなければ、今後永遠に会うことがないと息子を脅してきたのだった。祖は自分の人生でこうした関係をどうやって処理すればいいのか途方に暮れているようだった。自分の母親について、まったく手の施しようがなかったのだ。

「無視すればいいのよ。さもないと永遠にそのしがらみから抜け出せないわよ」晨勉は彼にそう告げた。さもなければ、祖はあんなふうに面倒ごとを恐れたりしないはずだ。彼女ははじめて祖に出会ったときに彼が言っていたことをまだ覚えていた。

まるで憑りつかれたように翻訳の仕事に打ち込み始めた祖は、一週間というノルマを自分に課した。英語の世界で育った祖が練りあげた翻訳は専門家が読んでもすぐに本場仕込みのものだとわかるもので、脚本が本来もっている性質もしっかりと把握できていた。この手の仕事は彼にとっては自然なことだった。一週間の間、とりたてて慌てるようなことは何もなかった。二人の関係がすでに終わってしまったことはわかっていた。晨安は自分よりも早くそれを耳にしていたようで、普段とは違った怒りの表情をその顔に浮かべていた。彼の口調はいつものように皮肉を帯びたものではなく、皮肉もまた厳粛の一種だと言っていたいつもの様子と比べてみても、さらに厳粛な様子を帯びていた。

二人は恒例となっている家族の食事会で顔をあわせた。食事会は母が一番大切にしている行事だけに欠席することは許されなかった。

家に帰ると、晨安はすでに自分の席に座っていた。その冷たい視線や表情は晨勉が席につくのを躊躇《ためら》わせるほどだった。晨安がよしんば太陽のように眩しいまなざしで沈黙してくれるよりも、むしろその冷たさが自分を見下してくれた方がましだと思っていた。しかし、晨安はやはり口を開けずにはいられなかった。しかも、両親を目の前にして微塵も遠慮することなく、晨勉を罵《ののし》り始めたのだった。「お前ってやつは本当に大した盗人《ぬすっと》だよ！」

両親に目をやった晨勉はそこにはっきりと幸せな家庭のイメージを見てとることができたが、その幸せな家庭がこれからどのように変調していくのか、そしてまたそれを誰にたずねるべきなのか、まるでわからなかった。両親の困り果てた表情が晨勉に一瞬反論する衝動を抑えさせた。

晨安はその隙を逃すことなく、再び猛攻を仕掛けてきた。「あんたたちはこいつを産むときに何か忘れ物でもしたんじゃないか？」蔑んだような表情を浮かべて両親に向かって口を開く晨安の瞳はただ晨勉だけを打ち抜いていた。

「夢よ！　ねえ、晨安。私にはあんたみたいにたくさん夢を見られるわけじゃないのよ」晨勉が声をあげて答えた。彼がまるで自分を部外者のように罵ることにとても耐えられなかった。

母が慰めるような口調で言った。「晨勉、まずは晨安の話を聞きなさい。きっとこの子には何か考えがあるのよ」晨安にはいつだって自分らしい考えがあって、自分にはそれがなかった。

晨安は晨勉を見据えながら話を続けた。「俺たちには確かに血縁関係がある。お前は両親が関係をもって生まれてきた。俺だってそうだ。だけどな、俺たちは独立した個体でもあるんだ。ダニーはお前と関係をもった。つまりお前と新しい血縁関係を作ったんだ！　いったい誰が部外者なんだ？　この俺さ！　晨勉、お前はどうして他の単細胞動物たちと同じように行動も考えもそう単純なんだ？　どうしてあいつのことを傷つけたりしたんだ？」

考えてみれば、祖は自分の生命に最も肉薄した男性であった。両手で覆った指の間から嗚咽が漏れ溢れた。「だけど、私は彼を引き止めたいなんてこれっぽちも思わなかったのよ。彼についていきたいとも思わなかった。晨安、感情ってものに私は一度だって夢を抱いたことなんてないのよ！　だけど、私にはわかる。あの人の母親はもうすぐ死ぬわ。きっと身体に何か異常が起こるはずよ。それが最終的に彼の母親を精神的に追い詰めていくはず。母親が死ねば彼もまた解放される。だから彼はすぐにまたこの国に帰ってくるはずよ」

「それをお前はあいつに伝えたのか？」

「まさか。だってこういった直感は一度でも口にすれば、簡単に呪いの言葉に変わってしまうから。あんたにはわからないのよ。彼は母親の頸木《くびき》から逃れられない。一生母親の影響のもとで生きていくのよ。そんな男とどうやって関係をもてばいいの？　どのみちあんたが言ってたように、彼は運命的にその人間がもつ磁場の流れを変えてしまうのよ。もちろん彼が好きよ。でも、同じだけ怖いのよ。晨安、心配しなくてもいいわ。彼は必ず帰ってくるから。どうやって帰ってくるかはわからないけど、私はただ結末を少しだけ先延ばしにしただけだから」

　母は晨勉の女としての直感を支持したが、父はなにやら思惟する風体で、黙って晨安の様子をうかがっていた。しかし、父のその瞳にもまたなにやら男の直感のようなものが浮かんでいた。

　パイプを咥《くわ》えた父は二人を路地まで見送ってくれた。そこは彼らが小さなころから通いなれた場所で、父はいつも幸福な男性がもつ特有の余裕さで子供たちを見送ってくれたが、今回周囲に張り詰めているのは異常なまでの緊張感だけだった。

　晨勉は路地の入り口に車を停めていていた。車のそばまで歩いてきた彼らは何かを話そうとしてはそれを飲み込んでいた。結局父は何も口にすることなく、そのまま手をふって踵を返した。

　晨勉は去っていく父の背中をじっと眺めていた。自分に男を教えてくれたのは他ならぬ父であった。父が一貫して重視してきたのは男性がもつ最も繊細な感情である誠意で、それこそが男性の品質《クオリティ》を証明する手段であると考えた父は、そうした「純粋」さを何よりも大切にしてきた。

　ありふれた夏の夜、晨勉は弟と二人、路地の袋小路に立っていた。そこはさながら子宮の片隅のようで、二人は性別も容姿も性格も異なる二卵性双子のようだった。しばらくして、勇気を振りしぼった晨安がようやく口を開いた。「お前には俺たちのことはわからないんだ」

　晨勉は黙ってその言葉に頷いた。それは当人の生命に付随した問題であって、誰であろうと相手の人生の第一章を勝手に開いて読むような権利はなかったからだ。わからなかったのは、同性愛者として自らの運命をそこに書き込もうとする晨安が、なぜ自らの手で書かれるべきその運命をこのような小さな袋小路へと導いてしまったのかということだった。

「ダニーの身体は確かに私を魅惑した。だから私はひとりの異性として彼のことを理解したいと思った。でも、結局何もしなかったのよ。ただ彼に引き寄せられただけ。何も起こってないし、何も記憶されはしなかった。だから、私は罪悪感なんて感じてもいない。少し疲れたくらいよ」

「罪悪感なんて感じなくていい。そんなもんはそもそも存在しないんだ」

晨安はいわゆる肉体的な同性愛者ではなく、ただ精神的に希少な生命に強い関心をもっているだけで、それは感情的な潔癖ともどこか違っていた。

「俺はお前がそうやってダニーを踏みにじっているのを見てられないんだ。あんなやつは滅多にいないんだ」

晨勉はこれまでにないほど誠実な態度で晨安に向き合った。「私には彼を踏みにじるなんてことはできないのよ。だって私は自分の人生が彼に支配されてるんだってわかってるから。もし彼がいなければ私の人生はいつまでたっても幕が上がることがないんだってわかってるのよ。だから、晨安。心配しないで」

晨安は背を向けると、黙ってその場から去っていった。晨勉自身、これまで自分の人生を真剣に省みたことはなかったが、早足でその場を去っていく晨安の目には涙が光っていた。生命《いのち》のもつ複雑さが晨安と祖のこころに例えようのない困難をもたらせていた。自分はやがて祖の旅立ちを見送り、また彼の帰国をその目で目撃するはずだった。しかし、そこで目にするのはおのれの生命ではなく、あくまで他人の生命であるのだ。

祖が再び電話をかけてきたのは空港からで、午後のフライトで帰国するのだと言った。晨勉は一拍間を置いて、「もう出発したのかと思っていた」とつぶやいた。

「問題を解決する時間が欲しい。こんなふうに君と永遠に別れてしまうのはいやなんだ」その口調からは相手の承諾を必要とする様子は感じられなかった。「さよなら、晨勉」

公衆電話にはまだ通話時間が残っていたが、話が終わると彼は受話器を切ることなく、それを電話ボックスの上に置いていった。晨勉は彼がその場から去っていく足音さえ耳にすることができた。祖のいる場所はまるで巨大な発信機のようで、彼のこころを拡大して晨勉の頭へと響かせていた。受話器を切ることができずにいた晨勉は、まるで満月の夜に潮が満ちていくなかで人と人魚が言葉を交わすような音を聞いたような気がした。君だけが僕がこの場から去っていくことを知っているんだ。彼は受話器をその場に置くことで、そう宣誓しようとしたのだった。スピードを失った消失とはつまり、その場に留まり続けることなのかもしれない。

3

ダニーが出ていって二ヶ月もしないうちに、晨勉《チェンミエン》はイギリスまで晨安《チェンアン》に会いに出かけた。ダニーを恋しく思っていたが、そうした思いはやがて一種の習慣のようなものに変わっていった。晨勉が暮らす島にはどこに行っても彼との思い出が散らばっていた。ダニーからの電話はほとんどなかった。君のそばにいられないなら何もしたくないと彼は言っていたが、それはいささか天邪鬼《あまのじゃく》に過ぎた。晨勉もまた彼を恋しく思っていたが、実際、彼の暮らす生活に飛び込んでその家族と向き合うようなことはとても想像できなかった。なぜなら、二人の間に広がる最大の距離は決して年齢などではなく、家庭に対する観念の違いであったからだ。ダニーのもつ愛情は最終的に家庭へと帰着したが、それは必ずしも結婚や子供とは結びつかなかった。一方、晨勉が重視していたのは感情であって、それら一切は家庭から零れ落ちていくものだった。晨勉は自分のもとから離れていったダニーが相変わらず自分を愛してくれるのかどうかさえ疑わしく感じていた。

晨安はもう軽口を叩くようなことはしなくなっていた。「ねえ、晨勉。あんたって本当に信頼に値しない人間なんだってわかってる？　彼と二度と会わないって決めたのはあんたの自由よ。でもそう決めたのに、そうやってうじうじ悩んでいるのはいったいどういうわけ？　それが自分と愛を育んだ相手のことまで辱めてるってことがなんでわからないの？」

晨安は自分が愛した相手なら、たとえそれがどれだけでたらめなことであってもやってのけることのできる人間だった。自分には果たしてそれができただろうか？　いや、きっと何もできなかったはずだ。自分にできることといえば、せいぜい新しく出会った男たちを愛さないことくらいだった。事実はたったそれだけで、それのどこに問題があるのかはまるでわからなかった。

「ねえ、晨勉。私たちは苦労してようやくあの環境から抜け出すことができたのよ。そうやって、自分たちはまともなんだって信じてきた。でもね、あなたにひとつだけ忠告してあげる。そのおかしな性格をこれから先ももち続けたとしても、少なくともそれを外見にまで影響させないようにした方がいいわよ。もしもあなたにとって、それがまともだって言うんならね」

晨安の部屋で四日間、二人は毎日話をして過ごした。そして、ようやく自分がダニーとは同じ島にはいないのだと実感することができた。これまでも二人は離れ離れになったことはあったが、そのころは彼がまるで神出鬼没にその姿を現すことができるような気がして、彼から逃れることは永遠にできないように感じていた。唯一の共通点といえば、彼ら二人が同じ北半球にいるということだけで、それはオーストラリアでもアメリカでもアジアでもない、さらに遠いどこかであった。こうした生き方を選んではみたが、以前の自分ならきっとこんな選択はしなかったはずだった。もう二度とダニーのことであれこれ悩むまいと決めたのだ。いずれにせよ、ダニーの件は人生で同時に起こった数ある出来事のうちのひとつに過ぎず、それだけを切り取って自分のこころをあれこれと悩ませるようなことをすべきではなかった。もしも結婚することになれば、ダニーは彼が望む一切を諦めねばならず、だからこそ自分も一切を諦めるべきだと思った。こうして平静を取り戻した後、晨勉は再び香港へと舞い戻ってきたのだった。

男性用香水市場の攻勢は大きな成功をおさめていたが、中国大陸にまで足を伸ばした晨勉は大陸性気候と生活習慣の違いから、まるで泥沼にはまったような気分になっていた。そこで多くの欧米企業の高級幹部たちと出会ったが、彼らは中国で働く台湾人ビジネスマンたちとは違って、女性に対してまた違った差別意識を持ち合わせていた。閉じられた巨大な土地で、晨勉は一ヶ月近くを過ごした。

上海や広州といった沿岸地域の商工業都市から、西安や大理、北京といった南北を縦断する内陸奥地の古都まで、訪れた土地には開放的な雰囲気は微塵も感じられなかったが、香水をめぐる市場としては巨大な可能性を秘めていた。このような環境のなかで、晨勉はなんだか自分の頭がおかしくなっていくのを感じていた。

この時期、晨勉は仕事の関係上から、中国大陸の地理や文化について学び直していた。大陸では歴史は巨大なプレートの上で凝縮され、その原型をはっきりと留めていた。そこで暮らす人々は子々孫々生まれ育った故郷から離れることなく生活していたが、土地になんのアイデンティティも抱くことのない晨勉は変化のないルーツといったものをひどく恐れていた。

そこで中国大陸で商売をしている「外省人」［一九四五年八月十五日以降、大陸から台湾に渡ってきた中国人］たちとも出会ったが、彼らは台湾からやってきた晨勉を見るとなにかと口を出さずにはいられない様子だった。彼らの多くは中小企業を経営していたが、ある者は晨勉に向かって冗談交じりに次のようなことを口にした。「いまじゃ台湾の外省人はろくな生活を送れやしない。あんたは本省人で、しかも外国でのビジネス経験だってあるんだ。台湾に帰って甘い汁でも吸ったらどうだ！ 人さまを既得権益階級だなんて言って排除しておいて、俺たちの故郷にまで出張《でば》ってきて、飯の種を奪うつもりでいやがる。けど、あんたはそれよりもひどい。台湾人のくせに外国人のお先棒を担いで、中国の市場を占領しようとしてるんだ」

いったいこれをどんな文化的アイデンティティと呼べばいいのかわからなかった。自分がすでに純粋な中国人ではなくなっていると思っていた晨勉は、その言葉に反論しなかった。自分のもつアイデンティティはどちらかといえば香港人のもつそれに近かった。香港の人間は他人から自分の出自を問われれば必ず香港人だと答え、広東語を話していても決して自分が広東人などとは言わなかった。

島が恋しかった。晨勉がはじめて遭遇することになった新たなその差別は、相手の生まれた場所や社会的地位、教養などを問うのではなく、省籍やエスニシティによって相手を区別するといった形の排除であった。それは雷鳴轟《とどろ》く空から一滴の雨粒も降らない天気に似て、何かを聞くことはできても決してそれを実際に目にすることはできない曖昧な観念でもあった。実際、晨勉のもつ社会的価値観は常に理性的で、積極的に他人を攻撃することもまた攻撃されることもなかったが、晨勉は感情的に自他の間に境界線を引き、おのれのアイデンティティを定めてしまうことにはどうしても納得できなかった。

異様な時間を過ごすなかで、徐々にダニーの存在を忘れかけていった。もしも彼が大学院で奨学金を獲得して、アジアにおける島嶼民族の文化行為の研究をするためにバリ島まで資料収集にやってこなければ、二人の関係はおそらくそこで終わり、二人が向こう三年間交際を続けることもなかったはずだった。それはちょうどダニーが博士号を取得するために必要な年限でもあった。

実際、ダニーはその三年間を想像していた以上に忙しく過ごしたが、細切れのような生活に晨勉の姿はなく、彼は後に瑣末《さまつ》な生活の記録を晨勉にひとつひとつ語って聞かせることになった。それというのも、ダニーが資料収集を始めた一年目に彼の母に腸癌が見つかったからだった。バリ島に到着してまだ半月しか経っていなかったが、ダニーはすぐさまドイツに帰国して半年近く母親の看病にあたることになった。家庭に男の子はダニーひとりだけで、彼の姉もまた晨勉より若かった。家庭に対するダニーの考え方はひどく保守的で、家族には晨勉のことはまだ伏せていた。家族が彼女に会いたいと言うことを恐れたのだった。

バリ島に着いたばかりのころ、ダニーから一通の手紙を受け取ったが、中国から香港の離島に戻ってきた晨勉が実際にそれを目にしたのは一ヶ月も経ってからのことだった。晨安を訪ねてイギリスまで足を伸ばしていた晨勉もそれより前にダニーに電話をかけておらず、二人はいつもこうしたすれ違いを繰り返していた。手紙を見た晨勉がバリ島のホテルに電話をかけると、フロントの係員は彼がとっくに部屋を引き払ってしまったと答えた。しかし、手紙には確かにバリ島まで来てほしい、自分はそこでホテルの一室を借り切って、長時間生活を共にすることができるはずだと書かれていた。にもかかわらず、彼は自分が帰国することを一言も告げてはくれなかった。不快だったが、かといってわざわざそれを相手に伝えようとも思わなかった。彼女はただ静かに二人が次に出会える機会を待っていた。きっと自分が離島にはいないこと、そしてやむを得ない理由で返事を書くことができないでいることを彼もわかってくれているはずだった。その二週間後、今度はシンガポールへ向かうことになった。

アジアの市場調査を終えた本社は、男性用香水の予想を上回る潜在的処女地を開拓した晨勉のために相当額の奨励金を贈った。ちょうどその時期、晨勉は、イギリス留学から帰国してテレビ局のニュース部門で働く香港人男性ジョンと出会った。西洋人の高圧的な態度と台湾人男性のあの拝金主義に辟易としていた晨勉は、ジョンとの交際を真剣に考え始めた。真剣に交際しつつも、決してそこに感情を持ち込むつもりはなかった。

実際、ダニーと出会う前の晨勉は異性のパートナーを欠かしたことがなかったが、そこに感情を含んだ交際は一切なかった。彼女の生きる社会では、パートナーのいない女性は価値がないと見なされていたし、世間からやれどこかおかしいだの同性愛者だの異性からもてないだのと、散々後ろ指を差されることが多かった。この点に関して彼女はそうした社会的価値観を忠実に履行してきたし、自分の中でしっかりとそれを分別するようにしていた。晨勉は自分がいま何を必要としているのかはっきりと理解していた。だからこそ、ダニーと出会ってからも引き続き自身の社会的身分を維持するようにこころがけてきた。ジョンとはちょうどそんな時期に出会ったのだった。

ジョンの身体にはイギリス式の教育から得た理性とアジアで成長したことによって育まれた強靭さが同居していた。こうした中国と西洋の入り混じったバックグラウンドは、ダニーと出会って以降、晨勉が最も渇望してきたものだった。ときに晨安が自分をイカれてると言っていたことが頭をよぎることもあったが、あるいは自分は本当にどこか頭のネジが外れているのかもしれないと思った。

ジョンとの関係がダニーと違っていたのは、彼ら二人の間には愛情のプロセスが存在せず、また愛情がなんたるかを考えるつもりもない点にあった。愛情を二人で営むことなく、ただ世間一般の恋人たちがそうするように、パーティに参加して音楽を聴き、個展やファッションショーを見ては誕生日に友人たちとパーティを開きお喋りをした。ただ、旅行だけはしなかった。理由は簡単で、晨勉の仕事は毎日が旅行のようなものだったからだ。香港にいるときくらいはゆっくりと休みたかった。ジョンは薬指にはめられた指輪を見ると、ユニークなデザインだと言って誉めてきたが、それを誰にもらったのかたずねてくることはなかった。ジョンと交際している間、晨勉はダニーからもらった指輪をずっと外さずにいたが、それが恋人から贈られたプレゼントであることを微塵も隠そうとはしなかった。

おかしかったのは、ジョンが二人の間になんら問題がないと信じている点であった。そこで晨勉はジョンが恋愛をしているわけではなく、恋愛を実践しているのだと気づいたのだった。きっとこの男が信じているのはおのれ自身だけなのだ。

やがて肉体関係をもつ段階になると、二人は当然のように関係をもったが、それはもちろんジョンの家で行われた。一切は想定の範囲内だったが、それほど彼を欲しいとは思わなかった。すべてのプロセスがまるで一片の空白のようで、ジョンは決してダニーのように無我夢中で「いいかな？」とたずねてきたりはしなかった。晨勉はなんだかジョンが「セックスガイドブック」のようなものを頼りにセックスしているのではないかと訝《いぶか》ってしまった。彼の行為には個性の欠片《かけら》もなく、恐ろしいほど機械化されたその行動は誰がやっても同じように感じた。どうしてもダニーがかつて自分に与えたあの感覚と比べざるを得なかった。そう思うと、哀しさのあまりすっかり自分を抑えることができなくなってしまった。そそくさと服を身につけた晨勉は涙ながらにジョンのそばから離れた。後悔はしていなかった。貞操観念など信じていなかったし、人はただ愛があればそれで十分だと思っていた。ただ、いまの自分には性にまつわる記憶と正面から向き合うことができなかったのだ。

恐ろしかったのは、晨勉はこれまで一度も避妊をしたことがないことだった。実際にダニーと関係をもった際にも避妊することはなく、しばらく経ってからも身体には何の変化も起こらなかった。おそらく、自分は先天的に妊娠しにくい体質なのかもしれない。あれ以降、ジョンもすっかり顔を見せなくなっていた。電話をかけてきたり花を贈ってきたりして、いったいどこに問題があったのかはっきりわからないままに自分の行為を謝罪するジョンは、まだ晨勉と交際できる可能性があるのか探りを入れている様子だった。彼がただ自分の反応に興味をもっているだけなのだということはわかっていた。彼はいつだって何の問題もない人間で、彼女の許しさえ得られれば再び元鞘《もとさや》へと戻ってくるはずだった。

その瞬間、自分を孤独に追い込んだダニーをひどく憎らしく思った。いつもと変わらぬ環境で他人とは違った考え方をもつことは人を孤独にさせるものだ。しかし、もしも仮に自分が彼のそばに長くいれば、今度は生活習慣の違いなどから孤独を感じていたかもしれない。それまでも同じように孤独ではあったが、決して自分が孤独な人間などとは思わなかった。ダニーからの便りは相変わらずなかった。

彼と再び顔を合わせたのは、二人が別れてからちょうど十ヶ月後のことだった。ダニーの母親はいまだ回復しておらず、彼は自分の研究を諦めようとしていた。臨終の際、息子の指輪がないことに気づいた母親はようやく晨勉の存在を知ったが、母は息子に本能に従って晨勉を愛するように伝え、彼女にはそれを受け入れるだけの力があるのだと言ったそうだ。

二人はバリ島で再会することを決めたが、そのころにはそれほどダニーに会いたいとは思わなくなっていた。十ヶ月に一度だけ会えるような愛情は簡単に人を老けさせる。いったい何を頼りにこうした関係を維持していけばいいのか。まさか性でもあるまい。いずれにせよ、二人の生活は白紙の状態になっていた。

君のために少し早めの誕生日を祝いたいんだ。ダニーが言った。もしも長期間滞在することが叶えば、本当に誕生日を祝うことができるはずだった。

ダニーは空港の出迎え室で晨勉の到着を待っていた。四時間近いフライトに加えて、生理中だったせいもあって、すこぶる気分が悪かった。手ぶらで税関を出た晨勉はこれからぶらりと町に買い物にでも出かけるように見えた。ダニーはバリ島では何でも安くて買えない物など何もなく、あとで大きな箱をひとつ買ってそこにすべてを放り込んでおけば事足りるのだと言っていた。

税関で手荷物検査を待っている間、晨勉はホテルが派遣してきた客引きたちに混じって立っているダニーの姿を見つけた。彼はまたひとまわり大きくなったようだった。晨勉は薄暗い室内に立ち、明るい室外に立つ彼は長いあいだ微動だにしなかった。落ち着いた感じの男が好きだった。彼はきっと自分が予定どおり到着することを知っているはずだった。

晨勉の姿を捉えたその灰色がかった青い瞳は突然涙で歪み、すぐそばまで歩み寄ってきたダニーは無言で手を差し伸べると、フロアの隅まで彼女を引っ張っていった。旅行者たちが二人の周りを行きかうなかで、彼は晨勉の頬を優しく撫でた。その目にはきらりと光るものがあった。「霍《フォ》、会いたかったよ」晨勉を抱きしめたダニーが言った。彼の口づけが自然と二人の記憶を呼び起こしていった。「いいかな？」ダニーはひどく落ち着きはらった態度でたずねてきた。周囲で客引きしていたタクシー運転手たちがどっと声をあげ、二人を盛大な拍手で迎えた。彼は決して他人に性急な欲情を感じさせることはなかったし、彼自身もまたそうした考え方をするような人間ではなかった。

彼の運転するジープに乗って大通りの角を曲がれば、目の前にすぐ海が広がった。バリ島には冬がなく、ただ雨季だけがあって、だいたいそれは十月から年暮れごろまで続いた。伝統的なバリの家屋は一階が四つの柱で支えられた涼亭《りょうてい》になっていて、二階は寝室となっていた。海辺に建てられたダニーの家はシンプルで静かな場所にあったが、生活するにも便利で、それほど遠くない場所にはレストランや商店が立ち並ぶ商店街もあった。現地の人々はみな簡単な英語を話したが、ダニーの話す英語はほとんど通じず、ビジネス用の英語を除けば、それぞれが勝手なアクセントで喋っていた。それもまたある種のコミュニケーションと言えたが、そこに暮らす人々の善良さが晨勉に彼に対する善意と愛情を徐々に取り戻させていった。

夜になると、ダニーは晨勉の手を取ってハイビスカスに覆われた小路を通り抜け、現地の舞踏劇が行われているレストランへ食事に出かけた。舞台の周囲にはココナッツの木で編んだ飾りつけが掛けられていた。飾りつけはここのスタッフたちが午後の間に作ったもので、ダニーはそれが彼らの日常の一部なのだと言った。そして、現地の人間が戸口に祭礼用として必ず奉げる花の名を知っているかいとたずねてきた。ハイビスカスかしら。晨勉が答えると、それじゃどうしてすべての扉のかまちが半分だけしかなく、二つ合わせてようやく一枚の扉になるのか、またどうしてすべての扉を拝まなければいけないのかと畳み掛けるようにたずねてきた。晨勉は少し考えて、おそらくそれは善と悪を意味していて、彼らは陰陽を崇めているんじゃないかしらと答えた。ダニーは苦笑いを浮かべながら、「アジア人ってやつは本当に素晴らしいね」

「あなたたち西洋人にはかなわないわよ。そうやってすぐに人を試そうとするんだから！」晨勉が笑って言った。

インドネシア料理はどれも生臭いうえに、辛くて濃厚な味がした。ダニーは一ヶ月が経ってようやく料理の味がわかるようになってきたのだと言った。現地の生活に慣れるには、少なくとも十年の歳月が必要だった。彼はようやくアジア人がもつ沈黙と変化についてわかりかけていた。どうして君が僕についてドイツまで来てくれなかったのかようやくわかったよ。ダニーのその言葉に、晨勉はただ微笑を浮かべるだけで答えなかった。本当のところを言えば、ただ自分の意固地な性格を変えることができなかっただけだった。

舞踏劇にはとりたてて山場といえるようなシーンもなく、それは原始的な舞踏パフォーマンスの一種に過ぎず、精緻さを感じさせたのはむしろレストラン全体のデザインの方だった。その日、ダニーはあまり酒を飲まなかった。「ハッピーバースデイ」一杯目のグラスを晨勉に奉げたダニーが口を開いた。まさにこの瞬間、晨勉は彼が二人の間に存在する愛の方程式を確立したのだと悟った。もしも自分がそれを受け入れれば、いまこの瞬間からこうした状況を変えるに足る出来事が起こるまで、自分はこの関係を受け入れなければならないのだ。

帰路、二人は墓参りの隊列にかちあった。「実に感動的な場面だね」頬を赤らめたダニーがつぶやいた。

このような光景は自分や祖母、そして晨安の三人が、毎週お供え物をもって、幽霊たちの徘徊する墓場まで母を訪ねていっていたこととどれほどの違いがあるのだろうか。もしもダニーが当時の自分を目にしていれば、果たして同じように感動的な場面などと口にしたのだろうか？　母の母であった祖母も、すでに鬼籍に入っていた。墓参りの隊列は彼らのすぐそばを通り抜け、暗闇の中では鈴の音だけが清らかに鳴り響いていた。反対側からは波の音が聞こえたが、対岸に灯りは見えず、また水平線上には月も浮かんでいなかった。さながら世界から一切の遠近感が失われてしまったかのようだった。

家に帰ると、ダニーはすぐさま寝室の扉をすべて開け放った。大地の懐《ふところ》で眠りにつくことを好む彼は、その点原始的な人間であった。「ワインはまだあるのかしら？」晨勉がたずねると、彼はしばらくワインは飲んでいないんだと答え、ここではビールを飲むようにしているんだと続けた。

今日は「呼吸」することができないと言ったが、彼は「いい匂いだ」と言って晨勉を抱きしめてきた。「いいかな？」何度も口づけを交わすダニーはそこに記憶を求めていた。必要なのは記憶であって、身体はそれほど重要ではなかった。しかし、晨勉は彼が沈黙がちになっていることにも気づいていた。いったいこの期間に彼のこころに何が起こったのか。二人はほとんど電話や手紙のやりとりもなく、なまじ相手に自分の気持ちが伝わるのをいいことに、感情のプロセスでも最も精緻で貴い部分を失ってしまっていた。彼を抱き寄せた晨勉はそれが残念でならず、また申し訳ない気持ちで胸がいっぱいになってしまった。感情の累積はまた違った局面を誤って導き出してしまったのかもしれなかったが、それをわざわざ口に出してたずねてみるのもなんだかひどく徒労であるような気がした。

彼の受給している奨学金では、到底自分の滞在費を肩代わりすることはできなかったし、また香港での仕事を長く抜けることもできなかった。この島に留まっていられるのもせいぜいあと一ヶ月かしら。晨勉はこころのなかでそっと自分の滞在期間を計算した。彼が研究のためにフィールドワークへと出かける際には、いつもそれに付き合うようにしていた。また、ひとりでぶらぶらと街を出歩くこともあった。ダニーの研究に何か価値があるようには思わなかったが、それでも彼の研究を尊重していた。何かに熱中している彼の姿を見るのが好きだったし、そんな彼を観察して記憶に留めておくこともできたからだ。自分の社会的な成功は彼よりも早く社会に出たというだけで、その時期がよかったに過ぎないのだ。それに、彼がいま積み重ねているのは彼自身の未来であって、自分のそれはただの仕事に過ぎなかった。この件について、晨勉は少しも心配していなかったし、彼もまた自分の研究にひどく自信をもっているようだった。男とは自分の専門領域に関しては決して無邪気ではいられず、ましてや自分が気にかけている物事に関してはなおさらだった。

晨勉は決してジョンのことを口に出さなかったが、そうすることに何か意味があるようにも思えなかった。それに、再びジョンとの間に関係をもつ可能性も否定するつもりはなかった。いまのところダニーのことが好きだったし、こうした日々も悪くないと思っていたが、やがてそれにも終わりはおとずれるはずだった。あらゆる事象はその生命活動を続ける限りにおいて、決して立ち止まることなどないのだ。

もしもダニーとの関係を現状のまま保っておくつもりなら、二人は違った緯度で暮らしながら毎月顔を合わせなければならなかった。しかし、それでもその愛情が少しずつ目減りしていくことを防ぐことはできないはずだった。当時の晨勉には、自分に残された時間がいったいあとどれほどあるのか知る由もなかった。

研究に必要な資料を採集し終えたダニーは、雨季に入りつつあったバリ島をひどく恐れていた。そこで、二人は結局バリ島を離れることにした。晨勉は香港へ、ダニーはドイツへとそれぞれ帰国していったのだ。その後三年間、誕生日を迎える晨勉のそばにはダニーの姿はなく、おそらく今回のバリ島での日々が唯一誕生日に最も近い再会となった。

そのちょうど同じ月、二人はそれまでにないほど大きな言い争いをした。晨勉が避妊していないことを知ったダニーが、信じられないといった様子で声を荒げたのだった。「君はどうして避妊をしないんだ？」

感情的になっているダニーを目にした途端、不思議と怒りがこみあげてきた。それはすなわち彼自身の弱点であって、そうした弱点をことさら自分の前で大げさに広げてみせる必要はないと思ったからだ。「これまでだって、避妊なんてしてこなかったのよ」晨勉は冷たい口調で答えた。

「どうして言ってくれなかったんだ。僕にだってこころの準備が必要なんだ」

「あら、いまごろ気づいたってわけ？」世間の荒波で揉まれてきた晨勉はこれまで他人の意見に反駁することを躊躇《ためら》ったことなどなかったが、ダニーにはできるだけ口答えしないように努めてきた。

しかし、ダニーのボルテージは一向に収まる様子を見せなかった。「畜生！　僕が気づかなきゃ、君は正直にそれを言ったのか？　この件に関して君は無邪気であるべきじゃないんだ」

すぐさま事情をはっきりと説明しなかったことがダニーのこころを傷つけてしまったのか、それともただ自分が避妊してこなかったことに彼が怒りを爆発させたのか晨勉にはわからなかった。「無邪気であるべきじゃない」と言った彼の言葉に晨勉の頭は真っ白になり、それ以上は何も話したくなくなってしまった。パスポートを掴み取った晨勉はそのまま部屋を飛び出した。こんな時間に飛んでいるフライトがないことはダニーも重々承知しているはずだったが、それでも晨勉がその場から走り去っていくのをただ黙って見送った。

舞踏劇を鑑賞した旅館までやってきた晨勉は、今晩はひとまずそこに泊まることにした。彼が自分の手を引いて足早にハイビスカスが咲き誇《ほこ》る小路を通り抜けた際、花の影がひらひらと揺らめき、こころのなかの何かが一枚また一枚と剥がれ落ちていくような気がした。果たして、自分はおのれのもつ無邪気さを恥じるべきなのか？　男女がある物事に関心を抱く際にみられる最も大きな違いとは、女は往々にして男よりも無邪気であるという点にあった。

しかし、チェックインが済むころになるとずいぶん落ち着きを取り戻すことができた。冷静に考えてみれば、あるいはこの島に来たときと同じように、またひとりで生きていくだけの話なのかもしれない。なにやら虚しく感じたが、それでも自分に何かが欠けているとは思わなかった。晨勉はこうして避妊することの必要性を学んだわけだが、例えばジョンとの関係のように、もしもある相手と安定的な関係性をきずいていれば、避妊などする必要はないはずだった。

しばらくして、扉をノックする音が聞こえてきた。スタッフが水を持ってきたのだと思って扉を開けると、そこに立っていたのはなんとダニーだった。「これ以上、このことについて議論したくないのよ。もしまだ議論したいなら、また別の日にしましょう」晨勉はなるべく感情を込めることなく、落ち着いた口調で話した。

「自分をコントロールできなかったんだ。悪いと思ってる」ダニーは目を伏せたまま言った。

「わざわざ謝ってくれてありがとう。でももう眠いのよ」

すると、ダニーが沈み込んだ口調で、「霍、ここはもうひとつの島で、僕たちが共有できる唯一の場所かもしれないんだ。それでも君は僕を許してくれないのか？」

「ダニー。あなたを許すってことは、私があなたのルールを受け入れるってことなのよ。私はもう三十二歳。誰かのルールに従って生きるなんてまっぴらごめん」

するとダニーは両手を差し伸べて晨勉を自分の腕のなかへと引き寄せると、顔を頬に擦り寄せて、口づけを求めてきた。彼の息遣いが高みから伝わってくると、晨勉はつま先を立ててその独特の呼吸へ引き寄せられていった。これまでも、そしてまたこれからも、自分はその匂いに抗うことができないのかもしれない。

「いいかな？」追い立てるように問いかけてくる彼の言葉は、まるで荒波のように迫ってきた。迫りくる波を乗り越えたと思えば、次の瞬間にはより高い波が自分をさらっていってしまうのだった。

ダニーの沈黙がもつ意味を理解できなかったように、晨勉は彼がなぜこれほどまでに自由奔放でいられるのかわからなかった。

ダニーには謝罪をすることはできても、妊娠に対する自らの認識まで変えることはできなかった。二人の愛情は運命的なほどに合致していたが、そこには結婚と子供の存在は含まれていなかった。二人の抱く運命は、家庭の介在によって容易に平凡な存在へと変わる可能性があった。

「もしも妊娠したらどうするつもりなんだ？」情事を終えたダニーがたずねてきた。

「平気よ」彼にはまだジョンのことを言っていなかった。

「どうして平気だって思うんだ？」

「さあ。あるいは私の潜在意識がそうさせるのかも」

ダニーは香港で飛行機を乗り換えたが、香港には入国すらしようとしなかった。彼を少しずつ失っていくのがわかったが、それはもはや可能性の問題などではなく必然的な事実ですらあった。

それから、ダニーは二度とバリ島には足を踏み入れなかった。晨勉は来年には日本への出張が増えるかもしれないと言った。日本市場を失って久しい本社は、勢いのある晨勉を日本へ派遣することでなんとか現状を打開しようと考えていたのだ。それを聞いたダニーは、君のアイデンティティは西洋人がアジアを攻略する際にひどく使い勝手がいいのだと言った。その言葉の裏になにやら彼の西洋人としての優越感とオリエンタリズムを垣間見たような気がしたが、もちろん彼の言っていること自体は間違っていなかった。もしもこうしたアイデンティティに甘みがなくなれば、そのときはただそれを捨て去るだけだった。晨勉にとって、現実のために何かを変えることほど容易なことはなかった。

「今度は日本で」ダニーは次の再会場所を日本と決めたようだった。

しかし、日本の市場は思った以上に厳密に守られていて、日本人たちの企業倫理もひどく保守的だった。もしも日本の市場に分け入りたければ日本企業と協力するしかなく、その存在を無視することは難しかった。市場調査でそのことを知った晨勉はすぐさまその旨を本社に報告した。そうして会議を重ねた結果、本社は正式に日本からの撤退を決定したのだった。懸命に打ち込めばなんらかの収穫が得られると思っていたが、事前に行った市場分析は非常にネガティブな結果におわった。日本側が広告に世界的なスターを受け入れることに問題はなく、彼らは高額なギャラを支払って人気スターを広告に使うことを決めていたが、香水の宣伝に関しては晨勉たちの期待にそぐわないことは明らかだった。しかも、世界的なスターを広告に使用したところで日本国内の産業に与える影響はたかが知れており、その他については言わずもがなだった。晨勉のこうした分析結果は、後に社内における彼女の権威をより高める結果となった。

結果的にダニーと日本で会うことはなくなったが、日本で会えなくなったもうひとつの理由は、離婚の準備を進めていた晨安に付き添うためにイギリスまで出かける必要があったからだった。晨安がこれほど長く婚姻生活を続けてきたこと自体、驚きだった。あるいははじめから相手に何の期待も抱かなかったおかげなのかもしれない。これほど長い時間が経っていたせいで、晨勉もすっかりそのことに慣れてしまっていたが、それでも彼ら夫婦の間にも変化はあったのだ。

留守番電話には晨安からのメッセージが残されていた。「私に会いたいなら来てもかまわないけど、もしも私を慰めるためにわざわざイギリスまで来るつもりなら、余計なお世話。私はなんともないから」

それでも彼女はイギリスへ向かった。いま行かなければ、晨安と顔を合わせる機会を一度失ってしまうと考えたからだ。晨安は顔色こそよかったがひとまわり痩せたようだった。アルバートはすでに引っ越して家にはいなかった。イギリスまでやってきて、ようやく晨安が自分のイギリス行きを快く思っていなかった理由を知った。なんとかして気持ちを立て直した晨安は、アルバートと法廷で闘っていたのだ。彼は他所《よそ》の女を家に連れ込んだところを晨安に目撃されたが、離婚することは拒んでいた。アルバートにはいまあるすべてを捨てさる決心がつかなかったのだ。そこで晨安は母がかつて父を殺したことを報じた新聞のコピーを彼に見せた。もちろんアルバートに中国語は読めなかったが、晨安が嘘を言っていないことがわかると、驚いてすぐさま離婚協議に応じた。しかし、それでも財産を折半することを要求してきたアルバートと何度も法廷で争った後、裁判所は晨安が数々の物証を挙げたことを受けて、家や車、貯金などはすべて晨安に帰属する判決を出したのだった。実際、アルバートはこの数年間研究らしい研究はしておらず、大学での地位も際どいもので、給与も年々減らされ続けていた。裁判所は晨安の年収から現在の家計が晨安ひとりの経済力に頼っていると判断したのであった。夫の給与ではせいぜい旅行や読書、飲酒、あるいは他所で火遊びするのがせいぜいで、しかもそうした女性を家の中に連れ込むのは非常に不道徳な行為であると、晨安は裁判官の前で詳らかに申し述べたのだった。

裁判所で面子をかなぐり捨てて闘う晨安を目にした晨勉は、ほどほどのところでやめておいた方がいいと忠告した。晨安は不満のようだったが、それでもできるだけ早く終わらせると約束してくれた。アルバートが他所の女性を家に連れ帰ったことに晨安はずいぶんとショックを受けているようで、彼を恥知らずだと何度も声をあげて罵《ののし》った。

晨勉は静かにそれを制止して言った。「ねえ。あなただってもともと彼のことを愛してなかったんでしょ？　つまり、彼を騙してきたのよ。彼だけが悪いわけじゃないのよ。あの人だって、奥さんが自分のことを愛してなかったことくらいわかってたんじゃないかしら」

晨安がこの別れにさしたる痛みを感じていなければ、これもまた円満な別れであるはずだった。しかし、もしもそこに痛みを感じているようであれば、それはある意味で当然の報いなのかもしれなかった。晨安は夫をいいかげんにあしらうべきではなかったのだ。こうした過剰ともいえる晨安の反応を目にした晨勉は、彼女がこの別れに痛みを感じているのだとわかった。

晨安の様子に、晨勉のこころもひどく痛んだ。そして、晨安が一生のうちに自分や祖母、それに母といった女性たち以外に、結婚相手からすら十分な愛情を受けることができないことを不思議に思った。それとも、晨安は愛情の存在を信じていないのだろうか？　あるいは男性そのものを信じていないのかもしれなかったが、レズビアンの可能性があるならそれでも幸せになる可能性はあった。なぜなら、少なくとも感情的な慰めをそこから得ることができたからだ。しかし、いまの晨安はただ尊厳を失い苦痛にのたうち回っていた。まさか、晨安は愛情の世界には尊厳の尺度など存在せず、ただ愛情の尺度だけがあるのだということを知らなかったのだろうか。どうやら晨安は本当に誰かを真剣に愛したことがないようだった。

ある日、晨勉がイギリスに来ていることを幸いとばかりに、アルバートが家に置いてあったものを取りに戻ってきた。晨勉はこのときはじめて、アルバートと二人きりで短い会話を交わした。彼はそこで妻がどれだけ浮気っぽい女であるか訴え、自分の指導する男子学生と不適切な関係にあったのだと言い立てた。晨勉は彼を怒鳴りつけると、これ以上でたらめを喋らないように警告したが、彼の言葉があまりにリアルだったために、晨安に黙ってこっそり慰謝料を渡すことで彼の口を封じておこうかと思ったほどだった。だが、後々面倒なことになってしまいかねないと思い、慌ててこうした考えを打ち消した。別れ際、晨勉はアルバートに次のように告げた。「男は損をしたときに事実に沿って物事を述べるべきで、とやかくあれこれと文句を言うべきじゃないのよ」アルバートはまだ何か言いたげな顔をしていたが、晨勉は続けて、「できるだけあなたの取り分が増えるように晨安を説得してあげるから」と言った。後にアルバートが家にやってきたこと、そして彼が口にしたことを知った晨安は、あべこべに晨勉を慰めるような口調で返した。「あの変態野郎は頭がおかしいのよ。かまうことないわ」

その日の夜半、突然の叫び声に目を覚ました晨勉は驚いて部屋から飛び出した。叫び声は晨安の部屋からで、声が消えた後はまるで余震のようなすすり泣きが聞こえてきた。いったい晨安が陥ってしまった境遇をどのように言えばいいのかわからなかった。母ですら、これほどの痛みを感じてはいなかったし、後遺症のようなものもなかったはずだった。二人の姉妹は果たして、おのれの仕出かした行為の結果に耐えているのか、それとも人類が犯したあらゆる罪の重さに耐えているのかわからなかった。感情の歴史がもつ重力がその速度を増していくなかで、姉妹が投げ込まれたのは世知辛《せちがら》い世間などではなく、地獄の釜のなかではなかったのだろうか。

悪夢にうなされている晨安を揺り起こして、いったい何の夢を見ていたのかたずねた。「私、また叫んでいた？」晨安が驚いたようにたずね返してきた。これがはじめてではないのだ。きっとアルバートが教えたに違いなかった。私、夢の中でアルバートを殺したのよ。晨安がつぶやいた。その方法は母のそれと同じで、恐ろしいのはその手管《てくだ》がひどく手慣れたものであったことだった。

「ねえ。彼のことまだ愛してる？」

「わからない。ただ私の中ではあいつを憎んでいるって感じだけがあるのよ」

「もう一度やっていくことはできない？」

「そんなに難しいことじゃないと思うけど」晨安は頷《うなず》きながら答えた。

問題点を洗い出してみるべきだと思った。晨勉はひどく落ち着いた口調で、「男子学生の件なんだけど、いったい正直なところどれくらい本当なの？」

「感情的な真実と性的な真実をどうやって区別していいのか、正直わからないのよ。あなたも知っているように、外国人のそれってときにとても無邪気だから」

「そうでもないわよ」晨勉は語気を強めて言った。男とは自分たちが気にかけている物事に関してはそれほど無邪気ではいられないのだ。もしも無邪気であれば、おそらくそれほどそのことを気にかけていない証拠なのだ。

「あの子はとってもバイタリティに溢れていて、成績だって悪くない。だから私に媚びて成績を気にする必要だってないはずだから、きっと陰謀めいたことはないはずよ。でも不思議ね。誰もこのことは知らないはずなのに。私が隠し事をするとき、あなたは私がくしゃみだって我慢できるって知ってるでしょ？」

「彼とは最後までやったの？」

「ええ。いまはもう卒業してるわ。私が指導した修士課程の学生よ。でも、罪悪感なんてこれっぽっちも感じていない。もしも彼との間に感情のやりとりがあればとても口にすることなんてできなかったけど、でもそうじゃなかったから」

「それじゃいったい何だったの？」

「一種のニーズってやつかしら？　必要だったのよ。彼とは本能的にマッチしていたから」晨安は笑って答えた。

晨勉は思わず首をふった。「それってアルバートとの間には感情のやりとりがあったってことを暗に告白しているようなもんよ。ねえ、話を逸《そ》らさないで。アルバートはどうしてこのことを知っているの？」

「あいつは何かに感づけば、それを口実にからんでこずにはいられないのよ。どうせあいまいな事実につけこんで甘い汁を吸おうとでも考えているんじゃない。あいつは全然無邪気なんかじゃないわよ」

「ねえ、離婚してもきっとあなたは引き続きアルバートと連絡を取らなくちゃいけないんじゃない？」

「それは平気。そんなのはただの形式だから。ひとりでいるよりも、夫婦の方がこの手の形式を引き寄せてしまうものなのよ」

香港へ帰る間際になって、ようやく遅れていた冬将軍がこの島にもやってきた。暗色の服を身に纏った人々が街道を行きかう様子は暗く沈んだ波を思い起こさせた。流行に敏感な香港人たちはこの冬に流行する色が黒だと知っていたようだった。そのせいかもしれない。彼らが口にする話題までひどく真っ黒な感じがした。

しばらくして晨安からの手紙を受け取ったが、それは彼女が直接自分と向き合うことを望んでいないことを意味していた。それまで二人は何度も電話で連絡を取りあっていたが、晨安は一度として手紙のことなど口にしなかったからだ。手紙には、アルバートが他所の女を連れ込んだことにシラを切り始めて離婚の理由をすっかり忘れてしまったことや、ありえないことに晨安が無実の罪で自分を訴えているのだとアルバートが主張していることなどが書いてあった。現在のアルバートは精神的にも金銭的にも晨安に依存していて、新しい関係を築き始めた二人の間にはなにやら見慣れた不案内さのようなものがあった。

手紙の内容については驚くこともなく、電話をかけてまだ悪夢を見るのかとたずねた。しばらく沈黙していた晨安は、「自分じゃわからないわよ。私のそばには悪夢を見たかどうかを教えてくれるような人がいないんだから」

「アルバートに会った後、彼を家に泊めてあげないの？」

「まだ早いわよ」

彼らはゼロからやり直すことに決めたのだ。晨安の不安定な情緒は明らかに落ち着きを取り戻してい き、しかもそこに発展の糸口を見出したのだった。いまの晨勉にできることは、ただ彼女を支えてやる ことだけだった。

電話を切ると、この冬がでたらめなほどじめじめと寒いことに気づいた。電話ではしょっちゅう話し ているはずなのに、人ごみに舞い戻った晨勉には話すような話題は何もなかった。自分の生活にはなに やら生きているという実感だけが欠けていた。晨安の件はまるで意識の波が押し寄せるようにして生活 を包囲していったが、それはダニーのように時間が経過したからといって忘れられる性質のものではな かった。ダニーの顔とその息遣いを思い出そうとしてみたが、いったいどうやってリアルな暮らしの中 に生きる彼に近づけばいいのかわからなかった。

その冬、離島の降水量は例年に比べてずいぶんと多かった。日本でのビジネスが失敗してから、晨勉 の仕事はすっかり泥沼にはまってしまったようで、自分自身と未来の様子がまったく見えなくなってし まっていた。、それはつまり、晨勉がすっかりおのれの感性を失ってしまったことを意味していた。雨 が新たな季節になるまで降り続けるのを目の当たりにすると、なぜかふと父のひどく冷たい真っ白な顔 を思い出した。それはまるでこの世の者ではないような、あるいは自分自身をさながらこの降りしきる 雨に変えてしまうような、そんなどこか捉えどころのない人間の顔だった。晨勉はいま住んでいるこの場所を離れて、ダニーを探しにいくことに決めた。あるいは彼と直接顔を合わせないにしても、それでも彼が送るリアルな生活のありさまを知りたかった。「彼の生活にはいったい何があるのか」晨勉はこころから湧き上がるこうした好奇心に驚きを覚えながらも、自分のあらゆる関心が一瞬のうちにその一点へと集約されていくのがわかった。

それは本当に特別な一年だった。世界的な不況の影響を受けて、晨勉の会社も市場開拓のペースを弛めて現状維持に専念していた。こうした状況のなかで、晨勉は誰に気兼ねすることなく長期休暇を申請したのだった。休暇の理由について話すつもりはなかったが、会社側は晨勉に休暇を利用してグローバルな市場調査を行ってほしいと伝え、公費で旅費を支払ってもいいとまで言ってきた。そこで仕方なく自分が行くのはアジアではないこと、そして担当したことのない地区に関しては長期の市場分析を行ったことがないために直感だけで介入すればリスクが大きすぎると言った。公費で出かけてもいいと思ったが、もしもその目的が体面を維持するだけのものなら辞職してもかまわないと思っていた。副総裁のジョージからは熱心な食事の誘いがあったが、彼はそうした本社の意向を彼女に伝えるためにやってきたのだった。会社はどうやら冒険をする腹づもりで、ジョージ自身もそうしたリスクに賭けているようだった。「チャーミング。そろそろ僕のプロポーズを受け入れてくれないかな？」

「その答えはもう言わなくてもわかっているんじゃないかしら？」晨勉が笑いながら言った。このときばかりは「男は無邪気だ」といった晨安の考えに同意せざるを得なかった。そうした無邪気さはおのれの身体で醸造した酒のようなもので、自分ひとりだけが酔うことができるのだった。ジョージはひどく不思議そうに、「何か他に要求があるのかな？」

「いまはビジネスについて話しているんです。もしもプライベートな話を混ぜてしまえば、自分の考えを表明できなくなりますよ」

十二月二十三日、晨勉はミュンヘンに到着したその日のことを永遠に覚えていた。そこは香港よりもずっと寒かった。ダニーの通う学校のすぐ近くに適当な旅館を見つけると、ひとまずそこに泊まることにした。ちょうどクリスマス休暇の時期で、ミュンヘン市内に住む人々は休暇のためにみな街を離れていた。旅館はどこも空室だらけで、晨勉は街道に面した学校が見える部屋を選んだ。休暇中に部屋を貸し出す一般家庭は休みのために連絡が取れず、学校もまた空っぽでどこも寒々しい廃墟のような感じがした。そのときになって、ようやく今回自分がはるばるドイツまでやってきたのはダニーと再会するためではなく、自分自身と向き合うためであったのだと気づいた。自身にくすぶる感情で好奇心を奮い立たせることで、彼がいったいどのような態度で自分以外の女性と交際しているのか知りたくなったのだ。こうして少しずつ、晨勉は自身の感情の核心へと近づいていった。

ダニーが同年代の男性たちと違っていたのは、家庭に対する非常に強い思いだった。実家で暮らす彼は常に家族といられることを幸せだと感じていた。ダニーの父親は大学の教授で、彼はその大学に通う博士課程の大学院生だった。大学街に住むダニーは確か普段は自転車で通学していて、何かあるときにしか車を運転しないのだと言っていた。

思ったとおり、ダニーは休暇の真っ最中だった。十分単位が足りていた彼は毎日学校に行く必要はなかったが、それでも図書館に通う習慣をつけていた。その点、ダニーは学生気質をいまだに強くもっていて、だからこそ休暇の際にはしっかりと休暇を享受するようにしていた。

晨勉は住所を頼りにようやくダニーの家を見つけた。偶然にも彼の家の向かい側にあるアパートにちょうど空きがあった。家賃は決して安くなかったが、大家は別のフロアに住む老夫婦で、自分たちの眼鏡《めがね》にかなった若者に部屋を貸すようにしていた。この老夫婦は自分たちの暮らす部屋に生きる喜びを注入するために、楽しげな音が常に身近に溢れていることを望んでいた。彼らはこれまでアジア人に部屋を貸したことはなかったが、香港からやってきた新しい住人に新鮮さを覚えた彼らは、すぐさま晨勉に部屋を貸すことに決めた。部屋にはひととおりのものが揃っていて、賃貸期間も自由だったが、こうしたやり方はまるでドイツ人らしくないような気がした。自分が短期滞在者であることを告げた晨勉は、老夫婦に他にもっといい借り手が見つかればいつでもここを引き払う用意があると伝えた。窓を開ければ向かいはすぐにダニーの家だったが、これほどの偶然もなかった。しかし、晨勉には自分が他人の生活を覗き見しているといった意識はなかった。晨勉はなにも別段悪知恵を働かせてこうしたことをしているわけではなく、ただ偶然ここで真相を捜し求めているだけであって、いつでもこの場を立ち去ることができるのだと自分を納得させた。

ダニーに電話はかけなかった。もしも電話をかけて彼に自分の所在を教えなければ、それこそ彼を欺くことになると思ったからだ。

休暇を終えたダニーが家に戻ってくるまでの間、晨勉はひとまずパリに向かうことにした。ジョージから少なくともパリに行ってヨーロッパの香水と流行の動静を「嗅いで」くるように言いつけられていたからだ。ビジネスに関して、会社は晨勉の直感を全面的に信頼していた。

本音を言えば、上司と激しくぶつかり合うことを望んでいなかった。パリからミュンヘンに戻ったころには空はもうすっかり暗くなっていた。きっとダニーは向かいのアパートの変化には気づいていないはずだった。大家によれば、この部屋が空室になってからまだほんの一週間ほどしか経っていないそうだ。二日目、日が暮れて何気なく窓際で外の様子を眺めていると、向かいの部屋にふっと灯りがついてさまざまな物体のなかからゆっくりとダニーの姿が浮かび上がるのが見えた。アパートの部屋からじっとその様子を眺めていると、あらためて彼と離島に向かう連絡船で過ごした日々を思い出した。ひっそりと光を集めるように、晨勉は自らの思考を一箇所にまとめようとした。どうしてもダニーから視線を外すことができなかった。

ある日のこと、ダニーは朝九時から自転車に乗ってどこかへ出かけた。晨勉は白日のもとに姿を現した彼をまるでロングショットを撮るように遠目から観察した。黒く日焼けした彼はまたバリ島にでも行っていたように見えた。ヨーロッパはすでに冬に入っていたが、赤道直下のあの国にはまだ強烈な日差しがさしているはずだった。次に晨勉はダニーの父親に目をやった。真っ白な銀髪にパイプを咥え、ゆったりとした動きでコーヒーを飲みながら新聞を読むその様子からは、自分らしい生活を送っている初老の男性の姿を見てとることができた。しかし、彼の家族を観察するべきではないと思った晨勉はそれ以上家族の様子を眺めることはしなかった。

この都市の朝は想像していたよりも静かで、考えごとをするのには最適だった。部屋を引き払うことを決めてから、晨勉はまるで野生の動物さながらにダニーの部屋を窺《うかが》わないように自らを戒めるようにしていた。

ミュンヘンは巨大で無秩序な街だった。ダニーを理解するためには彼の喋る言葉を理解しなければならないと考えた晨勉は、まずドイツ語を学ぶことにした。そこで中国交流センターの掲示板に張ってあった一枚のメモ用紙に目を留めた。用紙には中国語学習希望、ドイツ語との言語交換可能と書かれてあった。晨勉はさっそくその場で電話をかけた。電話をとったのは多友《ドーヨー》という中国語の名前をもった二十五歳のドイツ人女性で、五年間中国語を勉強したことがあるのだと言った。まだ大学に在学中の多友はつい最近台湾から帰国してきたばかりで、せっかく覚えた中国語を忘れてしまわないように、言語交換の相手を探していたのだと続けた。

晨勉は自分がいつこの国を離れることになるかわからないと正直に告げたが、多友はそれでもかまわないと答えた。多友はこの国は台湾や香港みたいに活気に満ちていなくて、とっても退屈なのよと言ったが、晨勉はただ黙ってその言葉を聞いていた。

多友との出会いは、晨勉にはじめて人間とはどこまで孤独に生きられるのかといったことを教えてくれた。家族との折り合いが悪かった多友には友人と呼べるような人間もおらず、若い女性が一般的にもっているような趣味や趣向も持ち合わせてはいなかった。小さなころから自立した生活を送っていた多友にとって、旅行だけがそうした寂しさから抜け出す唯一の手段であった。「どうせどこにいてもひとりであることに変わりはないのよ」多友が言った。

二人は毎日顔を合わせて言語交換をする約束をした。「どうせ何かやりたいことがあるわけじゃないから。一日も一週間も、ひとりでいるのも二人でいるのも、結局同じじゃない」多友と顔を合わせるのは午前のときもあれば午後のときもあったが、夜になればアパートに帰ってダニーの家を観察するようにしていた。ひどく口数が少ない多友が口にする唯一の口癖は、「どうせ……」だった。言語交換をはじめて二ヶ月が過ぎようとしていたが、ダニーに対する観察には依然なんの進展もなかった。

ある日の朝、言語交換を終えた二人は一緒に昼食をとっていた。暖かくなるまでには、まだしばらく時間がかかりそうだった。すると、街道を行きかう人々を眺めていた多友がぽつりとつぶやいた。「もしかすると、いままで生きてきたなかで、今日が一番寂しくないかもしれない」それは混沌として、またひどく真実味のない光景だった。多友の金色の白い肌は陽光に反射してきらきらと光輝いていたが、金メッキが塗られたこの人形はどうりでどこかリアリティに欠けていたわけだ。しかし、多友のもつそうした寂しさがリアルなものであることだけは疑いようがなかった。

その瞬間、ふと晨勉は袋小路といった言葉の意味を理解することができたような気がした。ある物事をとことん突き詰めて考えれば、きっとそれ自体には何の価値もなく、人間はこうした窮地のなかで愛情や文学にその理由を求めてしまうものなのかもしれない。こうした理由に頼ってこころを大きくせざるを得ない人間とはなんと卑しい存在であることか。

二人はダニーが通う学校まで散歩した。いまとなっては昼間にダニーとばったり出くわすことも怖くはなかった。もし出くわしたとしても、それはそれでひどく自然なことなのだ。自分は彼が暮らす街に暮らしており、生活それ自身よりも強引なものなどそもそもこの世には存在しないのだ。その瞬間、晨勉は自分と多友がいわば互いに支えあう関係にあるのだと自覚した。もしも多友を愛することができるなら、同性愛も悪くないとさえ思った。

ダニーの大学には漢学を専門に研究する大学院があって、多友はそこで勉強する学生たちをひどく羨ましがっていた。多友は自分は特別ついているわけでもついていないわけでもない平凡な人間に過ぎないが、もしも願いがひとつだけ叶うとすれば、この大学院で勉強してみたいと願っていた。

「もし入学が難しいなら、中国大陸を旅行して一年間はそこで住むつもりでいるのよ」中国はあんなにも巨大で、おとずれる場所によってまったく違った表情を見せるので、多友は適当にひとつの場所に半月十日留まったとしても一年では到底時間が足りないと考えていた。しかし、それを聞いた晨勉は思わず自分の影さえもたない寂しい人間が十億の人口に埋没していく姿を思い浮かべてしまった。

そこまで中国が好きなら、どうして中国人と結婚しないのかとたずねてみたこともあった。

多友は笑いながら答えた。「まず第一に、私の容姿が中国人の好みに合っているとは限らないってこと。そして第二に、結婚と個人の存在はそれぞれ独立したものだってこと。私は自分を捨ててまで結婚生活に入り込むことができないのよ。特に中国人の結婚観は家庭と密接な関係があって、まるで人生のすべてが家庭のなかにあるといってもいいくらいじゃない。私には到底無理よ」

晨勉はふとダニーにも似たような傾向があることに気づいた。それは民族的な性格とも言え、簡単に変えることはできそうにもなかった。ダニーも多友も、どちらも生活と思想をはっきりと切り離して考える人間だった。これまでダニーが知的訓練に勤しむ姿を間近で見てきたが、それは確かに彼の生活とは幾分距離があるように思えた。

その日は夜遅く家路についた。路地の入り口までやってきた晨勉はアパートの灯りのもとでじっと自分を眺めているダニーの姿に気づいたが、それにかまうことなくまっすぐ歩き続けた。彼と向き合えるいい機会だと思ったのだ。凍えるように寒い冬の夜、真っ暗な場所にひとり立ちつくす自分は十二歳の少女で、これから勇気を出して監獄にいる母親に会いにいくのだという気持ちになった。喜びも悲しみも、すべては過去の中にあった。いま自分がすべきことはただ前に向かって歩き続けること、それだけだった。

まだ街灯の明かりのもとまで辿り着かないうちに、ダニーはくるりと身を翻してアパートの中へと消えてしまった。叫んでみても声が届くような距離ではなかったが、それでも叫んでみるべきだったのだろうか？　しかし、自分にそんな勇気がないことはわかっていた。アパートの階段を駆けあがると、いつものように窓辺に向かった。ダニーの家ではダンスパーティが開かれていた。もしかして、彼は玄関で誰かを待っていたのかもしれない。「今夜はどこまで酔うつもりかしら？」六分ほど酔った彼が暗闇でその性と光を放つことを晨勉は知っていた。この二ヶ月、彼がビールを飲む姿を何度か目撃した。ダニーの家の部屋にはすべて灯りがつけられていて、光のなかで行きかう人影はまるでゆらゆらと揺れる影絵のようだった。窓辺から離れる際、多友が言っていた「運」の話を思い出して思わず泣きたくなったが、流れるだけの涙がいまの自分にはもはや残されていなかった。晨勉は感傷的なことについて涙を流すことはほとんどなかったが、今回もまた例外ではなかった。感情のために自分を憐れむこともしなかったが、それもまた例外ではなかったのだ。ダニーの家と比べて、晨勉がいる場所は暗かった。暗すぎて、電灯ひとつとってもまぶしく感じてしまうほどだった。まるで多友のいるひとりぼっちの世界と同じで、他人の存在はすべて余計な感じがした。思いきって部屋の灯りを消した晨勉は「ダニーの赤ワイン」を取り出して、アルコールの記憶のなかから彼がいったい何分ほど酔っているのかその手がかりを探してみようと思った。

深夜、情熱的なダンスパーティが終わると、ダニーは金髪女性を車に乗せて家まで送っていった。

「いまは八分酔いくらいかしら？」八分酔いのダニーはひどく寂しそうな様子で暗闇に別れを告げた。

その日、彼はとうとう家に戻ってこなかった。晨勉はいずれ再会する日が来たときに、しっかりと自分の感情をコントロールして、決して彼にダンスパーティの後にどこに行っていたのかたずねないことに決めた。

ダニーの愛が本物であることに疑いはなかったが、自分がそばにいないときに彼がこうした行動に出たことは、若い彼にとってはある意味で当然の結果だった。ダニーの行動は晨勉自身がまいた種でもあった。ただひとつだけ言えることは、自分はようやくダニーの生活を、あるいは二人の間に広がる距離を知ることができたということだった。これまで一度も他人との愛情に喜びを感じたことはなかったが、ダニーとの間には確かにそれがあった。

その夜、晨勉は一睡もしなかったが、そのこころはまるで故郷へ舞い戻ったかのような平静さを保っていた。静かに床に身を横たえたまま身動《みじろ》ぎひとつしない晨勉は、自分の身体が朽ちていくのをただじっと待っていた。二日目、彼女が家を出るころになってもダニーはまだ家に戻っていなかった。多友と向かい合い、異国の言葉に耳を澄ませる晨勉は、どうして自分はこの街で一度も本物のダニーと出会うことができないのかと不思議に思った。空には音もなくひらひらと粉雪が舞っていた。なるほど、どうりで彼は雨を怖がるわけだ。雨音は雪の降る音に比べて確かに耳につく。その発見に晨勉の口元には思わず笑みが浮かんだ。

ドイツ語で話をしていた多友が中国語に切り替えて言った。「ねえ、どうしてあなたは一言もドイツ語が話せないのに、まるで自分のルーツでも探すみたいにこの国までやってきたの？」

顔を覆った両手の指の隙間からはらはらと音もなく涙が溢れ出してきた。何かあった際、ひとりで部屋に閉じこもることはできなかったが、かと言って人前でそれを口に出すこともできなかった。多友やこの街がもつ善良さを肌で感じることができたが、しかし自分がいましている行為の意味をどうやって彼らに伝えればいいのかわからなかった。ダニーの姿を通じて、ようやく晨勉は本当の自分を理解することができた。小さなころから父親と完璧な愛情を欠いてきた晨勉は常に家庭を渇望していたが、ダニーにはすでにそうした家庭があった。彼とは文化的な背景も性別も違っていた上に、何より彼には東洋人女性が愛情に対してもつ深い欲求を理解することができなかった。最悪だったのは、晨勉自身がこれまでこころの内に秘めたそうした感覚をずっと認めてこなかったことだった。成長してきた環境や職場における人間関係などが、晨勉を原始的な愛情から遠ざけ続けてきたのだ。いったい自分は何に不満を抱いているのか。おそらくそれは社会や教育全般に対する不満であった。その瞬間、晨勉は自分の中にいるダニーを放り出したいと強く願った。彼に対する欲求はさながら大地が雨粒を必要とするように自然なものであったが、目の前には小さな幸せが、それほど嫌いではない人間がそっと自分に寄り添ってくれていた。

「多友、ありがとう」晨勉がドイツ語で感謝の言葉を述べた。果たして、多友が自身のもつその原始的な本質に気づいたのかどうかわからなかったが、もしも仮に世界が終わって再び生まれるようなことがあるとすれば、愛情もまたきっとそこで生まれ変わるに違いなかった。

アパートに戻った晨勉は、ダニーの部屋に灯りがついていることに気がついた。二人が肌を重ねているときに自分の身体はいつも彼のそばにあったが、肌を重ねていないいまは自分の身体は彼の生活のそばにあった。肌の接触にかかわらず、晨勉の人生が彼のそばにあることは運命によって決められていた。こうした破壊的な感覚は、まるで自身を火山のマグマに覆われた石ころに変えてしまい、ダニーの姿が見える窓辺から離れられなくさせた。

その夜、再びダニーの家を訪れた金髪女性は彼の家族と一夜を過ごした。愛情の再生はしばしば破壊によって生まれる。もしもそうした破壊が善意から生まれ出るとすれば、愛情は十分にその尊厳を保つことができるはずだった。愛がなんたるかを理解しているとは思わなかったが、それでも自分には何かがわかりかけてきているはずだった。

これ以上、ここに留まるべきではなかった。感情の公園から離れるべきときが来たのだ。

冬がまだ完全に終わらないうちに、晨勉は離島へと舞い戻った。香港はちょうど旧正月を迎える準備をしていて、結婚を考えているカップルたちは大急ぎで年越し前に式を挙げようとしていた。デスクにはジョンから送られた結婚招待状が置かれていて、式の日付は二日後になっていた。どうやら、自分は知らず知らずのうちに他人の「婚姻前期」にぶつかってしまっていたようだった。まさかジョンがこれほど結婚志向が強い人間だとは思わなかった。波の音が聞こえる部屋で、しかしダニーからは何の連絡もなかった。いまのこうした暮らしは本当に孤独で、以前とは比べようがなかった。

結婚式の当日、晨勉はジョンの新居に自分で選んでデザインした花を贈った。メインは薔薇と白椿で、爽やかで芳しい香りは彼のご機嫌をとるのに十分のはずだった。彼女は決して多感なタイプの人間ではなかったが、おそらくそこには謝罪の意味も込められていたのだろう。

結婚式が終わると、カクテルパーティの席上ではジョンの未婚の男性同僚たちが「お見合い部隊」を結成して、女性客たちの間を頻繁に行き来してパートナーを探し始めた。これは香港文化がもつ特色のひとつだったが、この種のパーティにほとんど参加したことのない晨勉にとって、電光掲示板に次々と映し出されるような人物や台詞の数々はどれをとっても新鮮な光景だった。周囲には男女の匂いが入り交じった低気圧が上昇を続け、気がつけば晨勉はひとり波の上に取り残されてしまっていた。滑り落ちてはまた突き上げられていくような感覚のなかで、お見合いゲームに参加する者たちは誰もがみな熟練のサーファーたちだった。溺れている者を見ては大いにはしゃいでいるその様子はひどく野蛮な感じがした。

ジョンから紹介された新妻の身体からもまた幾種もの香水が交じりあったような匂いがして、戦場から帰還したばかりといった感じがしていた。「お花、どうもありがとうございました。お時間があればぜひうちにお茶でも飲みにきて下さいね」ジョンの妻が言った。その身体に交じりあった匂いと同じで、それが果たして社交辞令なのか、それとも何か別のことを暗示しているのか、どうにも判断がつかなかった。

まさかジョンが自分との過去をわざわざ新婦に伝えたりするはずはなかった。しかし、花を贈るといった行為が自らの手の内を相手に明かす行為であることに気づいた晨勉は、なんだか彼に申し訳ないことをしたと思った。会場を見回していた晨勉が再びジョンに視線を戻すと、「電話で直接招待しようと思っていたんだけど、本社から君がドイツまで彼氏を探しにいってるって聞いたから。まさか参加してくれるとは思わなかった」ジョンは二人の関係に言及するのをうまくかわしてみせた。その瞬間、晨勉は大きく拡大された鏡の中で、自分の姿がすっかり失われていくのを感じた。

「二ヶ月くらいかしら。ヨーロッパはずいぶん寒かったわ」晨勉は砕け散ったこころの欠片《かけら》をかき集めながらなんとか口を開いた。しかしそうした答えが余計に自分にかけられた嫌疑を深めていくような気がして、思わず頭を垂れて笑ってしまった。

ジョンの新妻がそろそろ行きましょうと軽く目で夫を促した瞬間、晨勉はもう二度とジョンと会うことはないのだと知った。自分はたったひとりこの場に取り残されてしまったのだ。すべては崩れ去っていく。なるほど、どうりで晨安もすっかり病んでしまったアルバートとの沈黙した関係をなんとか打ち破ろうと躍起になるはずだった。

最後の連絡船に乗って離島へ戻ることにした。まるで毎日そうしているかのように、ただ静かに島が現れる方向だけをじっと見つめていた。香港の冬はほかの亜熱帯の島とずいぶんと趣を異にしていた。陰鬱な海面にはたとえ月があっても光が映ることもまた伸びていくこともなく、ただ船底深くを浮き沈みする海水の音だけが響いていた。船とはすなわち島そのものであった。

しかし、寄港した途端に行き場のできた船は二度と島としての姿を見せてはくれなかった。

冬の離島は灯りが落ちるのが早かった。港に停泊する蛋民たちのなかには夜更かしのために灯りをつける者などほとんどおらず、船が密集した海上に映る弱々しい蛍光灯の光が反射する空間もごく一部に限られていた。何にせよ、この島にもまだ眠っていない者がいることだけは確かだった。

晨勉は月明かりを頼りに離島を散歩することにした。海に目をやると、ダニーがこの島で過ごした最後の夜のことを思い出した。確かあの夜、島中を歩き回ったダニーは浜辺の砂を晨勉の部屋へ持ち込んだのだった。もしもドイツで目にしたダニーの行為を許すことができるとすれば、それはきっとこうして相も変わらず彼の存在を身近に感じることができるせいなのかもしれなかった。ダニーは確かに自分を孤独にしたが、もしも彼がいなければ自分の人生はさらに孤独であったに違いない。あるいはバチが当たったのかもしれない。これまで自分が捨ててきた男たちは、いったいどうやってこうした感情を処理してきたのだろうか。いまの自分は果たしてダニーに何ができるのだろうか。どうしてもこうした孤独から抜け出すことができなかった。もしも自分がダニーのことを恨んでいるとすれば、それはきっといまこの瞬間をおいて他になかった。

ダニーが前回来たときに泊まったバケーションビレッジの前で足を止めると、そこから薄い光が漏れていることに気づいた。冬の離島にもまったく人がいないというわけではなかったのだ。その瞬間、晨勉はダニーがもう二度とこの島を訪れることはないのだと思った。なにも次まで待つ必要などなく、いまこの瞬間に彼を失ってしまったのだ。

その日、夜遅くにダニーから電話があった。酒気を帯びたダニーの声は、なんだか風邪を引いているように聞こえた。沈み込んだ声で彼は最近どこかへ出かけていたのかとたずねてきた。晨勉に仕事があることなど知らない様子だった。なんだか最悪の気分だった。こころのなかではダニーを拒めないとわかっていたが、いまの彼がアルコールのために気分が高揚しているだけなのだと思い至ると、彼が恋しく思っている相手が自分ではなく、これまでもお互いの感情が一度として重なり合ったことなどなかったような気すらしてきた。「別に」晨勉が沈み込んだ声で答えた。

彼は完全に酔っているわけではなかったようで、しばらく沈黙した後に低くつぶやいた。「晨勉、君に会いたいよ」

暗闇の中に立ち尽くす晨勉はすっかり孤独に包囲されていた。いったいダニーは過去の自分を思っているのか、それともいまの自分と感情を交えようとしているのかわからなかった。晨勉は無意識のうちに独り言でもつぶやくように彼の言葉を繰り返していた。「いいかな?」

ダニーは忙《せわ》しげな口調で、まるで雷にでも打たれたかのように手を伸ばすと、晨勉を抱きしめるようにして口を開いた。「晨勉。いいかな? 君のいる島はいま何時だい?」

晨勉はソファに身を横たえて、「夜中の二時よ」と答えた。それはダニーが初めてこの部屋にやってきたときに自分に口づけをしたソファだった。両目を閉じた彼女はまるで何かを叙述するように言葉を継いでいった。「あなたがこの島に留まった最後の日、夜中に雨が降ってきて、私たちは家へ向かう海辺の街灯に沿って走ってた。あなたは私の手を握り締めて、降り注ぐ雨粒は二人の手を伝って下へ下へと流れていった。私はてっきり汗をかいているんだと思った。だって、雨粒はまるでセックスしてるときに身体の間を流れる汗みたいだったから。私はうまく呼吸ができなくて、でも身体の中は空気が満ち溢れてた。あなたは廊下の灯りのもとで私の服を脱がして、ずぶ濡れになった身体で私を強く抱きしめてくれた……」

「晨勉。どうして君は僕のそばにいてくれないんだ?」彼の愛情は晨勉の慰めを必要としていた。

静寂のなか、晨勉の気持ちはさらに深く沈んでいった。暗闇と彼女の間にはたった一枚の布切れがあるだけだった。晨勉は言葉を続けた。「あの瞬間、私はてっきりあなたがポーチで雨粒と一緒に私を迎えに来てくれたんだと思った。でも違った。ねえ、知ってる? あの瞬間、あなたは私を捨てたのよ。それなのにあなたは私をベッドへ連れていった。ねえ、どうして? ダニー。あなたって何か潔癖症でもあるんじゃない？　セックスする際、どうしてもやめられないこだわりみたいなもの」自分がこうして彼を苛《さいな》んでいることも、また感情といったものがひどく野蛮なものであることも、晨勉には十分すぎるほどわかっていた。

ダニーはすっかり平静を取り戻していた。「君がセックスについて描写するのを初めて聞いたよ。君の感覚はとっても正確だ。でもね、そんな口調でそれについて話すのはおかしいよ。君は僕を恨んでいるのかい？」

ダニーの哀しげな様子に気づいた晨勉はさらに哀しくなった。「そうね。自分でも驚いているのよ」

再びため息をついた晨勉が答えた。

「僕を苛《いじ》めてやろうって、ずっと計画してたのかい？」

「別に計画していたわけじゃないのよ。私自身、このことでずっと苛まれてきて、これはそうした喪失感に対する反応に過ぎないのよ。しかも、それがもう過ぎ去ってしまったのかどうかさえわからないくらい。ねえ、ダニー。あのころのあなたがとっても恋しい。あのころのあなたとしたい。あなたが望むような身体になりたいってずっと思ってたのよ。こんな考え方が私の生活を右へ左へとずっと振り回して、しまいにはそれが私自身とひとつになっちゃって、そこから抜け出すことができなくなってしまったの」

「晨勉、どうして僕のところに来てくれないんだ？」ダニーが優しく晨勉の顔を撫でるような声を出して言った。

「行ったわ」淡々とした口調で晨勉が答えた。

「それは君がさっき話していたときのことを言っているのかい？　晨勉。僕のことを恨むだなんてよしてくれ。僕たちはもっとピュアな語り方でセックスを楽しまないか？」

「いいえ。疲れたからもう寝る。私には身体だけじゃなくて生活があるのよ。ねえ、ダニー。あなたはどうしてこの島にもう一度やってこようと思わないの？　あなたが来てくれないと、私はただ性に対する想像だけが膨らんでいって、本当の自分の身体も目にすることができないのよ。それなのにいつだってそのことを感じてしまう。ねえ、どうして私の身体のそばにいてくれないの？　わかっているはずよ。これはあなたが作ったルールであって、私が作ったわけじゃない。この電話をかけるときにあなたは何を考えてた？　感情について？　私という人間について？　それとも自分の良心について？」もしもいま毅然と彼を拒絶しなければ、テレフォンセックスにはまり込んでしまい、今後もきっと彼の作ったルールに従わざるを得ないのだ。しかも、そうした関係は二人の愛をやがて空虚なものに変えてしまうはずだった。欲望だけの愛情に未来はない。自分の愛情が平面的であることに、晨勉はとても耐えられなかった。

そのときになって、晨勉ははじめてダニーを惹きつける最も効果的な方法が感情ではなく、思想による誘惑であることを知った。晨勉のシンボリックな思考回路は強く彼を惹きつけ、その思考を懸命に追いかけさせることになった。

「ダニー。あなたって本当にクソ野郎よ」晨勉は中国語でダニーに別れを告げた。

「そうかな？」晨勉の言葉にダニーもまた中国語で答えた。

晨勉は訝《いぶか》しく思ったが、それでも笑いながら、「あなたって中国語まで話せるのね」

ダニーは誠意を込めた口調で言葉を続けた。「君の母語がもっている思考方式を理解したかったんだ。言語を通してしかそれを理解することはできないからね。中国語を習い始めて、もう三ヶ月になるよ。スラングってやつは真っ先に覚えるものだし、それに一番実用的だ」さすがにこの台詞は長すぎたせいか、彼は中国語と英語をごちゃ混ぜにしながら話した。

「確かにそうね」今度は晨勉がドイツ語でそれに答えた。

雨は夜通し降り続けた。部屋の外に目をやった晨勉はそこに長い間忘れ去られていたあの晨勉が静かに雨の中に立っている姿を見たような気がした。晨勉はダニーと向かい合い、そしてあの晨勉は祖と向かい合っていた。背後には同じように海が広がっていて、彼女は「あの晨勉」を自分の人生に引きずり込んでしまったことをこころから申し訳なく思った。

その瞬間、あまりの重々しい雰囲気に身もこころも麻痺してしまったような気がした。自分は本当にダニーが中国語を話すのを聞いたのだろうか？　ただ酔っぱらった彼の自白するような言葉のなかに自分のこころの底を流れる音を響かせてしまっただけではなかったのか。自分は夢を見ないわけではなく、そもそもいまがまさに夢の中なのだ。実際、後になってダニーは自分は中国語など話した覚えなどないと言った。それを聞いた彼女はなんだか彼がこっそりと自分の考えや生活習慣を蒐集しているような気がしてきた。例えば二人が話しているときにダニーはよく中国語で同じ言葉を繰り返すように要求してきたが、彼はそうした言葉を蒐集することでいったい何を証明しようとしていたのだろうか。

晨勉は電話越しに彼を拒絶したが、沈み込んだその身体は彼とは違った形で彼とセックスする方法を模索していた。廊下の灯りをつけると、そこにはずぶ濡れになった自分の身体が立っているような気がした。天井の灯りが晨勉のいる場所を照らし出し、彼女と天井を繋ぎ合わせていた。雨粒は首から背中にかけて流れ、やがて足の裏へと零《こぼ》れ落ちていったが、それはまるで一個の影法師が母親の懐に貼りついていているようにも見えた。それほどまでに、自分は彼との情事の記憶を再現したいと願っているのだろうか。

彼とのセックスを思い返してみた。もしもこころが満たされていれば、それは身体にも深く刻み込まれるはずだった。少なくとも、これまで二人はセックスできないといった状況に陥ったことがなかった。晨勉は彼と関係をもつまでのプロセスをはっきりと覚えていた。「急がなくていいんだ。他のことは急いでもいいけど、いまだけはすべてをゆっくりとさせてほしい」ダニーはいつもそう言ってた。

ダニーの身体がもつ独特のリズムから、晨勉は彼がいない場所でも彼とのセックスを容易に想像することができるようになっていた。いわばセックスへの想像力を彼の身体の中に見出すことに成功したのだった。ダニーに言ったことは間違っていたのかもしれない。性をめぐる想像はすでに晨勉の身体言語を超越していた。彼女は月に吠える一匹の犬だった。その世界で瞳を閉じればダニーもまた自分のそばにいて、その身体を強く抱きしめてくれる。優しい口づけに舌は溶けそうなほど熱く、窓のある部屋が好きな彼はいつも窓の外から差し込む明かりが敷きつめられた光の中に立っていた。風が吹けば彼の細く柔らかい体毛が自分に向かって靡《なび》き、きらきらと光を放っているはずだった。決まった場所で肌を合わせるといった常識をもたない二人はどこにいても情事をはじめることができた。彼は掌で優しく背中を撫で、滑り落ちていくその手が身体を支えてくれていた。どこか平らなところで横になりたいと晨勉は言うが、彼はここじゃダメなのかと言ってその身体を抱きしめるのだ。「いいかな？」ベッドに貼りついた彼が無我夢中で繰り返していた。その問いに晨勉は一度として答えたことはなく、またそこに答えがあるようにも思えなかった。

「ひとりの人間が一生のうちでできる回数って決まっているのかしら?」かつて晨勉はそんな質問をしてみたことがあった。

「それってマスターベーションもカウントに入るのかな?」ふざけているときのダニーは笑いながらそう言ったが、優しいときのダニーは、「とにかく時間が許す限り続けるさ」と答えた。

二人のセックスはそれほどまでに完璧だった。晨勉はディテールに至るまですべてを記憶していたが、実際触れることができたのは、あるいはダニーが言ったようなマスターベーションの類でしかなかったのかもしれない。

晨勉はそれを淫らと思わないどころかひどく自由なものだと感じていた。バリ島にいたころ、二人は火山を見に行ったことがあった。火山の麓の村には露天風呂があって、二人はその村に泊まった。現地の人間は暗闇を畏敬していて、夜出歩くことをひかえていた。そこで二人は闇夜にまぎれて温泉へと飛び込んだのだ。そこには灯りも人の姿もなく、遠くからわずかに人の声が聞こえてくるくらいだった。温泉はちょうどよい湯加減で、夜空は無限の広がりをもっていた。仰向けに浮かぶ晨勉は、なんだか温泉に抱きしめられているような気がした。そこにダニーが覆いかぶさってくると、まるでウォーターベッドで横になっているような気持ちになった。ダニーが温度にどんな反応を示すのかわかっていた。彼は温泉のなかで自分の身体を使って優しい愛撫をしてきた。お湯越しに脱がすのは難しいはずなのに、彼はやすやすと彼女の水着を脱がせてしまった。両手でダニーに向かってお湯をはじきながら、晨勉はただ身をよじって逃げるしかなかった。「ねえ、ここって露天なのよ」

　周囲には性器を象った彫刻が溢れていた。ダニーは口にこそしなかったが、晨勉はそれが現地の人間たちのもつ性器崇拝であることを知っていた。むき出しの身体は水のある場所ならどこでも洗い流すことができた。

「ここのベッドは柔らかくていいね。それに君の身体も」二人は温泉のそばで月明かりを頼りに互いの身体を見つめあった。相手の視線が温泉をかきわけて、直接自分の身体に入り込んでくるのがわかった。あらゆる光がダニーの身体に集まっていた。自分の皮膚が他人と比べて白い方だと思っていたが、ダニーのそれはさらに白かった。

「身体が反射してる」晨勉が言った。ダニーはそれにはかまわうことなくセックスに没頭していた。それはこれまでで最も自由な情事だった。晨勉は一度としてそれが荒っぽいなどとは感じなかった。なぜなら、彼が自分を求めるこころに嘘偽りがないことを知っていたからだ。プロセスさえ踏めば、愛とは決して淫らなものとはならないのだ。

　何度もセックスの記憶を掘り返していくうちに、晨勉はやがて深い眠りに落ちていった。こうした状況のもとでオーガズムすら感じることができた。性の啓発とは何も印象的な初体験や人生で出会った最も大切な相手であるとは限らないのだ。あるいはそれは大したことのない相手や事件であるのかもしれない。晨勉はこの先もきっと自分の愛に対する考え方を変えてしまうような人間と出会えると信じていた。感情をめぐるこうした事件の積み重ねはやがて記録となって、いつかあの世へと旅立つその日まで自分を押し上げていくに違いなかった。晨勉はようやく愛とはなんら特別なものではなく、他の物事と同じように狭量な存在であるのだと理解できたのだった。ある種の人々は感情にこだわるあまりに愛情を想像の中にあるそれのように見なさずにはいられないが、実際のところは感情も電話やベッド、年齢などといった生活必需品の一部に過ぎないのだ。所持しているものに違いはあれど、本質的にそれは同じものであるのだ。

ジョンの結婚式から起こった一連の出来事は、晨勉にいまの仕事を辞めて香港から離れる決心をさせた。ヨーロッパ市場の視察報告を提出した晨勉はすぐさま辞表を提出して、シンガポールへ向かうことを決めた。そこは完全に歴史をもたない国家で、また強者によって統治される家族型国家でもあった。知り合いのシンガポール人たちは憂鬱なタイプの人間が多く、晨勉はそうした憂鬱な環境こそが人に変化への渇望を抱かせるのだと信じていた。そこで自分は本物の寂しさとは何かを知る人々と出会い、何かが起こるはずだった。晨勉が渇望していたのは文化などではなく、変化していくことができる能力であった。

仕事の都合上、会社は晨勉のために新たな身分を用意してくれた。香港公民としての身分は、実際シンガポールで労働申請する際に非常に役に立った。大企業の優秀な人材をひとりでも多く必要としていたシンガポールでは、中国返還を前に人材流失を続ける香港から好条件を出して少しでも多くのエリートを取り込もうとしていた。晨勉は現地の知識人たちのメタフィクション小説にも似た空虚な胸のうちをはっきりと見てとることができたが、それはシンガポールの度重なる政治改革が生んだ結果でもあった。伝統的な華人家庭の倫理はすでに彼らの社会や行為を支えるのには十分ではなくなっていたのだ。そうした状況を鑑みた晨勉は、カルチャーセンターと心理カウンセリングを兼ね合わせた治療センターをシンガポールで設立することに決めた。再び香港に戻ってくるかどうかわからなかったが、ダニーと出会った離島の部屋だけは残しておくことにした。感情的なつながりに関して、彼との関係まで否定するつもりはなかった。

　ダニーの身体やその身体によって語られる言葉や情事を想像する晨勉は、徐々に自分自身をコントロールすることができなくなっていたが、同時にそうした方法に頼ることでしか彼との関係を維持することが難しくなっていた。いったいこうした関係を何と呼べばいいのかわからなかった。もうひとりの晨勉は果たしてその答えを知っているのだろうか？　そこで晨勉はもうひとりの晨勉に向かってたずねてみた。「ねえ、まだこの話を続けたい？」それは人生において最初に抱いた意志と二人の交際方法の間に起こった問題ではなく、晨勉の生活の在り方そのものへの問いでもあった。その瞬間、晨勉はようやく自分たちがこの臍の緒のように伸びる河の両岸に立っていることを確信することができたのだった。そこではただ「二人」だけがおのれの運命の行方を知っていた。

4

祖《ズー》と別れてしばらく経ったある夜のこと、晨勉《チェンミエン》は猛烈な胸の痛みを覚えて目を覚ました。部屋の外ではぱらぱらと小雨が舞い、軽やかなその雨音は山間に響きわたる読経のように鳴り響いていた。

その痛みが生理的なものではなく、長らく放置されてきたことによる心理的な痛みであることはわかっていた。この部屋にはまだ何が残っているのかしら？　馮嶧《フォンイー》は中国大陸の市場調査に出かけて家にいなかった。ここ最近、晨勉の家庭生活は色彩を欠いていた。祖はぷっつりと連絡を絶ってしまい、晨安は二度と自分を「教育」しようとはしてくれなかった。こうした空白期間は、ある種の懲罰に近かった。

そして、祖と晨安、二人から受けた懲罰と時を同じくして、まるでこだまのように繰り返される詰問が強烈に頭の中で鳴り響き、例の「三つの予言」から晨勉を切り離そうとしていた。長い問いのようなそれは、しかしひどく答えを急いでいるようだった。そうした強烈な力が晨勉から身体の自由を奪っていった。まるで誰かが遠くにある特別な場所から自分の身体を操ることで境界を越え、そしてまたそこから抜け出そうとしているような感じだった。それ以上に、彼女はその声が自分と祖との関係を問いただしているような気がしてならなかった。祖に帰ってきてほしい？　彼はいまどこにいる？　どうしてあなたはこの島から離れようとしないの？　こうした奇妙な磁場のもとで、晨勉は知らず知らずのうちに自分自身と言葉を交わしていた。「ここにいれば寂しくないから。ここには私が必要とするものがすべてあるからよ」この島から離れるつもりはなかった。

頭の中の声が消えると、まるで洗礼を受けた後のような効果が全身に浮かび上がってきた。それは祖が自分から離れていったときの感覚にも似ていた。孤独で疲れきっていることはわかっていたが、それでも途方に暮れているとは思わなかった。晨勉は夢を見たことがなかったが、そのことは自分の人生を永遠に狭いひとつの空間に閉じ込めてきたことを意味してきた。夢のない人生に情熱を燃やすだけの価値があるとは到底思えなかった。愛情に対する祖の強烈な欲求は彼の夢の深さに由来するものだと晨勉は信じていたが、こうした抽象的な出来事をどのように追求すればいいかのかまるでわからなかった。反対に、晨勉の愛情に対する強烈な反応はすべてセックスに由来していたが、彼女は決して「自分がセックスに餓えている」といった言葉を口にしなかった。身体が孤独でなければその魂もまた孤独ではないのだ。しかし、祖はそのどちらも必要としていた。

遠くかすれいくその声は、まるで何かを語り伝えるように晨勉の身体に洗礼を施したのだった。「あなたを許すってことは、私があなたのルールを受け入れるってことなのよ。私はもう三十二歳。誰かのルールに従って生きるなんてまっぴらごめん」果たしてそれが祖に言った言葉だったのか、それとも自分に言った言葉だったのかわからなかったが、どちらにせよそれが別れの言葉であることに変わりはなかった。「わかった。もういいのよ」晨勉は搾り出すような声でそれに答えた。

相変わらず爆竹が爆《は》ぜるように間断をつけながら降り続く雨は、鞭を振るうようにこの世間を打ちつけたかと思えば、返す刀で人々の心身を強く打ち据えていた。

ふと、昔祖と一緒に出かけたバーのことを思い出した。酒飲みとは真夜中に開かれたこころの寺院である。いまはどうにもひとりで部屋に閉じこもっていることができなかった。

バーに着いたとき、時間はすでに深夜をまわっていた。扉の前で立ち止まった晨勉はこころを落ち着けると、ゆっくり店内へ足を踏み入れた。ところが、店はまるで入る場所を間違えてしまったかのようにひどく閑散としていて、前回来たときの活気は微塵も感じられなかった。店の隅に腰を下ろすと、祖が以前注文していたコロナビールを頼んだ。自分が酒の席にそぐわないタイプだということはわかっていた。そのせいか、どんな場所で飲んでいても晨勉がいる場所がそのまま店の片隅へと変わってしまった。ビールを一口飲んで肩の力を抜くと、ようやく安心した気分になれた。これまで自分にも人を惹きつけるような力があるなどと考えたこともなかった。

店を出る客もあれば入ってくる客もあった。カウンターに座っている何人かはひとりでこの店に来ているようで、見ず知らずの他人と乾杯を交わす彼らは途切れ途切れに英語で互いの言葉をつないでいった。違う国から違った目的で旅している彼らは、さながら一群の雁《かり》がカウンターに腰を下ろしているように見えたが、そのなかでもひとり他の仲間たちと言葉を交わすことなく、北へと飛び立つ群れから落後したように座っている男がいた。ドイツから来たその男性は、肩まで伸ばした金髪を頭の後ろで結び、髪型や年齢も祖に近かった。静かで優しげな雰囲気を醸し出しているという点も祖とそっくりだった。彼ら雁たちにはみな悩みごとがなかったが、同じように秘密を抱えているといった点では共通していた。何度もこっそりと彼を盗み見する晨勉は、なんだか自分がひどくくだらない人間になってしまったように思えてきた。これまでこんなふうに他人を観察したことなどなかった。いつもの自分なら、じっと相手を凝視してやるはずなのに。

しかし、祖を失ってしまってからすべては変わってしまったのだ。抱え込んだ孤独でさえも、これまでのように価値あるものには思えなかった。

今夜はこれ以上考えることはよそうと思った。晨勉は思惟に耽《ふけ》る哲学者になってしまわないうちに店を出ることを決めた。長っ尻したはずなのに、飲んだビールはたった二杯だけだった。以前ここへ来たときにルイは驚いた様子で、「霍晨勉は飲めば飲むほど勇敢になるんだな」と言っていた。考えてみれば自分はなにも酒の席にそぐわない人間などではなく、ただ飲み友達がいなかっただけなのかもしれない。祖が去ってしまってから、自分にあったはずの勇敢さも、もう二度とその姿を現してはくれなかった。勇敢さとはそもそも生まれつき備わった性質などではないのだ。

件《くだん》の金髪の男性はいつの間にやらすでに晨勉の勘定を精算していた。男はカウンターから動こうとしなかったが、なぜか自分の考えていることを肌で感じとっているような気がした。なにも驚くことはなかった。なぜなら、祖もまたそうしたタイプの人間だったからだ。晨勉が席を離れると、彼もまた席を立ってカウンターのそばまでやってきた。

「ありがとう」晨勉は疑わしげなまなざしで彼を一瞥すると、暗く沈んだ声で言った。

そのドイツ人男性、多友《ドーヨー》は少しだけ中国語が話せた。とりわけリスニング能力に優れていたが、彼と言葉を交わしていると、なんだか言語といったものが余計なものであるように感じて、晨勉の身体をひどくざわつかせた。

多友は自分が博士論文執筆の資料収集のために台湾までやってきたこと、そしてアジア地域における島嶼民族の文化行為について研究していることなどを話した。それを聞いた晨勉は可笑《おか》しくてならなかった。「つまり、あなたは台湾人がお勘定の奪い合いをするってことも研究済みなわけね」

彼のその変わった名前はユースホステルにいるドイツ人ルームメイトが名付けたもので、「直《なお》きを友とし、諒《まこと》を友とし、多聞を友とする」といった中国の格言をもとに決めたものだそうだ。多友はちょうどひとり暮らしするための部屋を探していたが、台北にはこの手の情報が不足していた。例のルームメイトは定住場所をもたない流れ者のような生活をしていたために、多友自身も他人の家に仮住まいしているように彼と部屋を共有していたが、そこには荷物が置いてあるだけで人影を見ることはまれだった。不思議だったのは、そうした捨て置かれた家具たちがまるで日々成長しているように思えて、目障りに感じることだった。

二人は連れ立ってバーを出た。そこは台北の有名な文化エリアで、中国大陸からやってきた大学教授や文化人たちが数多く住んでいる場所だった。そうした雰囲気を好んでこの場所に店舗を構えるバーも多くあって、二人は路地に向かって歩いていった。思ったとおり、多友は路地の壁に刻み込まれた歳月に深く魅了されたようだった。もの寂しい雰囲気に取り巻かれた路地はさながら巨大な有機体が規則正しく呼吸をしているようで、それが口にする栄養といえばただこのエリア一帯に広がる空間だけだった。

晨勉自身、これまでこの場所で世界的な歴史の光と闇が溶け合い、文化的な色彩を形作っていたことに気づかずにいた。

路地を歩く多友はすぐさま島国の文化的主体性に移植されたその特殊さを理解したようで、それは彼がこれまで見てきたタイプの研究にはなかった新たな観点でもあった。マイノリティによる政治や文化へ強い関心をもつ多友は、容易に感動するタイプではないのかもしれない。彼の理性はおそらく祖よりも強く、それゆえにもし彼を感動させることができれば、それはまさに多友の中にある感情を揺り動かすことになるはずだったが、さすがにいまはそこまで考える必要はなかった。彼の前に立って路地を歩く晨勉が歩調を緩めた。先ほど頭をよぎった考えはすでに消えていたが、それでも唐突に彼と一夜を過ごしてみたいと感じたのだった。おそらく、自分は永遠にこうした生命に対する好奇心をコントロールすることができないのかもしれない。

多友は家に帰るつもりがなかったが、そもそも彼には帰る場所がなかった。「君はどこに行けば部屋を借りられるか知っている？」多友が言った。

晨勉の頭にふと祖の部屋が浮かんだ。大好きだったあの部屋はきっとまだ解約されていないはずだった。あるいはしばらくの間、多友をそこに住まわせてやることができるかもしれない。自分の行動をおかしいとは思わなかった。もちろん、何も知らない多友はなおさらだった。

晨勉が想像していたように、彼らはお互いをよく知らず、また知る必要もなく、ただ二人が別れるその日までこうした肉体だけの関係が続けばよかった。多友とセックスをしている間、晨勉は自分が何も考えていないことに気づいた。

多友は祖の部屋を気に入ったようだった。彼は二言目には中国語で「素晴らしい！」と言った。ドイツ産のビールを大量に飲む多友は、他の国のビールにはまるで目もくれなかった。彼と祖の一番の違いは、彼が祖と比べてひどく決断力に富んだ人間であるといった点だった。そのことはしばしば彼という人間を周囲から孤立させたが、いったん向かう先を決めればひたすらその方向に向かって突き進むことができた。しかし、台北に溢れる活気もまた多友をこの地に留めて置くほどのものではなかった。「ねえ、あなたが一番懐かしいって思えるものは何？」多友と初めて関係をもった後に、彼にそうたずねてみた。

「君さ！」自身の感情に関して多友は自分で思っている以上に憂鬱なタイプの人間だったが、そのことは晨勉をひどく不安にさせた。もしも多友がその決断力に富んだ果断な性格と真剣に向き合えば、おそらく容易に彼を破滅へと導くことになるはずだった。

「ねえ、もっとシンプルに話しましょうか」

「素晴らしい！」多友は声を落として言った。

「研究の進み具合はどう？」晨勉は話題を変えることにした。

「完全に行き詰ってるよ」

「どうして？」

「何もしていないから何も起こりようがないんだ。本当のところ、僕にはよくわからないんだよ」多友はひどく頓珍漢《とんちんかん》な答え方をした。「それは僕がここに民族文化の意義を見つけに来たことと矛盾していると思うんだ」

自分は間違っていたわけではなかった。あるいは、始まった瞬間から二人の関係はそのようなものであったのかもしれない。晨勉は裸のまま窓辺に立った。ガラス窓に映った樹の影を見るのが好きだった。昔、祖にこうした光景だけが自分に夢を見ているような感覚にさせてくれるのだと言ったことがあった。それこそがまさに祖の前で涙を流すことはできても、多友の前では涙を流すことができない理由であった。多友とは現実を作りあげていたのであって、そうして出来上がったものがこころを打つことは永遠になかった。晨勉は赤裸々なその身体を多友の前に晒すことはできたが、それは自分の身体が自由であるためであって、二人の間に愛があるからではなかった。

なんだかすべてが面倒に思えてきた。父が言っていたことはきっと正しかったのだ。自分には複雑な状況といったものを楽しむことは到底できなかった。晨勉はため息をつくと、淡々とした口調で言った。「ねえ、忘れないでちょうだい。あなたはここに論文執筆の資料を探しに来たのであって、自分探しに来ているわけじゃないのよ」晨勉はただ肉体関係がもつ単純さを求めていただけであった。

どうやら大きな間違いを犯してしまったようだった。おそらく、多友を祖の部屋に迎え入れることで、セックスや音楽、読書といった彼の生活スタイルを再現するべきではなかったのだ。まったく馬鹿げていた。誰か他人の生活を再現しようなど、自分で手配しようと思ってできるものではないはずだ。実際、例の「三つの予言」もおのれの手に負えるものではなかったではないか。人生で感じるこうした無力感は完全に自身の生命から浮きあがっているような気がした。

「多友、短い間だったけど一緒にいてくれて感謝してる」

「素晴らしい！　君はいま僕に別れを告げているのかい？」

かつて祖に向かって口にした台詞《せりふ》が頭をよぎった。「私から離れていくときはそう言ってね」その台詞を口にしたときは、確か二人はセックスの真っ最中だった。しかし、今回の宣言は本物だった。

「ごめんなさい。私が間違ってた。あなたとは身体が目的だったのよ。あなたはどうなの？」

多友との関係は、そのはじまりも終わりもすべて祖が原因だった。頭の中が千々に乱れ、いったいどうしてこうなってしまったのかわからなかった。感情をめぐる一連の出来事は、そのプロローグもプロセスもますます短くなっていた。祖の愛情は本当に特別なものだったのだろうか？　そうでなければ、どうして二人の間にはいまだに終わりの兆候のようなものが見えてこないのか。

理性を回復した多友は、同時に彼本来のもつ善意と誠実さも取り戻したようだった。「きっと君との間に何か特別なものがほしかったんだ。今朝、この部屋に祖から電話があったよ。君を探してるって。一週間後、アメリカからママを連れて帰ってくると君に伝えてほしいと伝言を頼まれたんだ」

「ごめんなさい。気まずい思いをさせたでしょ？」いったい祖はどうして自分の住んでいる家に電話などかけたのだろうか？

「それは感情を処理する際における民族性の差異についてたずねてるのかな？　そうでもなかったかな。今回のことは僕の研究により深みを与えてくれそうだ」多友は微笑を浮かべながら続けた。「でも、君は僕が関係をもった唯一のアジア人女性だよ」

「悪いけど、そんな言葉で感動できないわ」

「感動なんか必要ないさ。ただ僕の賞賛を素直に受け取ってもらえればそれでいいんだ」

二人は再び最初に出会ったバーへ舞い戻ってきた。多友は相変わらずドイツビールを頼み、晨勉は「コロナ」を注文した。感傷を伴わない別れは意外にも彼女を悲しくさせた。なぜなら、重みのない愛情に記憶はなく、そこからは思い出を作ることができなかったからだ。だからこそ、そこには感傷も存在しないのだ。晨勉にわかっていたのは、自分が他人よりも容易にこうした事態に遭遇してしまうということだけだった。なんだかこれらすべては、自分が本物に化けるかもしれないあらゆる感情を見逃してしまうことを恐れるあまり起こってしまっているような気がした。

もしも祖が多友についてたずねてこなければ、自分から彼の話題を切り出そうとは思わなかった。多友がいったい自分の部屋で何をしていたのか、彼はきっと知っているはずだった。しかし、彼は決してそれをたずねてきたりはしない。だから自分もそれに答えないのだ。

じめじめとした台北の冬が街から活気を奪っていた。多友はまるで二日酔いのような状態で晨勉のもとから去っていった。多友との交際が続いていたこの時期、馮嶧《フォンイー》が中国から帰ってきた。夫婦は中国での出来事をあれこれと話すだけで、馮嶧自身も決して二人の生活にまで足を踏み入れようとはしなかった。馮嶧はしきりに中国で何か番組を制作して台湾のテレビ局に売り込むべきだと勧めてきた。あるいは有名なパフォーマンス団体を台湾に招いて公演させる仲介業をやってみても面白いと言った。彼は中国市場がいったいどれほど巨大なのかについて熱心に語った。大陸で建設用資材を取り扱う馮嶧は、十二億もの人間が自分たちが住む家を必要としているのだと言い、まるで手品のように複雑怪奇な中国政府の広報活動を手放しで誉め称えた。なかでも特別だったのは、関係部門にコネをつけようとしてもそれは結局ペテンやトリックのようなもので、おかげで彼らは何度も無駄足を運んだり濡《ぬ》れ衣《ぎぬ》を着せられたりしたが、馮嶧はそうした関係にもやがてはまり込むようになっていったのだと言って笑った。

「克服できないことにかちあえば、それだけ闘志が湧いてくるんだよ」馮嶧は同時代における台湾人がいよいよ巨大な時代のうねりに飛び込むチャンスが来たのだと強く信じていた。

帰国するなり、商談や飲み会に頻繁に顔を出すことになった馮嶧は、晨勉と二人っきりで話をする時間はほとんどなかった。夫婦で食事をとることでさえ、事前に予約が必要であった。しかし、もし仮に晨勉の生活を夫に合わせるとすれば、お互いそりが合わないことはわかっていた。いったい何時に家を出て帰宅するのか、晨勉は常に正確な基準をもっていた。仕事に追われていないときにはまるで定刻どおりに出勤帰宅する公務員のような生活を送っているように見えたが、実際はもちろん違っていた。しかし、ビジネスに奔走している馮嶧の目には晨勉の生活はずいぶん気楽なものに映ったに違いなかった。

かつて、多友は不思議そうに晨勉に次のようなことを言ったことがあった。「僕がこれまで見てきた国の中で、台湾の女性が一番自由に見えるよ。バーやクラブ、喫茶店にレストラン、どんな時間にも彼女たちは現れる。子供が小さければ両親や親戚に預けられるし、子供が大きくなればひとりで自分の家で暮らすこともできる。お金がなければいろんなルートを伝って人から借りたり、あるいは頼母子講《たのもしこう》で融通してもらえる。ムカつけば友だちを探して思う存分愚痴を吐くことができるし、子供を産むか産まないかさえ自由に決めることができる。台湾の女性はきっと世界で最もコミュニケーションを必要としない人種だよ」多友は続けて、「まるで結婚なんてしていないみたいにね」と言った。「自由すぎて、まるで結婚なんかしていないみたいだよ」

「確かに私の行動は結婚している女性のそれとは違うかもしれないけど、勝手に子供を産まないって決めたわけじゃないのよ」なにやら自分が感じている疑問を突然彼に突かれたような気がした。晨勉は三十五歳で子供を産むつもりでいたが、それさえも絶対的な計画ではなかった。

「君はこっそり避妊したりしないの?」

「しない」

晨勉の答えに今度は多友の顔に疑問の色が浮かんだ。「まさか、避妊のやり方を知らないってわけじゃないだろ？　それとも妊娠できないって医者から診断されたことでもあるとか？」

「どっちでもないわ。でもね、可笑《おか》しいのはこの件についてこれまで一度だって真面目に考えたことがなかったし、それを誰かからたずねられたこともなかったってことよ」

多友は驚きのあまり声をあげて笑った。「ほらね。君たちの民族が生命《いのち》をどんなふうに扱っているのか見てみろよ。そうやって人様のあらゆるプライバシーに土足で入り込むことを当然だって考えているんだ。どうでもいいような情報をたくさん持っているくせに、本当に必要なことはいつだってそこから漏れ続けて、しかもそうした事態を見くびってさえいるんだ」

別れ際、多友が晨勉に向かって言った。「晨勉。もしもこの期間に妊娠したことがわかったら必ず僕に知らせてほしい」

晨勉は一貫して馮嶧を信頼に足る人物だと思っていた。なぜなら、馮嶧は自分のことを信頼してくれていたし、何よりも彼の人生はすべてビジネスのなかにあったからだ。そしてふと、自分の複雑な人生を夫が受け入れることができるのだろうかと想像してみた。この件について、とても馮嶧と話し合うことはできなかった。口を開こうとすれば、馮嶧はおそらくすぐに自分がいま何を考えているのか見破ってしまうからだった。ビジネスの最前線で闘ってきた馮嶧は、相手の顔色からそのこころを読みとることに長けていた。

自分が身ごもるような事態になるとは思っていなかったが、それでも晨勉はじっと何かを待ち続けていた。唯一こころを許して話せる相手は祖だけだったが、性的なことを含んだ二人の関係をいったい何と呼べばいいのかわからなかった。どうして祖は二人の関係を微塵も疑問に感じないのだろうか？

そろそろ痺れを切らしかけてきたころになって、晨勉は彼が帰国してくる日を指折り数えるようになっていた。祖は相変わらず何の連絡もよこしてこなかった。唯一の連絡といえば、あの日多友へかけた電話だけだったが、そもそもどうして彼は自分が昔住んでいた家に電話などかけたのだろうか。まさか自分がそこにいてほしいとでも思ったのか。それとも私と連絡を取るために？　しかし、それならオフィスに直接かければいいだけの話だった。

祖が帰ってくるのをじっと彼の部屋で待っていた。すべては彼がいたころと何も変わらなかった。大きく生い茂った窓の外の木々が街灯の光に照らされ、その影がまるで絨毯のように床に敷きつめられていた。深夜になって電話が鳴った。晨勉は躊躇《とまど》いながらそれをとった。まさか帰国がキャンセルになったのだろうか。

電話口の祖は相変わらず相手のこころを読みとることができるようだった。「キャンセルになったわけじゃないよ。いま病院にいるんだ」

「何かあったの？」

「帰国してから、ママがすぐ病院に通えるように手配していたんだ。飛行機を降りたら病院から迎えが来ていてね。ママには精神療法を受けてもらうことにしたんだ。まさか本人が同意してくれるとは思わなかったけど」

「長時間のフライトに問題はなかった？」晨勉はなぜかひどく慎重になっている自分がいることに気づ

いた。

「もちろんあったさ。でも、いったん帰国することを決めてから、ママは自分の病気をしばらくコントロールすることができたみたいなんだ。ここに来るまでまるで二日酔いみたいに注意力も散漫としてて、いつもの敏感で反応の強いママとは別人だったけどね。アメリカでの生活は本当に二日酔いみたいで、いつ醒めるのか誰にもわからない」

「そっちに行ってもいい？」

「いいかな？」ダニーが低い声で問い返してきた。それは三つの予言のひとつだった。

その瞬間、晨勉は自分の声を耳にしたような気がしたが、それは彼女自身の声ではなく、まるで別世界の自分が答えているような気がした。「ダニー、ここが私たちの島。私たちが唯一出会えることのできる場所なのよ。まさかそれでも私に会いたくないの？」晨勉は二人の再会が近づいているのだと感じていた。

郊外の北の果てにある病院に向かうために、晨勉は台北を縦断せざるを得なかった。夜も更けていたが、街はまだ完全に眠りについてはいなかった。それは決して疎《まば》らに光る街灯たちの呼吸のせいばかりではなかった。晨勉はここよりももっと明るい都市《まち》にも行ったことがあった。決して消えることのない街灯はさながら都市の心臓のようで、その表情はひどくはっきりとしていた。しかし、すべてにおいて極端に過ぎないことが晨勉がこの島を好きな理由のひとつだった。自然にバランスが保たれていて、良すぎることもかといって悪すぎることもない。ある者は夢を抱き、またある者は現実に生きている。そしてある者は肩をそびやかして歩き、またある者は肩を落として歩いている。晨安はそんな彼らを単細胞動物だと言って非難するが、彼らは集団的に進化することでおのれに適した生活環境を創造しているだけなのだ。そうした生活の命脈にはどこにいっても触れることができたし、彼らの人生もまた互いに反発してぶつかり合うこともなかった。ただ晨安や祖の母のような人間たちだけが、おのれを社会から隔離して、その身の不幸を嘆いているのだ。実際、祖の母はそのせいで精神すらもコントロールできなくなってしまっているではないか。

祖は病院の入り口で晨勉の到着するのを待っていた。遠くからその姿を見つけた晨勉は、彼に向かってゆっくり車を進めた。まるで磁場でもあるかのように、彼の身体は晨勉の磁力に反応を示したようだった。どうして彼との再会にはいつも待ちに待った喜びといったものがなく、ただひたすら待っているといったプロセスだけを感じてしまうのだろうか。それでも晨勉は一歩も違えることなく彼のすぐそばで車を止めた。

車に乗り込んできた祖の身体は、ますます白さを増していた。光線の関係からか、なにやら顔全体がひどく青みがかった緑に見えた。「僕を待っている間にワインを飲んだ？　僕に会いたかった？」

微笑を浮かべた晨勉は両手をハンドルの上に乗せたまま、その両目はしっかりと前方を注視していた。「何もかもお見通しなのね」シートに身を沈めた祖の身体は相変わらず大きかったが、車体は低く、また小さかった。なんだかすべてが息苦しく感じた。

祖は黙ったまま晨勉を眺めていた。「がっかりした？　僕がそこまで君の身体を必要としなかったから」

両目を閉じると、祖の息遣いを感じることができたが、自分の身体にあるアルコールの匂いまでは感じることができなかった。晨勉は永遠に続く愛情といったものを必要としていなかった。なぜならそれは、狂人だけが手に入れることのできる代物であるとわかっていたからだ。その瞬間、なぜだかふと、祖が自分のことを辱めているような気がしてきた。自分と多友の仕出かしたことを罰しているような気がしたのだ。そうした感覚は二人がいまいる場所をすっかり暗いものへと変えてしまった。

はらはらと涙が溢れてきた。二人の間に起こった出来事について、これほど多くの涙を流したことはなかった。昔の二人ならきっと車内で情事をはじめていたに違いなかった。晨勉は彼を必要としていなかったが、身体は彼を欲していた。祖はそのことをよくわかっていた。「時差はもういいの？」晨勉が淡々とした口調で言った。自分を罵《ののし》ってもいい。離れていってもかまわない。だけど、こんなふうに性を使って自分を辱めることだけは許せなかった。

「僕のことを夢で見た？」

「私が夢を見ないって言わなかった？」

シートを平らに倒した祖は、上から俯瞰するように晨勉を見下ろしてきた。「君はセックスの感覚が一番リアルだって言ったよね？」

彼が何を言わんとしているのかわかった。つまりそういうことなのだ。彼は夢をセックスの代りにすることができたが、自分にはそれができなかった。だから、彼がいないときに自分は彼と似た他の誰かと関係をもつのだ。

「悪いけど、私には現実以外で自分の能力を証明するなんてことはできないのよ」晨勉はシートから身を起こして言った。

「まったく、君はどうして自分を抑えるってことができないんだ」祖が声を荒げた。

しかし、晨勉は譲らなかった。「あなたと出会う前から、ずっと私はこうだった。もしも私があなたを誘惑したっていうなら、本当に悪かったと思うわ。ねえ、ダニー。私は自分の身体や行動、それにこころをコントロールすることができないのよ。私自身だって途方に暮れてるってことをわかってほしいのよ」このことについて、これまで誰にもしたことがなかった。深く無意識のうちに沈み込んだこの問題を中国語で話そうとは思わなかった。なぜなら、それは中国語による思考回路とは並存してこなかったからだ。英語でそれを叙述する晨勉は、まるで自分が誰かの台詞を口にしているような気すらした。

「ねえ、あなたはまだこの人生を続けたい？」まるで他人の言葉を伝達するように、晨勉はすっかり弾力を失ってしまったその言葉を口にした。「これが私の三つの予言のひとつだってことは知ってるわよね。ようやくわかったのよ。私は自分の人生を続けないわけにはいかないのよ。その誰かがはじまりと言えばはじまるし、終わりと言えばそれで終わってしまうのよ。どうりで私は他人よりもむき出しの感情ってものを経験するわけよね。いろんな事件に遭遇するはずよね。ねえ、ダニー。あなたが現れてから真相がすべて明らかになったのよ。だからあなたの任務はもう終わったのよ。これ以上、どうか私を苦しめないでちょうだい」

シートを元の位置に戻した晨勉は、厳粛な様子で祖を見つめた。「ママのこと、ちゃんと世話してあげて。あなたはあなたの天国を見つければいい。もしも次に出会った女の子が悪魔かどうか見分けたければ、その子があなたの愛を拒むかどうか試してみるといいわ。あなたの愛を拒むことのできない私は、こう見えても悪魔なんかじゃないのよ。せいぜい幽霊ってとこかしら。ひどく疲れやすい幽霊。だからあなたとこれ以上付き合うことはできない。ごめんなさい」晨勉はダニーに車から降りるようにいった。

帰路につくうちに、晨勉に向かって伸びていた朝日がゆっくりとその身を引き、昼の訪れを知らせていた。街灯のネオンが消えた街は想像していたよりも暗かった。真相と呼べるものは自身のこころの在り様によって常に変化していった。父の言葉は正しかったのかもしれない。自分はいまの生活を改めるべきなのだ。いまの生活はただただ自分を腐らせていくだけだった。そこで晨勉は劇場の仕事を辞めて、馮嶧が言っていた中国大陸でのパフォーマンス仲介業の仕事に挑戦してみることにした。よくよく考えてみれば、自分の生活はまるで一枚の雑巾のようで、いつも同じテーブルを繰り返して拭き続けているようなものだった。雑巾が汚れてしまえば、テーブルもまたきれいになるはずはなかった。

すぐさま辞表を出した晨勉は、晨安に電話をかけて祖が台北に戻ってきていることを教えてやった。晨安の言葉は相変わらず冷淡だったが、その理由はわかっていた。ひとり楽しく日々を送る晨安は何かにくよくよと思い悩むことはなく、晨勉のことなど必要としていなかったのだ。もしも姉弟の間に揉め事が起こるとすれば、その原因は間違いなく祖だった。晨安の感情をめぐる価値観は一貫して風変わりで捉えどころがなかったが、だからこそ祖との間に起こったいざこざを詳しく伝えることなく、ただ彼を晨安のもとに返してやることにしたのだった。おかしかったのは、小さなころから彼は晨勉の良心のような役割を果たしていて、時折彼女を鞭打つ役割を担っていたことだった。それでいて彼を恨んだことは一度としてなかった。

晨安は祖の母の病状についてたずねてきた。「よく知らない。でもたぶん平気よ」

「いまどこにいるんだ?」

「家にいる。ちょうど仕事を辞めてきたところ。馮嶧と中国へ行く準備をしてるの」

「そりゃ、めでたいね。別れも告げずに去っていくつもりなのか？」晨安の口調はどこまでも挑発的だった。

どうも口げんかする気になれなかった。二人は生まれてからずっと口論を続けてきたのだ。これ以上言い争うことに何か意味があるようには思えなかった。「べつに別れを告げずに去っていくわけじゃないのよ。彼はあなたと同じで、私を必要としてないだけ。晨安、彼のことが心配なら、どうして自分で様子を見に行かないの？」

「これだから単細胞動物ってやつはダメなんだ！」人を食ってかかったような晨安の態度はすでに病気の域に達していた。

「そうね。あなたたち多細胞動物が無事繁殖に成功することを願ってるわ。でもね、晨安。人のことを心配するよりも、まずあなた自身が勇気を振り絞ってみたらどうかしら？　あなたたちみたいな人間が他人から軽蔑される一番の理由は臆病だってことなのよ」家を離れる前に少しだけ晨安の尻を強く叩いておくことにした。

自分自身の感情と向き合う勇気がないこと、そしてそれを引き受けるだけの度胸がないこと。人ごみを頻繁に行きかう彼らはおのれに関する一切の真相を理解しているが、それをカミングアウトすることができずにいるのだ。いわゆる同性愛者の愛情をめぐる歴史とは、あらゆる感情の進化が最も緩やかなものであるのかもしれない。

「二度は言わないからよく聞いて。もしあなたが祖のことを愛しているなら、いますぐ会いに行きなさい。それが片思いか両思いかなんて考える必要はないのよ。少なくとも、あなたにとってそれはもう起こってしまったことなんだから。晨安、私みたいに何でもお茶を濁してやり過ごすようなバカな人間でさえそうなのよ。いったい何を恐れているのよ」

晨安はその問いに答えることなく、静かに電話を切った。しばらく沈黙した後、そっと受話器を戻したのだ。

自分は晨安の最も強靭な部分か、あるいは最も脆弱な部分を突いてしまったのかもしれない。真相はわからなかったが、いずれそれもわかる日が来るような気がした。

祖の身体を卒業した晨勉の身体はずいぶんと逞《たくま》しくなった。あるいは、晨安も怪物を飼いならすように、ああして自分の知識に満足することを止めてみるべきなのかもしれない。しかし、晨勉は同時に自分と祖の関係がそう簡単に終われないこともよくわかっていた。もしも本気で終わらせるつもりなら、このまま祖がアメリカに帰国したときに終わらせるべきだったのだ。祖は面倒ごとが嫌いだと言っていたが、二人の間にあるのはまさに面倒ごとに違いなかった。

その後も晨勉の身体に大きな変化は起こらなかった。もちろん、多友の子供も身ごもってはいなかった。病院に行って出産機能を検査しようと思ったが、それについては馮嶧から頭ごなしに反対されてしまった。「あるべきものはあるし、もしなければそれを検査したところで何の意味があるんだ?」果たして、自分は本当に子供を産むことができないのだろうか。馮嶧との間にも祖との間にもルイとの間にも多友との間にも、結局子供はできなかった。彼らは誰ひとりとして自分の運命を変えることはできなかったのだ。馮嶧の言葉はあるいは正しいのかもしれない。

再び晨安からかかってきた電話は、祖が自分に会いたがっているといったメッセージを伝えるものだった。病院まで足を運んだ晨安は祖の母の病状が思っていたよりも複雑であることを知り、彼が晨勉に病院まで足を運んでほしがっているのだと言った。あるいは、女を理解できるのは結局女だけなのかもしれない。

そのことは二人が抱える感情とは別問題だった。晨勉は目の前で苦しんでいるひとりの女性を慰めることに決してやぶさかではなかった。そのときになって、ようやくもうすぐ年が明けようとしていることに気づいた。祖たち親子は病院で新年を迎えることになるかもしれない。彼は一生のうちにどこにも遠出したことがなかった。それがいったいどれほど悲惨なことか。これまでも、彼と二人で母親の影が見えない場所で顔を合わせたことはなかった。あるいは、祖が言っていたように二人はどこか別の島に向かって進んでいくべきなのかもしれない。

晨勉は何冊かの本と煙草とワインを病院にもっていくことにした。本は祖に、煙草とワインは母親に渡すつもりだった。芝居がかった性格の人間は場を盛り上げることを喜ぶものだ。あるいは晨勉自身もそれを必要とするかもしれなかった。

電話ですでに来訪を告げていた晨勉を祖は応接室で待ち受けていた。基本的な礼儀を欠かさないことは、二人の間の距離を維持するために必要な行為であった。祖は頭を丸く刈り上げていた。彼は病院の理髪店は思っていたより便利で、家以外の場所で髪を切ったのは初めてだと言った。小さいころは母親に切ってもらい、大きくなってからは自分で処理するようにしていたのだ。胸の前で両腕を組んだ彼は見間違うほど小さく萎縮していた。その顔は暗澹《あんたん》としており、そのせいか部屋に満ちる煌《きら》びやかな光もどこか不安定に思えた。晨勉はそのときになってようやく祖が自分よりも六歳も年下であったのだと思い出した。しかし、彼自身が二人の間に広がる年齢差を受け入れていたために、相手がそれを口にしない限り、晨勉もまたそれを口に出すわけにはいかなかった。

応接室のガラス窓からは冬の日差しが差し込んでいた。そこには精神療養施設がもつ典型的な雰囲気があったが、できるだけそうしたことを考えないようにした。朝早かったせいか、部屋の中に人影はなかった。耳に沿って切りそろえた短髪を後頭部に向けて流した晨勉は、イヤリングやネックレスの装飾品を一切身につけず、その身体からは香水やワインだけではなく、性的な香りも漂ってはこなかった。

「今日は特にきれいだね」本を受け取った祖が言った。目を合わさずに話すことにまだ慣れていないようだった。

「よかったら読んで」

祖の瞳は涙で湿っていた。「晨勉、悪いんだけどさ……」

「大丈夫。これからはあなたのルールに従って行動することにするから。感情以外のことなら、あなたの言うことを聞くようにする」

祖はすっかり黙り込んでしまった。二人はそろって不安定に跳躍する光のなかに腰を下ろした。祖の母はちょうど心理カウンセリングを受けている最中だった。待合室に満ちた光は二人に祖の部屋の様子を思い起こさせた。かつて、晨勉は彼の部屋はセックスをするのに最適だと言ったことがあった。そこは明るく清潔な性の部屋だった。ホテルやレストラン、庭園など、シンプルな機能をもった場所は人間が活動するのに最も適した空間といえたが、祖の部屋の場合、その機能は性の一点に尽きた。

晨勉は彼の指輪を持ってきてやった。彼はあの夜なくしてしまった指輪をずっと探していたが、二人でいるときはそれを探す気にはなれなかった。その日、たまたま無聊《ぶりょう》をかこっていた晨勉が真剣に探してみると、指輪はあっさりその姿を現したのだった。

晨勉から受け取った指輪を祖は人差し指にはめ直したが、それは以前よりも緩くなっていた。すっかり痩せてしまった祖の指に収まった指輪はまるで持ち主を間違えたようで、最初に見たときとずいぶん印象が違って見えた。

シャツから糸を一本引き抜いた晨勉は明かりのもとで祖のために指輪を結んでやったが、そうした行為に何のわだかまりも感じなかった。晨勉は太陽の日ざしや灯火、それに煌びやかな笑顔など、明るく輝くものが好きだった。はじめて祖に会ったときに感じたのは、彼がたたえた清潔感のある光だった。もしも愛に故郷があるとすれば、それはきっと光に違いなかった。

「ひとりの人間は一生のうちに何回セックスすることができると思う？」昔、彼はそんなことをたずねてきたことがあった。

あのとき、性的絶頂にあった晨勉は自分を抑えることができず、ただ反射的に「四百回！」と答えた。「医学的な見地から言えば、ひとりの女性が一生のうちに排卵する回数は四百個だそうよ」

もちろん、二人の経験回数はまだその域に達してはいなかった。

晨勉が指輪をはめてやると、祖は「ジンクスを信じれば、僕はいま何か願い事をひとつできるはずだよね」と言った。彼は窓の外へ視線を向けると、浮遊する空間を眺めながら言葉を続けた。「霍晨勉《フオチエンミエン》、誕生日の前に僕とセックスしてくれないか？　他の男とはもうしないでほしいんだ」二つの願いが結びつき、結局ひとつの願いとなった。おそらく、前者の願いは一度きりでは終わらないのかもしれない。祖は三十日の夜遅くに生まれたので、大晦日にその念願を果たすことは難しかった。なるほど、誕生日の前と言ったのはうまい理由だった。なんとかその願いに答えることができたが、問題は後者の方だった。それは願いではなく、承諾を必要とした哀願であったからだ。晨安はいまだその答えを探し出せずにいたし、自分がその哀願に答えられるかどうかもわからなかった。

部屋には冬の太陽に蒸発させられた蒸気がまるで蝋燭の煙のようにけぶり、二人をまるで祭壇の上にいるように錯覚させた。なんだか前世も現世もこの祭壇の前で祖と生きることを誓ったような気がしてきた。互いの肌を重ね合わせる以外に、どうやって二人の間に定められた戒律を打ち破ればいいのかわからなかった。祖はこれ以上沈黙を続けるべきではなかった。いったい晨安は彼に何を告白したのだろうか。晨安の感情的な脆弱さはまるで彼らしくなかった。晨安の感情的な弱さは彼を彼たらしめず、一方で晨勉の感情は彼女をさらに彼女たらしめてきた。

いまなら、例の「三つの予言」の束縛から抜け出せるような気がした。今回の出来事自体がすでにルール違反で、二人の関係を振り出しに戻らせるのに十分だった。晨勉は二人の感情を自分たち自身の手で導こうとしていた。

「いまは身体を使った遊びは好きじゃないのよ」晨勉は笑いながら言った。「それって日取りまで決めちゃった方がいいのかしら？」神が光あれと言えば、そこに光は現れる。創世記の第一章には確かにそう書いてあったはずだ。晨勉は二つの答えをそうしてひとつにまとめることに決めたのだった。

まるで酸素が送り込まれていくように、祖の身体にエネルギーが満ちていくのがわかった。血液の循環に従って、彼の身体は徐々に光へと変わっていった。

しかし、彼には約束の日取りを決める暇も与えられなかった。特別看護師はすでに母親を病室に送って、医師は彼の到着を待っていた。晨勉は歯がゆげな様子で去っていくその後ろ姿を見送った。もしも自分ならいったいどちらを優先するだろうか？　まず最初に約束の日取りを決めるべきか、それとも医師を探しに行くべきか。自分の人生は愛情ですら矢継ぎ早に現れていくために、何でも事前に手配しておく必要があった。その点において、自分の人生は明らかに彼とは違っていた。

病院にほとんど足を運んだことのない晨勉は、生老病死といった基本的な概念すらもっていなかった。晨勉の前から立ち去る際、祖はひどく慌てた様子で少しだけ待ってほしいと言った。見知らぬ場所では時間の感覚は簡単に狂ってしまうものだ。晨勉は真っ白な服を着た病院のスタッフたちが自分の周囲をまるで実験室のような雰囲気に変えてしまっていることに気づいた。東向きに建てられたこのビルで高く昇った太陽とその光は常に移動を続けていたが、時間だけはいつまで経っても過ぎ去ることなくその場に留まり続けていた。悲しみや思い出といったものは自分をそれほど苦しめはしなかったが、時間の感覚を失うことには耐えられなかった。あるいは自分だけの空間から離れる必要があるのかもしれない。

ちょうどそのとき、特別看護師が入り口に姿を現した。「霍《フォ》さんですか？　汪《ワン》夫人があなたに会いたいそうです」汪とは祖の義理の父親の苗字だった。

特別看護師はてっきり女性だとばかり思っていたが、意外にもそれは男性だった。生涯女を演じているママの周囲はいつだって男が溢れているんだ。祖はかつてそんなことを言っていた。

てっきり祖の母には精神的な問題があるだけなのだと思っていたが、病室に入るとすぐに問題がそれだけに留まらないことに気づいた。そこは救命用機能も兼ね揃えた部屋であった。

祖の母はベッドに横になっているわけでもなく、また普通の病人たちのように病衣に身を包んでいるわけでもなかった。窓辺に立って外を眺めていたが、その横顔から実際には何も見てはいないのだということがすぐにわかった。灰色がかった銀色の女性用羊毛スーツに身を包んだ祖の母は、さながら一九六〇年代のハリウッド女優といった出で立ちだった。陶器のように白い皮膚はまるで白人のようで、波のように豊かな髪を梳《くしけず》っていた。これほど女性を感じさせる母親も珍しく、まるで祖のオフィスにあった写真立てから飛び出してきたかのような印象を与えた。

無情な時間感覚はいつの間にか晨勉のもとから去っていた。

劇場の人間観察で鍛えた観察眼に従えば、祖の母は煙草だけでなく、おそらく大いに酒も飲めるはずだった。不思議だったのは、いったいどうやってこれほどきめ細かな皮膚を維持しているのかということだった。

晨勉の予想どおり、振り返った祖の母は、「ねえ、煙草ある？」とたずねてきた。おそらく病院から禁煙を命じられているのだろう。もしも精神的な理由で禁止されているのであればそれに従った方がいいと思ったが、健康上の理由であれば一本の煙草が直ちに生命の危険を招くことになるとは思えなかった。ただ、もし仮にそれが精神的な理由であるなら、一本の煙草が命取りになるとも限らなかった。しかし、幸福を感じられなければそもそも健康かどうかなど本人にとっては大きな問題ではないのだ。もちろん、こうした考え方に真っ向から反論する人がいることも晨勉はよくわかっていた。

晨勉は煙草を差し出したが、それがライトな煙草だとわかると祖の母はあからさまに眉をひそめた。そうした態度はたとえある種の依存癖があってそれを我慢しなければならない状況にあったとしても、自分のスタイルを徹底して貫く性格であることを意味していた。

晨勉が口を開こうとすると、祖の母はその言葉を打ち切るように、「私のことはジーンって呼んで」と言った。

ジーンはさっそく口実をつけて、特別看護師を部屋の外へと追い出した。祖の言っていたことは言いえて妙だった。彼の母親は人生そのものを演じていて、そうした演劇性の中で生きてきたのだ。しかし、彼女が今日出会ったのは演劇の専門家で、しかもそれは自分と同じ女性だった。晨勉にはジーンがパフォーマンスをする際の真偽を容易に見分けることができた。きっと彼女の方でも自分がそれをわかっていることを知っているはずだった。ただ理解に苦しんだのは、もしもジーンがそのことをわかっているとすれば、それはおそらく精神病といえるような類のものではないということだった。あるいはジーンはただ普通の人間と違って、何かをコントロールする能力に長けているだけなのかもしれない。さもなければ、ジーンはただ精神病者の役割を演じているだけなのだ。スタニスラフスキーのリアリズム演劇の真髄とは、イメージを模倣することにではなく、イメージを形成することにその重点があった。

晨勉をその場に座らせると、ジーンがゆっくりと口を開いた。「ねえ、お酒も持ってきてるんでしょ？まあそう固くならないで。私はただあなたに会いたかっただけなんだから。あなたと会って、お喋りして、それから証明したいことがあったのよ」

ジーンが本当に自分と何かを話したいようには思えなかった。ただ自分の物語を語りたいだけなのだ。「準備はいいわよ。さあ、どうぞ！」晨勉はこころのなかでつぶやいた。

晨勉は後々になるまでずっと、いったい祖がいつの間にこの大事なときに病室から去っていったのかわからなかった。

病室に備え付けられた設備は非常に豪華であったが、病人が亡くなることを考えればとても先を見こした投資だとは言えなかった。さらにあのところ狭しと並べられた緊急救命機器を見れば、いったいこの世に不治の病など果たしてあるのかと疑問さえ感じた。

「ねえ、知ってる？　私、もうすぐ死ぬのよ」ジーンが続けて言った。「たとえ死ぬにしても、こんなところで死ぬのはイヤ。でも、ダニーにとってこの場所は特別らしいのよ。なんだかあの子には輪廻のような感覚があるみたい。だから、私にここへ帰ってきてほしいって頼み込んできたのよ」

晨勉は黙ってそれを聞いていた。まだ自分が口を開くべきときではないとわかっていたからだ。

「あなた、もしかして眠れないんじゃない？」

「いいえ」晨勉が答えた。

「私は眠れない。まったく眠れないのよ。あの子たち兄弟をアメリカに連れていった日からずっと不眠が続いてる。一晩中誰かの話し声や電話、ノックの音なんかが聞こえるかと思えば、髪の毛が大量に抜け落ちたり、頭痛がしたりするのよ。かと思えばベッドが突然狭くなって落っこちそうになったりする。身体は何にも束縛されていないはずなのに、全身の骨格がみしみしと痛むのよ。何をするにも集中できなくて、こころは散漫で、それでいてひっきりなしに夢を見るの。現実とはちぐはぐの夢を、それも大量にね。それがまたある種の想像を掻き立てていくのよ。不眠になって五年ほど経つと、毎晩見る夢はどんどんリアルになっていって、自分でそれをコントロールすることさえできるようになっていった。夢の中で起こったことも、朝起きると実際に起こったことのように感じられるのよ。それから、あの子が台湾でガールフレンドと付き合っている夢を見た。六歳も年上で、それも人妻のガールフレンド。性的な魅力に溢れていて、でも最後にそのガールフレンドはあの子の命を奪ってしまうのよ」ジーンは落ち着いた様子で煙草を一口吸った。

晨勉はそのときになってようやく、ジーンがそもそも不治の病や結婚関係の破綻がもたらした不幸などに苦しんでいるのではないのだと気づいた。しかし、それもまた一種の病気とも言えたが、その病気はジーン自身の手によって完全にコントロールされていた。この女が演劇を好んでいるのは、つまりは強烈な支配への欲求ゆえなのだ。

「あなたは彼にそう警告した。しかもそれは成功したわけね」これ以上、冷静でいることはできなかった。

「私の人生には二人の男しかいなかった。祖と弟、この二人の息子だけ。ねえ、あなた母親になったことある？　自分の手で子供を大きくなるまで育てる感覚って素敵なものよ。でもね、ひとりで子供たちを育てるなかで感じるのは焦りや不安、それに恨みや怒り！　ただ、自分が子供たちとだけつながっていて、どこへ向かうのか、それにまた明日がいつやってくるのかさえわからないのよ。こんな人生、いったいなんて言えばいいのかしら？」

なんだか笑い出したい衝動にかられた。演劇の授業でかつてシェイクスピアの名著を取り扱った際に一番難しいと思ったのは、シェイクスピア演劇の珠玉のように美しく機知に富んだ台詞を暗記することだった。その点において、祖の母はシェイクスピア劇の役者として天性の才能を備えているのかもしれなかった。

自分のそばですぱすぱと煙草を呑《の》むジーンの様子を眺めながら、晨勉はこころの中でつぶやいた。「いったい誰を騙そうって言うの？　確かに私は子供を育てたことはないけど、舞台の経験ならあるわ。この世界で本当に価値のあるシナリオなんてほんの数冊だけ。それに比べて、この世界にいる子供の数は少なくとも二十億人以上。大量に繁殖することにいったいどんな価値があるっていうの？　その二十億分の一がまさにあなたの子供。あなたの支配欲や繁殖欲を満足させるために生まれた子供なのよ」

晨勉の表情にはきっとそうしたこころの声が滲み出ていたに違いない。「どうやら同意してくれないようね。でもね、それはきっとあなたが自分の手で子供を育てた経験がないからよ」ジーンがひどく冷たい口調で言った。

たとえ子供がいたとしても、それはジーンが言うような「自分の手で」育てた経験には入らないはずだった。ひとりで子供を育てるということは、社会から打ち捨てられたシングルマザーたちが使うべき言葉だった。こうした人間の考えることは綿密に出来上がっていて、自分たちだけの独自の思考システムがあった。

「私の考えなんてどうだっていいんじゃない」晨勉が微笑を浮かべて言った。ジーンと自分の間には何の関わりもないのだ。これ以上、怒りに燃え上がる人間に油を注ぐ必要はなく、またそれに怒りを覚える必要もないはずだった。晨勉にはただひとつはっきりさせたいことがあるだけだった。「祖はきっと、それをわかっていてあなたに従っているだけなのね！」

ジーンは終始背すじをぴんと伸ばした姿勢で立っていた。「もし私に逆らえばいったいどうなるのか、あの子たちはよくわかっているのよ」しばらくの間、まっすぐに晨勉を見つめていたジーンは一言一言はっきりした口調で、「あの子たちから、離れてやるのよ！」

「これまで離れようとしたことがあった？」

「何度もね！」

その言葉に思わず寒気を覚えた。「離れる」という言葉が、自殺を仄《ほの》めかしているとわかったからだ。兄弟たちの目の前で自らを傷つける行為は、あるいは本当に死を望んでいるわけではなかったのかもしれない。しかし、子供たちはたとえ死が何かわからなくても、離れ離れになることの意味ならわかる。二人の兄弟はきっと死をひどく恐れたに違いない。

どうりで祖は常人にはないほど身体に敏感なわけだ。身体の存在とその喪失を彼はすでに何度も経験していたのだ。残酷な母は、こうして長期間にわたって息子たちを脅迫してきたのだった。

晨勉は話題を変えることにした。「いまはよく眠れるのかしら？」

「医者が言うにはね、この不眠とは一生付き合っていかなくちゃいけないらしいのよ。もしも私がずっとこのことを気にかけているならね。私の不眠はいまちょうどピークに達しているのよ。頭の先をちょっと触っただけで痛くて痛くて、まるで頭蓋骨がぐにゃりと柔らかくなっちゃった感じがするくらい。きっと更年期と何か関係があるのかも。貧血にカルシウム不足、動悸に眩暈《めまい》、それに寝汗と身体中病気だらけ。ねえ、女ってどうしてこうも損なのかしら？」

晨勉は自分の母も同じように更年期を迎えたことがあったのかどうにもわからなかった。「どうして本当に死ななかったのかしら。ねえ、死んだ方がよかったと思わない？」ジーンが再び誰かを罵るような口調で言った。

そこで展開されていたのは心理的な攻防戦で、その賞品はもちろん祖だった。晨勉はそれを欲しいとは思わなかったが、ジーンはその賞品を欲しくてたまらないようだった。だからこそ、ジーンは切り札を隠して、容易に自らの手の内を見せようとはしなかった。しかし、晨勉にはそれが母子関係と呼ばれる感情的な絆であるとわかっていた。が、同時にそれを歯牙にもかけていなかった。もしも自分がジーンの娘であったとしても、この母親が死んでしまうことを少しも恐れはしなかったはずだ。

晨勉はそれでも話を続けた。ただ真相だけが知りたかった。

「あなたは祖の父親がどこにいるのか知ってるはずよね」晨勉はゆっくりと口を開いた。ジーンが息子以外の男性から何の慰めも必要としていないことはわかっていた。もちろん、そうした男性たちの中には自身の夫も含まれていた。

思ったとおり、ジーンは落ち着きはらった口調で晨勉の問いに答えた。「あら、どうしてそう思うのかしら？」

「まず第一にあなたのもつその支配欲の強さ。そして第二にもしもあなたが前の夫の居場所を知らないなら、そもそもどうやってそこから隠れることができるの？」さらに言えば、どうやってそこまで自分を憐れむことができるのか。

「あの人はとっくに死んだのよ」ジーンは煙草の火を指で押し潰すと、「彼はすべてを失った。ゼロになったのよ。とりわけあの時代、女に裏切られて捨てられた男が自殺でもしない限り、生きていたって苦しいだけじゃない」

捨てたのではなく、むしろ追い出してその存在をなかったことにしたのだ。しかし、ジーンはその後も前夫との間に煙幕を張り続けた。引越しただけではなく、電話番号まで変えて、一切の消息を絶ったのだ。おそらく、夫が生きていることを感情的な脅迫の材料にすることで、息子たちにいずれ父親に会うことができるといった生きる望みを与えていたかったのだ。まったく飛びぬけた才知をもった病人だった。ジーンをただの母親だと見くびるわけにはいかなかった。

晨勉は弱気になっている自分を感じた。晨安に多友、避妊に同性愛、これまでこうした問題が自分を打ち倒すことはなかったが、ジーンは見事にそれをやってのけたのだ。「どうしてそんなことをするのよ」晨勉は自分の声ががらんどうのように響くのを感じた。

「そうせずにはいられないからよ。自分が日一日と年老いて、女として見られなくなっていってるのが私にはわかるの。この人生で何もできずに終わってしまうことが、口惜しくて仕方ないのよ。私は女で、他人とは違った欲求がある。二人の息子たちのために私は世間に売り出され、隔離された。ねえ、あなたにわかる？　いまでも一番やりたいことは何かって聞かれれば、迷わずに男と寝ることだって答えるわ！　だってセックスは相手と心身ともにコミュニケーションできてるって感じられるじゃない？あの子たちの父親や義理の父親たちにはそれがまるでできなかった。でも、私にはまだあの子たちがいる。彼らにはこうした能力があるのよ！」

晨勉はいますぐにでも他所《よそ》から男を捜してきて、その男たちをジーンにあてがってやりたかったが、ジーンが必要としている男とはあくまで祖たち兄弟のことだった。病気はどうにも根深かった。祖は問違っていた。彼は母親を病院に連れてくるべきではなかったのだ。もしも病状がよくなれば、きっと潑剌として再び息子たちを苛《さいな》むに違いなかった。どうせなら、直接地獄の火口に投げ込んでやればよかったのだ。この女は病人などではなく、病気を患った悪魔で、ただ自分の創造力を誇示しているだけなのだ。

グラスにワインを注いだ晨勉は、一杯を祖の母に勧めた。「そんな男が見つかるといいわね」そう言って、「こころからそう願ってるわ」と続けた。

一気にワインを飲み干した晨勉は残されたワインには目もくれず、急ぎ足で病室をあとにした。ちょうど入れ違いに祖が部屋に戻ってきたが、晨勉は立ち止まることなく、そのまま病室の外に向かって歩き続けた。祖があとを追って応接室までやってくると、無言のまま涙を流していた晨勉が全身で彼に訴えかけた。「ねえ、いますぐ私を抱いて」自分から立ちのぼるワインの香りを彼が感じているのかどうか知りたかった。

晨勉の手を握り締めた祖は病院の外へ歩を進めると、無言のまままるで透明な都市を歩くように市内を突き抜けていった。そこには記憶もなければ過去もなく、ましてや救いなどどこにもなかった。彼の表情は人生のはじまりよりも厳かでいて無邪気だったが、こうした態度は晨勉がたとえ何を経験したにせよ、絶対に彼を失うことはなく、むしろそのすべてを手に入れたのだということを知らせようとするものであった。しかし、祖の満点に近い成績を見るような母親への完璧な配慮といったものが、実は多くの宿題をこなしてきた努力の賜物であることをいまでは晨勉もよくわかっていた。祖には自分の母親を見捨てることができなかった。いったいそれをどう言えばいいのかわからなかった。頭のネジが外れた人間が自分の夫に家庭、青春、生活、人生をひとつまたひとつと壊していき、そして今度は自分の息子の人生まで壊してしまおうとしているのだ！　この人間には良心と呼べるものがないのだろうか？晨安の言っていたことは正しかった。こうした単細胞動物たちはおそろしいほどまでに動物的だった。「ねえ。こんなことを続けたって何の意味もないわよ」晨勉の目には涙が溢れていた。こころの底から哀しみが滲み出ていた。

祖はアパートの前で車を止めた。彼がホテルに泊まるのが嫌いだったせいで、二人はこれまでホテルで関係をもったことがなかったが、晨勉自身はホテルやレストラン、それにバーといったシンプルな機能を備えた空間が好きだった。こうした空間は否が応でも集中力を高めさせてくれたが、もちろん、シンプルにつくられた祖の部屋も集中力を維持するには十分だった。彼の部屋に入るたびにこうした考え方をしてしまう自分が不思議でならなかったが、それが二人の間にある唯一の連帯感を強く掻き立てるせいなのかどうかはわからなかった。部屋に入った祖はすぐさま二人の記憶の軌道を確立する方法を見つけたようだった。

「ねえ、こんなときにできるかしら？」晨勉がたずねた。

「わからない。君がどうすればいいか教えてくれたんだ。さあ、どこから始めようか」

晨勉はカーテンをさっと引いた。窓の外から差し込む光がきれいに分かれて、遠くに行くほどそれは暗く、窓際に近づくほど喜びに満ちた光が輝いていた。

「人体も植物と同じように光に向かう傾向があるんだって。だからカーテンを閉めるのは眠るときだけでいいのよ」化粧っけがなく、装飾品を一切身につけない晨勉の清潔な顔は、さながら裸体のようだった。光を吸い込んだ褐色の瞳が静かに電気を発すると、彼女が触れた一切はゆっくりと温度を持って動き出した。

まるで初めて抱き合うように、二人は優しく磁器のようなその身体を愛撫した。生命の奥底ではおのれの意思に従って相手を愛するのだといった言葉がこだましていた。その声が二人を無意識のうちに強く抱擁させ、互いの生命を擦り合わせていた。

セックスの最中にその記憶を探し求めることほど冒険的なことはなかった。晨勉は祖と肌を合わせた際のディテールをはっきりと覚えていたが、それでもまるで毎回初めて彼と関係をもつような気がしてならなかった。少なくとも、身体は初めて祖を知ったように感じていた。その原因はわかっていた。彼らが肌を重ね合わせるときに生まれる思考や言語といったものは、別の男性と関係をもつ際には決して読み解くことのできない、ある種の消えつつある文化のように稀少な存在であったからだった。

自分の身体には血が流れてはおらず、心臓すら停止しているような気がした。すべてが停止するなかで、ただ皮膚だけが呼吸を繰り返し、空間や匂い、音や温度、そして記憶といったものを感じているのだった。それは光のように微細でありながら、互いの人生といった巨大な重荷を背負っていた。相手の血管に侵入してその地形を探り出すことは、かくの如く鋭敏な行為であった。

「準備はいいかな？」祖の声もまた初めて行為に及ぶかのようにぎこちなかった。

「ねえ、どこまでいくつもり？」

「君が言ってくれ。晨勉、僕と一緒にいてくれないか？」

「私が拒否できないことを知っているくせに！」しかし、晨勉の口からは何の言葉も出なかった。どうやら、言語能力はすっかり身体から離れていってしまったようだった。「祖、どこにいるの？」その声もまたそのまま身体の底に沈み込んでいった。

「晨勉、どうして君の身体はこんなにも冷たいんだ？」祖が晨勉の身体を抱きしめながら言った。

「私の身体なんてどうだっていいのよ。ねえ、あなたはどこにいるの？」

自分が衰弱しているような気がして、思わず泣きたくなった。祖の優しさはいつだって自分を無力にしてしまう。いまの彼女はひとりではどこにも行くこともできなかった。動き出すためのエネルギーを探す必要があっても、必ず彼と一緒でなくてはならなかったが、幸いにも二人はこうして再会することができた。それはまるで、昇りゆく朝日を目の当たりにしたような気分だった。

窓辺に張り付いた雲間から指す光が二人を照らし出していた。太陽の表情は優しく、また朗らかだった。無為に過ぎ去る時間がまつ毛に張り付くのを感じた晨勉はゆっくりとその瞳を開いた。「もう朝かしら？」

「知っているかい？　君とのセックスで僕が夢中になる一番の理由は、君がセックスに集中していながら、ひどく想像力豊かだからなんだ。まるで両性具有者みたいに男女を問わずに相手を惹きつけるんだ」

その言葉に晨勉は思わず笑ってしまった。あるいはそうかもしれない。セックスをしていると、完全に時間感覚をなくしてしまうのだ。あるときは長時間ベッドにいても一瞬のように感じるし、またあるときはほんの一瞬が一生のようにも感じられた。

時間はまだ午前中だった。昇りつつある日差しが生い茂る葉の合間から降り注ぎ、日の出をうまく演出していた。冬の朝日はしばしばものぐさにも黄昏のふりをして現れるが、祖のアパートにある木々はそうした光の生気さえも変えてしまったようだった。

「私の性の歴史がまた書き換えられたみたい」晨勉が言った。

「ねえ、ママは君に何て言ったんだ？」祖が深いため息をついて言った。

「あの人はきっと変わることができないのよ」すべてを打ち明けるつもりはなかった。彼にとって、その真相はあまりに酷だと思ったからだ。「きっと、繰り返していくだけなのよ。あの人と、そしてあなたたち兄弟の歴史を。ねえ、あなたはどうしたいの？」

「ママの健康診断を済ませてから、それから、心理療法を試してみようと思ってる。もっと早い時点で心理療法をしておくべきだったんだ。いまから病気の原因を見つけようなんて正直遅すぎる」病院にいたときよりも、祖は自由に話していた。「ママの話を聞いてみて、君はどう思った？」

その問いに、晨勉は無言の叫び声をあげた。「頭がおかしいとしか言えないわ。あなただって、本当はわかっているはずよ」祖の尋常ではない感受性もなぜか母親の前ではまったく機能を果たしていないようだった。

晨勉は自らを奮い立たせるように話を続けた。「ねえ、確かあなたのママはパフォーマンスが大好きだって言ってたわよね？　それなら、それがパフォーマンスってことをあなたがちゃんとわかってるんだって知らせてあげるのはどうかしら？」

「そんなことをしたら、ママの世界は壊れてしまうよ。まるでママの秘密を暴くみたいじゃないか」

「本当のことを言って何が悪いの？」晨勉は低くつぶやいた。

つまるところ、人生とは一度限りの実験などではないのだ。晨勉も祖もそのことはよくわかっていた。晨勉の生涯はさながら夢を見ているようであったが、祖の母の生涯は間違いなく夢そのものだった。もしも自分の人生が運命によって支配されているとすれば、祖の母はきっと自分自身の夢を支配する力を持っているはずだった。

「君はなんだかママに似ているような気がする。以前は確信が持てなかったけど、ママに会ってみてどうかな。自分と似ていると思わない？」

「もしかして、それが私を好きになった理由？」たとえどんなことがあっても、決して祖に向かって怒りをぶちまけまいとこころに誓っていた。彼はもう十分不幸を味わったのだ。せめて、自分くらいは彼によくしてやらなければあまりに可哀想だった。

「そうかもね。でも、女って他の誰かに似てるなんてことを認めたくないものなのよ」ベッドのそばに立って祖を見下ろす晨勉は、彼がまるでいまだ穢れを知らない島のようだと感じた。生まれたばかりで、まだ誰にも発見されていない島。それは父親が「観光用の島」みたいだと言って、前世紀にとっくに島としての役割を終えていた自分とはわけが違っていた。晨勉には想像力こそあったが、そこには未来が欠けていた。

人生で起こるあらゆる出来事が晨勉を悲しくさせた。それらはもう二度と自分の前に姿を現すことはないのだ。こうした気持ちは本当に根拠のない楽観や極度の自由、それに即興の快楽を追い求めようとする社会背景が生み出す心理状態に過ぎないのだろうか？

「どのくらい滞在するつもり？　まだお父さんを探すつもり？」

相変わらず、祖は赤裸々な身体に対して気ままではいられないようだった。それもまた彼が若い島であることの証拠だった。ベッドから起き上がってきた彼は晨勉を抱きしめることで自分の裸を相手に見せないようにした。

「ママはきっと僕がパパを探そうとしていることを知っているはずだ。でも、しばらくはそのことは横に置いておこうと思う。だってママは、僕がパパのもとに帰りたがっていると本気で思ってるからね。ママの反応は想像すらできないよ」祖は苦笑いを浮かべながら、「もしも君がいなかったら、こんな状況で自分がどれだけ持ちこたえられるかわからなかったよ」

なんだか海外から母親に連れられてきた祖が、さらにこの小さな牢獄のなかへと押し込められるのを目の当たりにしているような気分になった。これこそが、祖の母が帰国して入院する決意をした理由ではなかったのか。さらに小さな空間はさらに厳密な監禁状態を意味していた。

「もう帰ったほうがいいわ。きっとママはいまごろ必死になってあなたを探しているはずよ」晨勉がため息をついて言った。

「どうしてそんなことがわかるんだい?」

晨勉は再びため息をついた。「さっき、私がママに似てるって言わなかった? 私はあなたのママと同じようにあなたを必要としているのよ。私たちが一緒にいたこと、絶対に言っちゃダメよ」

いまいる場所から離れられずにいる祖はなんだかずいぶんと弱々しく見えた。「晨勉、僕と一緒になってから、君はよくため息をつくようになったね。以前の君なら、そんなこと気にも留めなかったはずなのに」

「そうね。以前の私には何の悩みもなかったから。さあ、早く帰りなさい」晨勉はさっとカーテンを引いた。

「そうやって、いつも僕のことを追い出すんだ。僕を引き止めてくれないんだね」祖はそう言いながら、閉められたカーテンを再びさっと開け放った。

不可解な面持ちでしばらく彼を眺めていた晨勉は、彼がめずらしく駄々をこねていることに気づいて思わず吹き出してしまった。「ふざけてないで早く帰りなさいよ。さもないと、本当に朝になっちゃうじゃない」自分がもつ潜在的な魅力で彼を誘惑したくてたまらなかった。

すると、祖が晨勉の身体を抱きしめてきた。「まだ続けたいだろ？　違うかい？」生命に満ち満ちた祖の身体は、死ですらも完全に消化することができないような気がした。ただ、愛だけがそれを完全に呑み込み得るのだった。

祖を乗せて病院へ向かう道すがら、晨勉は自分が仕事を辞めていまの生活を変えようとしていることを彼に告げた。

祖は少しもの寂しげに、それでも相変わらず潑剌とした調子で、「もっと早くそうするべきだったんだ。君と一緒に中国へ行くことができれば、どんなに素晴らしいか」二度目の別れは思っていたよりも難しいようだった。

「馮嶧と一緒に行くのよ」恋人に自分が結婚している事実や夫の名前を告げることを世の女性たちは隠したがるものだが、晨勉は違っていた。彼女にとって真実とは決して困難なものではなかった。

「君はもっと自由な人間だと思ってたよ」

そうね、確か多友も同じようなことを言っていた。自分は確かに自由だったが、それでも法を無視して生きるほど自由ではなかった。婚姻が依然として世俗的な規範のひとつであることに変わりはなかった。

「出発する前に、もう一度だけ会えるかな？」

一週間後、二人は再び祖の部屋で落ち合うことにした。今後は彼に電話で連絡しないことに決めた。祖の母が自分を忌避していることはわかっていた。祖の影がまるで暗闇に消えていくように病院へ吸い込まれていく姿を目にした晨勉は、その暗闇こそが彼の牢獄を意味しているのだと思った。

約束の日、結局祖は姿を現さなかった。途絶えてしまった連絡はまるで二人の関係が途切れてしまったことを象徴しているようでもあった。おそらく、祖の母が死を賭して自分との再会を阻止したに違いなかった。母親であるにもかかわらず、息子の退路を完全に断ち切ろうとしているのだ。つまるところ、祖の母は勝利したのだ。晨勉にできることは、ジーンが強者の矜持からもうこれ以上息子と争い続けないことを祈るだけだった。

祖のことを諦めてもいいと思った。窓の外でふるえる木蔭は相変わらず光のなかに揺れ、それはこの街で最も美しい景観のひとつだった。そう考えるのもおそらく、それがかつて祖の視線と交わった軌跡であったためだった。この部屋を出よう。祖との感情の軌跡はすでに自分のこころにしっかりと描かれているのだ。

立ち去ろうと決めた部屋はひどく静かだった。カーテンを引いて鍵を置くと、晨勉はそっと扉を閉めた。

三日後、馮嶧と香港に一週間滞在した後、晨勉は中国大陸へ向かうことになった。馮嶧は香港で建設資材グループの代表との折衝があり、その対応に追われていた。その間、馮嶧に香港の芸術センターのチケットを手配してもらった晨勉は、二日続けて芸術センターで上演されている演劇を観た。ひとつ目は現地の劇団が演じるシェイクスピアの「マクベス」で、アメリカから高いギャラを払って呼び戻したアートディレクターの指導のもとで演じられていた。もしも周囲にいる観衆を目にしなければ、さながらそれはニューヨークのリンカーンセンターに座っているような錯覚すら起こさせた。もうひとつは「紅楼夢」の紹興劇［浙江省の地方劇］で、中国の俳優たちによって演じられていたが、そちらは歌も動作もひどく大げさな感じがした。二つの演劇を見終わった晨勉はなんだかすっかりニセモノをつかまされたような気分になってしまった。劇中で演じられた内容はどれも現実世界において存在しないようなものばかりで、それをどのように信じていいかわからなかった。だが、香港に対する馮嶧の感覚は麻痺していたし、そもそも彼とはこうしたことを議論できるような関係ではなかった。彼のビジネスはひどい膠着状態に陥っていた。

舞台から視線を逸《そ》らした晨勉は、むしろ周囲の観客たちの息遣いや表情の方に引きつけられたが、その光景になぜかデジャヴに似た感覚を覚えた。まさか、本当に自分は密封された空間のなかに閉じ込められていて、どこにも逃げ場などないのだろうか？

香港人は本土の中国人と比べると流行に敏感だった。ホテルの受付はひどく自慢げに、「どこに行って買い物してもいいのよ。ここには世界中のブランドや美食が集まっているんだから！　なんと言っても、香港は流行の最先端を走っているんだからね」

かつてヨーロッパを虱潰しに見て回った晨勉だったが、そんな自分を悩ませるのがまさか中国と西洋が入り混じった香港だとは思いもしなかった。受付から観光案内所のパンフレットを受け取った晨勉は、そこに「離島に行く。今日中に帰る」と馮嶧へ宛てた走り書きを残しておいた。英語を話すことをよしとしない晨勉はモノリンガルが生み出す疎外感を感じながらも、かといって広東語を話すこともなく、北京語だけを使ってなんとか離島へ向かう船着場まで辿り着いたのだった。

冬の海路は視界が狭く、連絡船が埠頭を離れると、空はすぐに暗く沈んでいった。乗客の姿は疎ら《まば》で、その多くが外国人観光客だった。見たところ、冬は離島の観光シーズンではないようだった。一見簡単なことのようなのにそれが自分の身の上に降り注ぐと、どうしてこうもすべてが複雑になってしまうのだろうか。船尾にある甲板に立ち尽くした晨勉はふと思った。生活とは果たしてこれほど困難なことなのだろうか。だが、愛情は違っていた。水気を含んだ夜風が霧を生み、香港本島をすっかり覆い隠していた。遠目に見れば、香港に立ち並ぶ摩天楼は海に浮かんでいるようにも見えた。周囲を見渡すと、なにやら得体の知れない恐怖が徐々に湧きあがってくるのを感じた。どうして自分はいまここにいるのだろうか？ どうして徐々に近づいていく島はこうまで自分を恐れさせるのだろうか？ 周囲の一切はどれも初めて見るものばかりのはずなのに、なんだかひどく懐かしく思えた。

船上には仮眠している者たちがいて、船室には読み終えられたその日の新聞が並べられていた。この光景を自分はどこかで目にしたことがあるのだろうか？ 晨勉は新聞をパラパラとめくってみた。日付は十二月二十三日。ホテルのフロントのカレンダーに書かれていた日付と一致していた。どうして自分の中の時間はいつまで経っても遅々として進まないのだろう。そうだ、思い出した。確か昔これと同じ日に自分はミュンヘンに到着したのだ。あの街は凍えるほど寒くて、すぐにでも立ち去りたいと思っていたが、ダニーの名前が彫り込まれた指輪のためにそこに留まることを決めたのだった。指輪に関する思い出は晨勉の頭をぼんやりとさせた。あの指輪はまだそこにあるのかしら？「ねえ、祖。いまどうしてる？」彼らは時間に対してどこまでも無力な存在だった。

甲板から伝わる声の様子から島が近いことがわかった。晨勉はごく自然にそれを知り得たが、それは予感の類とはまた違っていた。

埠頭には至るところに蝋燭や電球などの灯りがぶら下げられていたが、その光はどれも区切られた小さな明かりだったために、もともと小さな離島の姿をさらに小さく見せていた。船を降りた晨勉は迷うことなく港の角を左へ曲がると、そのまままっすぐに歩き続けた。

もうずいぶんと街を歩いていなかった。パンフレットには徒歩で島を観光するように薦められていて、そうすれば離島の漁村独特の静かな雰囲気を味わうことができると紹介されていた。「それなら、そうしましょうか！」香港に着いてからの晨勉はなぜか独り言が多くなっていた。どうしてかしら？晨勉は再び自問自答を繰り返した。「この島に足を踏み入れてから、なんだか自分自身の記憶と向き合っているような気がしたから？」何も驚くことはなかった。これまでにも、ミュンヘンを訪れたときのように、まるでデジャヴにでもあったかのような気分にさせられる場所がいくつもあった。しかし、晨勉を驚かせたのは今回の記憶がいつもにも増して身近に感じられることだった。まるで自分がこの場所からやってきたような気さえした。

島をぐるりと回り込むと、香港本島を眺めることができた。湿っぽい夜空が彼女のやってきたその島へのピントを失わせていた。その光景に思わず眩暈《めまい》を覚えた。こんなふうに何かを遠くから眺めることに慣れていなかったのだ。潮騒がひと波、またひと波と巨大な沈黙を巻きあげながら、晨勉の生命《いのち》と向かい合っていた。

身を翻《ひるがえ》すと、再び埠頭の方向に向かってもと来た道を歩み出した。もしも自分の想像どおりであれば、埠頭に集まる商店や屋外レストランはきっと夏よりも薄暗いはずだった。水槽でぴちぴちと跳ねる活きのいい魚や蝦、貝などの海産品を見つめる晨勉は、次々と迫り来る人波の熱気になにやら耳鳴りのようなものを覚えてふとその場に立ち尽くしたが、よくよく見れば周囲はひどく寂しいものだった。やがて雨がぱらつき、激しく降ったかと思えば、次の瞬間にはまた小降りになったりした。埠頭にはたくさんの人たちが集まっていて、晨勉は埠頭の商店ですぐに出発できる船がないかたずねてみた。カウンターに座る男は晨勉の質問に顔をあげることもなく、「今日は無理だ！　低気圧警報が出てるだろ」確かにガイドブックにも低気圧警報が出ている際には一切の出航が停止されると書いてあった。

あの年、たしかミュンヘンを訪れたときも大雪に見舞われた。大雪のなか、ひとりで五日間も取り残されたのだ。そして、今回は台風のせいでこの離島に取り残されてしまった。ミュンヘンもこの離島も、不思議とひどく懐かしい感じがした。石畳の街道を行きかう人々はみな急ぎ足で、腰に巾着をつけた男女が広東語で声を張り上げて客寄せをしていた。「泊まるところを探しているのかい？　安くしとくよ！」それに答えずに通り過ぎようとすると、「このさきは一軒だって泊まるところなんてないぞ！」と、怒鳴り声をあげてきた。

結局、晨勉は離島の海辺にたったひとつある観光用ホテルに泊まることにした。海に面した部屋ではなく、島内に向かいあった部屋を選んだ。カーテンを開けると、この島にも少なからぬ民家があって、そこが観光地からは完全に切り離されていることに気づいた。香港の摩天楼と人ごみはしばしば香港が島であることを忘れさせたが、ここにはまだ島の生活がもつ縮図が確かに見てとれた。

ルームサービスで海鮮料理とコロナビールを頼んだ晨勉は、窓際に座ってひとりそれを口に運んでいた。ホテルは海辺に建てられていたが、島が小さすぎるせいで、まるで麓と海辺の砂浜の間に建てられているような感じがした。ホテルから少し離れた場所には別荘が立ち並んでいた。別荘は坂道をのぼったところまで続いていて、坂道を曲がってまっすぐに降りていくと、そこはすぐ海だった。坂道の両側にある別荘の門には灯りが二つ点いていた。ホテルの方がやや高い位置にあったために、晨勉の視線は自然と別荘のある庭へと延びていった。庭にはポーチがあって、廊下にもまた灯りが点いていた。どの部屋にも灯りがともっていたが人の気配はなく、窓辺を通り過ぎるような人影もなかった。煌々とともる灯りはあるいはひとりで夜を過ごす自身のこころを映し出していただけなのかもしれない。香港本島との連絡が途絶えてしまったために、馮嶧は自分がまだこの離島にいることを知らないはずだった。雨足は思っていたよりも激しく、窓の外では天地がひっくり返ったような大雨が降り続いていた。

長い時間、晨勉はビールを飲みながら、雨の幕に守られた坂道に建つ家の窓から漏れる薄明かりをじっと見つめていた。すると、集中して降り注ぐ暴風雨がこの離島と自分になんらかの作用を引き起こそうとしているように思えてきた。ふと、窓ガラスの中から誰かが自分を見つめているような気がした。まるで鏡でも見るように窓ガラスに映るその誰かは、微笑を浮かべながら自分に向かって乾杯をした。その瞬間、晨勉は全身の急所を突かれたようにすっかり身動きが取れなくなってしまった。それは流動する自身の記憶と向き合っているようでもあり、また言葉にできない愛情を渇望しているようでもあった。そうした光景はすっかり彼女を彼女でいられなくさせてしまった。

四日後には、香港を離れて大陸へ出かけるのだ。そう考えるだけで気が滅入《めい》ってならなかった。あのような人を不安にさせる巨大な土地といったいどのように向き合えばいいのかわからなかった。思いがけず出会った暴風雨は、晨勉にこの離島まで自分を引っ張ってきたものが実は彼女自身であったことを教えてくれたのだった。

坂の上で輝く灯りに向けて、晨勉は「乾杯」とつぶやいた。逆さまのガラスはまるである種の別れのようにその瞳に映った。あるいはアルコールのせいか、自分がこの島から去っていく姿さえ目にすることができたような気がした。

この離島で晨勉は生まれてはじめて夢を見た。夢の中で晨勉は祖と別の島を旅行していた。祖は一足先にその島に着いていて、空港から出てくる自分を待っていた。出国ホールには水が滲み浮かぶようにBali Ngurah Rai Airportの文字が書かれていた。どうやらそこはバリ島のようだった。そこで、晨勉は祖と二人で生活を送っていた。夢というよりもそれは現実に体験したようなリアリティがあった。午後の大雨が静まり返った海上に降り注ぎ、まるで大地を駆け抜ける馬の蹄《ひづめ》のような音が一晩中鳴り響いていた。ハイビスカスに屋外劇場、まるで将来を予知するかのように、晨勉はそこで妊娠する夢を見た。

荒れ狂う暴風雨は、やがて晨勉の見た夢をすっかり掃き飛ばしてしまった。夢は記憶と交じりあい、両者は同じ生命と容貌をもって、前世に向けて生まれ変わろうとしているようだった。

台風が過ぎ去った二日目の朝、島はいつもの様子を取り戻していた。馮嶧とようやく連絡がついた晨勉は十時の船で香港本島へ戻ると告げた。

晨勉は昨晩見た別荘がある坂道を通って、港へ向かうことにした。門の灯りはまだ消えてはおらず、深い群青色をした門には「売出し中」と書かれた真っ赤な張り紙が貼られていた。見たところ、まだ空き家になったばかりの様子だった。それでは、昨晩この家にいたのはいったい誰だったのか？　あるいはまだ引越しを終えていない家主であったのかもしれない。

これまではただ真実だけを知っていればよかった。ところがいまでは夢がどういったものかを知っているだけではなく、夢を見る感覚さえ知ってしまったのだ。

現実は晨勉に決然とすることの必要性を教え、一方、夢は現実に対する無力さを思い知らせた。夢のない空間とは最も小さく狭い空間であった。晨勉は予定どおりに十時の連絡船で離島を離れた。わからなかったのは、そうした小さく狭い空間に自分が不思議な懐かしさを覚えていたことだった。しかし、自分は確かにそこで夢を見たのだ。

晨勉を目にした馮嶧は首をふって苦笑いを浮かべた。「まったく、君の引きの強さにはあきれるね！」こうした事故が二度と起こらないように、彼は今後どこへ行くにも晨勉を連れていくことに決めた。美しく、また外国語能力にも長《た》けた晨勉は、同伴させるのには最適のパートナーだった。馮嶧は霍晨勉が昔のような生ける屍《しかばね》ではないことを知らなかった。晨勉のなかにある磁場はいつの間にか変化していた。見た目こそ何の変化もなかったが、すでに昔の晨勉ではなく、そのこころはひどく自立したものになっていた。

馮嶧を驚かせたのは、晨勉の自信に満ちた態度が香港のビジネス界において非常に有効であったことだった。ビジネスマンたちは自信に満ちた人間と付き合い、理性的にビジネスの話を進めることを望んでいた。彼らにとって自信に満ちた人間とはそれに足るだけの実力と理性を兼ねそなえている人間でもあった。晨勉のおかげもあって、馮嶧の建設資材の代理ビジネスは順調にサインまで漕ぎ着けることができた。

馮嶧の興奮ぶりはとても見ていられないほどだった。彼もまた、晨安が言うところの単細胞動物に属するはずだったが、実際、彼は他人よりも反応が鈍いだけで、結局のところ他の男たちと同じように自分の関心のある出来事にしか反応を示さないタイプの人間であった。晨安自身は両性具有の特質をもっていて、また祖は演劇を勉強していたせいもあって、夫と違い容易に自身の感性を強化することができた。

いったいどうやってやつらを丸め込んだんだ。馮嶧は興味深げにたずねてきたが、晨勉自身どう答えていいかわからなかった。それは即興で舞台に上がって、自分のどこかに隠れていたビジネスの才能を引っ張り出して交渉したような感じだった。晨勉はまるで誰かと口裏を合わせるような調子で、「きっと演劇を勉強してきた成果が出たんじゃないかしら？　どのみち人生なんて一種のパフォーマンスじゃない！　相手の背景を調べて、その心理状態を理解すればいいのよ。覚えておいて。香港は高度なビジネスシティで、そのくせ島国根性をもった場所なのよ。頭を下げてまわるだけじゃダメよ。自分がどれだけ自立した能力をもっているかってことを、たっぷり相手に見せつける必要があるのよ」

晨勉は当初自分が大学に残って勉強を続けなかったことを幸運に思った。演劇を学ぶ者たちの進路は他の学部の学生たちと違って、とりわけ自分なりのスタイルが必要となる。そうすればあらゆる理論を研究する必要に迫られ、自分はきっと疲れきってしまうに違いなかった。

しかし、晨勉は他人と交渉できるような才能が自分のなかに埋もれていたことにひどく興奮を覚えた。こうした達成感がもたらす幸福は肉体がもつ喜びに勝るとも劣らなかったが、自分はどうしてこれまでそのことを知らずにいたのだろうか。

馮嶧との新たな「協力」関係は、大陸の旅において二人の距離をこれまでに過ごしてきたどの時期よりも近づける結果となった。晨勉はそれがこころに占める感情の比率が増減した結果ではないのだと自らに言い聞かせた。実際、祖のことを思えば、相変わらず胸が締め付けられる思いがしたし、そうした感覚はまだ過ぎ去ってはいなかった。

二人はひとまず広州へと向かい、それから上海、重慶、北京と、一般的な台湾人ビジネスマンたちが進むコースを辿っていった。新しい都市に着くたびに、恐ろしいほどの人波が押し寄せてきた。彼らが家を建てた後の土地といったものが果たしてどうなってしまうのか、まるで想像できなかった。馮嶧のビジネスパートナーはちょうど役所に生産許可書を申請しているところで、そこにはタクシーや旅行、テレビや広告など、細々とした事業内容も含まれていた。彼らが言うところによれば、とりあえず申請して許可を得ておけば、後日それが他人に独占されることを防げる上に、見当のつかないほど巨大なビジネスチャンスを自分たちで運用することができ、さらにそれを高額で他人に譲渡することも可能なのだということだった。晨勉には彼らのビジネス活動が舞台で演じられるどのストーリーよりもはるかに複雑怪奇に映った。もしもシナリオに沿って演じたとしても、ここまで徹底した効果が生み出せるとは思えなかった。それはまさに母親が普段から口にする「あの人たちはみな頭がおかしくなってしまったんじゃないかしら」といった口癖にぴったりと当てはまっていた。

馮嶧が常日ごろ主張する、渡る世間は鬼ばかりだといった考え方は確かに正しかった。むしろ、それは謙虚過ぎるほどだった。彼らは各種広報機関の手練手管に翻弄され、申請する許可書はひとつひとつ長いプロセスを経てようやく審査・発給されるために、彼らができることと言えば、ただひたすら待ち続けることだけだった。時折、晨勉は馮嶧と接待に顔を出すこともあった。そこで晨勉はこの社会において人間がもつ機能とは、ただ食って、飲んで、遊んで、楽しむといった動物的な反応しかないのだと知った。なかでも最も理解に苦しんだのは、往々にして女は男よりも必死であるということだった。いったい何をそこまで必死になる必要があるのか、当時の彼女にはまだわからなかった。

その後、四川にやってきた晨勉は八億の農民を有する大陸と農村への関心から、重慶のホテルで馮嶧に現地の女性ガイドを手配してもらい、農村まで出かけてみたことがあった。彼女はこれまでこれほどショッキングな経験をしたことがなかった。もちろん、農村まで出かけていったことを後悔してはいなかったし、こうした経験がやがて記憶の底に徐々に沈んでいくこともわかっていた。なぜなら、それは未来の生活のどこにも身の置き場のない経験であったからだ。

チャーターした車に揺られることおよそ六時間、晨勉はようやく大足《ダーズー》県に辿り着いた。そこで有名な宝鼎《バオディン》山にある石刻を見学したのだった。そこは抗日戦争のころに大量の難民たちが流れ込んできた場所で、難民たちの中には多くの学者や民俗研究者、それに芸術家たちがいて、彼らはすぐさま大足石刻がもつ芸術的価値に気づいたのだった。大足県は潼南《トンナン》、銅梁《トンリャン》、璧山《ビイシャン》県へと連なる典型的な農村地帯でもあった。

混乱、といったものを晨勉はこれまで言葉としては理解していたが、悪辣さや非道といったものに向き合うだけの心理的な準備はできていなかった。とりわけ農村の人口比率が男性側に大きく偏っていたことも晨勉を困惑させた。彼らが何の遠慮もなく自分を眺め回すその視線からは、教育を受けた女性への不案内さと挑発的態度がありありと見てとれた。つまるところ、必死に生きる以外に女性がこうした運命から抜け出す術《すべ》はないのだ。

最初に晨勉が抱いた印象は、中国大陸にははにかみ屋がいないということだった。どこへ行っても必ず堂々とホラ話を吹きかけてくる人間がいたし、どのような辺鄙《へんぴ》な田舎に行ってもそれは変わらなかった。彼らは経済についても大いに気炎をあげ、口を開けばやれ百ドルが人民元でいくらに両替できるなどと喚《わめ》いていたが、彼らのドルを単位とした金銭感覚はそれほど晨勉を驚かせはしなかった。彼女を最も驚かせたのはむしろ、中央政府のある北京から辺鄙な農村に至るまで、あらゆる人々の性格がまるでひとつの個性しかないように統一されていたことだった。晨安の言っていたことは正しかった。この世界はとどのつまり単細胞動物たちで溢れかえっているのだ。晨勉は彼らが絶対に夢を見ないと確信することができた。ここでは感情は最も現実的なものであったが、それは決して誰かを愛するために存在しているわけではなく、もしもよい買い手がいればすぐにでもそれを売りに出すためだけに存在していた。

仮に単細胞動物たちが進化を求めないとしても、このような状況ではそれが最善の選択なのかもしれなかった。人々はそれでもそこから抜け出す出口を持っていたからだ。そこで、ようやく彼らがいったい何にそこまで必死になっているのか理解することができた。彼らはただ生きることに必死なのだ。

日の落ちた農村はまったくの暗闇で、一切の灯りが消えてしまった状態は思いのほか人を萎縮させた。晨勉はわずかばかりの灯りを頼りに祖へ手紙を書くことにした。書いた手紙を晨安から手渡してもらおうと考えたのだ。ふと黒を形容しようと思ったが、目の前に広がる暗闇がまさにそれだった。

馮嶧と合流してから、晨勉は工場建設をまだ注目されていない別の都市に遷《うつ》したらどうかと提案してみた。台湾から来たビジネスマンたちはあれこれとあくどい手口で商業的な利益を独占しようとしていたが、この土地に生きる人々もまた、あれほど必死に生きようとしているのだ。馮嶧と仲間たちはさすがに商売人だけあってフットワークが軽かった。大都市で許可書の審査・発給を待つよりも、新規まき直しをした方が早いと見るやいなや、新たな開拓に取り掛かったのだった。新たな生産拠点がどこになるか晨勉にはわからなかったが、ここにきてようやく広大な大地で暮らす人々の民族性と黄色い大地の性格をわずかながら垣間見ることができたような気がした。

馮嶧は連日上海の事務所に詰めていた。会社側と何日も会議を開いて市場分析を繰り返した結果、結局、晨勉の意見が正しいという結論に至った。上海で土地を獲得したところで工場建設のコストは高く、また運搬費用は高騰しており、従業員たちに支払う給与も他の土地に比べてはるかに高かった。最終的に、青島に工場を建設して、天津に本社を設立することになった。建設用の資材は天津から東北に納入してもよかったし、また広州など南方方面に送り出してもよかった。

そこでようやく、晨勉は台北に戻ることを決めた。この広大な土地で二ヶ月近く走り回ったせいで、心身ともにすっかり疲れ果ててしまっていた。当初計画していた両岸での舞台パフォーマンスの仲介業はすっかり諦めて、その代わりにこの土地のドキュメンタリーを撮ることにした。そこで晨勉が目にしたのは、人々のもつ民族的性格や生活、あるいは大足石刻のような民間芸術の奥深さだった。大陸では原始的なものほど価値をもち、またリアルだった。そこで、まず完璧な企画書を練りあげることにした。こうした仕事はプロセスや計画が周到に準備されてこそ、撮影も順調に進むのだ。

台北に戻ってくると、まるで虚構の世界から突然、現実世界へと舞い戻ってきたような疲労と幻滅に襲われた。別段台北が変わったわけではなく、彼女自身が変わっていたのだ。この二ヶ月の間にまるで百年近い歳月が流れたような気がした。

髪を梳《と》き、表情に生気を取り戻してようやく晨安に電話をかけてみたが、あいにく留守番電話につながった。一晩中かけてみたがついに晨安にはつながらなかった。すでにアメリカへ出国してしまったのかもしれない。電話で最後にたたき起こされるのはいつも決まって神経の図太い母だったが、晨勉は父に電話をかけてみることにした。すっかりビジネス感覚に慣れてしまったために、何かを待つということができなくなってしまっていた。

電話をとった父は怒りを抑えきれないといった様子で、まるで大砲のような怒鳴り声をあげた。「おい、お前は文字も読めないのか。いまが何時かもわからないのか?」

「ねえ、父さん。そろそろ起きて運動した方がいいわよ。年をとってから眠りすぎるのは身体によくないのよ」晨勉はかまわず本題を切り出した。「晨安は? もうアメリカに行ったの?」

すると父はずいぶんとしょんぼりとした様子で、「あの祖とやらと一緒にアメリカに帰ったよ」と答えた。

「晨安は私の手紙を受け取った?」

父は再びイラついた声で、「そんなこと、俺が知るもんか! お前たちは小さいころから何をすべきで何をすべきじゃないのか、まったくわかっていないんだ。明日帰ってきて自分の目で確かめろ!」父はそのままガチャンと電話を切ってしまった。

きっと受け取っていないのだ。自分が根気を失っていたのは順調に物事が進んでこなかったせいだったが、父の根気のなさはいったい何が原因なのだろうか。答えは簡単、晨安がその原因であることは間違いなかった。

正しいかどうかはともかく、晨安はついに自分が望んでいたことを成し遂げたのだ。いまはただ眠りたかった。祖も馮嶧も多友も仕事もない台北に自分は帰ってきたのだ。それはまるですべてが失われてしまった都市のようで、そこには夢を見られるような空間はどこにもなかった。

祖が恋しいとは思わなかった。ただ、彼がいまどこにいるのか知りたかった。もしも彼が死んでいるなら、彼を夢に見ることができるはずだった。いまの自分にはそうした力があるのだ。

すべてが失われてしまった都市ではあるけれども、とにかく自分はここに戻ってきた。そう考えると落ち着くことができた。祖はしばらくの間台北を離れることになったが、晨勉がたったひとつ見ることができる夢の中で二人の再会はすでに予言されていた。例の「三つの予言」は完全にその姿を消して、代わりに晨勉は夢を見るようになっていた。祖と将来どのように再会するのかさえ、夢の中ではっきりと見ることができた。だからこそ、自分はまだ彼を失ってはいないのだと安心することもできた。いまの自分にはたとえ彼を失うにしても、それを知る方法があるのだ。

5

熟睡か、あるいは臨終の際のような疲れ果てた状態で、晨勉は香港をあとにした。はるかシンガポールの地までやってきて、ダニーとの関係をこれ以上続けることはできないのだと肌で感じていた。彼との愛はすでに死に体《たい》になっていたが、仮に離島から離れることはできても死に絶えた恋の屍《かばね》から離れることは容易ではなかった。人生はさながら浜辺のように長くどこまでも続いていた。

シンと出会ったのはそれからすぐ後のことだった。彼は晨勉より若かったが、グローバル化の波は彼ら新人類たちの生活を早熟なものにさせていた。シンは文化事業や電子出版を含めた巨大な出版グループを経営していたが、そのくせ文化産業をひどく軽視していて、ビジネス的な感覚で出版業界を切り盛りしていた。鳶《とび》色をしたオーストラリア人のシンの瞳は灰色がかった緑で象眼され、まるで永遠に何かを観察しているようだった。長く伸ばした髪の毛を後ろでしばった彼はガムをくちゃくちゃ噛むのが好きだった。シンガポールではこうした態度は決して許されるものではなかったが、彼はいつだって他人の意見などどこ吹く風といった様子だった。最も晨勉の関心を引いたのはシンの高い自我意識であった。彼はオーストラリアのくさくさしたところが嫌いだと言いながら、それでいてシンガポールのくさくさした社会に果敢に挑戦していた。彼と出会ってから、晨勉はこれまで一度も得ることが叶わなかった友情をはじめて手にすることができたのだった。

かつてシンの好意を無碍《むげ》にしたことのある晨勉は、ずっとそのことで自分を責め続けてきた。シンガポールで事業を始めたばかりのころ、向き合うべき課題は山積していた。香港で仕事を始めたころのように、女性が何かを成し遂げることの困難を身をもって感じていた。そんななか手を差し伸べてくれたのがシンだった。最初、どうして彼が自分にそこまでよくしてくれるのかわからなかった。そりゃもちろん、君とベッドインするためさ。シンはそう言って笑ったが、当時の晨勉は彼が自分との交際を契機に彼自身を「正常な人間」に変えようと努力していたことには気づかなかった。こうした点について、シンは類《たぐい》まれな嗅覚を持ち合わせていたが、結局そうした努力も彼女のせいで失敗に終わってしまった。シンガポールは何事にも折り目正しい場所だったが、晨勉にとってそれはひどくよそよそしい場所であることを意味していた。それまで困難なことなど何もないと思っていた。どのみち、自分には守るものなど何もなく、だからこそ仕事にも積極的に打ち込んでこられた。成功や失敗にかかわらずにこれまで突き進んでこられたのは、まさに徒手空拳ゆえだった。

シンはシンガポールに暮らす多くのビジネスマンを彼女に紹介してくれた。彼らは晨勉のビジネスに興味をそそられたようだったが、具体的なビジョンに欠けていたために、明らかにそれを投資の対象とは見ていなかった。文化的事業に関して彼らが投資の対象とするのは、せいぜい電子メディアや広告、遊園地や新聞、雑誌などだけだった。最終的にシンは建設グループの責任者を通じて新株を購入することで事態を収めてくれた。そのおかげで、晨勉はシティセンターにあるビルに順調にオフィスを構えることができたのだった。後にそのオフィスが入っているビル自体が件《くだん》の建設グループの所有物であることも知った。シンに代価を支払わなければいけないことはわかっていた。そして、それが金銭などではなく、彼女自身であることもわかっていた。それは一種の取引だった。シンガポールに着いてすぐに、晨勉はダニーからもらった指輪を外していた。彼女のもつ商品価値とは彼女自身であった。

シンと触れ合ってわかったのは、彼のセックスが自分とはひどく本質を異にしているということだった。それをどのように表現していいかわからなかったが、それは異性や同性との間で行われるものとも違っていた。しかし、それこそがシンとの関係における最も特殊な部分なのであって、当時の晨勉は両者の間で交わされたギブアンドテイクのせいもあり、そうした特殊さにもすっかり安心していた。ダニーと違い、シンとの間にはさしたる物語がなかった。彼はこの社会の一員で、社交場を通じて出会っただけの相手だった。とりわけ馬が合うわけでもなく、ただ嫌いではないといった程度の間柄であれば十分だった。自分がシンと同じようにこの国ではよそ者であることをはっきりと意識していたし、またそうした身分を気に入ってもいた。自分がシンのバイセクシャルな性的傾向を知っていることに、果たして他人が気づいているのかどうかわからなかったが、もしもシンの求愛を受け入れるとすれば、それは一生彼の秘密を抱えて生きることを意味していた。それだけはごめんこうむりたかった。自分には自分だけの人生があるのだ。

晨勉と関係をもったシンは心理的にひどく尻込みしている様子だった。彼にはセックスに対するある種絶対的な渇きのようなものがあったが、それは決して情熱といえる性質のものではなく、また若者がもつ本来の姿ですらなかった。

「ねえ、どうかした？」情事の後、晨勉はできるだけ誠実な態度で彼にたずねてみた。

「何でもないさ」彼は晨勉が自分とのセックスに耽溺《たんでき》していないなどとは思いもよらないようだった。

一方、二人が肌を合わせた場所やその役割に違和感を覚えていた晨勉は、両者の関係に何とも言えない不安を感じていた。男性として晨勉を愛したシンはそれを負い目に感じており、感情といったものを単純に考えることができなかった彼は引き続き晨勉に優しく接してきたのだった。

大企業の庇護から離れた晨勉はいまでは個人で損益の全責任を負わなければならず、毎日仕事に全力を注ぐようになっていた。さながら鷹が大空をぐるぐると旋回しながら餌を捜し求めるように、少しでも人付き合いが広がるチャンスだと見るやいなや積極的にそこに関わるようにしてきた。いまでは自分が母のようになりたくはないのだと、はっきりと理解できるようになっていた。何も起こることなく、ただ感情の世界の中だけに生きる母のように自分はなりたくないのだ。

ようやく生活が落ち着き始めたころになって、ダニーがシンガポールにやってきた。ドイツで彼の生活を盗み見てからすでに四ヶ月、バリ島でともに過ごしてからは半年の月日が流れていた。この半年間に実に多くの出来事が起こったが、シンガポールで開いたカルチャーセンターが成功したこともまさにそのうちのひとつだった。カルチャーセンターの存在は、晨勉の周囲にいる数知れぬ鬱屈とした人々にとって教会のような役割を果たしていた。彼らは晨勉のもつ自由なこころを信仰の対象とすることで、なんとかして現在の生活を変化させようとしていた。彼らが必要としていたのは自らとは異なる信仰であって、センターはその意味で人々のこころの修行場にもなっていた。晨勉自身は彼らが自分をどう思おうと彼らの自由だと思っていた。その一方で、晨勉のプライベートは荒《すさ》みきり、まったく無秩序の状態になっていた。すべてが秩序立っているこの都市は病的なまでに清潔でコントロールされていたが、彼女はそれがいったい何を意味するのかわからなかった。病院に軍隊、収容所に学校、そうした場所には必ず懲罰と規則があったが、それは人間が厳粛であればあるほどそこに放埒《ほうらつ》が生まれ、また都市が保守的であればあるほど靡爛《びらん》が生まれることをも証明していた。しかし、いまの生活を選んだのもまた晨勉自身であった。すべてはコントロールされていて、それが終わるべきときには自分の手で終わらせることができた。こうした都市で生きるにはそれ相応の代価を払う必要があるのだ。

午後になってダニーが搭乗した飛行機がシンガポールに到着すると、空港まで彼を迎えにいった。ミニチュアのような都市では土地は計画的に活用され、人々はみな遊園地のような幻想的な時間のなかで生きていたが、なぜかその日に限ってそのことを強く意識してしまった。こうした日々を送る中で、晨勉はダニーに手紙を書き続けた。彼に向かって日々の出来事の一切を綴ってきたのだ。そうすることで、自分がこころのなかを整理しているのだとわかっていた。自分の生活の重心がいったいどこにあるのか見極めようとしていたのだ。

ダニーが目の前に現れたとき、時間の恐ろしさをこころから実感した。彼はすっかり大人の男に成長していた。もちろん、それでも時折見せる表情には天性の幼さが浮かび上がっていた。母親の死は彼を寡黙にさせたが、沈黙がいったんその心身を洗い流した後、彼の自我は再び新たなエネルギーを手に入れたようだった。こうした変化は自分が彼のそばにいないときに起こったが、なんとかその結果だけは目にすることができた。「あなたって、なんだか両性具有の生き物みたいね」彼の身体を抱きしめた晨勉が驚いたように言った。それはある種、自己完結できる生命体であった。彼の人生はいまだ何も定まってはいなかったが、二人の間には相変わらず選択の余地はなく、それでもなお互いの人生を完遂させなければならなかった。もちろん、彼の人生において自分の存在が排除されているわけではなかったが、ダニーのなかで自分が彼にとっての最終的なゴールでないということはわかっていた。しかも、彼が晨勉の生命を燃えあがらせることで二人の感情をつなぎ止めようとはしていないことも明らかだった。彼はどこまでも自由で、ある意味でそれこそが彼ら二人をつなぎ止める最も重要な要素でもあった。さもなければ、晨勉にしろダニーにしろ、遅かれ早かれこうした困難な感情を投げ出していたに違いなかった。

二人はケーブルカーに乗って離島のパーティに参加することにした。晨勉はこうした遠来から来た客をもてなすことを中国人は「洗塵《シーチェン》」あるいは「接風《ジエフォン》」と呼ぶのだと言った。ケーブルカーが最も高い所まで登ってくると、晨勉は黄昏の明かりを頼りにじっとダニーを見つめた。「ねえ、まるで愛情みたいじゃない？　ここにはいまだけがあって、過去も未来も存在しないのよ」

空港から家へと向かうあいだ、ダニーはずっと黙り込んだままだった。目の前に広がる都市にも関心を示さず、晨勉をまともに見ようともしなかった。やがて家に着いてワインを一杯飲み干したダニーは、ようやく本来の艶と弾力性を取り戻したようだった。彼は準備運動でもするように部屋の中をグルグルと歩き回り始めた。晨勉はベッドを残して、部屋の壁をすべて取っ払っていた。荒《すさ》みきった生活をして家に帰ってみれば、山のように積まれた家具に視界を遮られるのがイヤだったのだ。何もない真っ白な空間がもつ力で濁りきった心身を濾過したかったった。自分の生活が俗っぽくなっていることはとっくの昔に気づいていた。自分と他人はいったい何が違うのか考えてみることもあったが、自分はそれに気づいていて、他人はまだそれに気づいていないだけなのではないかと思った。彼らと晨勉の一番大きな違いとは、晨勉が自覚的にそうした生活を進んで受け入れた点にあった。

いくら見つめてみても、なぜかうまく彼に近づくことができなかった。再び出会ってみるまで、これまでとは違った二人の距離感といったものを想像することはできなかった。ダニーは成熟したのではない。逞《たくま》しくなったのだ。

準備運動を終えたダニーは晨勉の前で膝を折ると、無言のまま指先で軽くその頬に触れた。その瞬間、かつての思い出がふっと浮かび上がってきた。欲望の洗礼のもとで晨勉はゆっくりとその身を縮めていき、柔らかくなった身体はやがて形を失っていった。

「久しぶりだね」晨勉の頭を優しく抱きしめたダニーが静かにつぶやいた。再び彼のもとへ戻ってきてしまった。あるいは彼は自分の乱れきった生活に気づいたのかもしれない。何にせよ、彼はいま自分のそばにいる。こうした心理状態は彼への思いを断ち切ることを困難なものにした。彼は晨勉の手をとって、自分の身体を抱きしめるように求めてきた。しかし、軽く触れた晨勉の指先には彼が送ったはずの指輪はなかった。

ダニーは何も言わなかったが、室内をぐるりと見回すと、ただ一言彼女にとって一番痛いところを突いてきた。「ねえ、この都市《まち》は君をそんなに焦らせてしまうのかい?」

「さあ、どうかしら」

「晨勉。君のいいところは誠実であること。それに自分が何を必要としているかってことをちゃんとわかっていることなんだ。君には東洋人がもつ計算高さがあって、それを西洋社会の中でうまく使いこなしてきた。君はいま自分が何を必要としているのか、ちゃんとわかっているはずだよ」

「それをはっきりと言葉で説明できればどんなにいいかしら」

ダニーは二人の関係をこじらせるつもりはなかった。せっかくの再会に水を差してしまわないように、彼はコミュニケーションのスピードを緩めることにした。「慌てなくてもいいさ。君が言いたくなったときに言えばいい」

この数年、晨勉の仕事を実際に目にすることができずにいた彼は、自分に彼女の生活を批判する資格がないことをよくわかっていた。学生である彼には晨勉を社会的にどうにかできるような立場になかった。そのことはシンガポールに着いてからずっと感じていたことだった。彼には将来自分が仕事に就いてからの晨勉との距離感すら想像することはできなかった。感情だけに頼って一生付き合い続けることは不可能だったが、そうした考えは彼を不快な気分にさせた。そうして無意識のうちにふて腐れてしまった彼を見た晨勉もまた、自分がすっかり小さくなってしまったように感じていたのだった。

その夜、ダニーのために離島でのパーティを開催したのはシンだった。会社を立ち上げてから、晨勉はもはや自分がひとりで自由に出かける権利を失ってしまっていることをわかっていた。自分はピラミッドの頂上で過ごしていて、彼らは小さな世界の中にさらにまた小さな世界を形成することで、お互いの取り分を交換していた。晨勉もまたこうした庇護を拒否することはできなくなっていたのだ。

ダニーがもつ学生気質とその身なりはなにやらシンにも刺激を与えたようだった。シンの表情にはまるで彼方にある美しい記憶を探しているような輝きが浮かんでいた。完璧さを追求するシンにとって、ダニーの清潔な息遣いはまさに彼自身が思い描く完璧な姿に近かったのだ。もしもシンがバイセクシャルであるといった予感が正しければ、きっと自分は今回のパーティを開くことに同意などせず、またあれほど大真面目にダニーを彼に紹介したりもしなかったはずだった。まるで何か犯罪の手引きをしているような気分だった。あるいは、ダニーだけがこの人ごみの中で冷静さを保っていたためにひとり苦痛を感じていたのかもしれない。苦痛を感じる彼は最後までその顔に浮かべた笑顔を崩さなかった。

この島には見るべき景観などもなく、街全体を足して合わせてみてもたいしたものにはならなかったが、平面的な視覚は彼に晨勉と二人っきりでいるような錯覚を起こさせた。シンガポールではたとえどんな場所であっても食事の席で酒を飲むような習慣はなかったが、ダニーはそんな習慣にかまうことなくワインを飲みたいと言い出した。そのことがまたシンの注意を引き、二人はあっという間に飲み友達になった。

食事が終わると、シンが晨勉の部屋までやってきた。バラエティに富んだスタイルを好む晨勉は、これまでずっと自分の住む部屋は自らの手でデザインしてきた。部屋のデザインがおおよそ決まると、新しいもの好きのシンもその部屋を褒めちぎっていた。ところが、その夜にかぎって、シンはダニーの前でこの部屋はやれ品位に欠けるだの乱雑に並べられたショーウィンドのようだと、次から次へとケチをつけてきたのだった。きっと飲み過ぎたのだ。あるいは、ダニーのもつ毒気にあてられたせいかもしれない。シンがのべつ幕なしに部屋のデザインについて話している間、ダニーはもう一本のワインに手をつけていた。不機嫌になればなるほど、彼には飲みすぎる癖があった。

深夜、彼らはようやく二人きりになることができたが、国境線のような空白が互いの間に広がっていた。予定よりも早めにこの島を立ち去るかもしれない。完全に酔いのまわったダニーはそれまで維持してきた理性をかなぐり捨て、晨勉を責めるような口調で言った。「なあ、昔の自立した君はいったいどこに行ってしまったんだ？」

しかし、彼の言葉はそれまで積もり積もってきた晨勉の恨みを一気に引き抜いてしまった。「私は貴族みたいに悠々自適に生きていくことなんてできないのよ。まさか間違ってるのは私？　これってそんなに許されないほどのこと？　あんたなんてさっさとドイツに帰ればいいのよ。そこで金髪美女といちゃついて、ダンスパーティでもなんでも開いていればいいじゃない。見栄っ張りだけで中国語なんか勉強して、大学院にまで行って勉強してほんとバカみたい。誰もあんたなんかと関係をもちたいなんて思わないのよ」

翌日、二日酔いから目を覚ましたダニーに向かって、晨勉は自分がドイツまで彼を探しに行ったという疑惑を否定した。

その夜、ダニーはリビングで眠った。酔っているようだったが、無意識のうちに晨勉の乱れきった人間関係に抗議しているのがわかった。二人はこうして冷戦状態へと突入したのだった。

ダニーとの間にあった調和という名の魔力がすでに壊れてしまっていることはわかっていた。そこに何かを見てとった彼もまた、にわかに晨勉への気持ちを失ってしまっていた。その瞬間、晨勉ははじめて自分が香港を離れる選択をしたことが本当に正しかったのか疑問を抱いた。しかし、かといっていつまでも同じ場所に留まり続けるわけにもいかなかった。次はいったいどこへ流れていけばいいのか、誰にもわからなかった。

夜明けごろになって、ダニーはようやく眠りについた。だだっ広いリビングの角に置かれたスタンドライトが床に映し出す光の烙印はまるで蓮の花のようで、それを見る晨勉のこころは何かを悟ったような気分になっていた。卵の白身のようにかけはぎされたソファのそばに腰を下ろした晨勉は、じっとダニーの顔を覗き込んだ。彼と違い、晨勉はこころが高ぶれば高ぶるほど冷静になってしまう性質《たち》だった。頭の中に注ぎ込まれたのは悲しみに満ちた酵素で、醒めたその頭でダニーを見つめているとなんだかまるで彼が見知らぬ他人のように思えてきた。それまで言葉を交わすことなく通じ合っていた二人の間にいつの間にか立ちはだかっていたのは、疎外感という名の壁であった。もしも彼を諦めるくらいなら、いっそのこと愛すること自体をやめてしまった方がましだった。やはり彼をシンガポールに呼ぶべきではなかったのだ。どんな場所でも恋人と過ごせば甘く過ごせるわけではないのだ。

彼が愛おしくてたまらなかった。目の前にはダニーの安らかな身体と魂が横になっていた。その瞬間、まるで爆竹が爆ぜるように電話の音が鳴り響いた。シンからだった。彼はなにやら探りを入れるような口調で、ダニーが自分のことを何か言っていなかったかとたずねてきた。自分を大切に思うあまりに、ついダニーの前でシンが格好をつけようとしていたのだと思った晨勉は、彼ならもう寝てしまったと伝えた。するとシンは普段とは違ったひどく冷たい口調で、「君たち二人の間違いじゃないのか？」と言った。その瞬間、初めてシンのもつ性的志向を確信することができた。こんな真夜中に電話をよこしてきたり、出会ったばかりの人間に過剰なまでに関心をよせることは、彼の文化的素養から考えればありえない話だった。

それからしばらくして、晨勉は自分の夢に叩き起こされた。夢の中でなぜか自分は香港にいるジョンとお喋りをしていた。なにやら恐ろしげな雰囲気で、あたりはじめじめとした湿気に包まれていた。催眠状態から覚めるように慌てて目を覚ました晨勉は、それがお喋りなどではなくセックスをしていたのだと気づき、哀しい気分になった。ジョンの性器はまるで指のように彼女の身体を這い回っていた。都会の人間によくあるように、晨勉は一度目が覚めてしまうと再び眠りにつくことができなかった。その夢自体はとりわけ恐ろしくも何ともなかったが、夜中に突然目が覚めて眠れない夜が続いてしまうことだけが怖かった。

この都市の夜はいつも静かに明けてゆき、曙光が黎明のカーテンを優しく染めていた。再び眠りにつくことができなかった晨勉がぼんやりと薄暗い朝日に身を晒していると、それを感じとったダニーがうっすらと瞳を開けた。その瞬間、身体の中にあった欲望がまるで潮が引くようにサッと足首のあたりまで下がっていき、すっかり晨勉の身体を拘束してしまった。起き上がったダニーに優しく抱きしめられると、二つの嗅ぎなれた匂いがフッと鼻をついた。ダニーの酔いは六分ほどまで下がっていて、それは彼が自分の身体を一番うまくコントロールできる状態でもあった。彼はもう怒ってはいないようで、ただ晨勉の悲しみを肌で感じているようだった。「晨勉、僕が悪かったよ」ダニーはまるで子供のような口調でつぶやいた。

「聞こえない。そんな遠くにいたんじゃ、聞こえない」晨勉が答えた。

彼に愛撫された身体に引きかけていた潮が再び満ち溢れていくのがわかった。「晨勉、僕が悪かったよ」彼が耳元で何度もささやいた。

「いいのよ」そこで晨勉はようやく彼の謝罪を受け入れた。

これまで二人は幾通りもの違った部屋で肌を合わせてきたが、それは多くの現代人に共通した経験であるはずだった。同じ空間で違った相手と肌を合わせるなかで、晨勉はふとシンとの関係は自分に非があったのだと悟った。きっと、シンを惹きつけるだけの魅力が自分には欠けていたために、結果的に彼が尻込みしてしまったのだ。

あるいは、ダニーとの関係はすでに以前とは変わってしまっていたのかもしれない。そんななかで唯一変わらなかったのがセックスで、晨勉は相変わらず行為の最中に彼の名前を呼ばずにはいられなかった。彼の名前を呼び、そしてまた彼がそれに答える。オーガズムが近づくと、晨勉の声を頼りに二人は絶頂へとのぼりつめていった。晨勉はダニーとのセックス以外でこれほどまで正確に抽象的な出来事を捉えられたことはなかった。彼が無我夢中で、「いいかな?」と耳元で繰り返すとき、避けられない快感の波に自分が押し流されていくのがわかった。

日の光を浴びたような柔らかなダニーの身体がふわりと覆いかぶさってきた。その重みを感じた晨勉は身体を使って彼を揺さぶった。「太ったわね」そう言うと、ダニーはさらに体重をかけてきた。シンの身体が重かったかどうかなんてまるで覚えていなかった。ピロートークも昔となんら変わらなかったが、今回ダニーはどんな一日を過ごしているのか詳しく聞かせてほしいと言ってきた。なんとか話題になりそうなものをいくつか選んで話してみたが、どれだけ忙しい一日を送っていても自分の生活はとても意義があるようには思えなかった。

瞳を閉じたダニーがふと晨勉の匂いを嗅ぎ始めた。彼はいつも感情の国で自分は匂いに頼って生きる一匹の犬だと言っていた。彼女は瞳を閉じて、ダニーの声にじっと耳を澄ませた。「なんだか、君は喋り方までずいぶんと平凡になってしまったみたいだね」

そしてしばらく何かを考えてから、「ねえ、どうしてもこんな生活を続けなくちゃいけない？」

自分の置かれた状況をはっきりと言葉にして説明することは難しかった。常に環境を変えながら生活する晨勉にとって、永遠にひとつの場所に留まることは考えられなかった。自分の人生が単純ではないことが運命づけられていることはわかっていた。そのことについて、正直これまであまり多くを考えたことはなかった。なぜなら、人生の中で考えるに値することはあまりにも少なかったからだ。自分にできる唯一のことと言えば、ただ現状を変えることぐらいだった。晨勉は中国市場が開放され、グローバル経済のシステムが新たに構築されて各国にパイが配り直されるまで、せいぜいあと三年ほどだと見ていた。それはおそらくシンガポールも例外ではなく、実際すでにこの国の経済はエピローグのような状態を迎えていた。晨勉はいつでもこの都市を離れることができた。

「結婚することで現状を変えられるとは思わない？」

彼の問いに思わず苦笑いが浮かんだ。「これまでだって、私を変えてくれるような人がいたら、喜んで受け入れていたわよ」

「いまでも？」

「さあ、どうかしら？」ダニーはここにいたってもなお晨勉との結婚を考えてはいなかった。感情の上で彼は晨勉の存在を必要としていたし、またそれなりの犠牲も払ってきた。だからこそ、晨勉も彼が自分を利用しているとは思わなかった。彼はまだ自分の感情を段階的に履行しているレベルにあるのであって、あるいは愛情をもって結婚の替わりにしているのかもしれなかった。人は必ず家庭に落ち着かなければならないと誰が決めたのか。ダニーには結婚することができないのかもしれなかった。彼を恨んではいなかったが、やるせない気持ちは隠せなかった。「そんな機会はとっくに過ぎちゃったのよ」

すこしでも晨勉の現実を理解するために、ダニーはしばらくの間この島で暮らすことに決めた。それまで二人の過ごした時間はどれも、休暇や研究旅行など比較的のんびりとした雰囲気に包まれたものだった。愛情はいつだって相対的で、どちらか一方だけがその感情を燃やす必要はなかった。あのころの愛情は互いを染め上げる独特の伝染力を持っていて、こうした力はますます運命を希薄なものにしていった。もしも二人の関係をあるべきときにはっきりさせなければ、土台の欠けた愛情は容易に崩壊しかねなかった。

いまではダニーも現実の社会と向き合うことを望んでいたが、それが彼にとって簡単でないことはわかっていた。彼はキャンパスの近くでビールやコーヒーを飲み、読書や芝居に熱をあげ、同じような背景をもったコミュニティ文化や毎回違った場所で食事を取るような学生生活が好きだった。彼らはみな純粋な愛情と欲望から互いの存在に惹きつけられ、それまで歩んできた人生の軌跡をなんとかして変えようとしていた。計画にない駅へ流れ着くことは、旅人にとって不吉なものに違いなかった。

この時期、シンとの間に起こった関係の変化はダニーのそれよりも大きかった。

シンはこれまでにないほど積極的に晨勉に近づいてきたが、その目的が自分ではなく、ダニーであることは明らかだった。同性と異性との間の愛情が違うことはわかっていたが、問題はこうした感情がどのような衝突を引き起こすのか判断できずにいることだった。

シンは晨勉の身体にまったく触れなくなっていた。しかし、ダニーによる慰めは必ずしも他の男を必要としないことを意味しなかった。

仕事が終わってセントラルを離れるころには、ダニーとシンはずいぶん仲良くなっていた。シンがダニーのご機嫌を取ろうと懸命になっていることは明らかだった。売り出されたワインを一箱車の後部座席に積み込んだシンは、いつでもダニーと二人でそれを飲めるようにしていた。また、市内をどこでも問題なく通行できるようにあらゆるエリアの通行証を買ってやったり、煙草の銘柄をわざわざダニーと同じものに換えたりしていた。そのせいか、髪型と容姿を除けば二人はまるで双子の兄弟のようだった。これにはさすがのダニーも気がついたようだった。しかし、ダニーは男性特有の本性で自分を恋人を見るような目で追いかけてくるシンに露骨な嫌悪感を示した。一方、ダニーが自分との食事や会話を避けるようになったことに気づいたシンは焦りを見せはじめた。同じころ、晨勉が経営する多目的カウンセリングセンターには毎週たくさんの人がおとずれていた。論文の執筆が佳境に入っていたダニーは、中国と西洋が雑居する文化の病的状態に強い興味を示していて、こうしたアジアにおける文化現象は彼の研究の参考になった。物静かなダニーは閉じられた環境にいることを苦には思わず、毎日セントラルに行っては、資料を収集してノートを取っていた。自分の専門領域に没頭する彼は徐々に本来の落ち着きと温和さを取り戻していったようだった。こうして、ダニーは再び彼の学生生活へと舞い戻っていったのだった。

一方、晨勉は暇を見つけてはこっそりシンをデートに誘った。実際、彼には感謝していた。自分の身体でお礼するどころか、積極的に彼をけしかけてもいいとさえ思っていた。黄昏時、雷鳴が轟《とどろ》いたと思うと、突然大雨が降り始めた。仕事が終わるまでにはまだ時間があった。ダニーはちょうど積み上げられた資料と格闘中で、そのそばにはワインとドライフルーツが置かれていた。熱帯のスコールがもたらしたけだるさか、あるいは隔離された静けさからくる慰めか、こころのなかから湧き上がってきた欲望がぎらぎらとしたひとすじの光へと変わっていくのを感じた。そうした感覚は晨勉の頭を朦朧とさせ、透明になった自分の身体を彼に強く抱きしめてほしいと思った。ただじっとダニーを見つめていたが、落ち着きはらった様子の彼は微塵も自分の放つ光には反応してくれなかった。そのときはじめて、晨勉はシンが感じた苛立《いらだ》ちを自分のものとして感じることができたのだった。

シンと部屋で会う約束をした晨勉は、あなたが必要なのだと告げた。途端に二人の密会は神秘的な様相を帯びるようになった。シンが部屋に到着すると、晨勉は彼をじっと見つめながら、黄昏時に自分の身体に起こった変化について話した。それほど長い話ではなかったが、シンにとって、それは初めて耳にする新鮮な体験だった。まるでその言葉に踊らされるように、シンの指が晨勉の身体を泳ぎ始めた。彼は無我夢中で晨勉と自身の処女地を開拓していった。晨勉はこうした渇きをセックスによって慰めようとする心理状態が自身の身体の奥底から溢れ出してくることに、なにやら欲望の新大陸を発見したような気分になった。

ダニーは愛情がもつ潜在能力を掻き立て、自分に人を愛することを教えてくれた。しかし、シンが自分に与えたのは、欲望がもつ横暴さと理性なき快感だった。

今回は無事最後までやり通すことができた。シンの肉体は何の問題もなく反応を示すことができたが、晨勉がダニーのことを語るのを止めると、彼の身体もすぐさま反応を失ってしまった。一切の動きを止めた彼は、晨勉が感じたことをそのまま口に出すことを乞い願った。そこで晨勉は自分が知っている真相をできるだけ詳しく彼に伝えた。

晨勉は勇気を出してシンに向き合うことにした。「ねえ、シン。あなたは自分の身体とこころが不調和な状態だってわかってるわよね？　身体はそれを望んでいるのに、こころがそれを否定しているのよ」

シンはなにやらひどく救われたような口調で、「全部お見通しってわけだ」とつぶやいた。相手のアイデンティティを暴露することは、ともすれば友情のバランスを崩しかねなかった。

「知ってた。けど認めたくなかった。私だって弱いのよ。シン、あなたの身体は同性愛者のそれよ。でもこころはバイセクシャル。つまり、あなたはどこにでもいる平凡な同性愛者ってこと」同性愛者をバカにするつもりはなかった。それどころか、彼らと共に生きてもいいとさえ思っていた。晨勉が理解に苦しんだのは、シンが自分を恋敵と見なすその心理状態だった。

別れ際《ぎわ》、シンはダニーがいったい自分をどう考えているのか探ってほしいといった哀願を残して去っていった。彼もまたダニーから愛されることを渇望していたのだ。

もしも、ダニーが自分からこの件についてたずねてくるつもりがないなら、プライベートな秘密を無邪気に教えるつもりはなかった。あるいは、ただ疲れていただけなのかもしれない。それともシンについてたずねるように仕向けてみようかしら？　もしもダニーが彼を受け入れてくれるなら、三人で生きていくのも悪くないと思った。恋人になれないとしても、少なくともある種の関係性を築くことはできるはずだった。長期にわたる不可知な運命との闘いのなかで、晨勉は早くからそれに足掻《あが》き、逆らおうといった気力を失ってしまっていた。あらゆる感情を所有するつもりなら、そのクオリティにまでケチをつける気はなかった。ダニーは異性愛者として自分を愛しており、事実はただそれだけだった。

しかし、シンとの関係を聞いたダニーはすっかり言葉を失ってしまっていた。二人の愛情が進むべき道はそれほどまでに狭いものなのだろうか？　多くの外国人男性と付き合ってきた晨勉であったが、その視野はむしろ以前よりも狭くなっていた。晨勉のもつ奇異な気質は同じく奇妙な人間たちを惹きつけ、そうした奇妙な人間たちとの間にいったいどのようなことが起こるのかわかりきっていた。

「君たちはセックスのとき、コンドームを使わなかったのか？」ダニーがはっきりとした口調で言った。

その言葉に晨勉は再び大きな衝撃を受けた。以前、ダニーは同じような口調で自分が避妊をしなかったことを強く責めてきたが、今度はコンドームといった言葉やその性的嗜好まで持ち出してきたのだった。晨勉は彼と同じくらい辛辣で冷たい口調でそれに答えた。「どうせなら、彼とのセックスで私がイッたかどうか聞いてみたら？」ダニーの批判はあまりに道徳的だった。

「君は考えたことはなかったのか？　彼はあまりにも無責任だ。もし彼がエイズだったら、君も感染していたかもしれないんだぞ」

晨勉は震えあがった。どうしてこれまでそのことに気づかなかったのだろうか。

ダニーは彼女の考えを整理するように言葉を続けた。「君はシンが他の男と関係をもたないと思っているのかもしれないけど、この保守的な都市でシンが自分の性的嗜好について暴露しなかったことは、必ずしも彼が他の男性と関係をもたないことを意味しているわけじゃないんだ。同性愛者だって自分たちの性を追求するし、もちろんセックスだってする。シンが同性愛者だって噂を聞いたことがないからといって、彼にパートナーがいなかったとは限らないじゃないか。街で相手を買うことだってできるんだ。いままでそれがなかったのは、ただ自分のそばに大っぴらに恋人にできるような相手がいなかったからだ。しかも、いまの彼は自分のイメージを損なうことも恐れずに僕のことを追い回してる。それはつまり、彼の性的嗜好がはっきりしてるってことで、これが初めてのことじゃないってことさ！」

晨勉はふと、自分が愛情を追い求めることによって自らを欺き、多くの見せかけだけの存在を創りあげていることに気がついた。ようやく手に入れた感情がもつ重みをほんのわずかでも失いたくはなかった。彼の抱く不安に向き合うために、晨勉は急いで、しかし秘密裡に病院で血液検査を行った。そして、ようやく自分が妊娠しにくい原因についても産婦人科で検査を受けたのだった。

結果が出るまで、ダニーと交わす話題は以前よりもゆったりとした内容に変わっていた。二人は平凡なカップルになりきることで、濁った世間の一面に触れたのだった。

ダニーはシンの件について慎重に処理すべきだと言った。彼らが住むのは伝統的ドグマを遵守するアジアの大都市で、その考え方は非常に保守的だった。高級文化サロンで起こった出来事は今後間違いなく大きなスキャンダルとなって、二人を邪《よこしま》で異質な存在と見なしてくるはずだった。

ちょうどそのころから、二人はセントラルや自宅で繰り返し無言電話を受けるようになった。電話の主が誰であるかわかっていたし、その相手も自分の正体が知られていることを自覚しているはずだった。その無言電話がもつメッセージはあまりにも強烈すぎた。業《ごう》を煮やしたダニーは悪しざまにシンを罵《ののし》るようになった。「何をしてもいいさ。どうせやつには何にもできやしないんだから。やつらが特別なのは、一生かけて自分がどうしてこんな人間に生まれてきたのかを考え続けることくらいさ。言ってしまえば、それ以外はなにも他の人間と変わりはしないんだ」

それ以来、シンはあらゆる社交場に顔を出さなくなってしまった。彼らが出入りするサロンは小さく、噂はすぐに広まった。晨勉に利用された挙句に捨てられてしまったのだとか、ダニーから身を隠しているのだとか噂の内容は様々だったが、晨勉はそれらに真剣に耳を傾けようとはしなかった。ダニーが自分のそばにいて、二人で何かに向き合っている事実があればそれでよかった。彼女はシンが同性愛者であることを外部に漏らさないという約束についても忠実に守っていた。

しかし、シンがまるで野獣のように自分たちの周囲に身を隠していることはわかっていた。ダニーは一匹の獲物で、シンはその獲物が腐り始めるのを待っていただく腹づもりでいるのだ。こうした状況はどこかおかしく、あまりにでたらめだった。シンは攻撃の準備をすっかり整え、いつでも闘いに身を投じることができたが、ちょうど同じころシンの出版グループが倒産の危機に陥っているといった噂が流れてきた。はっきりとしない状況に、晨勉は言いようのない不安を覚えた。いったいすべてを投げ打ってまで、シンはダニーの愛を手に入れようとしているのだろうか。彼は背水の陣を築き、退路を塞ぐことによって自らの道を切り開こうとしていたのかもしれない。

ダニーに早めの出国を促してみたが、彼はむしろ晨勉がまず香港に戻るべきだと言った。

「ねえ、さきに香港に行っててくれない？　私はシンと話をつけてからそっちに向かうことにするから」おそらく、どこにも逃げ道などないのだ。自分は必ずシンと向き合わなければならない。さもなければ、二度とこの都市に戻ってこれないと思った。シンが自分にどれほど便宜を図ってくれたのか、この国の人間なら誰でも知っていた。彼と曖昧な関係を結んだこと、彼の娼婦となることは自ら望んだ結果であった。仮に自分が望んだ結果であれ、こうした交換条件を交わした後にシンの保護を失った晨勉のもつ力には明らかな翳《かげ》りが見え始めていた。

血液検査の結果はノーマルだったが、医者はエイズには潜伏期間があるために時間の経過によって結果は未知数だと付け加えた。出産に関する機能についても一切正常で、そのことはもしも自分が子供を産みたいと思えば、引き続き大小さまざまな検査を受けなければならないことを意味していた。ダニーにはエイズ検査の結果だけを告げた。それが一番の贈り物になると思ったからだ。それともこの不妊に関する報告についても、彼は同じように喜んで受け入れてくれただろうか？

五月のある晴れた日の朝、晨勉はダニーを空港まで送っていった。清潔な大通りに立ち並ぶ同じ表情をしたビルの群れはまるで永遠に眠りについて、静かに童話の世界に横たわっているようだった。そこには光も永遠もあったが、ただ愛だけが存在していなかった。

彼が相変わらず島が好きなことはわかっていた。島という空間でだけ、二人は何が起こったのかをその目で目撃することができた。天地をひっくり返すような変化が旧ソ連のような巨大な国家で起こっても、外からはいったい何が起こったのかまったく目にすることはできなかった。

こころの声を口にするまでもなく、彼は晨勉の考えていることをすべてを理解したようだった。「二年前、君はこうして僕を空港まで送ってくれたね。自分が男だったら髪を伸ばすって。髪は力なんだって言ってた」

「いまでもそう思っているのよ」晨勉が言った。

変わったのは、自分とダニーとの関係だった。人は同じ時間を共有しなければ、その関係性すら変わっていってしまうものなのだ。ダニーは運命のスイッチに手をかけたが、晨勉は最初、それは自分の運命を変えたのだとばかり思っていた。しかし、実際に変わったのは運命ではなく、自分と他人との関係性の方だった。悔しいことに、二人の関係も互いにすでに過去のものとは違っているはずだった。

香港までの短いフライトでいったいどうやって時間を潰すつもりなのかとダニーにたずねてみた。

「君とのセックスを想像するよ。ここでもやったけど、あんまりよくなかったからね」

その言葉を聞いた晨勉は不思議と嬉しくなった。これこそが、彼が最も想像力を発揮できる領域であり、また彼のもつ自由そのものであった。

「どんなふうに想像するつもり？」

「身体を横にして、それから毛布を一枚、ワインを一杯、キャビンアテンダントには食事は要らないと告げておくんだ。両目を閉じて、イヤホンをつけてから、完璧なセックスを始めるんだ」

「完璧って、どれくらい完璧？」

「プロローグにプロセス、それに君の反応や気持ちも考えないとね。それに僕自身のことも。重要なのは僕たち二人の対話だよ」

ここにきてようやく、自分は彼をこの都市に迎えてからずっとその好意に背を向け続けてきたことに気づいた。晨勉はただこころ穏やかに彼がもつ自由を賞賛した。「ねえ、どこまでするつもり？」

面映《おもは》ゆげな微笑を浮かべたダニーは、「晨勉。男の妄想は女のそれとは違うんだ。君が考えているほどこれはロマンチックなものじゃないよ。一種の中毒みたいなもんさ」

「そんなに長い間妄想できるのものなの？」

「平気さ。セックスが終わればただ射精するだけだ。時間は問題じゃない」

おそらく一生、自分はダニーのこの言葉を忘れないだろう。別れ際、彼に向かってそっとささやいた。「あなたと飛行機の中で出来て嬉しいわ」

帰り道、ダニーの手の甲に生えた柔らかな産毛は風に揺れる街路樹よりもリアルで、静か過ぎるこの島国はまるで存在していないかのようだった。それは洋々たる大海原にひっそりと浮かんでいるようでもあった。

晨勉はシンのオフィスへ向かった。長かった髪をばっさりと切ったシンは、おとなしくその聞き分けのいい金髪を耳の後ろへと流していた。灰色がかった緑の瞳は怒りに満ちていて、唇は真一文字に閉じられていたが、ガムを噛む歯だけが口の中でゆっくりと動いていた。

シンはオフィスに入ってきた晨勉を見つめると、はっきりとした口調で言った。「やつは行ったのか？」

「ねえ、仲直りしたいの」晨勉が頷きながら言った。

シンはまるで挑発するように、「どうして行かせたりしたんだ。あいつはまだ俺のことを誤解したままだ」

二人の会話はうまくかみあわなかったが、だからこそ話し合う必要があった。晨勉は注意深く言葉を続けた。「あなたたち二人は違うタイプの人間なのよ。ねえ、シン。この世界で私たちが思いどおりにできることなんてほとんどないのよ」

「俺はずっと君を友だちだと思ってきた。君のもつ不思議な力で落ち着こうと思ったことだってあったんだ。でも、ダニーが現れてからそういった考えがまったく底の浅い考えなんだってわかった。きっとダニーだけじゃないはずだ。俺が選べるような相手が、この世界にはきっと他にもたくさんいるはずなんだ」

では、自分とダニーの関係はいったい何と呼べばいいのか。晨勉はこころの中で思った。しかし、それがどう呼ばれようともかまわなかった。もしも自分が受け入れられるなら、それをシンとの間にある友情のように振舞うことだってできた。しかし、ここに戻ってきたのは何も友人を探しに来たわけではなく、おのれの生存空間を確保するためだった。シンはダニーとの出会いを運命だと信じていた。彼は同情を求めてはいなかったし、また同情するつもりもなかった。

「まだ私のことを友だちだと思ってくれる？」

「さあ、どうかな」

晨勉はあらたまった顔つきで言った。「これまでいろいろ助けてくれたこと、本当に感謝してる。私にはあなたみたいな友人が必要なの」嘘だ。いや、まったくの嘘というわけでもなかったが、彼のような友人が必要だという点は間違いなかった。しかし、今後本心から彼を友人だと見なすことはおそらくなかった。

ダニーがシンガポールをあとにして、二人は再びサロンに顔を出しはじめた。周囲から受けるプレッシャーは徐々に減っていったが、シンが経営する出版グループが危機に陥っているという噂はますます熱を帯びていった。ただ彼はそれをおくびにも出さなかった。たとえ会社が買収されて、シンガポールを離れるようなことになったとしても、シンが再びオーストラリアに戻ることはないはずだった。華人社会の熱気にあてられた彼は、おそらく引き続きアジアに残る道を選ぶに違いなかった。彼は昔、西洋には東洋で言うところの輪廻といった概念がなく、生命にルーツをもたないのだと言っていた。この土地で自らの宿命を見出したシンは、自分の人生で起こり得ることにようやく意味を見出すことができたのかもしれない。

ダニーと香港で落ち合うことを決めたその瞬間から、シンとの間に二度と友情が戻ることはないとわかっていた。もしも必要であれば、ビジネスの上でその恩義に報いるつもりだった。

一週間後、計画どおり香港でダニーと再会した。長く暮らしているはずなのに、台湾と違って香港にはさしたる印象が何もなかった。いつかシンガポールを離れる日が来ても、おそらく同じような思いをもつはずだった。

半年ぶりに戻ってきたが、思い出のない街並みはまるで学校をサボった少女が見知らぬ袋小路へと迷い込んでしまったようなパニックを抱かせた。

黄昏時、ようやく離島へ到着した。波に押し流されるように下船した晨勉は、人ごみから三年前と変わらない瞳で自分を見つめるダニーの姿を見つけた。そこにはたったひとつの出口しかなかった。彼に向かって歩みを進め、二人の距離が近づくにつれて時間の感覚は徐々に混乱していった。

彼の前に立つ晨勉の両目からは潮騒の香りがする霧が立ち込めていた。波が岸辺に打ちつけられ、彼女はまさに沈黙する島だった。

「島へようこそ。おかえり」ダニーが笑みを浮かべて言った。それはまるで神秘的な合言葉のようだった。

黄昏時、あたりには灯りがともり、初夏の島は青い光に満ちていた。透き通るほどに磨きあげられたような気持ちで、波の音はすぐ間近で聞こえ、夏が再び離島の旅行者たちのもとにかえってきた気がした。晨勉の記憶では、確か東北から吹く冬の季節風ははるか彼方から吹き込んでくるはずだった。

二人ともむやみに過去を懐かしがったりする性格ではなかったが、見慣れた街を歩いていると、自然と過去を思い出さずにはいられなかった。「もしあなたがいなければ、この島にだってたいした印象はなかったはずよ」晨勉が口を開いた。

二人はとりあえず家路につくことにした。庭の灯りのもとでは一匹の黒い犬がおとなしそうに二人の様子を眺めていた。吠えることもせずに、彼らを自分の主人と認識しているようだった。

「君への誕生日プレゼントだよ。小さいころから飼っていれば、そのうちなついてくるはずさ」それは少し早めの誕生日プレゼントだった。しかし、この生きたプレゼントは手元に残るが、一週間後に彼は再びここから去っていってしまうのだ。

ダニーはこのシェパードにハッピーと名付け、晨勉は中国語で「小哈《シャオハー》」と呼ぶことにした。

見慣れた部屋の様子にふと安堵を覚えた。波の音が聞こえる空間に身を横たえると、こころに草原が広がっていくような気がした。どうりでここはごみごみとしていないわけだ。

晨勉のペットになった小哈は、どこに行くにも彼女のあとをついてきた。

夕暮れが過ぎて、日の光が完全に落ちてしまってから、彼らは最初に食事をした海鮮レストランで夕食をとることにした。小哈はまるで影のように二人のあとに付き従い、鳴き声を発することなく歩き続けた。「どうやら飼い主は君で間違いないようだね」ダニーは首をふりながら言った。

晨勉の気持ちは浮き沈みを繰り返していたが、自分の生活を改めて見つめ直してみれば、とても楽観的な気分ではいられなかった。生簀《いけす》には色鮮やかな魚が増えていた。まるで色を染め間違えたような魚たちを見つめながら、彼女はふとダニーが鮮やかな青い魚が好きだと言っていたことを思い出した。確か鮮やかな色をした魚はどれもニセモノみたいで、食べてもそれほど罪悪感を感じないのだと言っていた。

晨勉は小哈のために特別に塩気を抑えたチャーハンを注文してやった。塩分を採りすぎると、犬は毛が抜けやすくなるからだ。小さなころ、晨安と二人で黒い犬を飼っていたことがあった。マヌケと名付けられたその犬は、ところかまわず人の足に噛み付いていた。母が刑務所に入ってからしばらくしてマヌケもいつの間にかいなくなったが、刑務所の外でその姿を見たという人があった。自分たちはみな家族だと思っていたが、マヌケはただ母のことだけを家族と思っていたのかもしれない。

あの犬はいったいどこからやってきたのだろうか？　おそらく、父が連れてきたに違いない。あのころにはまだ犬をプレゼントにするような習慣はなかった。

灰色がかったダニーの青い瞳をじっと見つめた。父と初めて出会った母は、いったい父の何を見ていたのだろうか。記憶にあるのは、ただ父の目が琥珀《こはく》のように淡い色をしていたことだけだった。両親の物語はきっとまだこの空気の中に浮かんでいて、ぼんやりとではあるがそれを嗅ぎ取ることができるような気がした。

ダニーが晨勉の手を引いてその場に座らせた。「今日の君は、なんだかとっても遠い時代を生きている人みたいだね」

「昔ね、私もあんな犬を飼っていたことがあるの」ふと我にかえった晨勉が言った。

「何もおかしくはないさ。犬を飼ったことがない方がよっぽどどうかしてるよ」ダニーはまるで慰めるような口調で言った。

「でも、いつの間にかいなくなっちゃった。あの犬は母さんだけを家族だって思ってたみたい」

「なるほど。だから、君の犬も君にしか懐かないのか」ダニーはこうした偶然を晨勉以上に信じることはなかった。

そうした考えは個人的な体験に根ざしたもので、相手に自分の意見を押し付けることはできないとわかっていたし、また押し付けようとも思わなかった。そこで彼女はごく簡単に言葉をつなげた。「私が大切に思っているのは歴史であって、迷信の類じゃないのよ」

ダニーにもそれを否定することはできなかった。実際、小哈と晨勉の間には不思議な縁があったからだ。

その日、ビールで乾杯する二人はまるで最初に出会った日を再演しているようだった。しかし、二人のこころがかつてと同じではないことはわかっていた。

「誕生日おめでとう！」ダニーがグラスをかかげて乾杯をした。ダニーの身体には時間の流れがはっきりと刻み込まれ、そのことは彼女をより成熟させていた。彼女は時間が不公平なものであることを否定することができなかった。

「誕生日おめでとう」晨勉は自分自身に向けて乾杯した。じっと自分を見つめる小哈に気づいた晨勉は笑って言った。「まさかこの子、口がきけないってわけじゃないわよね」

蛋民たちは相変わらず船の上で暮らしていて、彼らの生活する音が海面をゆらゆらと揺らしていた。漁船の揺れを見つめていたせいか、たった三杯飲んだだけなのになんだか眩暈がしてきた。

「空模様が怪しいわね。きっと雨が降るわよ」ダニーに関する記憶がひとつまたひとつと甦ってきた。

どうしたことか、それを思い出せば思い出すほど不快な気持ちになっていった。

神さまはどうやら「運命の続き」を再演することに決めたようだった。彼ら二人があの日体験したすべてを、もう一度再演しなければ気がすまないようだった。実際のところ、離島の生活スタイルは永遠の繰り返しによって作られていて、島で暮らす人々はいつかどこかで目にした光景といったものに容易に出会うことができた。

土砂降りのなか、二人は一心不乱に駆け出した。小哈を抱きしめたダニーは左手で強く晨勉の手を引き、「晨勉！　晨勉！」と繰り返しその名を叫んだ。

「何か言った?!」晨勉が叫び返すと、ダニーはただ、「ああ、晨勉！」と返事を返した。

その日の彼は晨勉を強く求めてきたが、その理由はわかっていた。彼は部屋に帰っても繰り返して晨勉の名前を呼び続けた。彼はそこに魂さえあれば決して身体が離れていくことはないと言っていたが、その日はまるでその魂が抜けてしまったかのようだった。朝目覚めて瞳を閉じたまま考えごとをしているときでさえ、彼はかつて肌を合わせたあの懐かしい晨勉の名前を呼び続けていた。

香港で知り合ったエリートたちはみな香港を去ってしまっていた。わずか半年で巨大な波が大きな貝殻をことごとくさらっていってしまったのだった。しかし、晨勉はやがてこれらの貝殻のなかにも再び砂浜に打ちあげられるものが出てくるはずだと信じていた。彼らはきっとまたこの島に帰ってくるはずだった。

昔、ダニーに人生で一番何が怖いのかたずねてみたことがあった。彼は今後考え方が変わるかもしれないと断った上で、いま一番怖いのは植物人間になることかなと答えた。彼が恐れていたのは、生きているにもかかわらず、目覚めることがかなわないような状態だった。「それから、あとは同性愛者かな」彼は笑いながら言った。

この一週間、二人は言葉を交わし続けることで、それまでのような純粋な生活を取り戻すことができた。ダニーは同じように、いま一番恐れているものは何かと晨勉にたずねてきた。昔は運命が怖かったのよ。晨勉が言った。どれだけ頑張って仕事をしても、運命からは抜け出すことができなかった。しかし、いまの自分が一番恐れているのはおそらく、自分の存在を証明してくれるような関係性を失ってしまうことだった。例えば、もしも晨安がいなければこの世界で誰も自分が何者なのか証明する人間がいなくなってしまうはずだった。晨安の存在の有無にかかわらず、確かに自分はこの世界に生きているが、その存在を証明する者は確実にいなくなってしまうのだ。

「晨勉、君は避妊をしないって言ってたよね？」その日、二人は島を散歩をしていた。

「私の運命はいまこのときも回り続けているのよ。きっとそこに理由なんてない。私にとって妊娠しないってことにさえ、何の理由もないんだから。私はきっと何者でもなくて、無重力の大気圏で寄る辺なく浮かんでいる小さな生命《いのち》に過ぎないのよ」晨勉は「もうひとりの晨勉」の存在を通じて、自分の一生を垣間見てしまったのだった。

「医者にはちゃんと見てもらった？」ダニーの直感は相変わらず鋭かった。

「ええ、ちゃんとした医者に、ちゃんとした設備。きっと私たち二人の感情と同じで、こうしたことに答えなんてないのよ」晨勉の口調は落ち着いていた。

プレイボーイになるつもりのないダニーは、その言葉に正面から答えることができなかった。それは結婚とは何の関係もない話だった。遊牧民のように移動を続ける関係性を築いてきた二人の間にはただ子供だけが欠けていた。もしも二人が定住を望めば、子供を持たない晨勉は間違いなく孤独であった。なぜなら二人は互いの感情を頼りにすることはできても、自らの生命を頼りにすることはできなかったからだ。

二人は離島の部屋へと戻っていった。外出する際、晨勉は誰かを待つように廊下の灯りをつけてまわる癖があった。そのせいか、家に戻ってくるたびにまるで家庭生活へと戻ってきたかのような錯覚を覚えた。二人の交際は確かに特別なものだったが、それでもその生活スタイルは半ば日常化していった。ダニーが自分から離れていく日は近づいていたが、以前と違っていたのは、彼との別れが窒息するほどの絶望をもたらしはしないことだった。彼はますます自分から遠く離れてゆき、二人の関係もいよいよ最終局面へと向かいつつあった。

一足先に家に辿り着いた小哈は、廊下の灯りのもとで二人の帰りを待っていた。簡単でないとわかっていたが、それでも小哈をシンガポールまで連れて帰ってやろうと思った。

それから数日間、黄昏時になるたびに離島には煙幕のようなスコールが降ったが、日が暮れるころになると雨はすっかりあがっていた。こんな時期に雷をともなうスコールが降る原因はわからなかったが、それでも離島やシンガポールでもたびたび似たような現象を目の当たりにしてきた。ダニーの酒量はますます増え、言葉を交わしていないときはたいてい海辺で泳ぐか酒を飲むかのどちらかだった。

その日、雨に濡れて帰る道すがら、ダニーは休暇を延ばしてもう少し離島に滞在したいと告げてきた。午後に突然やってくる気ままなにわか雨を好きになったのだと言った彼は、それを亜熱帯の島国が作り出す特別なデート方法だと言って笑った。

家に帰ると、大家から電話があった。中国への香港返還を前に海外移民の準備をしていた大家は、晨勉に離島の部屋を買わないかと言ってきた。もしも買うつもりがあるなら、優先的に売ってくれるとも言った。晨勉はこれまで不動産を買おうと思ったことがなかった。なぜなら、家はある種の束縛を意味していたからだ。自由に出し入れできるお金があればそれでよかったが、大家には考えておくとだけ伝えた。

なにやら自分の人生を守ってきた城砦《とりで》が静かに崩れ落ちていくような感じがした。ダニーにはこの件は伏せておくことにした。彼にはどうしようもないことであるとわかっていたからだ。何者にも頼ることのできない晨勉の運命は相変わらず回り続けていた。

ダニーがシャワーを浴びている間に、晨安へ電話をかけることにした。イギリスはちょうど真夜中だったが、電話口に出たのは寝ぼけた口調のアルバートの方だった。

電話を代わった晨安は何かあったのかとたずねてきた。「あなたこそ、いったいどうしたのよ?」

「何てことないわよ。ただアルバートが私のところに帰ってきたってだけよ」

いったいどこでどう間違ってしまったのか、ダニーもまた当たり前のように自分のそばにいる。そこには休暇を取ったにもかかわらず、間違ってオフィスに顔を出してしまったような可笑《おか》しさがあった。

晨安の考えでは部屋は買わなくてもいいとのことだった。縁もゆかりもないその離島で一生を過ごすことなどありえないからだった。それに仕事のことを考えれば、転売目的でもない限り不動産の購入は現実的な選択ではなかった。

「晨勉。あなたはまだ自分の魂の故郷に出会っていないのよ。神さまがあなたにそれを与えたとき、はじめてその場所に留まるべきなんじゃないかしら」晨安の声は受話器を通して、吸音機のように晨勉の周囲の音を吸い込んでいった。晨勉はひっそりと静まり返った宇宙を漂うなかで、なにやら天啓を耳にしたような気がした。

シャワーを終えたダニーは、晨勉が電話口で深刻な顔つきをしているのを見ると、走りよってきてその話をさえぎった。「これ以上、僕たちに付きまとうなと言ってやれ」

晨勉は受話器を押さえながら、「晨安よ。シンじゃない」

ダニーがそばにいることに気づいた晨安は彼に挨拶したいと言った。彼らはこのときはじめて言葉を交わした。受話器を受け取ったダニーはしばらく沈黙していた。すると、晨安がひどく感傷的な口調で、「ダニー。晨安よ。いつも晨勉のことを慰めてくれてありがとう。あの子にとって、それはとっても大切なことなのよ」晨安の口ぶりはまるで晨勉を彼に任せようとするかのようだった。

「好きでやってるんだ」ダニーは驚いたように言葉を続けた。「君の声はどこかで聞いたことがある。そうだ、君の声は晨勉とそっくりだ。まるでデジャヴだよ。こんな神秘的な体験も悪くないね」

こうした不思議議な感覚のもとで、ダニーは晨勉と再会を果たした。最後に、晨安はいつか出会える日が来ることを信じていると告げて電話を切った。

家を出た二人は埠頭まで魚を買いに出かけることにした。振り返った晨勉の瞳に映った寂しげな廊下の灯りが黄昏の闇のなかに輝き、まるで何かを話そうとしているようだったが、しかしそれは自分とは何の関わりもないことのような気がした。小哈が小屋に向かって短く吠えた。きっと、自分の小屋に対する思いがすっかり冷めてしまったことに反応したのかもしれない。すでにこの離島を捨てる決心はついていた。

彼らは埠頭のそばにあるキノコの形をした花崗岩のビットに腰をおろすと、漁船が積荷を降ろすのを待った。ダニーは船が埠頭へと近づき、商人たちがいっせいにそれに群がっていく様子を見るのが好きだった。彼は商人たちはただパフォーマンスをしているだけで、実際には真剣に積荷の中身を奪い合おうとしているわけではないのだと言った。ほぼ毎日埠頭に姿を現すようになってから、彼らは何人かの船乗りたちともすっかり顔見知りになった。仲間と一緒に飲んでくれと船にビールを投げ込むダニーに向かって、がやがやと騒がしい船内からはお返しに魚や貝が投げ返されてきた。あるときはロブスターを投げ返されたこともあった。それは船乗りたちがもつ外国人に対する純粋な善意でもあった。香港はイギリスの植民地で、アイデンティティに関する考え方は中国本土よりもはるかに強いはずなのに、こうして見てみればなんだかひどく外国人に媚びているような印象を受けた。

それから、二人は海鮮楼で夕食の食材を選ぶことにした。いまでは外食することはすっかり少なくなっていて、ほとんど買ってきた魚を庭で焼くか煮るかして食べていた。晨勉が作ったエビの酒蒸しを口にしてから、ダニーは毎日のようにそれを作ってほしいとねだってきた。

「エビの食べすぎには気をつけた方がいいわ。じゃないと、身体中のホルモンがボンッ！ってなっちゃうから」離島での生活を送るなかで、ダニーはそれまでのような単純な生活スタイルだけではなく、愛情と精力を取り戻すこともできたようだった。蛋民たちが暮らす船のそばを通り過ぎるたびに、彼は蛋民たちが船上でどうやって子供を産むのか想像した。穴から次々と生まれてくる子供たちは、まるで夢のように繁殖していった。そこでダニーが出した結論は、蛋民たちが子供を産む格好は切羽詰ったもので、夢の速度はあまりにも速く、愛情は突然立ち止まることはできないというものだった。

ダニーの想像力は、セックスの際にまるで媚薬のように溶け出してきた。それは実際のセックスを遥かに超越しており、いったいどうすれば彼の想像力に合わせることができるのか哀しく感じるほどだった。ダニーが見せるこうした想像力は、きっと彼の快楽を自分よりも大きくしているに違いなかった。

「君の身体は、君が思っているほどに満たされたいとは思っていないよ。それはあんまりまともなことじゃないんだ。身体はただセックスって仕事をするために使うだけであって、セックスの本質は愛なんだ。想像力はときに邪悪だから、君の身体が本当に欲していることを誤解させたりするんだよ」晨勉の落ち込んだ様子に気づいたダニーは、そう言って彼女を慰めた。

「でも、私はそれをコントロールすることができないのよ。なんだか身体から奴隷みたいにこき使われていて、いつだって相手に妥協しなくちゃいけないみたい。私にもあなたのような両性具有の身体があればよかったのに」晨勉が哀しげに言った。

何の束縛も受けないダニーの身体からすれば、男性は永遠に女性よりも自由で、おそらく両性具有の身体にもなり得る可能性をもっていた。では、女性が抱く最大の幸福とは純粋に雌の身体をもつことにあるのだろうか？　男性器の先天的な攻撃的形状は、あるいは彼らに想像力を支配する力を与えたのかもしれない。

彼はビールを飲みながら海鮮をつまむのが好きだった。晨勉はそうした単調な食事がダニーにシンプルな味を追い求めさせてきたのだと思った。二人の晩餐は延々と続いた。こうした豪華な食事を台湾では「雰囲気を食べる」と呼ぶのだと晨勉は言った。彼らはいつも遅くまで庭に座って、夜中になるころになってようやく部屋に引きあげた。夜は刻一刻と沈みゆき、ダニーの身体は野獣の瞳が森の中で輝くような光を放っていた。そんなときにダニーはきまって、「あと何回セックスできるかな？」と問うのであった。

「あと一回よ」晨勉は答えた。永遠にあと一回だけなのだ。

初夏、雨の多い離島では黎明と深夜は雨の降る時間帯だった。雨音で目覚めたダニーは、自分の身体からすっかり抜け出してしまった魂を呼び戻さなければならないと言って、夢うつつのまま晨勉と肌を合わせ、その夢の内容を解きほぐそうとしていた。またあるときは目覚めた二人は何もすることなく、ただただ雨音が波の音に食い尽くされるまでじっとしていた。生命《いのち》が何を欲しているのか相変わらずわからなかったが、その瞬間はこころも身体もひどく澄みきっていて、たとえその瞬間に死んでしまっても悔いはなかった。ドイツでは魂が行き場を失うほどの深い孤独を味わった。あのとき、自分はダニーの生活の真相を必死に追いかけていた。その真相を知ったいま、それを追いかけることこそなくなったが、すでに孤独ではなくなっていた。終日《ひねもす》降り続くスコールなどないように、すべてにもやはり終わりが訪れるのだ。

離島を離れる日が近づくにつれて、ダニーとベッドで話す機会が増えた。「あなたがいてくれて本当によかった。私たちの関係はまた一歩前へ進んだのよ」晨勉はその言葉をこころから繰り返した。すでに離島から離れることをおのれの運命とは見なさなくなっていた。それは自然な終焉に過ぎないのだ。自分の身体はダニーのそれほど自由ではなかったが、しかし少なくとも勇敢であった。

もちろん、怖気《おじけ》づくときもあった。疲れたときにはすぐに年齢のことが頭をもたげてきた。「若い子は私と違ってきっとエネルギーに満ちているはずよ。そんな子と付き合えば、あなたもきっといまみたいに疲れたりしないんじゃないかしら」

「いや、やっぱりきっと疲れるはずだよ」人と人とが付き合う上で、彼は年齢ではなく知性こそが問題だと思っていた。

二人が離島を離れる前日になって、晨勉はようやく部屋のことについてダニーに告げた。家具の類はすべて置いていくことにしていた。細々とした雑事を処理するだけの精力は残っていなかったが、こういった雑事の処理には知性よりもやはり年齢がものを言った。

二人はまるで墓守《はかもり》でもするように毎晩夜遅くに眠った。灯りを消すダニーはなにやら自分の家の灯りを消すようだった。初めてこの部屋に来たときに酔っ払って眠ったソファに身を横たえた彼は、自分なりの方法でこの部屋に最後の別れを告げようとしているのかもしれなかった。彼がこの島を離れることはいまのこの時間から離れていくことを意味していた。次に晨勉と出会うのはいったいどの島になるのだろうか？　晨勉自身、そのことをまともに考えてこなかった。きっとそこに答えなどないのだ。こうした問題は知り合ってからずっと晨勉ひとりが抱え込んできたが、その方向性は常にダニーによって決められてきた。あるいはいつの日か晨勉が自分を捨てる日が来るのかもしれない。そう考えたダニーはなんだかたまらない気持ちになった。

晨勉は深い眠りについていた。ベッドに貼りついたその身体はこれまでずっと彼を惹きつけてきた。清潔なその顔には幽《かす》かな光が浮かんでいた。彼は感情を直接おもてに出さない東洋人の表情が好きだった。晴れた空のもとではそれはより平面的に見えた。

彼は晨勉をリビングのソファまで抱きかかえていった。目を覚ました晨勉が瞳を閉じたままで、「どこに行くの？」とたずねた。

「晨勉、僕たちはあと何回できる？」彼の顔が晨勉の顔の上に浮かんでいた。眉じりと眉じり、あごとあごが互いに向かいあった。「試してみる？」

「君が欲しい」晨勉の瞳が部屋の中の幽かな光をゆっくりと飲み込んだ。「どうしてあなたを拒絶するのはこんなにも難しいのかしら」

廊下の灯りをつけにいった晨勉は長めの薄いガウンを羽織っていた。振り返ると、光のせいでガウン越しに身体だけが透けて見えた。裸のまま自分の方に歩いてくる晨勉に、ダニーはそっと両手を伸ばした。衣擦れの音が耳元でまるで繰り返される宣言のように響き、ダニーはそれをゆっくりと脱がせた。晨勉の身体も服も自らの言葉をもっていたが、身体の方は相手を受け入れることの意味をよくわかっていた。

ダニーの身体からはまるですっかり魂が抜け出してしまったようで、突然夢遊病者が何かを捜し求めるような口調で、「晨勉。どこにいるんだ？」と言った。二人はやがて無意識の状態へと落ちていったが、強烈な感覚だけは残ったままだった。少ししてから晨勉はようやく、「私はここよ」と返事することができた。彼ら二人はお互いの身体の中にいたのだ。

ダニーはいつまでも止めようとしなかった。二人は無意識の高みに留まることで、相手の領地に残された最後の駐屯地を死守しようとしていた。

いったいいつ終わりを迎えたのか、痺れた身体にはまるでわからなかった。ダニーは夢の中で何度も、「いいかな？」と繰り返した。夢の中で彼はあの指輪、晨勉の身体で最も硬い部分に触れていた。それは彼の力を増殖させ、また夢を貫く力をもっていた。

晨勉は彼の問いに揺り起こされては再び眠りについた。身体は継ぎ目なく彼とつながっていて、二つの身体はこれ以上ないほど深い満足を覚えていた。

船着場までやってきたダニーは、もう一度晨勉に不妊症について検査するように告げた。もしも君が複雑な男女関係を止めることができないなら、自分を守る一番の方法は子供の父親が誰だかわからないような事態を防ぐことだけだ。彼は確かに晨勉の考え方をよく理解してくれていた。もしも晨勉が妊娠すれば、絶対に堕《お》ろさせないことをわかっていたのだ。生まれてくる子供に父親がいることは晨勉自身も望んでいたが、両者の条件がかみあうことは難しく、彼女はすっかり黙り込んでしまった。

二人の身体はひどく落ち着いていた。言葉を交わすのも空気のように自然で、とりたてて大切なこともなく、結論めいたものも必要なかった。思いついたことを口にするだけで、仮に半年後に同じ話題を繰り返したとしても、すぐに話がかみあうはずだった。二人の話題はやがて、これまで二人の間で行われてきたセックスにまで及んだ。

「いまと昔、どっちが好き？」晨勉がたずねた。

「いまかな。前はセックスそのものを重視しすぎていた気がする。いまはかえって身体の反応すべてを捉まえることができるような気がするんだ」

晨勉のフライトが先だとわかると、今回はダニーが彼女をロビーまで見送ることになった。彼は再び晨勉を抱きしめて別れの挨拶をした。「身体に気をつけて。身体ってやつは簡単に枯れてしまうものだから」

「ねえ、私はもう昔の霍晨勉じゃないのよ」晨勉は涙を流しながら言った。

「知ってる。でも、僕にとって君は以前と何も変わらないんだ。僕は僕の一部である君のことが好きなんだ」こうした感情について、ダニーほど深く理解している人間はいなかった。

「さよなら、ダニー」

別れはまさにひとすじの航路のようだった。それぞれがそれぞれの旅路を歩んでいくなか、如何《いかん》ともしがたい思いをさせたのは、彼らが決して相手のことを愛していないわけではなかったということだった。彼女は彼の国へ、彼は彼女の生活へと足を踏み入れるほどにお互いを愛していた。世間一般にあるような世俗的な関係になかった二人の宿怨は、まだはじまってすらいなかった。その両者を如何に選びとればいいのか、そうした選択の難しさが晨勉をなんとも言えない気持ちにさせた。あるいは、いまのこうした状況こそが最も妥当な選択だったのかもしれない。彼らはようやく別れを二人の関係の終止符にすることを決めたのだった。

6

目を覚ました晨勉《チェンミェン》は、ぼんやりと自分の心臓が眠っている間に停まっていたのだと思った。それはひどく長い眠りで、まるで静寂から甦《よみがえ》ることによって生命が生まれ、また死んでいくような感覚だった。眠りは熱帯の島としての自らの息遣いを感じさせ、また自身が月明かりのもとで浮き沈みを繰り返しながら海岸へと流れていく一個の島であることを実感させた。しかし、今回の自分は海底の潮の流れすら聞きとれるほど深く沈み込んでいた。目が覚めてようやく海面に顔を出して呼吸すると、窓の外では雨が降っていた。

小さく窓の多い明るい部屋が好きだった。こうしたデザインは家がもつ匂いを部屋から完全に取り去ってくれた。正確に言えば、家庭生活がもつ痕跡を取り去ってくれた。晨勉の部屋にはいつでも太陽や月の光が溢れ、両者はともに老いていくことを知らなかった。それほど多くの光を集めていったい何がしたいのか、自分にもわからなかった。

雨の日は祖を思い出した。雨が降る日はお腹が空くんだと言っていた祖に、それがどんな空腹なのかとたずねたことがあった。「性みたいなものかな。永遠に満たされない感じだよ」雨は永遠に降り止まなかったが、空腹状態は彼にとってある種の希望でもあった。なぜなら、性は彼に生きる望みを与えてきたからだ。空腹は彼に身体の存在を意識させ、自分がまだ生きているのだということを意識させた。晨安《チェンアン》と祖がアメリカへ帰国してしまってから、ずいぶんと時間が経ったような気がした。晨安からはまるで台風の目に入ったように何の音沙汰もなかった。まさか向こうで何かあったのだろうか。祖の母は他人が親子の間に割って入ることを極端に嫌っていて、晨安のような人間は言うまでもなかった。もしも晨安が二人の仲を裂くためにアメリカまで行ったのだとすれば、きっと何か起こっているはずだった。祖の母は面倒ごとが大好きだったが、祖はそうした面倒ごとを何よりも嫌っていた。

病院へ電話をかけてみると、医者は祖の母親のことをはっきりと覚えていた。今回の患者はあまりにも特殊なケースであったために、医者にとってみれば晨勉はその患者の謎を解き明かす貴重な手がかりでもあったのだ。祖の母はステージ2の治療スケジュールもこなしていなかった。「これほど意志の強い病人は見たことがありませんよ」医者が言った。祖の母はすべてをコントロールしていた。食事を拒みながらも日々潑剌としていくその様子は、周囲の人を恐れさせた。何か必要なものがあるかとたずねる彼らに向かって、何もいらない、私は元気よと答えたそうだ。医者と話をするにしても臆せず堂々と口を開くために、医者の方でもいつもなかなか話を切り出せずにいた。病人とは本来医者に依存するものので、それは精神病者とて同じであるはずだったが、祖の母の場合、すべてがあべこべだった。

現実に向きあう祖の母は常に夢うつつの状態だった。その独特な姿勢で社会と向きあってきたせいで、自分を殺してまで相手に譲歩する息子の性格をまるで思いやってやることができなかった。祖の母は演技というものをよく理解していたが、それがあまりにも行き過ぎたために、残された足跡はかえって医者にその異常さを知らせる結果となってしまったのだった。

最初にその異常さが現れたのは、晨勉が病院にやってきて祖と二人で半日に及ぶ失踪劇を演じたときだった。祖の母もその日まる一日失踪したが、カウンセリングの際に父親の音信についても糸口になるような言葉を残していた。台北は母親が生涯の半分の時間を過ごした都市であったことも忘れて、祖は狂ったようにその姿を探して回った。そして、昔住んでいた家の路地裏でようやく母親を見つけ出したのだった。

その話を医者から聞いた晨勉は悲しくてならなかった。祖の母は戦いに勝ったのだ。これ以上ないほど悪辣なわざで、自分の肉親に勝利してみせたのだ。同時に、もしも晨安の言うような血縁理論が成立するとすれば、自分と祖の間にはすでに血縁関係が成り立っているはずだと思った。そうすれば、祖が受け継いでいる母親の血よりもその力は大きく、おそらく自分だけが祖の母を打ち負かすことができる資格を持っているはずだった。晨勉は崇高な使命のためなどではなく、ただ彼を助けるためにひとりの女性を打ち負かしてもいいと思った。

理解に苦しんだのは、なぜ祖が晨安をアメリカへ連れていったのかということだった。あれほど息子と一心同体の状態であることを求めている祖の母が、晨安の同行を許すとは到底思えなかった。あるいは、今度ばかりは晨安もおとなしくしているのだろうか。しかし、それではあまりにも晨安らしくなかった。

晨勉は自分の考えをそのまま医者に伝えた。すると医者ははっきりと、「霍晨安《フオチェンアン》ですか？　ジーンさんが退院してからも、彼は病院にお見舞いに来たことがありましたよ」

やはり、晨安は背水の陣を敷くつもりで母子をアメリカまで追いかけていったのだ。自分のこころに従うことで、あの子はいったい何を成し遂げようとしたのだろうか。彼を思う晨勉のこころは一瞬深く沈み込んだが、それ以上は深く考えないことにした。

二日待ってみた。その間何も手につかず、二人からは相変わらず何の連絡もなかった。そこで晨勉はようやく動き出すことに決めた。とにかく何か行動を起こさなければ！　まさか自分にもこうした道義心があるとは思いもよらなかった。まず、劇場に向かって祖の資料を探してみた。オフィスには彼のアメリカでの連絡先が書かれていた。祖は大学の研究室の電話番号を残しているだけだったが、それでも何もないよりはましだった。次に貸し出されていた祖の古い家の住所を探り当てると、コネを最大限に利用して彼の戸籍資料を調べあげた。そこにははっきりと祖の父がすでに死亡している旨が記載されていて、晨勉はそれをコピーすることにした。コピーを待っている間、こころはまるで太陽に身を焦がされた吸血鬼が崩れ落ちるようにその痛みに耐えかねていた。とっくに死亡を宣告された男と、その男を捜し続ける男の姿をこれ以上見ていられなかった。

祖の家の資料を手に入れた晨勉は、そこでようやく彼の大学に電話をかけた。大学側は彼が論文の提出と口答試験を延期して、その後行方をつかめずにいるのだと言った。晨勉はさらに祖の指導教授の連絡先をたずねてみた。それは著名な演劇研究者で、ブレヒトの専門家だった。仮に自分が大学院に進むにしても、こうした有名な教授のもとで研究しようなどとは思いもよらないほどの大物だった。どうやら祖の学力は思っていた以上に優れていたようで、そのことは晨勉をひどく安心させた。少なくとも指導教授の彼に対する印象は決して悪くはないはずで、そうでなければ彼を自分の学生として受け入れはしないはずだった。祖が残した情報はやはり正しかったのだ。

彼の指導教授はずいぶん礼儀正しい人間で、祖が働いている台北の劇場関係者が彼のことを探していると聞くやいなや、すぐさまその電話番号を劇場の人間に教えてくれたのだった。これほど手間どったにもかかわらず、晨勉が手に入れようとしていたのは本来自分が知っていて当然の番号であったのだ。

その場ですぐさま電話をかけてみたが、やはり誰も電話を取らなかった。留守番電話につながることもなく、ただ空虚な呼び出し音だけがいつまでも鳴り響いていた。

ちょうどそのころ、多友《ドーヨー》が台北へ戻ってきた。彼は晨勉が劇場にいるものだと思って電話をかけたらしいが、そこではじめて晨勉が仕事を辞めたことを知ったのだった。ずいぶんと焦った様子の多友の声を耳にした晨勉は、愛情を抱く者ほどその焦りもまた大きいのだと実感した。

二人は晨勉の家で落ち合うことにした。電話を取り逃すことを恐れるあまり、外出することができなかったのだ。晨勉は多友にいつかのバーに寄り道して、台北ではまだ出回っていないコロナを何本か買ってきてほしいと伝えた。いまの自分にはたとえほんのわずかであっても、楽しかった思い出による慰めが必要だった。コロナには自分を感動させる息遣いのようなものがあった。

晨勉を一目見た多友は声をあげて笑った。彼がいったい自分の何を笑っているのかわかっていたが、どうしようもなかった。

「まったく見違えたね。そんなふうに何かに緊張している君を見るのは初めてだよ」多友が笑いながら言った。

「私ってそんなに緊張感のない人間に見える？」晨勉は苦笑いを浮かべながら手元のコロナを飲み干した。

「知ってるかい？　人は責任があるからこそ緊張するんだ。君は感情ってやつに責任を感じたりする人間じゃなかったはずだろ？」

晨勉は深くため息をついた。飲み干したコロナがほんの少しだけ気分を落ち着かせてくれたようだった。あっという間に一本空けると、今度はなんだかひどく泣きたい気分になってきた。「いまの私、くよくよしているように見えるかしら？」

「まるで君じゃないみたいだよ。初めて君を見たときに感じたのは、なんだかぼんやりした魅力を放ってるってことだったかな。世の中に対してまるで冷淡なのに、自分に対してだけはひどく情熱的って感じさ。でも、君と関係をもつようになってからは、君の特定の物事に対する強い憧れや不思議な感性ってやつも感じられるようになったんだ。つまり、君はこれまでだって一度も現実的であったことなんてなかったんだ。違うかい？　晨勉、いまの君はようやく現実世界に生きる女性になったんだ。以前の君はなんだかまるでペラペラのカーボン用紙みたいだったからね」

「ホントに？　私はいままでずっと自分は現実的な人間だって思ってきたのよ」

「じゃ、きっと愛情が君を変えてしまったってことさ！　君と出会ったとき、愛情が君を自分の姿を映さないカーボン用紙に変えてしまったんだ。そしていま、愛情は君に自分が何者なのかを教えてくれた」

その夜、部屋に泊まった多友に向かって、祖や晨安のことをかいつまんで話してみた。「ねえ、こんな状況でも私たちセックスできるかしら?」

「素晴らしい! ぜひ試してみようか」多友は例の口癖とともに台北へ戻ってきたのだった。

何事もリスクを冒そうとする晨勉の個性はいまなお残っていた。これまでもずっと、晨勉は性の喜びの中におのれを見出してきた。だからこそ、いまこうしたことを試してみるのも悪くないはずだった。

だが、その挑戦は結局うまくいかなかった。晨勉のなかでセックスに対する想像力が完全に消えてしまっていたのだ。それは自分の身体が死んでしまったも同然で、二度と想像力を呼び戻すことはできなかった。

しかし、晨勉のこころはむしろ安堵していた。「多友、ごめんなさい」

台北に舞い戻ってきた多友は、すっかりそれまでのような単純な性格を捨て去っていた。感情における最も危険な部分は姿を消して、思いやりに溢れたその優しさはますます祖に似てきていた。

彼は失望するどころか、むしろ晨勉を慰めるように言った。「自分の身体に申し訳なく思う必要なんてないよ。それは君が想像するほど脆《もろ》くはないんだ。それよりも、問題は君のこころだよ。晨勉、僕は君のせいで挫折を味わってから、こころが受けた経験が何ものにも代えがたいんだって知ったんだ。もしも君が本当に不安に感じているなら、どうしてすぐにでも祖を探しに行かないんだ? 晨安と行き違いになったとしても、少なくとも彼はまだそこにいるはずだろ?」

晨勉にとって、肉体的にも感情的にもつながってきた多友は数少ない親友であった。もしも肉体的なつながりを経ることなく彼と出会っていれば、二人はおそらくどこにでもいる普通の友人に過ぎなかったに違いない。男女の間で起こるべきことは彼らの間でひととおり起こっていて、いまはただ友人とも恋人ともいえない、素直に腹を割れる親友となっていた。

多友のアドバイスに従い、晨勉はさっそくアメリカに向かうことにした。しかし、ビザの有効期限が過ぎていたために、しばらく再発行を待つ必要があった。

再発行を待つ長い時間は、まるで祖を捨てひとりで世間と向きあうために誂《あつら》えられた精神練磨の時間のようだった。晨安と祖からは相変わらず何の音沙汰もなかった。居ても立ってもいられない晨勉は毎日バーで二、三時間、多友と時間をつぶした。昼間、多友は論文の執筆に打ち込み、夜はアルコールの力を借りて異国情緒あふれる台北の雰囲気に溶け込んでいた。一方、晨勉は自分の生活が急速に縮んでいくのを感じていた。愛情も仕事も家庭もそこには何もなく、ただ多友という異性の友人がいるだけだった。しかし、縮みきってしまったこころはかえって晴れやかになって、新たな霍晨勉《フオチエンミエン》を創りあげていった。バラエティに富んだ生活とは所詮形式的な概念に過ぎず、そこには生活と呼ぶべきものがなかった。

二人は偶然バーでルイと出会った。彼のそばには以前とは違うニューフェイスが立っていた。いまとなっては昔のようにロマンチックで純情に溢れたまなざしでルイを見ることはできなかった。ルイが軽薄な人間に思えて、この手の人間は情熱が覚めてしまえばきっと何ひとつ残さないのだろうと思った。実際、どうしてルイが相も変わらずこれほどまで精力的に自分の妻の代替品を探しているのかわからなかった。結局、感情に打ち負かされることも、また打ち負かすこともできずにいるのだ。これを浪費と呼ばずしていったい何と呼べばいいのか。

もちろん、ルイがそうした日々を過ごさざるを得ないことは十分理解できた。彼の恋人たちは、ただ彼のこころのメトロノームを検査しているに過ぎず、きっと人生に行き詰っていない者などどこにもいないのだ。

　バーを出ると、そのまま家へ直行した。人付き合いが多かった以前なら、他にもいろいろな場所に立ち寄って、最後にようやく帰宅できるはずだった。自分の生活は間違いなく変わったのだ。皮肉だったのは、そうした生活を実現したものが家庭ではなく、愛情であったことだ。永遠にこうした状態が続くとは誰にも保証できなかったが、少なくともいまはそうだった。天気のいい日、月が出るような夜は多友と散歩に出かけた。沈黙がちな晨勉は昔のようにたくさんの「意見」を口にしなかった。祖を忘れてしまうのが怖かった。最初に忘れそうになったのは彼の身体から立ちのぼる匂いの記憶で、以前ならはっきりとそれを覚えていたはずだった。

　晨勉の沈黙を感じとった多友は祖について話すように促してきたが、なぜかそれを口にしたくなかった。いくら言葉に出してみても、彼を思いだす助けにはならないように感じたからだ。感傷的な気分になった晨勉は、自分がこれまでこうした感情を一度として味わってこなかったことに驚きを感じた。自分はいままさに彼を失いつつあるのだ。

「ねえ、どうして別れるときにまるで香水の匂いが消えるみたいに去っていく人がいるんだと思う？」

晨勉は多友にたずねてみた。

「君自身は？　どんな別れ方をするのかな？」

「私の場合は温度かしら」昔、彼が自分の部屋でシナリオの翻訳に追われていた際に、ある一幕をどうしても理解できずに困っていたことがあった。それはあるカップルにまつわる話で、物語の中の二人はいつでもどこでも相手のために死ねるほど互いのことを慕い合っていた。そして、長い別離を経てようやく再会を果たした二人は、ついに自分の気持ちを相手にぶつけることに成功したのだった。ところが、シナリオでは二人が性的な関係にあったことにはまったく触れられておらず、祖はそうした関係をまるでいまにも力尽きようとする愛情に似ていると言った。

翻訳の内容を校正する際、祖はどうやって現代的な感情からそれを解釈すべきか思案をめぐらせていた。徐々に暗くなり始めていた空は太古の昔のような色をしていた。祖のデスクは窓際に面していて、筆を進める手を止めた彼はじっと窓の外を見つめていた。彼らの影が窓に映ると、まるでガラスに二人の過去がぼんやりと浮かびあがっているように見えた。過ぎゆく一秒一秒が静寂へと吸い込まれ、絶対的な静止状態の中で身体はやがて抽象的な存在へと変わっていった。

立ちあがった祖がデスクの角に軽く腰を下ろして、足を遠くに投げ出した。晨勉は彼の伸ばした足のちょうど真ん中に立っていた。黄昏の空が秋草の匂いを放ち、季節はまさに新たな頁をめくろうとしていた。シナリオの中で命を落とした十九世紀の恋人たちは、二十世紀末において再びその命を落とさなくてはならなかった。シナリオに生きる恋人たちは自らの運命を越えられないだけではなく、時間を越えることも叶わないのだった。

身体を摺り寄せた二人の間に欲望の火花が散った。

「こんなことしてて平気なの？」晨勉がたずねた。

「可哀そうな十九世紀の恋人たち。でも、彼らの愛は少々騒がしすぎるよ」彼は無言のまま晨勉に、

「いいかな？」とたずねてきた。

彼のもつ沈黙の欲望にどうしても抗うことができなかった。祖はいつも口数が少なかったが、それだけに二人の愛をわざわざ口に出す必要はなかった。

背すじに触れた祖の掌がまっすぐ進んできた。彼はかつて、晨勉は「リスクを冒すだけの価値がある」身体をもっていると言ったことがあった。掌が要所まで辿り着くと、晨勉は彼の胸にぴたりと全身を貼り付けた。

「君が欲しい」掌は彼の身体で一番冷たい場所だった。

「私たち、窓のそばにいるのよ」

身を翻した彼は黄昏を抱き、晨勉は反対に窓を背負う格好になった。黄昏に向きあった祖は、「外のやつらに見せつけてやればいい」と言った。ガラス窓に大きく映し出された彼の顔は、まるで銀幕に映った映像のようで、部屋を流れる雰囲気は突然十九世紀から二十世紀へと変わっていった。もしもこれ以上何もすることなく終われば、彼らは再び十九世紀の世界へと戻っていくはずだった。情欲はさながらタイムマシーンのようで、ただそのシーンを変えることはできても、すでに完成されたプロット自体を変えることはできなかった。祖は晨勉もまたそれを理解しているのだと口にはしなかった。「残念だよ」そこではすでに何かが失われてしまっていた。

背中へと戻ってきた彼の掌がその動きを止めると、二人の呼吸は徐々にスピードを増していった。まるでそれに引きつけられるように、祖の顔が自然と晨勉と重なり合い、二人は唇を合わせた。波が押し寄せるように祖の掌は上へ上へとあがっていき、晨勉の首すじを下からしっかりと支える形になった。それはまるで死の口づけだった。

「息ができないわ」晨勉がつぶやいた。

祖はまるで何か宣言するように大きな声で言った。「ねえ、晨勉。きっとあの時代の人間にはわからないんだ。人生でコントロールできることなんて本当はほとんどないんだってこと」むき出しになった彼の背中から大量の汗の粒が噴き出し、まるで身体全体が泣いているかのようだった。悲劇に傷ついた彼のこころは晨勉の慰めによって徐々に平静さを取り戻していった。

それはさながらある種の即興劇のようで、役者たちの創造力をテストしているようだった。だからなのかもしれない。晨勉はふと誰かがいま自分たちを見ていてくれればよいと思った。自分たちを見て学び、記録してほしいと願った。二人はこれほどまでに互いのリズムを理解していて、そこでは言葉など必要なかった。

「どうりでママはパフォーマンスが好きなわけだよ。何かを演じていれば力の入れどころってやつがよくわかる。もしも観衆がいれば、ママは自分の存在だって忘れることができるんだ」

「ママのことなんて忘れて！」晨勉は懇願するように言った。「もしできないなら、いっそ私を忘れて」

祖はそれ以上何も口にしなかった。ただ、晨勉に向きあうその身体はひどく自立していた。彼の身体は、まるで一本の体温計のように上昇を続けていた。

まさか私のことを測っているのかしら。晨勉はこころのうちで彼にそうたずねてみた。祖の体温計はいまにも突き破れそうな勢いだった。晨勉の体温はあまりに高く、それはそのまま祖の身体へと跳ね返っていった。「ああ、そうだよ」祖は身体を使ってその疑問に答えてくれた。

彼がイク瞬間、二人の周囲にパラパラと火花が散っていく気がした。祖の身体が急速に冷めていくのがわかると、晨勉のこころは痛んだ。それは二人の身体が離れてようやく完成する、ある種の破壊的行為であった。

晨勉自身は他人と肌を合わせている際に、自身の体温が変化することはなかった。それだけに祖の体温の変化は深く印象に残った。晨勉は彼が自分からどうやって身を引き剥がしていくのか、その方法まで詳しく知っていたが、こうした経験は他人と共有できるものではなく、ただ沈黙を続けるしかなかった。

ビザの再発給を待ち続ける晨勉は年が明けてからもずっと身動きが取れずにいた。ようやくビザを手に入れたころ、中国大陸にいる馮嶧《フォンイー》から火急の電話がかかってきた。何でも彼のビジネスにどうしても晨勉の助けが必要だというのだ。晨勉は正直にアメリカ行きについて話すことにした。「明日のフライトでアメリカに行くつもりなのよ。あっちにいる晨安が私のことを必要としているから」

「俺たちのビジネスの成否は今回の決定にかかっているんだよ」馮澤もまた壁にぶつかっているようだった。

「ねえ、馮嶧。これは晨安の一生に関わる問題なのよ。あなたが私たちの結婚生活をどう考えていようとかまわないけど、今回だけはあなたの要求には従えないわ」晨勉は断固とした口調で答えた。

馮嶧はしばらく黙り込んだ後、諦めたように、「わかった。向こうで気をつけるんだぞ。軽率な行動は控えて、できるだけ俺と連絡を取るようにしてくれ。もしそれが無理なら、台北に帰った後に必ず電話するんだぞ」

「ありがとう。馮嶧」こころから涙が溢れてきた。

「僕が誠意をもって君を妻に迎えたことを忘れないでほしい。僕は君のことが好きだし、君が何をしようとやっぱりそれは君自身なんだ。君は何も変わっちゃいない。僕にはわかるんだ」

馮嶧の性格は現実的で、たとえ些細なことであってもまず何をすべきかを見極めてから、その他のことは二の次にするタイプの人間であった。それに比べて、晨安の両性具有の性格は瑣末なことばかりにこだわり、異常なまでに神経質だった。

晨勉は多友を残したまま台北を発った。二十時間近いフライトの後、ようやく雪が降りしきる祖の都市《まち》に辿り着いた。住処《すみか》を確保すると、さっそく祖の家に電話をかけてみた。するといきなり祖が電話口に現れた。まさか、これほど簡単に彼に電話がつながるとは思ってもみなかった。一生分の長い沈黙の後、晨勉はようやく自分の名前を名乗った。「ダニー。私、晨勉よ」英語の世界では自然と彼の英語名が口をついて出た。

「晨勉、本当に君なのか?」祖はようやく相手が誰なのかわかったようだった。

「平月も探していたのよ。晨安はどこ?」

「君こそどこにいるんだ?」

ホテルにやってきた祖が目にした晨勉は、台北にいたころのように落ち着いた姿ではなく、ひどくやきもきしている様子だった。

「ねえ、晨安はどこ?」何だがおかしかった。誰かと再会するのに、当事者ではなく第三者をその理由にすることになるなど、これまで考えもしなかった。

「ついさっき帰ったよ」

「ついさっきって？　五分前？　いったいどこへ行ったの？」晨勉は思わず大声で聞き返した。

「昨日、ここを離れて台北に戻ったんだ。君が僕のことを探しているってことも聞いた。教授から連絡があったんだ。晨安には君がたぶんここに来るだろうって言っておいたよ」

祖がどうしてこれほど簡単な問題にまともに答えることができないのかわからなかった。何か大切なことを避けているような口ぶりで、その言葉はどれも嘘っぽく聞こえた。それはある種の感情の偽証でもあった。

遠路はるばる、しかも子午線を越えてやってきた晨勉の頭はぼんやりしていた。そのうえ、見せかけだけの感情にぶつかってしまい、自分がここに来たことがなんだか間違っていたような気がしてきた。そう考えると、祖の顔を見るのさえなんだか億劫《おっくう》になってきた。

晨勉が泊まったホテルは高層ビルが売りの国際的に有名なチェーンで、二十階にあるその部屋からは燎原の火のごとく燃えあがるネオンの海を俯瞰することができた。しかし、窓の下に広がる街並みがガラス窓に映ることはなく、窓にはただ晨勉の平べったい影と雪の反射だけが映っていた。結晶のように透明な晨勉のこころは氷点下にまで下がっていった。

「いったい何があったのか教えて」晨勉は泣きつくように言った。

「僕にもわからないんだ。晨安はここで会社のミーティングがあって、そのついでに僕に会いにきたんだって……」

「彼はあなたに会うためにここまで来たのよ」

祖は両手で顔を覆った。「それはあとで知ったんだ。晨勉、君は知っていたのか？　どうして君は彼に自分の考えを実行に移すようにアドバイスなんかしたんだ？」

「あの子にはあの子の感情を追求する権利があるわ」

「なら、もしも僕が彼を受け入れていたら？　それでも君は僕たちの人生を肯定できるのか？」

「私たちはみな自立した人間なのよ」いったいどんなふうに答えればいいのかわからなかった。

祖が頭《かぶり》をふった。「晨勉、本当にわかっているのか？　君は晨安に自分自身を理解するようにアドバイスすべきであって、あやふやな性的嗜好を追求するようにアドバイスすべきじゃなかったんだ。もしも拒絶されれば、彼の世界は崩壊してしまうんだぞ」

「つまり、あなたは彼を拒絶したのね」

「はっきりとした反応は何も見せなかったよ。君から何か行動を起こすべきだと言われたって。僕だってわかっていたんだ。彼がますます周囲の人間とうまくやっていけないだろうってことは。だからこそ彼は僕に近づいてきた。彼はせいぜい中性的な人間だったんだ。じゃないとどうして以前の僕たちの間には何も起きなかったんだ？」激昂した感情を一気に吐き出した祖は、徐々に普段の優しさを取り戻していった。

「あの子にどんな変化があったのか私にもわからない。私にとって彼は弟で、それは血縁に基づく関係だってこと。あなたと出会ってから、彼はもうひとつ別の性に目覚めたんじゃないかしら。ねえ、私だってずいぶん困惑しているのよ」

「君が困惑している以上に僕の方が困惑しているよ。忘れないでくれ。僕は君を通じて世間ってやつを知ったんだ。晨勉、すべては終わったことだ。君が自分の島を離れてまで僕に会いに来てくれて嬉しいよ」前のめりになった祖が晨勉を抱きしめた。かつて祖に関する消息がつかめずにいたころは、他人に向かって彼について話したいと思わなかったが、実際彼を目にした自分がこれほど深く沈み込んでしまうとは思いもよらなかった。

祖は胸のなかで茫然としている自分の様子に気づいたはずだった。それを見た彼もまた、いったいどうしていいかわからない様子だった。ベッドの角に腰を下ろした晨勉は、どうしようもないほど途方に暮れていた。遠路はるばる晨安のためにこの地に駆けつけてきたのに、すっかりそのあては外れてしまったのだ。ここにはまだ祖がいたが、いくら言葉を交わしてみても二人の会話は一向にピントが合わなかった。いったいどこに問題があったのだろうか？　倦怠感が波のようにせりあがってくるのがわかった。晨勉の感じた時差は祖よりもひどく、極度の疲労にそのまま眠りにつきたいと思った。

「ママは元気？」

「少し前に入院してたんだ。不眠を治療して、いまはもう退院してる」ここにもまた、永遠に時差ぼけのなかにある人間がいた。

どうりで誰も電話に出なかったわけだ。晨勉は言葉を続けた。「論文は書けた？」

「ママがあの調子だから、それどころじゃなかったよ」

何でもママのせいなのね！　晨勉はこころのなかで叫んだ。「やっと君をつかまえた」祖と晨安のために自分が破滅するわけにはいかなかった。きっと、祖の母が晨安に何か仕出かしたに違いなかった。祖に拒絶されただけで晨安がこれほど長い間ここに留まっていたとは思えなかった。それともただ単純に祖の母の病状が気になっていたのか、あるいは祖への仕打ちを気にしていたのか、そのどちらかだった。

晨勉はベッドに身を横たえた。これまで生きてきたなかで、いまが最悪の気分だった。もしもこの瞬間に息を引き取るようなことがあれば、きっと死んでも死にきれないはずだった。「ちょっと眠らせてくれないかしら。あなたは家に帰る？　それともここに泊まっていく？」祖はホテルが嫌いだった。それに彼の背後には常に母親の影があった。

「もう少ししたら行くよ」

祖の顔が目の前に浮かんでいた。「ダニー、どこにいるの？」瞳を閉じた晨勉が口を開いた。

祖の顔がゆっくりと沈んできた。その唇と鼻先は石のように冷たかったが、晨勉のこころには急速に熱流が巻きあがり、身体は彼を迎え入れるようにゆっくりと浮き上がっていった。

「地球を半周してやってきたのは、まさかあなたとセックスするため？」瞳を開けた晨勉の目に映ったのは見慣れない空間で、そこはシンプルな機能をもった場所だった。窓の外に降る雪の光がひどく乾いて見えた。

「ほんと、馬鹿みたいよね」彼の母親に対する恨みつらみに、いまにも溺れてしまいそうだった。両手で祖を強く抱きしめたそのこころには、依然として何の感慨も湧いてはこなかった。祖によって解きほぐされたこころは、いまでは彼のせいですっかり固く凝り固まってしまっていた。ふと、雪崩《なだれ》が起きるような音が聞こえた気がした。それはおそらく祖の母が築きあげた氷の城が崩れ落ちる音だった。

「ねえ。いまの音、聞こえた？」晨勉が言った。

「わざわざ僕に会いに来てくれたんだね」雪郷を乗り越えてきた祖は晨勉の手をとって、その氷の脊椎をよじ登っていった。彼はその驚くべき膂力《りょりょく》と意志で北極を突き抜けると、晨勉と二人で夜空に輝く南極星を眺めたのだった。その世界では二人の身体だけが熱を帯びていた。

「光を見たのよ」六角形をした雪の結晶が木々の間に舞い落ちる音が聞こえた。それは彼に対する愛情のように尽きることなく、それゆえにいまだ何もはじまってはいないようでもあった。まるでセックスの経験がないにもかかわらず、身体だけは祖とのセックスのプロセスをしっかりと覚えているようでもあった。

再び祖の母に会いにいくことを決めたが、彼もそれには反対しなかった。

今回は台北で顔を合わせたときのようにいろいろと小細工をする必要はなかった。ジーンは家にいて、明らかに衰弱している様子だった。晨勉の来訪を晨安と落ち合うためだと勘違いしたようだった。晨勉たち姉弟が自分の前に敗れ去っていったことが、その表情に更なる傲慢さを与えていた。

言葉の応酬でジーンをやりこめるつもりのなかった晨勉は、黙って祖の父親の死亡記録のコピーを手渡した。祖はすぐさまその場から追い出された。

「いったい何が目的？」思っていた以上にジーンは強靭な性格をしていた。きっと、もともとこうした性格だったに違いない。この女は残酷すぎるほどに強靭なのだ。

「これ以上、彼を脅迫するのをやめて」

「見ればわかるでしょ？　私には何もないのよ」その声は異常なほど平静さを保っていた。

「あなたは自分が思っているほど孤独な人間じゃないのよ」

その言葉にジーンは微笑を浮かべた。「何？　弟のために仇《かたき》を討とうってわけ？」その顔に意味深な笑みが浮かんだ。「あの子はちょっと挫折しているだけで、仇なんて大げさなものじゃない。本当に傷つけられるのは、むしろあなたなのよ」

「こんなことして、報いを受けるわよ！」ジーンが声を荒げた。「あなたは自分の人生が必要ないのかもしれないけど、私には必要なの！　あなたは私から逃れられない。これはあなたの運命なのよ！」

ここに来て再びあの「三つの予言」のひとつを耳にすることになったが、ジーンの口から聞くその言葉はまったく違った意味を帯びているようだった。ジーンの言葉には晨勉の生命《いのち》への呪いが満ちていた。席を立った彼女が言った。「心配しなくても、あなたにはもうそんな機会はないのよ」

その場を離れようとすると、ジーンが再び背後から荒々しい声をあげた。「あなただって、あの子に父親の死を伝えられずにいるじゃない！」

「差し支えなければ試してあげるわよ。もしもそのときが来れば、二人の兄弟のこころの中にいるあなたはきっと何者でもなくなるはずよ」ジーンがもつ憎しみが、晨勉のこころに巣食う蔑《さげす》みを瞬時にして限界まで引きあげた。晨勉は静かにその場を立ち去った。一言でも声をあげれば、すべてが卑しくなってしまうような気がした。

その夜、祖は晨勉の部屋に残ることを許されたが、それは母親が息子に与えたたった一日の休日であった。いったん神経を緩ませた祖は、その機敏な身体の警戒状態を完全に解除することで本来の弾力を取り戻していった。人はなんと悲しいものか。肉親のためにこれほど重い代価を支払うことは、本当に愛情よりも価値のあることなのだろうか。

その日、晨勉ははじめて本当の冷たさがもつ意味を理解した。それはある種の真空状態だった。広大な氷雪の上をひとり突き進むこと、そして凍結という言葉が意味する状態のすべてが、その夜の中に閉じ込められていた。自分はそこで気のふれた感情と身体を手に入れたのだった。報いはすでに受けていたが、それは決してジーンの呪いなどではなかった。晨勉が気になっていたのは、報いを受けた後に自分がいったいどうなるのかであって、報いを受ける前の状態ではなかった。

いったん開かれた祖のこころは、彼の身体がもつ情熱を異常なまでに高めていた。彼には尽きることのない愛情があって、昔語りをする暇《いとま》もまた別れを請う暇もなかった。使命をもって生まれてきた彼はその一生を晨勉の身体へと注ぎ込み、それゆえに二人の再会には常に永遠の別れが満ちていた。

祖はかつて晨勉を心酔させたディテール能力をすっかり失ってしまっていたが、彼女は涙ながらにそれらすべてを受け入れることにした。いったいどうしたことか、彼は自らの磁場をすっかり失ってしまっていたのだ。

「どうかした？」晨勉の涙に気づいた祖が慌てたように言った。

「あなたが覚えてさえいてくれれば、このさき何があっても私は永遠にあなたの味方よ」晨勉が頭《かぶり》をふりながら言った。

「もう僕と会ってくれないのかい？」

「もしもあなたが会いたいと思うなら、また会うこともあるかもしれない」まさにその瞬間、氷と氷がぶつかり合うような音が耳元で響いた。まさに裂けんとする大地に、卑小な人間たちはただおのれの肉体でもって抵抗することでなんとか精神的な勝利を保っていた。その一切はひどく残酷だった。

三日目、祖を残して晨勉は台北へ戻ることにした。彼はホテルに迎えに来て空港まで送ってくれると約束していたが、結局現れなかった。祖が約束を反故《ほご》にしたのはこれで二度目だった。

ひとりで空港へ向かった晨勉は、留守番電話に祖のメッセージが残っていることに気づいた。ジーンが自殺未遂を起こして、状況が不明なのだということだった。飛行機は気流のせいでひどく揺れ、なんだか台北がはるか遠い都市のように思えてきた。

台北に戻った晨勉を待っていたのはさらに残酷なニュースだった。晨勉が機上にいる間に、晨安が原因不明の死を遂げていたのだった。自分が戻るのを待つことなく、彼はすべてを諦めてしまったのだ。その瞬間、世界がまるで静止してしまったかのように感じた。晨安は自らが感じた痛みを一言も叫ぶことなく、静かに逝ってしまったのだ。

なんとか余力を振りしぼって、晨勉は母に付き添ってやった。父はしかるべき時期に息子に手を差し伸べてやらなかったことを後悔しており、それが彼の孤立を招いてしまったと思っているようだった。母は悲愴な声で、「あの子はひとり暮しなんてすべきじゃなかったのよ。誰かがそばにいて気にかけてやっていれば、こんなことは起こらなかったはずよ」死にもまたそれ自身の意志と解釈があった。

晨安が自ら命を絶ったことは確かだった。打ちひしがれたこころは容易にそうした選択を選ぶものだが、いまとなってはすべてが手遅れだった。

「晨安、本当にこれでよかったの？」晨勉は彼のために経をあげて、供養をした。死と比べて、いまの自分にできることはどれも取るに足らないことばかりだった。

晨安を埋葬した日、晨勉は多友にたずねた。「ねえ、私とセックスしたい？」悲しみはまるで波のように押し寄せ、今度こそ自分を打ち砕いてしまうに違いなかった。晨勉は経を唱えるように、「ダニー、

ダニー、ダニー……」と何度もこころの中で叫んだ。

多友の愛情は将来にわたっても代えがたく、すっかり出会ったころの姿へと戻っていた。しかし、やがて彼も台北を離れ、代わりに大陸での仕事がひと段落した馮嶧が自分に付き添ってくれるはずだった。晨勉は例のバーで多友に別れを告げることにした。人の魂が古巣へ戻るといった迷信を信じているわけではなかったが、もしそれが本当であるとすれば、それは幸福な記憶に満ちた人生の港、このバーをおいて他になかった。

別れに満ちたこの都市《まち》において、人々は常にいまいる場所から立ち去ることを選んできたが、落ちるところまで落ちた晨勉のこころはこの島から離れることができずにいた。離れられる理由を見つけだせずにいた晨勉は、まるで自分が足を持たない単細胞動物になってしまったような気がした。

祖の暮らす都市から帰ってきた晨勉はすっかり眠れなくなっていた。ジーンと同じように重度の不眠症に陥ってしまっていたのだった。祖に電話をかけてみたが、彼はいつも留守だった。まるで一方的に失踪を宣告されたような気分だったが、もしかしたら彼はこうした方法で自分に何かを暗示しようとしているのではないかと思った。恨みの感情に深く足を掬《すく》われた彼のこころは決して安らぐことはなく、晨勉のことを許せずにいるのかもしれない。

彼が自分の何を恨んでいるのかはわかっていた。答えはすぐに明らかになった。彼から送られてきた手紙には、晨勉が持っていった父親の死亡証明書が貼り付けられていた。

祖は手紙の中で、自分は偏った見方をする人間ではないが、今回晨勉の採った行動はルール違反を犯していたこと、晨勉が自分を絶対的に安全な場所に置きながら母親を海へと突き落としたこと、そして母親がとても泳ぐことのできない精神状態であったことなどをつらつらと書き連ねていた。

晨勉、パパが亡くなっているかどうか、僕が知らないって言わなかった？　事実、ママは生ける屍《しかばね》同然で、すっかり理性を失ってしまった。だからああやって何かを演じて生きているんだよ。あれほど慣れ親しんだシナリオの中にいる精神病者を、君はどうしてそっとしておいてやらないんだ？　僕はこうして君のご機嫌を取ることで、自分の考えていることを君に少しでもわかってほしいと思っているんだ。君にママのことを理解してほしいと思っていたんだ。それなのに君はママを殺した。僕のパパをもう一度殺した。僕にはもうママもパパもいない。君との間に感情的なすれ違いが起こってしまうことを僕はずっと気にかけてきたんだ。それなのに、君は千里《せんり》はるばるアメリカまでやってきて、僕のママを殺した。晨勉、本当にここまでする必要があったのか？　君にはもう会えないよ。

彼女もこれほど自分を憎んでいる人間と再びまみえることはできなかった。しかし、彼と顔を合わせることができなくなった理由はもうひとつ別にあった。晨勉は妊娠していたのだ。

父親は祖で間違いなかったが、彼はこれほどまでに自分を憎んでいるのだ。それはさながら悲劇の再演だった。祖の母は夫を憎み、祖はまた自分を憎んでいる。そして、その血を継いで生まれてくる子供もまた生まれながらにして自分のことを憎んでいるのだ。晨勉をさらに萎縮させたのは、どうしてまたいまになって妊娠してしまったのかということだった。もしかして、この胎児は誰かの生まれ変わりなのではないのか。ジーンが自分を憎む意志の力か、あるいは晨安がもつ愛情への渇望か、それは分からなかった。反単細胞的な要素に侵された自分の身体は、いつの間にか生命の生まれ出るトンネルへと変わってしまっていた。あるいは子供は祖に似ているのかもしれない。可能性は無限にあった。これまで晨勉は前世や来世といったものを信じてこなかったが、今回ばかりはこうした事態に説明のつけようがなかった。

もし仮に生まれてくる胎児がジーンが転生したものだとすれば、とてもでないが今後の人生を想像することはできなかった。それは自分の子供でありながら祖の母でもあるのだ。しかし、もしも子供が祖に似ていたとしても、それはやはりジーンに似ていることを意味していた。残りの人生を決して自分と相容《あいい》れない顔をもった人間と共に過ごさなければならないのだ。

また、もしも仮に晨安が祖とのつながりを求めて生まれ変わってきたのだとしても、孤高な性格をした晨安と自分は同じように相容れないはずだった。二人の関係は姉弟としてさえもうまくいかなかったのだ。ましてや母子関係などうまくいくはずがなかった。この子を産めば、きっと自分はさらに孤独になってしまうに違いなかった。

ダニーとは会わないつもりでいた。子供を堕ろすか、さもなければ生きているあいだ真相を隠しとおそうと思った。彼に会わないもうひとつの理由は、馮嶧に対して不公平だと思ったからだった。この間《かん》、馮嶧は家にいなかったが、これほど明らかな事実をもはや隠し通すことはできなかったし、何よりも彼をこれ以上騙したくはなかった。馮嶧がそれを受け入れたとしても、自分に対して誠実に接してくれる人間にこれ以上つらくあたるほど良心のないことはできなかった。

台北を離れる前、多友はいつものように冗談交じりの口調で、もしも妊娠に気づけば必ず自分に教えてほしいと念を押してきた。

「私と関係をもっている人間があなたひとりだけじゃないって知ってるでしょ？」

「それは僕が自分で判断するよ」多友の答えはいつも変わらなかった。

三月、空港へと向かう高速道路の両脇にはツツジの花が咲き始めていた。空港まで送ると言うと、多友はひとりで旅するのに慣れてるからかまわないよと答えた。しかし、晨勉は頑《かたく》なに、「私にはこれくらいしかできることがないのよ。ねえ、多友。何の理由もなく私の味方になってくれて本当に感謝してるのよ」

「理由がなくはないさ。君は僕が唯一セックスをしたことのあるアジア人女性なんだよ。忘れないでほしいね」

「これからはそんないいかげんなことはしない。これは私があなたのためにできるたったひとつのことなの」このときはまだ自分の子宮のなかでジーンか晨安が徐々にその形を成していることを知らず、ただ不眠のことで頭がいっぱいだった。疲れきった生活の中で、さまざまなことが立て続けに起こっていた。

空っぽになった晨勉の生命の部屋には、もはや異性の影はなかった。ひとりの人間は果たして一生のうちに何回セックスすることができるのだろうか？

「四百回」晨勉はかつて祖にそう答えた。祖と多友、二人といったい何度関係をもったのだろうか。多友を見送り、晨安のために読経したその日、彼女はこれまで起こったすべてのことを馮嶧に伝えた。それを夫に聞かせることで、自身の人生の深層心理からなんとかして解決の糸口を探り出そうとしたのだった。運命の一本道を歩く晨勉は知らず知らずのうちにそのなかへ引き込まれてしまっていたのだった。

　馮嶧は思っていたほどショックを受けてはいないようで、どうやらこうしたことが起こることをあらかじめ予測していたようだった。晨勉の感じる不安を理解して、子供の堕胎に付き添ってくれることにも同意してくれた。「君の生命の本質は何も変わっちゃいないよ。誰もそれを変えることはできないんだ」馮嶧が言った。

　病院で麻酔状態に入った瞬間、眼前にひとすじの光が現れ、それが眉間からすっと注ぎ込んできた。晨勉はそこで確かに金属がぶつかり合うような音を耳にした。それはまるで生命《いのち》を打つ鐘の音のようにその脳裏に響いた。この世界がもつある種の力が、晨勉を引力の磁場から放擲《ほうてき》した。その瞬間、彼女は例の三つの予言がもつ原初の声を聞いたのだった。「あなたは死ぬのよ」その瞬間、晨勉は自分自身から離れていき、その生命は二度と彼女と重なり合うことはなくなってしまった。

　病院から帰路に着くころには、すでに翌日の深夜になっていた。馮嶧によれば、いったん突然心停止に陥った晨勉は二十四時間の観察期間を経た後、ようやく医者から退院の許可が出たらしい。

　春の夜は人を惑わせる。夜の空気には高ぶった気持ちを落ち着ける花の香りが舞い、月明かりのもとで逆さまに映った人々の影はまるでそれぞれが独立した島のようだった。晨勉はその光景から視線を外すことができなかった。それまで続いていた不眠はいつの間にか消え、やがて深い眠りへの渇望が生まれてきた。

　家に戻った晨勉は、今後もそこに留まり続けるはずだった。それは彼女自身が望んだ選択でもあった。晨勉はかつて祖がどうして島が好きなのかたずねてきたことをはっきりと覚えていた。「ここには私が必要とするものがすべてあるからよ」

いまでも同じ言葉を繰り返してもいいと思った。「ここにいれば必ず何かが起こるからよ」

7

晨勉《チェンミエン》はまるで夢から醒めたばかりのような状態でシンガポールへと舞い戻ってきた。都市《まち》はシンが出版社を手放したといった話題で沸き返っていた。しかも、シンが同性愛者であるといったスキャンダルまでが暴かれ、これまで上流社会に隠されてきた彼の秘密のベールはすっかり剥ぎ取られてしまっていた。いったいどうやってそれが暴露されたのかわからなかったが、それぞれ違った情報源《ソース》をもった噂がシンへの嫌悪といった共通点をもっていることでは一致していた。

シンは徹底的に打ちのめされていた。築いてきたその地位が高ければ高いほど、崩れ落ちたときのダメージは大きいものだ。人々は晨勉のいる場所ではシンの話題を避けた。それは晨勉が感情のうえで二重の被害者であると同情したからだったが、彼女自身は自分が既得権益者であることをはっきりと自覚していた。

シンがシンガポールを離れてから、晨勉は二度と彼とは連絡を取らなかった。感情問題がもつれてシンを傷つけてしまうことを恐れたせいもあったが、実際はシンの投資対象が噂を信じて思惑売りをすることで連鎖反応を起こすことを避けるためだった。彼女がただちに取り掛からなければいけないことは、何よりもまず自らの事業を守ることだった。文化グループの株は当初シンが表立って集めてくれたものであった。最大の株主は当地で名高い建設グループの社長であるインド系移民イーウェン・ドゥーランだった。晨勉はこのドゥーランという男をこれまで一度も目にしたことがなかった。人種の坩堝《るつぼ》であるアメリカで勉強していたときでさえ、ほとんどインド人を見たことがなかった。晨勉の印象ではインド人はみな色黒で、シンガポールに来てから初めて白人のインド人もいることを知ったのだった。

ドゥーランはまさにそうした白人系のインド人だった。ちょうどそのころ、ドゥーランが晨勉に面会を申し込んできた。意外だったのは、ドゥーランのもつ貴族気質がヨーロッパ貴族のそれをはるかに上回っていたことだった。彼のもつ貴族気質は付き合う人間を選び、それゆえに晨勉も当初は彼と面会することが叶わなかった。

イーウェン・ドゥーランはまた厳かな尊厳の人でもあったが、一目見るなり晨勉は彼のもつはにかみ屋の側面を見破った。

「何か私に手伝えることがあるかな?」ドゥーランは中国語で晨勉に言った。

彼がなぜわざわざ中国語を使ってまで自分に親近感を示そうとするのか理解できなかった。ドゥーランはすぐさま晨勉のその疑問に気づいたようだった。「祖母が中国人でね、私にも中国人の血が混じってるんだよ」ドゥーランは自分がとりわけ祖母と仲がよかったこと、美しく知恵のある老人が好きなことなどを話した。それから自分はどうも余計なことを話しすぎたようだと付け加えた。

そこで晨勉は、どうしてイーウェン・ドゥーランが自分の窮地に手を差し伸べてくれるのかようやく納得した。「感謝しています。もしもあなたが資金を引きあげてしまっていたらと思うと。結局、シンはこの島を離れてしまったので」

「私は君のそういう率直なところが好きだ。祖母はよく悪人のこころには十八個の穴が空いていると言っていた。だから私は正直な人間が好きなんだ」

二人はディナーをともにしたが、ドゥーランはあまり食事を口に運ばなかった。彼らが食事をとる様子はさながら長年離れ離れになっていた恋人同士が再会したかのようでもあった。ダニーのおかげで晨勉は簡単にではあるがワインの年代を見分けることができるようになっていた。ドゥーランは大いに酒を楽しむタイプで、彼にとって言葉少なく相手のこころを察することのできる晨勉は最高の飲み仲間であった。

「私は君のような話し相手が必要だったんだ。あるいは私たちはこうした関係を続けた方がいいのかもしれない」ドゥーランが言った。

その言葉にはまた彼に相応《ふさわ》しい尊厳が溢れていた。「でも、私たちは大したことは何も話していませんよ。それに友人とビジネスパートナーはやはり別物だと思いますが」

「中国人は、友人の間には有無相通ずる義務があるって言うんじゃなかったかな？　あるいはそれは逆に言ってみても通じるんじゃないかと思うんだがね」ドゥーランははっきりした口調で言った。

晨勉は思わず笑ってしまった。「おばあさまはずいぶんと教育熱心だったみたいですね」

ドゥーランはウィスキーのようなアルコール度数の高い酒を好んで飲んだ。酒を飲むと、彼は自分の慎ましさや堅苦しさを一時的にではあるが忘れることができた。彼はこれまで出会ってきた男たちの中で最もルールに厳しく、また自分の感情を抑制するタイプだった。彼の慎ましさは一族から引き継いだ家業からくるもので、彼はただ堅実にそれを経営することで祖先の築いた遺産を守り続けていた。インドにはまだ一夫多妻制が残っていて、結婚した女性は外に出て働くことはできないらしかった。ドゥーランはこうした伝統は息苦しく、かといってインド人はたとえ月に行ったとしてもこうした伝統を変えることはできないだろうと言った。彼にはすでに二人の妻がいたが、時期が来れば祖父に倣って中国人の妻を娶るつもりだと続けた。二つの悠久の歴史と文化の融合だよ。彼は笑って言った。

聞き上手の晨勉は、ドゥーランが長年秘めてきた中国人女性に対する期待に満ちた凝り固まったところを完全に解きほぐすことに成功したことで、ようやく一息つくことができた。少なくとも、事業への支援に関しては今後何も心配する必要がないのだ。そこで晨勉は普段の爽やかな表情を取り戻したが、シンガポールに着いたばかりのころのような艶やかで美しく反り返った翼はすでに失われてしまっていた。

ドゥーランの目的ははっきりしていた。彼は中国人の妻を必要としていたのだ。名義の大小にかかわらず、それは事実上の妾《めかけ》でもあった。それは晨勉がこれまで経験したことのなかったもので、どうしていいやらすっかり途方に暮れてしまった。

彼女をさらに不安にさせたのは、ドゥーランの二人の妻がすでにそれぞれ娘を産んでいることだった。ドゥーランは自分たちの一族は三代にわたって男子ひとりだけの家系で、彼の祖父も五十になって迎えた中国人の祖母との間にようやく息子を授かったのだと言った。目下の情勢を鑑みれば、将来はきっと中国の時代になる。あるいは、亡くなった祖母が一家が傾いていくことを許さず、自分にも中国人の息子を与えてくれるかもしれないと続けた。インド人は元来輪廻を深く信じており、ドゥーランの言葉は確かにそうした意味で理にかなっていた。晨勉はドゥーランの言葉にうまく反駁《はんばく》することができなかった。

ほどなくして晨勉の誕生日がやってきた。パーティへの招待状を送ってきたドゥーランは、彼の家で伝統的なインド料理をご馳走したいと言ってきた。彼の申し出を断れないとわかっていた晨勉は、昔のようにただじっと口を噤《つぐ》んでいた。ただ、ドゥーラン自身はひどく分《ぶん》をわきまえた人間でもあった。

ドゥーランはいくつものグローバル企業を経営していて、その自宅も室内も晨勉が予想したように豪華なものだった。彼は決して芸術品に投資するようなことはなかったが、中国やインドの芸術品だけは数多く蒐集していた。隋唐時代に創られた名家の石刻や、褚遂良《ちょすいりょう》［唐代の政治家・書家］、倪瓚《げいさん》［元朝の画家］、蘇東坡《そとうば》［北宋の政治家・詩人・書家］、米芾《べいふつ》［北宋の書家・画家］の書いた書、それに黄公望《こうこうぼう》［元朝の画家］の水墨画や呉道玄《ごどうげん》［唐代の画家］の人物画など、どれも名のある作品ばかりだった。西洋の芸術品はヘンリー・ムーアの裸婦像があるだけだった。落ち着いた輪郭が美しく、掌の大きさほどしかないそれは一見して世に並ぶもののない絶品であることが見てとれ、そこからは自由な作風が感じられた。その裸婦像こそがドゥーランが自分のために選んだ誕生日プレゼントであった。

「受け取れないわ」プレゼントを受け取ることを拒否したのは、何もそれが自分に似合わないと思ったわけではなく、あまりに重いと思ったからだった。そこにはまるで契約を交わすような形式的な重みがあった。

「これは買ったんじゃなくて交換したものなんだ。この作品はどこか君に似ている気がしたから」

ドゥーランは晨勉の手を握って続けた。「もっと別のものを見せてあげようか」

ドゥーランは晨勉を彼の書斎まで連れていった。書斎は広々として明るく、清潔な空間だった。床に目をやれば、敷きつめられた幻想的なイタリア産の青白いカラカタ大理石のタイルがきらきらと光り輝いていた。時間の流れが緩慢なその空間は、まるで虚構の中に存在しているようだった。

書斎の一角には大きなデスクがあって、そこには多くの写真立てが置かれていた。ドゥーランが自分に見るように示唆していたのはおそらくこれに違いなかった。それは少女から老婆へと至るドゥーランの祖母の写真だった。ドゥーランが自分にいったい何を見せたがっているのか理解した晨勉は、頭の中が真っ白になってしまった。なにやらまるで向かいあった運命が自分に不思議な力を誇示しているような気がした。自分は完全にドゥーランの祖母の複製品《コピー》だったのだ。

いったいそれが何を意味しているのかはわからなかったが、たとえそれが表象的な偶然の一致であれ、彼にとっては結婚の名目としては十分であるはずだった。

「晨勉、私はこれが転生だとは思わない。祖母が臨終の際に、君はすでに成人していたからね。中国人は身内の人間はよく似てくるって言うだろ？　私はこうした現象に納得することのできる理由を必要としているんだ」

「私にはわからない。唯一説明できるとすれば、私もあなたの祖母も中国人だったということぐらいかしら」晨勉は努めて礼儀正しく振舞っていた。何かに嫌悪を感じた際、自分がつい大げさに反応してしまうことをわかっていたからだ。

「僕にとって、君は神秘的な存在なんだ」

「そうかしら？　ただあなたが大好きな家族のひとりに私がよく似ていて、そんな私にあなたが好感を抱く。そして交際が始まって一緒に生活する。とっても自然なことじゃないかしら」

晨勉の反発に気づいたドゥーランは驚いているようだった。女性というものは誰しもこうした神秘的な偶然の一致を好むものだとばかり思っていたからだ。だからこそ、晨勉の誕生日にわざわざ謎々の答えを明かしたのであって、相手を不快にさせるつもりは毛頭なかった。誕生日に不快な思いをすると、その年はずっと不快な気持ちが続くというが、そうなることだけは避けたかった。

「悪かった。ただ、君が私の探している中国人妻であることを証明したかっただけなんだ」

晨勉は運命なるものにひどく敏感になっていた。「ドゥーラン、あなたの家族の一員になることはできないわ。いまの私には自分の事業の方が大切なのよ」

「僕のために息子を産んでくれないか？」

「それってセックスの暗喩？　それとも本当の息子が欲しいって意味？」

「両方さ」ドゥーランが笑みを浮かべて言った。

頭《かぶり》をふった晨勉は深いため息をついた。「ねえ、あなたは何も手に入らないほどツキがない人間ってわけじゃないいんでしょ？」

ドゥーランは晨勉の瞳に浮かびあがった勇気をどう解釈するべきか悩んでいるようだった。「君と祖母が似ていることを発見するまで、私はずっと窒息するような思いの中で生きてきたんだ。一族がもつ使命がずっと私を透明人間にさせてきた。でも、君を見た刹那に生命《いのち》にも出口があるんだとようやく気づいたんだよ。それは何も君が祖母に似ているということだけじゃなく、多くの偶然が重なった結果でもあるんだ。柄にもなく文化産業に投資して、するとシンがそこから手を引き、君は事業を再建する必要に迫られた。そこで私は初めて君に息を吹き込むチャンスを得たんだ。だからこそ、私自身も自分の力で呼吸しようと思った。自分自身から個性を奪っていくようなおかしな主従関係には正直うんざりしているんだよ」

「あなたはただ私がどんな反応をするのか知りたかっただけなのよ。きっと私がおばあさんに似ていることをただ気にかけているだけ。どんな人間も最愛の人の顔を目にすれば、個性なんて簡単に失ってしまうものなのよ。あなたは私が思っているよりも強い人間のはずでしょ」感情的に過度のリアクションをするべきではないことはわかっていた。ドゥーランが自分の一生を引き受ける必要などどこにもないのだ。当時のドゥーランはまだ温厚で繊細な性格を保っていた。

「晨勉。君は私を拒絶した唯一の女性で、しかも真相を教えてくれた唯一の女性でもあるんだ」

パーティは盛大だが折り目正しいもので、そのことはイーウェン・ドゥーランの社会的実力と教養を示すものでもあった。シンと付き合っていたころに出会った友人たちも皆このパーティに招かれていたが、それが晨勉の誕生日パーティであるということは伏せられていた。ドゥーランはこのパーティの席で霍《フォ》氏との協力関係が大変愉快なものであったこと、自分が女史を引き続き支持していくこと、そしてこれが遅まきながらの契約調印のパーティであることなどを公表した。

濃厚な最高級のカレーを混ぜ合わせたインド料理の辛さは、側頭葉にある海馬の皮質を刺激して、晨勉の四肢の意識を支配した。強烈なインド舞踏のリズムに合わせるかのように、指や視線の先からは留まることのない物語が溢れ出していた。他の人間が自分とドゥーランの関係をどのように見ているのか探りを入れていた晨勉は、ドゥーランの表情からある強烈な感情がはっきりと浮かびあがっていることに気づいた。ドゥーランはそうした感情をまるで隠すことなく自分へ向けてきた。結局、彼を説得することはできなかったのだ。そのことは、もしも彼の第三夫人になることに応じなければ、これ以上シンガポールに留まることができないことを意味していた。つまるところ、ここもまた男性によって支配された社会なのだ。わからなかったのは、ドゥーランが果たして本当にこうした結末を望んでいるのかということだった。第三夫人といった方法は本当にひとりの女性を愛することのできる方法なのだろうか。何よりも自分は彼の祖母に瓜二つなのだ。ドゥーランはいったいどうやって、自分のパートナーを愛する理由がその相手への愛ではないといった事実に向き合うつもりなのだろうか。

ドゥーランは晨勉を自分の希望だと言っていた。

やがて、パーティは終わりを迎えた。ドゥーランの部屋にひとり残っている自分の姿を他人に見られたくなかった。人には自分だけの空間があるべきなのだと思った。「せめて最低限の尊厳を与えてちょうだい」晨勉が言った。

そこで、ドゥーランは車で晨勉の家まで向かった。国境を越えるように市街地を駆け抜ける二人が目にした密集する街灯や人影はさながら舞台装置のようで、そこでは何も言葉を交わす必要はなかった。この都市では予想外のことなどは何も起こらないのだ。

長らく監禁状態にあったドゥーランの身体はまるで鉄のように弾力性を失い、そこには自発性の欠片《かけら》もなかった。創造性を失った彼はただ何かを蒐集するばかりで、抽象的な物事を追い求める力もなく、あるのはただ平面的な本能だけであった。

ベッドの上のドゥーランは驚くほど静かで、かといって何かに集中しているわけでもなかった。彼のこころは自身の身体をコントロールしていたが、晨勉に強烈な欲望を抱くことは最後までなかった。それは彼にとって想定外の出来事であった。

哀れとは思わなかったが、それをうっかり処理すべきではないこともわかっていた。ドゥーランが抱く不純な性の形はすっかり彼自身を壊してしまっていた。ドゥーランは祖母を懐かしむ感情から晨勉を愛そうとしたが、もしも自分がそれに応えて欲望の炎に身を焦がしていれば、あるいは刺激的であったのかもしれない。しかし、そうした行為にいったん火がつきやがて病みつきになれば、彼らの感情は精神的な近親相姦へと変わってしまうはずだった。彼女はドゥーランが適当なタイミングで快感を覚えて、自分を求めて言葉を発するように誘導していった。セックスについて段階的に教え諭し、性愛そのものに彼が惹きつけられるように指導していった。ドゥーランもまたすぐにそれを理解した。夜半、ドゥーランがまさに最高潮を迎えようとしたその瞬間、電話の音が鳴り響いた。「いいのよ」晨勉は電話を無視した。きっとダニーからに違いなかった。

全身全霊を使ってドゥーランの傷ついた血脈を通すことに専念してきた晨勉は、セックスの後しばらく身動きが取れなかった。「疲れさせてしまったみたいだね。悪かったよ」ドゥーランが晨勉を抱きしめながら言った。

ダニーは留守番電話にメッセージを残していた。「君の誕生日に僕は永遠に居合わすことができないみたいだね。今日、ビールを大ジョッキで一杯やって君の誕生日を祝ったよ。小哈《シャオハー》はどうしてる？　大きくなったのかな？　君は誰と誕生日を過ごしたのかな」ダニーは最後に深いため息をついてメッセージを切った。

電話機の傍らで伏せていた小哈はダニーの声を聞くと声のする方向に耳をピンとそばだてていた。ダニーが喋り終わると、小哈は電話に向かって二度ほど低い声で吠えたが、その鳴き声は行き場もなくその場にこだましていた。小哈はまだダニーのことを覚えていたのだ。

「もしかして彼氏かい？」ドゥーランが言った。

「恋人よ」ドゥーランの怒りを買ってもかまわないと思った。以前の自分はシンから恨みを買うことばかりを恐れていた。彼ら二人が必要としているものやその社会的身分は違っていたが、不思議と彼らの人生を自分の手で設計しているのだといった感覚だけは共通していた。

「彼に嫁ぐつもりなのか？」ドゥーランが言った。

晨勉は口を噤んだままだった。嘘はつきたくなかったが、ダニーとの関係は口にするにはあまりにも複雑すぎたのだ。同じ心理的な複雑さでもそれはドゥーランとの関係とはまったく違っていた。解決できない複雑さに他人は容易に足を踏み入れるべきではないのだ。

ドゥーランが晨勉に下した命令は至極《しごく》明瞭だった。「それなら私へ嫁げ」恵まれた環境に育った彼には、愛情をめぐる現実的な法則すら度外視することができた。その振る舞いはまるで幼児のようで、世渡りの経験にも欠けていた。彼は自分が必要とするすべてを欲していたのだ。

もしも自分に選択肢があるとすれば、たとえ生まれつき繁殖能力のない同性愛者に嫁いだとしても、合法的に繁殖できる多妻者にだけは嫁ぎたくなかった。法律がもつ野蛮さは多妻者の愛情と性を腐敗させてきたが、ドゥーランはまさにその典型であった。

パーティの席におけるドゥーランの発言は、再び晨勉をビジネスの場へ復帰させ、すべては順調に進んでいくように思えた。「こんなこと、本当にまだ続けたい？」晨勉は何度もそう自問した。一見昇りつめるのは困難だが、昇ってみればそれは何と言うほどのものでもなかった。

まだここで終わりたくはなかった。

ダニーには電話も手紙も返さなかった。彼もやがて晨勉が迎えたこうした新たな局面を知ることになるはずだった。

しかし、どうやら晨勉はドゥーランの力を甘く見すぎていたようだった。長らく大財団を率いてきたドゥーランは、その運営手段のほんの百分の一ほどの力を振り向けるだけで晨勉を容易に破滅させ、自分のアクセサリーのような生活へと貶《おとし》めることができた。そうなれば、晨勉の生活は街でショッピングして、毎日お喋りするだけのものになってしまうはずだった。しかも、アクセサリーとしての安心感を得るためには子供を産み、金か男をしっかりとその手に捉まえておく必要があった。

もちろん、自分で自分の食い扶持を稼いできた晨勉はそうした人間ではなかった。だが、いまとなってはそれは表面的な違いに過ぎず、稼いだ金はすべてドゥーランの口座から彼女の口座に振り込まれるのであって、直接手渡されるかどうかだけの違いでしかなかった。

ドゥーランとの関係が親密になっていくにつれて、これまで契約を交わしたグループや企業は契約が満期に近づくと無条件で更新を打診してきた。彼らからしてみれば、どのみち金の出所は同じだった。有価証券会社をのちに社員たちの心理カウンセリングサービスへと発展させたのは晨勉の手腕によるものだったが、事実上はドゥーランの人脈を担保にしたものであった。その主な理念とは、社員とは会社にとっての重要な資産であって、精神的な問題は心理センターが直接責任をもって指導することで情報ソースの流出を防ぐといったものだった。晨勉は企業ごとに心理講座をセッティングして、親子や夫婦関係、ライフデザインなどにまで手を伸ばしていった。その効果は大きく、ドゥーランでさえその創意を大いに褒め称えた。晨勉は文化サロンや芸能界でも心理センターの効果を喧伝することで、その効用をどんどんと広げていったのだった。

　どうしても解せなかったのは、この都市がもつ企業倫理だった。それはこの国が最後に頼ることのできるセイフティーネットであって、世界的な進化を遂げた不抜《ふばつ》の砦《とりで》であるはずだった。しかし、男権主義的なこの社会において、晨勉の仕事は存在しないも同然だった。はじめこそ晨勉の手によってスタートしたとしても、彼らは晨勉をミスコンのアイドルとしてしか見なしてはおらず、その仕事を玉の輿のためのチケット代ほどにしか考えてはくれなかった。

　ドゥーランの意識的な庇護のもとで、アクセサリーとしての晨勉のイメージは追認を経てやがて事実へと変わっていった。人々はあけすけに彼女がどうして毎日苦労して会社に顔を出すのか、趣味でやっていればいいではないかと囁きあった。重苦しく、エネルギーを失った狭い都市国家に身を置ける場所はなく、そこではあらゆる想像力が欠如していた。そこで晨勉は自分の周囲に展開するグローバル企業を徹底的に分析しようと考えた。彼らの利害関係はまるで蜘蛛の巣のようにつながっていて、そこでは誰も義理や人情などといった曖昧なもので救いの手を差し伸べてはくれなかった。実際、シンの失敗がそのよい例だった。

　不意打ちを食らった形の晨勉であったが、弱音は吐かなかった。窮鼠猫《きゅうそねこ》を噛むというが、ドゥーランの前では決して自分の態度を変えなかった。ドゥーランもまたそんな晨勉に同情を寄せないどころか、自分のこころを理解できない晨勉を軽蔑していた。

観察期間を終えたドゥーランはいよいよ行動に出たが、それは晨勉が想像していた以上のものだった。ドゥーランは心理センターを買いあげるにあたって、晨勉には自分の会社の広報部に主任の席を用意していると言ってきた。自分を屈服させようとしているのは明らかだった。それは男性によって統治される王国が採る常套手段でもあった。

長期にわたるストレスのせいで、晨勉の生理周期は乱れ、自分の言葉がもつ反応にひどく慎重になっていた。自分のもつ価値観が徹底的に否定されるといった環境のもとで、頭がおかしくなるのをただ必死に堪えなければならなかった。

「少し考えさせて」何かを終えるにしろ、それなりの代価が必要だった。ドゥーランには常に冷淡な態度をとり続けていた。シンが恋しかった。彼は同性愛者として自分を愛したが、ビジネスの上ではしばしば自分に救いの手を差し伸べてくれた。それはまた彼の無邪気さの証しでもあった。シンの悲劇は何よりも彼自身が自分をうまく表現できなかったことにあったのだ。

季節の移ろいからいえば秋も深まってきたころに違いなかったが、この都市は永遠に夏から抜け出すことができなかった。四季のない世界は晨勉をたまらない気持ちにさせた。たとえそれがどんな場所であろうと、晨勉はもしも四季の変化がもつ啓発を無視すれば、人間は悲しみや喜びの能力を失い、破壊と秩序を理解できなくなるはずだと思っていた。

何より悲愴だったのは、自分がひとりでどこにも行けない人間になってしまったことだった。晨勉は自分自身の頸木《くびき》から逃れることができずにいた。

小哈は身体こそ大きくなったが同じように孤独な犬で、いずれダニーが自分に会いに帰ってきてくれると信じているようだった。毎日帰宅して玄関の扉を開くたびに、小哈は慌てて玄関まで飛び出してきたが、晨勉と一緒に姿を現したドゥーランを見ると低い唸り声を二度ほど上げて、興味なさげに道を譲るのだった。そして、電話の音が鳴ると再び声をあげて興奮した。小哈は一度としてダニーからの電話を聞き間違えることはなかった。ダニーが留守番電話にメッセージを残すようなときは、小哈は必ず温かな鳴き声を何度かあげることで、自分が確かにそのメッセージを受けとったのだと返事をしていた。帰宅した晨勉にダニーから電話があったことを伝えるのは小哈の大切な任務だった。小哈が電話のそばまで駆けていくたびに、晨勉はダニーから電話があったことを知るのだった。

晨勉はどんなに夜遅く帰ってきても、必ず小哈を連れて散歩に出かけるようにしていた。ときにはドゥーランとの情事が終わった後に、彼が家に帰ったのを見計らって小哈と散歩に出かけることもあった。

ドゥーランの前では、ますます狡猾に彼の言葉に耳を傾けるようになっていた。相手が考えている本当の言葉を聞く必要があった。ただ真夜中に小哈を連れて散歩しているときにだけ、晨勉はダニーがずっとこころ惹かれてきた語り手としての能力を回復して、それを小哈に聞かせてやるのであった。ドゥーランと自分がかみ合わないことはわかっていたし、また合わせようとも思わなかった。二人の関係はドゥーランにとって一種の禊《みそぎ》でもあった。そこで晨勉は何者でもなく、誕生日に肉体関係をもって、本来はそれで終わりにすべき関係だったのだ。

小哈は散歩を嫌っていた。ダニーと一緒に歩いた香港の離島と比べて、この島は他人への関心が極端に低く、だからこそ安全な場所だった。ここには野良犬さえおらず、小哈は彼らと言葉を交わすこともできなかった。また他所《よそ》の家の犬の鳴き声を聞くこともなく、小哈はまるで世界でたった一匹最後に残された犬のようだった。寂しい小哈はいつも不承不承に晨勉に付き添って散歩に出かけた。まるで散歩が必要なのは晨勉だと言わんばかりの態度だった。

晨勉には小哈が確かにそう考えているのがわかった。なぜなら、離島にいたときには晨勉は毎晩ダニーと小哈を残してひとり散歩に出かけていたからだ。

散歩に出かける際には、その日一日にあった出来事を頭の中で整理するようにしていた。未来を思っても退路はなく、感情の起伏はすっかりその柔軟性を失ってしまっていた。日が経つに従って、ますます誰も信じられないようになっていった。

イギリスで暮らす晨安もまた膠着状態に陥っている様子だった。アルバートと歩む複雑な道程《みちのり》も、想像していたような段階的な進展があるようには見えなかった。

「どうにかこうにかってとこね。モチベーションのない感情にはいつだって情熱が欠けているものよ」

「あなたたち、してないの？」

しばらく沈黙した晨安は、「あいつは別の女とやってる。もちろん、私も別の男とやってる。それだけがすべてってわけじゃないのよ」晨安は自らのふしだらな哲学をすっかり放棄してしまったようで、ひどく愛に餓えているようだった。

「ねえ、彼のことは諦めたら？」

「たとえあいつを諦めたとしても、永遠に何かを諦め続けることはできないわ。実際のところ、私たちに逃げ道なんてどこにもないのよ」

その言葉を耳にした晨勉は、晨安をこころから愛おしいと思った。それは身体を流れる血が塞がって、麻痺した身体が徐々に死んでいくような感じだった。「晨安、なんとか理由を見つけて彼を愛し抜きなさい。生き抜くのよ」

「私なら大丈夫。少ししたらきっとよくなるはずだから」

「一緒にいてあげようか？」

「あなただって楽じゃないんでしょ？　もしドゥーランとの関係を清算するつもりなら、そのときにまた会いに来てよ」

晨勉はふと、四季が存在せずにただ時間だけが刻々と流れていくこの世界を本当におそろしいと感じた。それはまるで世界から隔絶された、ある種の真空空間に閉じ込められているような感じであった。

「もちろんそのつもりよ。まずは自分がどれだけの利益を手にすることができるのか計算しないとね。晨安、何ももたない私たちはせいぜいこうしたことをけちけち考え続けるしかないんでしょうね」

晨安はそれには答えなかったが、こころのなかで何を考えているのかはわかった。「ほんのちょっとしたものを手に入れるために、私たちはこんなに必死になって生きている。でも、それを手に入れるのはどうしてこんなにも難しいのかしら？」

晨安の言っていたことは正しかった。後に、ドゥーランにとってダニーがどのような存在であったのか晨勉は知ることとなった。自分は間違っていた。彼の前でダニーを恋人だと認めるべきではなかったのだ。ダニーに愛情を抱いていれば、ドゥーランは別の方法で自分を袋小路へと追い込んでいくだけだった。どうりであれ以来、ダニーのことを何も聞いてこないはずだった。駒を進めるにしても細心の注意を払う必要があったのだ。さもなければ、ドゥーランにすべてを呑み込まれてしまいかねなかった。

晨勉はそれまでと同じように冷淡な態度を維持したまま、息を潜めてドゥーランが口を開くのを待ち続けた。晨勉は彼が心理センターの権利を買うつもりがないこと、他の企業もまたそれに手を出さないと見積もっていた。センターの投資額はまだ回収できていなかったが、ドゥーランが提示した金額も決して多くなかった。株主としての彼が購入したのは、もともと自分に渡すボーナス程度に過ぎなかったのだ。

なんとかしてこれ以上気持ちを落ち込ませないようにした。これ以上落ち込めば、おそらく二度と浮きあがってはこられないはずだった。削ぎ落とされていく創造力は人を孤独で悲観的な存在へと変え、自分自身に何の価値も見出せなくさせていった。

しかし、晨勉を取り巻く現状は鋭利な刃物を振りあげて、周囲にある草花をなぎ倒すことでおのれを孤立させているようなものであった。ドゥーランのもつリアリスティックな性格は遺伝的なもので、自分が手に入れたいものを見つけるとまずその価値を貶めてから、次にそれを積極的に肯定していくのだった。それは資本家たちによって延々と繰り返される非常に手の込んだゲームの一種だった。

ドゥーランがまだ自分に熱をあげていることは間違いなかった。彼は晨勉のもつエネルギーを必要としていたが、その性格が二人の関係をまったく感情のないものへと変えてしまっていた。晨勉は単純に自らを投資対象と見なすことで、そんな彼を軽蔑しながらひたすら冷たい態度で機会がおとずれるのを待っていた。少なくとも、彼と言い争うなかで幾分かの尊厳を取り戻すことには成功した。彼はセンターを購入すべきであって、金の力に頼って自分という人間を買うべきではなかったのだ。

晨勉の冷淡な態度に耐えかねたように、ドゥーランは年末になってセンターの買収を提案してきた。それは彼があらかじめ予定していたことで、これ以上先延ばしにするつもりはないようだった。ドゥーランは晨勉を人生における再起の象徴と見なしていた。彼にはただ歳末という概念があるだけで、そこには四季の変化といったものが欠けていた。条件は以前提示してきたものと同じで、晨勉が彼の会社で働くことだった。

晨勉は彼の提案に応じる条件として、直物小切手での支払いと会社が自分のために住む場所を保証することなどを要求した。

晨勉が自ら精力的にセンターの職員たちを訓練してきたかいもあって、センターの労働状況や財務状況はどちらも健全だった。そこで、晨勉が抜けた後も古株の職員たちは他の会社と協力してさっそく別のオフィスを立ち上げることができた。規模こそ小さかったが、それは市場のニーズを満たすのには十分な大きさであった。ドゥーランは彼らの将来は見通しも暗く、簡単に大企業に潰されてしまうだろうと笑った。晨勉は彼のその言葉にすっかり呆《あき》れてしまった。誰もが大企業の傘のもとで生きていきたいわけではないのだ。この国には頭のおかしい人間が溢れていて、彼らは他人から理解されることをころから欲していた。

次に晨勉はそれまで住んでいた部屋を解約した。ドゥーランが自分のために準備した住所に引っ越すと、もとあった家具はすべてセンターの職員たちに譲り渡して、小哈だけを連れていくことにした。

ドゥーランは晨勉が喜ぶと思って不動産マネージャーに坪数の広い部屋を探させたが、彼女が選んだのはどこにでもある2LDKの部屋だった。いまでは空間障害を克服しようとしていたこともすっかり過去のもので、ただ毎晩散歩に出かける習慣だけが続いていた。

ドゥーランは性的にますます晨勉に依存するようになっていた。晨勉から啓発を受けたドゥーランは必要なだけ彼女からパワーを得ることができると考えていた。それをある種のコントロールと呼んでいいかどうかわからなかったが、おそらく彼はそうした考え方を否定するに違いなかった。小切手を香港の口座に振り込んで、センターの後始末を完全に終えた晨勉はドゥーランに言い放った。「これから私とセックスしたければお金を払って」

ドゥーランは即座に晨勉が性を使って自分を脅迫していること、そして溜まってきた憤怒を自分に伝えようとしているのだと理解した。もはや彼になんの気兼ねをすることもなくなった晨勉は、はっきりと自分の意図を伝えたのだった。私たちはお互い利用しあう関係で、あなたがもしも私から何かを得るなら、もちろんあなたはその代償を支払うべきなのよ。それは必ずしも金銭に限った話ではなかった。

すでにシンガポールから引きあげることは決めていた。仕事にしろ、愛情にしろ、この都市ではこれ以上の発展は望めそうになかった。普段から晨安と電話で連絡を取っていたが、晨勉はここ最近の晨安の自閉傾向がますます強くなっていることに不安を感じていた。時間は凍りついたように遅々として進まず、過去はますます緩慢になっていた。まるでこの先もずっと何事も起こらないかのようにも思えたが、人生の要所に身を置く晨勉はそこから離れることができないでいた。

ドゥーランはそんな晨勉を慰めるために、旅行に出かけようと提案してきた。彼はなんとかして二人の間に新しい関係を築こうとしていた。晨勉はバリ島に行きたいと答えた。

以前と同じ旅館の同じ部屋に泊まることにした。部屋番号は確か三一七。ドゥーランにとってこの旅館は貧相に過ぎたが、晨勉がこの部屋を選んだ目的はダニーと創りあげた記憶をぶち壊すためだった。晨勉は毎日プールのそばから離れることはなく、どこにも行こうとしなかった。プールに設置されたカウンターのウェイターがときおり酒を持ってきてくれたが、彼は二年前に自分がコロナを飲んでいたことや、ダニーと来ていたことなどもはっきり覚えていた。ある日、晨勉の手相を見たウェイターは近々あなたは大きな財産を手に入れることになるはずだと言った。当時の晨勉はてっきりそれがセンターを売却したお金を指しているのだと思った。

シンガポールに戻ると、アルバートから電話があった。晨安が自殺したのだ。

その瞬間、晨勉は自分の身体が瞬《また》く間に溶けて流れ出していくような気がした。心臓が破裂してなくなったわけではなく、この世界がすっかり消えてなくなってしまったのだ。そこにはただ不完全な彼女という人間だけが取り残されていた。

自分の存在を忘れ去らなければならないほど不完全な晨勉は、晨安のことを考えることができなかった。いったんそのことを考え出せば頭がおかしくなってしまうような気がした。「ねえ、私とセックスしましょうよ」部屋にやってきたドゥーランに向かって、晨勉がつぶやいた。「晨安、晨安！」その夜の晨勉は同じ言葉を叫び続けていた。頭の中では何かが粉々に砕けるような大きな音が響いていた。

さすがに、今度ばかりは小哈を連れてイギリスまで行くことはできず、シンガポールに再び戻ってくる必要があった。そこで晨勉はドゥーランに金の無心をした。晨安の遺骨をイギリスから台湾まで持ち帰って、一家全員が入ることのできる納骨堂を買い替えるには現金が必要だった。「この恩は一生忘れないわ」交際が始まって以来、晨勉ははじめて彼にこころから感謝の言葉を口にした。

夜が明けてすぐ、イギリスに出立した。母親が亡くなったとき、自分も晨安も母親の葬儀に駆けつけることはなかった。あのときは祖母が自分たちの退路を確保してくれていた。そしていま、晨安が自殺した。本当に他に道はなかったのだろうか。あるいは自分もまた同じように、やがてこうした袋小路へと追い込まれていくのかもしれなかった。

「どうして私と一緒に暮らそうと思わないの？」かつて晨安にたずねてみたことがあった。

「あなただって、ダニーと一緒に暮らしてないじゃない。きっとこれは運命なのよ」

一晩中一睡もすることなく、イギリスに辿り着いた。機上ではダニーとのセックスを想像することで晨安への思いをなんとかして押し殺そうとした。それはかつてダニーが自分に教えてくれた方法だった。

アルバートはずいぶんと自分を責めていた。二人で新たな出発をするはずだったのに、結果的にそうはなれなかったと悔いているようだった。アルバートは二人の関係を修復してから、はっきりと自分は晨安の希望にはなれないのだとわかったと言っていたが、彼があれこれと晨安の自殺の原因を分析する様子を聞きたくはなかった。ただ、死の直前に晨安がどれほど孤独であったのかだけはよくわかった。

「あの子はひとりぼっちで、孤独に死んでいったのよ」晨勉がアルバートに言った。「あなた、本当に彼女のことを慰めたことがあった？」こうした問いがアルバートにとって苛酷なものであることはわかっていた。晨安はアルバートを愛してはいなかったし、あまつさえ彼を利用すらしていたのだ。

アルバートが部屋の処分についてたずねてきた。晨勉のサインを得ることで、合法的に家の所有権を得ようと考えているようだった。

「好きにしてちょうだい」晨勉はこうした問題を処理するために、さらに数日間イギリスに滞在することになった。何を見ても晨安のことを思い出した。晨安の手で装飾が施されたその部屋で、あの子はいったい何を渇望していたのだろうか。その何かが晨勉をひどく苦しめた。

ロンドンは大雪だった。晨勉は大学の近くに宿を取ったが、そこはサロン的な雰囲気が濃厚な場所だった。晨勉は昔から勉強はできたが、学生生活はあまり好きではなかった。夕暮れになると学校まで散歩に出かけた。晨安の生活の息遣いを引き延ばすことで、その命脈をなんとかして保とうとしていた。晨安はまだ死んでなどいないのだ。あの子のためにできることは何でもしてやろうと思った。

夜になって、ふと晨安が自分の電話を待っているような気がした。いまの自分は晨安が編んだ時空間の中にいて、お互いの気脈も確かに通じ合っているはずだった。精神状態もずいぶん落ち着いてきていた。晨安の暮らした時空間のなかに身を置く晨勉は、もはやどこにも行く術がなかった。晨勉は晨安の視線のもとで自分自身の姿を見つめていた。自分の人生にはまともにお喋りできるような友人はひとりとしていなかった。肉体関係をもった、あるいは恋愛関係にあったクラスメートや同僚、異性愛者にバイセクシャルの男性たちの顔が次々と脳裏に浮かんでは消えていったが、彼らと無関係の存在がまさに偽らざる晨勉その人であった。

イギリスに留まった晨勉はまるで長い夜が明けるのを待つような気分で、財産や家屋の相続手続きが終わるのを待っていた。そんなある日、晨安の勤めていた大学から晨勉に研究室の遺物整理をしてほしいと依頼があった。それまで一度も晨安の研究室に足を踏み入れたことはなかった。研究室に入った晨勉は、デスクの上に大きく引き伸ばした写真が一枚置かれていることに気づいた。その写真には幼い晨安を抱いた父母と遠巻きに立つ祖母の姿が映っていたが、なぜか晨勉の姿はそこにはなかった。生活臭溢れるモノクロ写真は空気のこもった研究室では赤子の身体に現れる痣《あざ》のようにも見え、それは時間に刻印された、あるいは深い霧に消えていった生命《いのち》のようでもあった。その写真をとても直視できなかった。これ以上、愛と想像を生み出すにはどうにも忍びなかった。晨安はいままで一度もこの写真について触れたことがなかった。あるいは、自分がすでに知っていると思っていたのかもしれない。あるいは……。「これは記念品、さきに持っていくわよ」写真立てを手にした晨勉がつぶやいた。父は思ったとおりに真っ白な肌をしていて、記憶の中よりもさらに白く、自由奔放に見えた。母はまるで子供のように若かった。自分にも確かに父がいたのだ。こうした思いはやがて一種の実感へと変わっていった。

よくよく思い返してみると、写真は祖母が台北に引っ越してきた際に古い家から引っ張り出してきたものを、晨安の結婚プレゼントにしたものであったような気がしてきた。きっと、晨安も自分がその写真を見たことがあると思っていたに違いない。そこに晨勉の姿こそなかったが、少なくともその写真がもう一枚あると思っていたに違いなかった。

晨安の銀行口座にはかなりの貯金残高があって、この数年ずいぶん節制した生活をしてきたのがわかった。ふとバリ島のウェイターが言っていたことを思い出した晨勉は、そのお金をすべて持ち帰ることに決めた。しかし、アルバートは自分にも取り分があるはずだと言って納得しなかった。そこで晨勉は遠慮することなく彼に反論した。「これは運命なのよ。あなたたちはもうとっくに離婚しているんだってことを忘れないで。あなたのために何かを残す義務なんて私にはないんだから。あなたに何ができるのよ。家はあなたに譲る。私が譲歩できるのはここまで。お金はあの子を手厚く埋葬するために私が持っていく」

一切の手続きが終わると、晨勉はダニーに電話をかけて、いまから会いにいくと告げた。どこにいるのかとたずねたダニーに向かって、晨勉は「イギリスよ」と答えた。

ダニーは晨安は元気かいとたずねてきた。「あの子があなたに私のことをよろしく頼むって言ったこと覚えてる？　あの子、死んじゃったわ」晨安の死の痛みを口にした途端、なんだか少しだけこころが軽くなったように感じた。その瞬間、ふと母親を亡くしたダニーが沈黙していた意味を理解できたような気がした。当時の彼は孤島であったのだ。そしていまの自分もまた孤島の身の上で、頼れるものはただ自分ひとりだけだった。

ダニーの母は彼に指輪を与え、その指輪が彼に愛情をもたらした。そして、晨安は自分に両親と祖母、それに自分自身が映った写真を残してくれた。まるで晨勉が孤独ではないのだと前もって示してくれていたかのようだった。

彼の母親の死はダニーを晨勉のもとへと導いたが、晨安の死はダニーと自分を再会させることでいったい何を引き起こそうとしているのだろうか。彼ら二人は互いに惹かれあう孤島であった。

その晩、ダニーから三度も電話があった。ひどく心配している様子で、晨勉はアルバートのことなら心配しなくても自分を困らせるようなことはないと言った。そうじゃなく、ただ君の声が聞きたいのだとダニーが言った。その声の調子から、ダニーが自分が生き急ごうとしているのではないかと思っているのだとわかった。「自殺なんてしないわよ。小さなころからずっと死を見てきたから、それが残された人に何をもたらすのかよくわかっているつもりよ。もしも私まで死んじゃったら、いったい誰が晨安の葬儀を取り仕切るの？」

ダニーはすべてを話すように言ったが、晨勉はそれには応じなかった。二度も晨安を殺したくはなかった。

二人は明け方まで話を続けた。「あと数時間もすれば会えるよ」ダニーが言った。

あらかじめ申告していたので、晨安の遺灰は順調に税関を通過することができた。遺灰を抱えた晨勉は人間がこれほど軽くなってしまうことに、なにやら新鮮な驚きを覚えた。遺灰を入れる容れ物には晨安の家に飾ってあった白い霧がかったガラス瓶を選んだ。かすかに見え隠れする晨安の姿が晨勉のこころをひどく落ち着かせた。

大雪のなかを空港まで迎えに来たダニーは冬服を着込んでいて、その身体に羽織られたコートは以前彼の家で見たのと同じものだった。冬服の厚く野暮ったい感じとその色合いは、ダニーの温和で上品な様子を際立たせていた。ドイツにいたころ、晨勉は遠目に彼が冬服を身に纏っている様子を目にしたことがあった。思えば二人はいつも夏場や熱帯地域で顔を合わせていた。大雪は二人の視界を狭めたが、この世界にはきっと冬を迎える島もあるはずだった。冷え冷えとする島で人々はいったい何をするのだろうか。荒れ狂う風に耳を澄ませながら本を読み、音楽を聴き、暖炉の前でビールを飲むが、散歩に出かけることのできないその日々はあまりに憂鬱に思えた。

ダニーは車を買い換えていた。それは以前、彼女が目にしたフォルクスワーゲンではなかった。

「車を換えたの？」晨勉はつい口を滑らせてしまった。

ダニーは疑わしそうに晨勉に目をやった。彼はこうした生活上の些細な出来事を喋る性質《たち》ではなかったからだ。

シンガポールから冬服を持ってくるわけにもいかなかった晨勉は、スーツケースをひとつ下げているだけで、身につけているものといえばどれも晨安のものばかりで、一見すると晨安その人であった。そんな晨勉を目にしたダニーも不案内な気持ちを隠せなかった。それはなにも晨勉が冬服を身につけていることばかりではなく、晨安のもつ雰囲気が朗らかであるせいでもあった。クリーム色をしたコートに濃い青の手袋、グレーのウールの洋服に茶色の平底ブーツといった出で立ちは、まるでゲルマン民族の息遣いを感じさせた。反対に、晨勉は濃い灰色か黒を好んで身につけ、それはアジア人がもつある種の老練さを感じさせた。

ダニーは晨勉のためにホテルを予約してくれた。彼女を家に泊めるのは具合が悪かったのだ。晨勉は学校の近くに小さな旅館があることを告げ、その方が論文の執筆で忙しいダニーが行き来するのに便利だと言った。部屋は見通しのいい十二階にあって、窓の外には音のない変化に乏しい氷の世界が広がっていた。晨安の遺骨箱を枕元に置くと、ダニーがそばまでやってきて晨勉を強く抱きしめた。「申し訳ないけど、ママがいないから君が家に来るのはちょっとまずいんだ」

「いいのよ」室内には暖房がきいていて、晨勉はコートにジャケット、手袋を一枚ずつ脱ぎ捨てていった。しかし、それでもまだ熱いと感じた晨勉はブーツを脱いで、裸足のまま浴室のタイルに立った。

「変ね。なんだか足の底からどんどん熱がのぼってくるみたい」

晨勉のそばに跪《ひざまず》いたダニーは、冷えた掌で足の裏を冷やしてくれた。彼は優しくつま先のほうから順に関節をマッサージしてくれた。

ふと視線を上げると、晨安の遺骨箱が目に入った。すると、身体の中心に向かって熱が集まり出したような気がした。「晨安、そこにいるのね?」晨勉はこころのなかでたずねてみた。晨勉の身体はなにかを待っているようだった。それはまるで潮が満ちるのを待ち、上流へと遡る準備をしている一匹の魚のようだった。

ダニーの手は魚梯《ぎょてい》をよじ登る魚のように動き、腕の付け根まで来てようやくその動きを止めた。「晨勉、やっと会えたね」晨勉のお腹に顔を埋めたダニーはつぶやくように言った。晨勉の見慣れた身体に満ちていく独特の息遣いを感じたダニーは、そこに打ち寄せる潮の音を耳にしたような気がした。香港で別れる前の二人の記憶はあまりに美しすぎた。ふと晨安が自分を呼ぶ声が聞こえたような気がした。こうして三人でいるのも悪くなかった。「ねえ、何が聞こえる?」ダニーにたずねてみた。

「潮が満ちる音が聞こえる」晨勉の身体はさながら逆さまにぶら下がった魚梯のようであった。

これ以上、晨安を呼び続ける必要はなかった。晨安への思いはすでに自分の身体に満ちていた。「ねえ、何が聞こえる?」晨安への思いが身体の中へと滑り込むその瞬間に、再びダニーにたずねてみた。

「君しか聞こえないよ」そこには本物の晨勉がひとりいるだけだった。

晨勉は孤独を感じたときに、彼に対する思いを身体全体にまで敷衍《ふえん》することでオーガズムを得ていた。抽象的な物事を完成させる方法は感動的なほどに純粋で、それゆえに恐ろしかった。晨勉はようやく肉体が如何にして抽象的なことを理解するのかわかったような気がした。

アジアの民族的習慣について研究していたダニーでさえ、ガラス瓶の中にいるのが晨安だとは気づかないようだった。同じように、きっと彼には晨勉がなぜ自分の生活を盗み見ていたのかわからないはずだった。

彼は晨勉を連れて学校の近くにあるバーへ出かけた。ダニーは静かに二杯ほど飲める場所が好きだった。

晨勉は黒ビールと現地で名の知られた無農薬野菜とソーセージを頼み、ダニーもまた同じものを注文した。

何か考え込むようにじっと晨勉を凝視していたダニーが静かに口を開いた。「君はここに来たことがあるのかい？」

「ええ」晨勉が答えた。

「それじゃ、あの日僕が見たのはやっぱり君だったのか」

ダンスパーティの夜、玄関先で待ち合わせをしていたあの日、彼が見たのは間違いなく本物の晨勉だったのだ。

「あなたの家の向かい側に部屋を借りていたのよ。そこでドイツ語を勉強して、あなたの生活をずっと観察してた」

ダニーが晨勉の手を握り締めた。「ちゃんと詳しく話してくれ」

「単純に善意だったとは思わないけど、別にあなたの生活を盗み見するつもりはなかった。ごめんなさい」手元の黒ビールで喉を潤した晨勉が話を続けた。「私がここに着いたころ、あなたはちょうどこの街から出ていくところだった。だからまずパリに行って、あなたに私が来たことは伝えないでおこうと思ったの。そこで何を目撃することになるかわからなかったし、それにひどく混乱していたから。それからドイツ語を習い始めた私は多友《ドーヨー》って友達と知り合った。とっても自立した子よ。私がここで目にしたのは、家庭でのあなたの生活と家族、それからダンスパーティだけ。他には何も見てない」

彼はそれ以上は何も聞かず、黙ったままだった。料理が運ばれてくると二人は各々自分の料理に手をつけた。晨勉に向けてジョッキをかかげたダニーがようやく口を開いた。「君が来るのをずっと待っていたんだ。そして君はやってきた。こんなに長く待っていたんだ。なのに君はこっそりやってきて、僕のことをずっと観察していた。時間の無駄だと思わないか？　僕たちが一緒にいた時間は長くてもせいぜい二ヶ月もないんだ。しかも、君がこっそり僕のことを観察していたことについて、いったいどう考えればいいのか本当にわからない。ひどいとは思わないか」

晨勉が席を立った。「ええ、確かにひどいわよね。これ以上、あなたのことを騙したくないから正直に言ったのよ。あなたの気持ちはよくわかる。もしも私だったらきっともっと怒っていたに違いないから。ダニー、あなたは私の人生で一番私の生命の琴線に触れることができた男性だった。本当に感謝してる」

いま、彼から責められることにはとても耐えられそうになかった。彼がバリ島でのように自分を追ってこないこともわかっていた。あのときは避妊に対するお互いの観念の違いから衝突したが、それは晨勉自身の身体に関する問題であって、なんと言っても自分の側に主導権があった。だが今回は違っていた。自分は彼を騙していたのだ。

二日目、ダニーが現れないかと待ち続けたが、結局彼は姿を現さなかった。そこで晨勉は晨安を連れて大雪が降りしきるダニーの街をひとりあとにした。ダニーへの負い目は雪に残した足跡とともについてまわったが、こころの中では自分は一生ダニーの影からは逃れることができないのだと感じていた。

晨安の遺骨箱はまるで小さな家のようだった。晨安という連れ添いがいたおかげで、シンガポールに戻ってすべてにけりをつけようといった勇気が湧いてきた。車も部屋も会社の所有物で、晨勉の職務は財務とは関係がなく、ドゥーランから物を借りたのはすべて個人的な行為であった。大切なのは、小哈をあの島から連れて帰ることだった。

こっそりシンガポールに戻った晨勉は、まず弁護士を探した。そこで内容証明書の草案を作ってもらい、公文書としてドゥーランへ送付した。車や部屋の鍵は弁護士に保管してもらい、会社に返却するように頼んでおいた。どうしてそのようなことをするのか理由は簡単だった。法律上の問題は法律をもって解決するのがこの国のルールだったからだ。ただ、感情の範囲は広範に渉っている上に原則だけが存在していて、晨勉とダニーの関係がそうであったように、そこに法律などは存在しなかった。ドゥーランが自分を引き止めるためにいったいどんな小細工をしてくるのか、いまの晨勉には知る術もなかった。

すべてに決着がついた後、晨勉はようやく小哈を連れて家に帰った。以前、部屋の掃除を頼んでいた清掃員が毎日小哈に餌をやって、散歩に連れて出かけてくれていた。

その日、小哈が見せた反応はとりわけ強く晨勉の印象に残った。

静かで温和な犬だった小哈は、これまで一度として吠えたてるようなことをしなかった。しかし、その日リビングにいた小哈は玄関に足を踏み入れた晨勉を見ると、まるで赤の他人でも眺めるようにじっとその姿を見つめて、狂ったように吠えたてたててきたのだった。晨勉はなんとか小哈をなだめようとしてみたが、小哈は後ずさりしながらなおも吠えることを止めなかった。ただ小哈は別段攻撃しようとするわけではなく、むしろ晨勉を守ろうとしているように見えた。

「私がひとりで戻ってきたことに怒っているのよね？」晨勉は小哈が自分に怒っているのだと思い、なんとかコミュニケーションをとってみようとした。

小さくうなり声をあげてそれに答える小哈を見た晨勉は、自分の予感が当たっているのだと確信した。近づこうとすると、小哈はまるでお化けでも目にしたように再び狂ったように吠えたてた。

「私とダニーとの間にいったい何があったか知っているのね」晨勉はそう言って、小哈の頭を撫でた。小哈は抵抗することなく、悲しみに満ちた様子で、亡霊でも慰めるように晨勉の全身を嗅ぎまわった。そして、そのそばから離れると遠くからじっと彼女の様子をうかがっているのだった。

その夜、明け方になるまで晨勉は魂と対話するような小哈の哀しげな鳴き声を耳にした。

ほとんど地球を一周して、ようやく晨安を台湾へ連れて戻ることができた。込みあげてくる疲労感はこれまでにはなかった現象《こと》で、晨勉はそれを齢のせいだと思うようにした。自分はもう飛行機で世界中を回るような歳ではないのだ。疲労感はまるで波が打ち寄せるように襲ってくるためにどこにも逃げ場はなく、溺れているような気分だった。さらに晨勉を落ち込ませたのは、歯止めなく低下していく体力で、ややもすればすぐに眠りに落ちてしまった。しかし、目の前には人生で最も重要な任務が自分を待っていた。晨安のために法要を執り行い、家族全員が一緒に入れる大きな墓を探して、遺骨をそこに遷す必要があった。だが、家族の墓を探すだけですっかり疲れ果ててしまった。死後に再び家族が集まることはこれほどまでに人のこころを消耗させるものなのだろうか。そして、ようやくすべてが軌道に乗り始めたころになって、病院に行った晨勉は満面の笑みを浮かべた医者から妊娠を告げられたのだった。その瞬間、再び氷河に亀裂が走るような音を耳にした彼女は、自分の周囲の世界が急速に崩れていくのを感じた。最初に晨安、そしていまあの晨勉を自らの手で葬り去ることになったのだ。新たな王国がいままさに打ち立てられようとしていた。

人生で最も大切なことが、妊娠と同時に起こってしまったのだ。

台北に戻ったばかりのころはまだなんの見通しもなく、ひとまず部屋を借りてそこに身を寄せてみたが、周囲の環境は想像以上にひどいものだった。昼間はさまざまな手続きをするために小哈を家に置いていかざるを得なかったが、夜になっても小哈を散歩させる場所さえ見つからなかった。そこで晨勉は将来について真剣に考え始めた。子供をこのような環境で育てるわけにはいかなかった。

ようやく晨勉はどうして小哈があのように自分に向かって吠えたてたのかわかったような気がした。これはきっと晨安が自分に与えてくれた子供なのだ。あるいは、子供は晨安自身なのかもしれない。残された形跡を見てもわかるように、そうした考えを否定することができなかった。この世界で自分と血のつながりのある、垂直に相連《あいつら》なる生命《いのち》をようやく手に入れることができたのだ。

ちょうどその時期、晨勉はシンと再会を果たした。新聞で彼に関するニュースを偶然目にしたのだ。台湾で中国語によるグローバルな女性雑誌の創刊に成功したシンは、すっかり大衆の注目するところとなっていた。晨勉をさらに驚かせたのは、彼の中国語能力だった。彼は完全に外国人がアジアで味わう精神的挫折を克服していた。台湾人の外国人に対する友好的な態度が、あるいは彼の帰属意識をすっかりと変えてしまったのかもしれない。言葉だけで判断する限り、彼が外国人かどうかまるで見分けがつかなかった。

電話をかけると、シンはすぐに相手が晨勉だと気づいたようだった。

彼はすっかり変わっていた。長かった髪をばっさりと切って、微笑みを浮かべ、異性に尻込みするような表情もうまく隠していた。ぱっと見る限り、彼はまるでダニーのようだった。

シンは晨勉がシンガポールを離れたことについてはまったく触れようとはしなかった。台北の出版界にも彼の名前を聞いたことがある者が何人かいたが、その背景についてはっきりしたことを知っている者は少なかった。彼らはシンが将棋の駒のように市場を渡り歩く、欧米の出版業界がアジア市場を席巻するために派遣してきた神秘的な話題作りに長けた人物だと思っていたようだった。

昔のシンの状態について、とりわけ自分と関わりのある部分に関しては暗然たる気持ちにならざるを得なかった。二人の交わす言葉はどこか緩慢としていて、その経歴に関してはいまさら急いで述べる必要もなかった。

いまの二人には共通する物語があって、また共通の知り合いや過去があった。いまでは晨勉も彼をこころから友人だと思えるようになっていた。シンは相変わらず繊細な観察眼をもっていて、いくらか言葉を交わしただけで、晨勉の放心状態は身体の変化にその原因があることを見てとったのだった。晨勉は自らの将来をひどく心配していたが、それは以前の霍晨勉《フオチェンミエン》が最も唾棄《だき》していたことでもあった。

「ずいぶんと弱ってるみたいだけど、以前のあの勇敢な霍晨勉はいったいどこに行ったんだ？　まさか病気か何かなのかい？」

「実は出来ちゃったのよ」晨勉が上目遣いで答えた。かつてはシンからエイズを染されたのではないかと恐れていたこともあった。

「計画的に妊娠したのか？　父親は誰だい？」シンが驚いたように言った。

「これまで一度だって避妊したことなんてなかったのよ。でも妊娠もしなかった。父親が誰なのかはわからない。近ごろ私の生理はずっと乱れっぱなしだったから。ねえ、シン。信じてほしいとは言わないけど、私はこの子供が誰なのか知ってるのよ」

「ドゥーランのやつ、君をそこまでこっぴどく追い詰めちまったのか？　しかし、まあ人は誰でも無茶をやるもんさ。そのディテールを僕に告げる必要はないよ。君が言うことはすべて信じてあげるから。まったく、中国人ってやつは本当に神秘的な民族だよ」シンは半ば嘲笑するような口調でつぶやいた。

晨勉は哀願に近い口調で話を続けた。「ねえ、シン。あなたの助けが必要なのよ。生まれてくる子供には名義上父親が必要でしょ？　父親が誰であろうと、あなたは西洋人で、外見上は何の問題もないはずよ」

無意識にシンを軽く見ていたことは否《いな》めなかった。が、同性愛者であるシンはこの国で結婚することができなかったし、またしようとも思わないはずだった。シンは合法的に台湾に居留する資格がなかったが、現地の人間と結婚すれば話は違った。シンは少し考えさせてほしいと答えた。彼の心理的な障害にならないように、ダニーとはこの半年間会ってはいないこと、そして赤ん坊が彼の子供ではないことをそれとなく伝えておいた。

三日後、晨勉はシンと書類上の婚姻関係を結んだ。ダニーからもらった蛇のデザインをした指輪を填めた晨勉は、シンのために龍の模様の入ったシルバーリングを用意した。シンの干支は龍で、蛇もまた小さな龍と言えなくはなかった。シンはこの考えに満足したようで、晨勉に指輪の意義などについて詳しくたずねてくるようなこともなかった。おそらく、晨勉の干支が巳《へび》だと思ったに違いなかった。何と言っても、シンは西洋人であった。

彼は香港まで付き合ってくれた。晨勉は離島で生活することを望んだが、シンはそれでは産気づいたときに都合が悪いと言った。そこで出産予定日の前には病院に入院すると彼に約束した。もしも香港市内に住むことになっても、台北だけには住みたくなかった。台北は妊婦が暮らすのには不便な都市で、シンは晨勉に付き添って離島で部屋を探してくれることになった。

離島へと向かう連絡船で、人工の景観は流れゆく空気にすっかり溶け込んでいた。静中に動あり、海水の波紋は船の周りで渦を巻き上げ、その水しぶきが晨勉の顔と記憶をパチパチと叩いていった。冬の海水は深く沈み込んだ幽かな青が積み重なって出来ているように見えた。あるいは、自分はようやくダニーとの関係から抜け出すことができたのかもしれない。身体全体が生命の深部へと沈み込んでいくようで、いまはただ未だ生まれぬ子供のことだけが気がかりだった。かつてソローは、大多数の人間は静かな絶望の生活を送っているのだと言っていた。

シンが口を開いた。「子供の父親が誰なのか本当にわからないのか?」

「わからない。あのころの私の生活が乱れきってたこと、あなただって知ってるはずでしょ」

離島が徐々に近づいてきた。埠頭には観光客たちを待つ食卓がすでに用意されていた。赤い格子縞の布に蛋民《だんみん》、嘶《いなな》くような汽笛信号、離島は昔となんら変わることがなかった。

「さあ、ようやく君のシマに到着したぞ。また昔みたいな生活に戻るつもりなんだろ？」シンはこれまで離島に足を踏み入れたことはなかったが、彼は目新しいことなら何でも首を突っ込みたがる性格だった。再会してからのシンは、どこにでも付き合ってくれる思いやりに溢れた完璧な友人だった。彼のこうした性格は幼い子供を育てるのにはきっと最適なはずだった。将来二人の間の関係がどのように発展していくのか、晨勉自身にもまだわからなかった。

「まさか。ひとりの母親にそんなことをするだけの精力なんて残されてないわよ。いまはただ安全な生活が欲しいだけ」

「昔暮らしていたって家はもう売られてるかな？」

晨勉は微笑を浮かべて答えた。「いいえ。きっと私が帰ってくるのを待ってくれているはずよ」

「僕には運命ってやつはわからないけど、これでも運命づけられた生活ってものは信じてるんだ。つまり、どんな人間がどんな人生を送ることになるのかってことさ」

「シン、本当にありがとう。あなたのしてくれたことはどれも私にとって大切なことばかりよ」

すると、シンはまるでダニーのように優しく晨勉の手を握り締めてきた。掌の大きさや体温、力加減などダニーそっくりに感じたが、あるいはそう感じただけなのかもしれないし、そうでなかったのかもしれなかった。

連絡船が徐々に埠頭へと近づいていくなかで、シンがぼんやりとした口調でつぶやいた。「大切ってどれくらい？」

晨勉はかつてダニーが座っていた椅子に目をやってみたが、そこには誰も座っておらず、また船上にはいくらばかりの乗客もいなかった。冬の離島は休暇を過ごすような場所ではないのだ。「私の命と同じくらい、大切よ」

実際、晨勉はドイツで大雪が降った日に起こった出来事の意味について、徐々にわかりかけてきていた。自分には子供がいて、それはダニーの子供だった。自分がドイツまで彼に会いに行ったのは、晨安のために活路を開いて、自分のそばに戻ってきてもらうためであった。それは何もダニーと別れるためなどではなかったのだ。晨勉は生命がそのように生まれるのだと信じてもいいとさえ思った。ダニーは生命にすがって生きるようなことはしなかったが、自分はそうする必要があった。晨勉はいまでは自分がどこで呼吸をしているのかはっきりと理解することができた。それは抽象的な性でもなく、またあの晨勉と関わりのあることでもなかった。

●

「君はどうしてそんなに島が好きなんだ?」かつてダニーにそう聞かれたことがあった。

そのときの答えを、晨勉はいまでもはっきりと覚えている。「完璧だからよ。大きすぎる空間は、私にとってなんの意味もないのよ」

訳者あとがき

倉本知明

島嶼としての「わたし」

いま、島が熱い。冷戦終結以降、島嶼をめぐる主権の争いは北方四島、竹島（独島《ドクト》）、尖閣諸島（釣魚台《デャオユウタイ》）、南沙《スプラトリー》諸島、西沙《パラセル》諸島と、北東アジアから南シナ海にかけて広がりをみせ、さらにここ数年では台湾、香港、沖縄と、東アジアの周縁島嶼地域で立て続けに発生した学生・市民グループらによる数々の抗議運動は、従来の主権国家同士による島嶼をめぐる争いに新たな複雑さを加えている。

島嶼の主権をめぐる各国の対立は、帝国主義時代から残された負の遺産を現在の我々が如何に処理するかといった問題にもつながっているが、仮にこうした島嶼のひとつひとつを個人の身体として捉えてみた場合、大陸から隔絶された島嶼の存在は、歴史や民族を母体とした主体意識やアイデンティティといった概念への批判となる可能性を孕んでもいる。我々は誰しもみな巨大な社会に浮かぶ一個の孤島であって、母親の子宮から離れたその瞬間から、他者との間には絶対的に越えられない距離がある。こうした孤独のもとで唱えられる国家意識や民族意識といったものは近代国民国家が生み出したある種の共同幻想にすぎないが、主権国家の国民として生きる我々が国家から切り離された島嶼としてその独立した思考と身体を維持することもまた容易ではない。

しかし、我々が周縁的な存在である島嶼に共鳴して、そのふくよかな複数性に触れる際、それは排他的所有権を主張して、国民の同一性を前提とする近代国家に対するある種の反駁であって、また大陸的な国家意識やその思考方法から離脱する可能性を模索する試みでもある。

そうした意味で、度重なる外来統治を受けてきた島嶼・台湾について考えることは、周縁的存在から国家や歴史といったものを捉え直す契機ともなる。オランダ、鄭成功、清朝、日本など、十六世紀以降、彼ら外来統治者たちは新たな支配者に駆逐されるまで台湾を排他的に領有してきたが、戦後台湾においていったん大日本帝国から「遺棄」された島嶼を新たな国家意識の下に統合したのは、国共内戦に破れて大陸から亡命してきた国民党政府であった。外省人と呼ばれた彼ら大陸の故郷を追われた軍人や公務員、そしてその家族らは、かつて帝国日本の南進基地であった台湾を「大陸反攻」の前線基地とすることで仮初めの寓居を得たが、それによって、自身もまた大海に浮かぶ島嶼のひとつであるといった事実から長らく目を背けてきた。しかし、おのれの臍の緒を広大な大陸の母胎につなげておこうとするこうした矛盾は、一九七〇年代に入ると国連からの脱退や日米両国との国交断絶など、国際的地位の喪失といった形で徐々に露わになっていった。

やがて、一九八七年に戒厳令が解除されると、こうした矛盾はそれまで等閑視されてきた台湾本島の言語・文化・歴史を肯定する「本土意識」と呼ばれる政治運動の下で急速に後退していく。「台湾意識」とも呼ばれるこうしたアイデンティティの変化を肯定的に見る向きは日本国内でも強いが、前述したような島嶼のもつ本質的な孤独を前提として考えた場合、とりわけ大陸との紐帯を重視してきた外省人からすれば、こうした「本土意識」の高揚はそれまで堅持してきた自己認識の崩壊であると同時に、新たな同化主義との闘いも意味していた。

国家や民族、階級やジェンダーといったあらゆる自己認識を剥ぎ取った、一個の島嶼として自らの身体を見つめた『沈黙の島』は、アイデンティティをめぐるこうした政治的な駆け引きが火花を散らしていた一九九〇年代中葉の台湾において発表されたのであった。社会の至るところで「私」とは何者であるかといった議論が喧しく議論されていた当時、何者でもない「私」を主張する手段としておのれの身体を沈黙する一個の島嶼として描いたことに、このテクストのもつ政治的意義がある。

それは、本書における次のような一節にも明確に表れている。

晨勉がはじめて遭遇することになった新たなその差別は、相手の生まれた場所や社会的地位、教養などを問うのではなく、省籍やエスニシティによって相手を区別するといった形の排除であった。それは雷鳴轟《とどろ》く空から一滴の雨粒も降らない天気に似て、何かを聞くことはできても決してそれを実際に目にすることはできない曖昧な観念でもあった。実際、晨勉のもつ社会的価値観は常に理性的で、積極的に他人を攻撃することもまた攻撃されることもなかったが、晨勉は感情的に自他の間に境界線を引き、おのれのアイデンティティを定めてしまうことにはどうしても納得できなかった。（一一七頁）

ここで言われている「省籍やエスニシティによって相手を区別するといった形の排除」とは、戦前から台湾に居住していた本省人か、それとも戦後国民党とともに渡台してきた外省人かといった「省籍」の相違によって「積極的に他人を攻撃」していた当時の台湾の社会状況を述べたものである。こうした叙述の背景には、台湾と中国、どちらにアイデンティティを求めるのかといった政治的な踏み絵が広く市井の人々の間で頻繁に行われていたことがあった。「我愛《アイラブ》台湾」のスローガンが叫ばれた「本土意識」の高揚の下で、中国人でも台湾人でもない「私」を主張することは、ある意味で冒険的な試みでもあった。テクストでは、それを香港人のもつアイデンティティに近いものとして述べているが、台湾文学研究者である邱貴芳は、こうした「過激なアイデンティティ否認」が『沈黙の島』における特徴のひとつであったことを指摘している。[*1] 実際、ナショナル・アイデンティティをめぐるこうした問題は、本書の発表からすでに二十年経った現在でも変わることはなく、台湾政治が向きあうべき巨大な論点《イシュー》であり続けている。

作者の蘇偉貞《そいてい》(Su Wei-chen)は、それまで台湾全土を覆っていた大陸的思考から自らを放擲させ、排他的所有や主体意識から自由になる手段として島嶼を身体のメタファーとして用いているが、沈黙する島としての「私」といったエクリチュールは、作者自身が「本土意識」の高揚のもとで「故郷」を失ってしまった外省人二世であったことと決して無関係ではない。言葉を換えれば、島嶼としての「私」が生まれた背景には、ある日突然国家から放逐されてしまった「私」がもつ沈黙の叫びが隠れているのだ。

眷村出身作家としての蘇偉貞

一九五四年、蘇偉貞は台南の八〇四医院(現在の国立成功大学力行キャンパス)で生まれた。日中戦争の勃発に伴って大陸各地を転戦してきた父親は、国民党政府の台北遷都とともに台南の砲兵学校の軍事教官として赴任してきた職業軍人で、蘇偉貞はこうした戦乱によって生まれた故郷離散者《ディアスポラ》を両親にもついわゆる外省人二世にあたる。台南郊外にある影劇三村で高校卒業までを過ごした蘇偉貞は、後に台北の政治作戦学校（現在の国防大学政治作戦学院）演劇科に進学、卒業後は軍中作家として中華民国軍に在籍しながら、数多くの小説を世に送り出してきた。日本では馴染みが薄いが、中華民国では伝統的に職業軍人が作家活動をする軍中作家と呼ばれる一群の作家たちがいて、彼らは戦後台湾の文壇で一定の影響力を保ってきた。国共内戦の敗北を文藝活動でのテコ入れの失敗と考えていた国民党政府は、戦後は積極的に国軍出身の作家たちを育成してきたが、職業軍人としての顔をもつ彼らは、強烈な中華意識と愛国主義の下で数多くの作品を発表してきたのだった。

　しかし、こうした軍中作家のなかでも、女性作家としての蘇偉貞は異色な存在であった。発表された作品の多くは恋愛小説が中心で、『陪他一段（彼に寄り添って）』（一九七九年）、『紅顔已老（老いたる麗人）』（一九八四年）など、蘇偉貞は独特な作風で都市生活における情愛関係を女性の視点から描いたことで、当時台湾文壇を風靡していた「閨秀作家」のひとりとして世間の注目を集めてきた。また、一九八七年の戒厳令の解除以降は、女性のセクシャリティや身体を独特の美意識のもとに描いてきたことが大きく評価され、本作『沈黙の島』では「第一回時報文学百万小説特別審査員賞」を受賞している。現在は台南の国立成功大学において執筆活動を続けながら、戦時期上海で活躍した女性作家張愛玲《チャン・アイリン》の研究者としても活躍するなど、名実ともに現代台湾文学を代表する作家といえる。

　島嶼、あるいは孤島といったメタファーを考える際、蘇偉貞が青春時代を過ごした影劇三村での経験を見逃すことはできない。影劇三村は眷村《けんそん》と呼ばれる国民党の軍人やその家族たちが暮らす軍人コミュニティのひとつで、戒厳令体制下の台湾各地に六百近い集落が形成されていた。一九四九年、国共内戦に敗北した国民党政府は、首都を南京から台北へと遷して、それに伴って当時二百万人とも言われた敗残兵と難民たちの波が陸続と台湾海峡を越えようとしていたが、国民党政府はこうした人々を一元的に収容・管理する目的から、台湾各地に点在する日本統治時代の軍事施設跡地や新たに大陸反攻用に建設された軍事拠点などを中心に彼らの居住問題の解決を図ろうとした。こうして生まれた官営村落は、国民党政府や陸・海・空各軍の管轄の下で「反共復国の模範村」として政府の重要な政治基盤を形成する一方で、台湾社会から隔絶された状態が続き、戒厳令が解除された一九九〇年代以降はその多くが都市部からの強制排除を余儀なくされた。

すでに廃墟となっている眷村を訪れるたびに感じるのは、それぞれの眷村がまるで独立した一個の小宇宙を形成しており、まさに陸の孤島と呼ぶのに相応しい場所であることだ。現在私が暮らしている高雄《ガオション》は、北に岡山《ガンシャン》（空軍）、西に左営《ツォイン》（海軍）、東に鳳山《フォンシャン》（陸軍）と周囲を軍事基地にぐるりと取り囲まれているが、そうした軍事基地の近くには必ずといっていいほど眷村やその跡地が寄り添うように点在している。動乱の中国を戦い抜いた老兵たちが大陸各地の方言でお喋りする村の石門には青天白日満地紅旗が高々と掲げられ、低い赤レンガやコンクリートで仕切られた箱庭のような小さな部屋には、色褪せた蔣介石の肖像画や新中国建国以前の巨大な中華民国地図が飾られている。眷村はさながら外海に浮かぶ孤島の如く、「本土」の人間が汽笛を鳴らすことなく無暗に接岸しようとすれば、間違いなく無言のまなざしでその来歴を誰何《すいか》されてしまう、そんな場所だった。

実際、眷村を訪れたことのある人間ならば、『沈黙の島』における島嶼といったメタファーが、台湾社会における眷村のこうした孤立した状況がその下敷きとなっていることを実感することができるはずだ。かつて満州に入植した満蒙開拓団が日本の敗戦によってすべてを失ったように、国家権力によって意図的に創造された政治空間は、その後ろ盾となる権力が崩れた瞬間から徹底的に都市内部から排除されていく。眷村もまた「本土意識」が高揚した一九九〇年代を境に、台湾各地の都市部からその姿を消していったが、眷村で生まれ、眷村で生活してきた外省人二世たちにとって、眷村は大陸各地からの離散によって成り立つ「想像された中国」の縮図であると同時に、自らの来歴を証明する実態としての「故郷」でもあった。

当時、政治家たちによって頻繁に唱えられていた「運命共同体」といった言葉を使って、蘇偉貞はかつて影劇三村で暮らした日々を次のように描写している。

眷村で暮らす両親はどうやって子供たちを育てていくべきか心得ていた。だから、私たちも決して両親や小さな頃から一緒に遊んできた仲間たちに頼るようなことはしなかった。いまでも思い出すのは、あの当時はまだ水道が通っておらず、どの家も子だくさんでひどく活気に満ちていたことだ。子供たちは毎日身体中を真っ黒にして家路につき、両親は貧しいがまだまだ血気盛んな年頃で、ひっきりなしに子供たちを引っ叩く音はまるで音楽のように村中に響いていた。私たちは流動的で情熱に満ちた環境で大きくなり、誰ひとりとして「親父」から打たれたことを笑うような者はいなかった。私たちはみな共通の価値観と名誉を抱いていて、誰が偉い偉くないなどと思う者もなく、誰の生命も同じだけの価値をもっていた。こうした生活の中で毎日日が暮れると、母親たちは玄関に立って子供たちにご飯の時間だと大声で告げ、彼らを風呂に入れてはまた引っ叩いていくのだった。母親役の者は子供たちをひとりずつきれいに洗ってやり、火をおこして料理の支度をした。食事が終わると、ある者は盥《たらい》いっぱいの洗濯物を洗うためにそれを水へ浸けて、一枚一枚ごしごしと手洗いしては溝の中へと流していくのだ。こうした生活水はどの家庭の溝からも流れ出していた。あの大量の服を洗った生活汚水を見るだけで、母親たちの生活がどれほど辛いものであったかわかる。私たちの生活はどれほど「運命共同体」としてのそれであっただろうか。[*2]

戒厳令の解除によって、想像上の中国へとつながる「故郷」を一瞬にして失ってしまった外省人二世たちは、まさにそうした「故郷」への郷愁を胸に「本土意識」の高揚する台湾社会へと放逐されたのだった。外部から遮断された小さな島嶼（眷村）を世界のすべてだと信じてきた外省人二世たちにとって、一九九〇年代とはまさに国内離散《ドメスティック・ディアスポラ》の時代でもあった。『沈黙の島』と同時期に「時報文学百万小説賞」にノミネートされた朱天文《しゅてんしん》や平路《へいろ》らの作品が、ともに外省人二世のアイデンティティをめぐる葛藤を背景に書かれていたことからも、彼らが「運命共同体」としての「故郷」の喪失を経験するなかで、数十年来の見慣れた「異郷」のなかに如何にして自らの居場所を見出そうと懸命になっていたのか知ることができる。[*3]

テクストにおいて、「土地への執着をもた」ない「流動的な生活を好む」晨勉は、「歴史も文化も必要としない」本省人女性として描かれている。しかし、自らの身体を移動を続ける一個の島嶼とみなすことによって、あらゆるアイデンティティを拒絶するその態度は、それまで不可視の存在であった「故郷」を「本土意識」の中で発見した本省人女性というよりも、むしろ「故郷」を放逐され、「異郷」を彷徨《さまよ》い続ける外省人二世たちの影法師である。

言葉を換えれば、「異郷」のなかにまるで孤島のように浮かんでいた「故郷」が政治的変動によって消えてしまった後、過去に遡ることでそうした「故郷」を懐かしむのではなく、むしろ「異郷」を漂流する身体を一個の島嶼と見立てることによって加熱するアイデンティティ政治へ異議を唱えたことに、『沈黙の島』がもつ空間的転置の面白さはあるのだ。

構築された二つの世界——父の渇望と母との対峙

テクストでは、二人の晨勉の世界が同時並行的に進行することによって、島嶼世界に生きる晨勉が自らの人生における空白を補填しようとしているが、両親や子供、家庭に対する考え方には微妙な差異がみられる。とりわけ両親との関係に関しては、一方の晨勉が両親のいない「異常」な家庭環境のなかで、父親の存在を渇望しながら男性関係をもつことに対して、もう一方の「正常」な家庭環境のなかで育った晨勉は、そうした男性を独占する母親と対峙する存在として描かれている。以下ではテクストの内容に沿ってその概要を述べてみたい。

晨勉の母親は精力的だが浮気ぐせのある夫を殺して刑務所に服役していたが、娘たち姉妹が成人になるのを待って刑務所で自殺する。異常な家庭環境で育った晨勉は、「正常」な家庭環境の下ですくすくと育ったもうひとりの晨勉（以下前者を晨勉A、後者を晨勉B）の人生を創造することで、自身の人生の

	登場人物	設定
晨勉A	晨勉（アジア各国の島嶼を渡り歩く、独身） 晨安（妹、イギリス在住、既婚） ダニー（ドイツ人男性、正常な家庭環境で育つ） 多友（孤独なドイツ人女性） 晨勉の母（夫を殺害、刑務所で自殺） ジョン（イギリス育ちの香港人男性） シン（オーストラリア人男性のバイセクシャル） ドゥーラン（シンガポール在住、インド人男性）	・「異常」な家庭環境 ・父母が死亡 ・アジアの島嶼を流浪 ・未婚（処女） 想像／創造
晨勉B	晨勉（台北定住、既婚） 晨安（弟、台北在住、同性愛者） 祖／ダニー（アメリカ人華僑、母親から支配） 多友（台北在住のドイツ人男性） 祖の母／ジーン（精神疾患、息子を支配） 馮嶧（晨勉Bの夫、中国に出張を繰り返す） ルイ（台湾人男性、国立劇場の演出家）	・「正常」な家庭環境 ・父母は健在 ・台湾に定住 ・既婚（豊富な性経験）

空白を埋めようとする。両者の人生は決して交わることはないが、それでも二人の晨勉の前に現れる男性たちはどこか似ている。台湾に香港、シンガポールにバリ島と東アジアの島嶼を渡り歩く晨勉Aは、香港の離島で出会ったドイツ人男性ダニーの身体に激しく惹きつけられていく。一方、台湾で「正常」な家庭を築き、何不自由ない生活を送っていたはずの晨勉Bも、ふとしたきっかけからアメリカ人の華僑男性祖《ズー》（ダニー）と関係をもつ。まるでトランプを配り直すようにして構築された二つの世界において、晨勉Aと晨勉Bは同じように複数の男性たちと関係をもち続けるが、ダニーの身体を通じて自身が

求めていた「家庭」や「父親」への渇望を知った晨勉Aが彼の子供の出産を決意したことで、それまで並存していた晨勉Bの世界は霧散していく。

決して交わることのない両者の人生だが、テクストを詳細に読み込めば、それが晨勉Aによって想像された世界であることに気づくはずだ。右の図表を見てもわかるように、晨勉Bの世界は基本的に晨勉Aの期待と願望が生み出した幻影となっている。ラカンの鏡像関係をもちだすまでもなく、不幸な家庭環境の中で育った晨勉Aは、まるで鏡を見るように「正常」な家庭環境をもった晨勉Bの人生を想像することによって「本物」の自分自身を見つけ出そうとしている。言い換えれば、両親のいない晨勉Aは両親をもつ「正常な」晨勉Bにあるべき人生を仮託することで、自分の人生の空白を埋めようとしているのだ。

例えば、そのことは次の文章からも読みとることができる。

その瞬間、まさにそうした痛みが、晨勉にもうひとりの自分を生み出させた。そこでは美しく憂いを知らない母が、留学する娘の未来を気にかけながら別れを惜しんでいた。「その晨勉」は海外で演劇を学ぶつもりで、夜になれば家族全員、もちろん父と弟も揃ってレストランで一緒に食事をとる予定になっていた。その晨勉は明るい性格でありながら立ち振舞いは神秘的で、そこから溢れ出す矛盾に満ちた雰囲気は周囲の人々をひどく魅了した。夢見ることに憧れを抱いているその晨勉は感傷といったものを微塵も解さないタイプの人間だった。それは晨勉がはじめて世間一般の価値観を身につけた「本物の晨勉」と視線を合わせた瞬間でもあった。晨勉はじっと目の前にいる幼い母の顔を見つめた。いったいなんと非現実的な光景か。晨勉はこの「本物の晨勉」の生命《いのち》を通じて、もうひとつの人生を創造することに決めたのだった。同時に、こころのなかである誓いを立てた。この晨勉が呼吸をするたびに、自分のなかに広がる空白は補填《ほてん》されていくのだ。「さようなら。母さん」晨勉は低くつぶやいた。（一三頁）

晨勉Aは「明るい性格でありながら立ち振舞いは神秘的で、そこから溢れ出す矛盾に満ちた雰囲気は周囲の人々をひどく魅了」する「本物の晨勉」をこころに想像／創造することで、「自分の目で自らの運命を見ることが叶わないにもかかわらず、それでもなお別の人生を必要とするような状況」を生き延びようとしている。晨勉Aのこうした決意が、同時に母親との決別を意味していることにも注意しておきたい。

こうした合わせ鏡としての二人の相違は、やがて父親への強烈な渇望を見せる晨勉Aと母親と決定的に対峙する晨勉Bとのコントラストとなって現れていく。晨勉Aは強烈すぎるおのれの愛情を守るために、自身が渇望している「家庭」の存在を拒絶しながら、同時に「正常」な家庭環境で育ったダニーを通じて、母親に殺された父親のイメージを彼の身体に投影していく。晨勉Aが求めるダニーは原始的な意志をもった外国人男性で、同じく原始的な意志をもって外国人の血を引く（とされた）父親の生き写しとしても描かれている。晨勉Aもそれを自覚しており、もしもダニーと落ち着いた関係になれば、いずれ自分が母親と同じように彼を殺してしまうのではないかと「運命」の再演を危惧している。

本来、家庭にあるべき両親を母親の強烈すぎる愛情によって失ってしまった晨勉Aは、他人が家庭のなかで得るべき「生活」をもっていない。だからこそ、父親の生き写しであるダニーに惹きつけられていくのだが、やがて彼の子供を身ごもったことを知った晨勉Aは、今度はその「新たな王国」を守るために、同性愛者であるシンと偽装結婚することで、渇望していた「正常」な生活を手に入れようとするのだった。

一方、母親との対決姿勢は、晨勉Bの世界において顕著に現れている。晨勉Aと晨勉Bが鏡像関係にあるように、夫を殺して獄中で自殺した晨勉Aの母親と夫を棄てて息子たちを支配する祖の母親（ジーン）は、テクストにおいて鏡像関係にある。両者はともに愛情のためにすべてを抛《なげう》つ女性として描かれ、また男性に対する強烈な独占欲といった点でも共通している。晨勉Aの母親はそれが理由で夫を殺してしまい、晨勉Bの母親は同じ理由で息子である祖を独占している。愛情の世界に生きる二人の母親が、最終的に刑務所／病院といった狭い空間（島嶼）のなかに監禁状態に置かれる点でも一致している。二人の夫から十分な愛情を得られなかったジーンは息子である祖を擬似恋人として徹底的に支配することで満足を得ているが、晨勉Bは母親のそうした支配から祖を解放するためにやがてジーンと対決していくことになる。

しかし、晨勉Bが晨勉Aの想像の産物であるとすれば、晨勉Bとジーンとの間の対決は、同時に晨勉A自身が刑務所で自殺した母親と対峙することを意味している。晨勉Bはダニーのコピーである祖を同じく晨勉Aの母親のコピーであるジーンと奪いあうが、それは晨勉Aの内面世界における代理戦争の様相を呈している。晨勉Aは現実世界において失われた父親を渇望するだけではなく、いわば晨勉Bの世界を通じて、すでにこの世を去った両親と向きあおうとしているのだ。

身体とアイデンティティ

本書におけるもうひとつの大きな特徴は、身体とアイデンティティをめぐる描写である。二人の晨勉はそれぞれ異なった家庭環境や島嶼世界で暮らしながら複数の男性たちの身体を渡り歩いているが、あらゆる固定的なアイデンティティから逃れる遊牧民《ノマド》として暮らす晨勉たちが唯一「私」が「私」であることを実感できるのは、同じく大海に個／弧として浮かぶ他者の身体を「死」や「性」によって意識した瞬間であった。

テクストには、大きく分けて二つのタイプの身体が描かれている。第一に血縁関係を主体とした身体で、第二に情欲の主体としての身体である。前者は血縁関係をもった人々との関係性がそのまま晨勉自身のアイデンティティの指標となっており、そうした家族の喪失が同時に晨勉たち二人のアイデンティティ崩壊にも直結している。

例えば、それは育ての親であった祖母を失った晨勉Aの次の言葉からもうかがうことができる。

親しい人たちはみんな死んでしまった。そのことは二人がアイデンティティのランドマークを失ったことを意味していた。自分たちはいったい何者なのだろうか？　それはいまだかつて人が足を踏み入れたことのない孤島のような場所であった。（二二一頁）

晨勉Aはアイデンティティを「中国人」や「台湾人」といった大文字の固定した概念ではなく、あくまで他者（それも近しい血縁者）との関係性のなかに限定することによって、主体意識を可変的で、また「歴史」や「文化」に吸収不可能なものとして捉えている。「土地になんのアイデンティティも抱くことのない」晨勉Aにとって、血縁関係とは自身が信頼できる唯一の座標であって、自分と血のつながった誰かがこの世から去ってしまうことは、自らの主体意識と世界の間に亀裂を生じさせることでもある。だからこそ、外界と関係性を失ってしまった身体は「いまだかつて人が足を踏み入れたことのない孤島」として描写され、自身と交信できる他者（島嶼）の存在を求めて航海の旅に出かけるのだ。

こうした流動的な主体意識のなかで、生殖行動は「孤島」から抜け出すために用意された唯一の「出口」として描かれている。晨勉Aは香港の船上生活者「蛋民《だんみん》」たちが、その逼迫した生活環境のなかでも子供を産む理由について、彼らには「出口」がないからだと述べている。自らを狭い空間の中に閉じ込める空間から抜け出すために用意された「出口」とは、新たな血縁関係／アイデンティティを創造することであって、だからこそ物語の最後でダニーの子供（晨安の転生）を身ごもったことを知った晨勉は、自分が二度と「孤島」にはならないのだと予感するのだ（反対に子供を堕胎した晨勉Bはその世界から退場する）。

二つ目の情欲の主体としての身体は、テクストにおいて一貫したテーマとして描かれている。実際、テクストには異性愛者だけではなく、同性愛者もいればバイセクシャルもいて、観念的な両性具有者まで登場している。彼らは国籍や人種を異にしながらも、決して国民性や民族性といった固有した概念にとらわれることなく、テクストでは言語的なディスコミュニケーションすら存在していない。二人の晨勉は国境や国籍を越えた男性たちとの間に肉体関係をもち続けているが、ここでは一般的な性欲とは別に、社会的束縛から離脱する手段としての性も強調されている。不特定多数の男性たちとこうした性関係を結んでいくなかで、晨勉Aはやがて次のような結論に至る。

性の啓発とは何も印象的な初体験や人生で出会った最も大切な相手であるとは限らないのだ。あるいはそれは大したことのない相手や事件であるのかもしれない。(一五八頁)

不特定多数の性愛対象を前提とした晨勉のこうした考えは、戒厳令体制下の台湾で強調されてきた伝統的な女性の貞操観念とは明らかに衝突するものであった。もちろん、晨勉たちが発見した「性哲学」は、女性の情欲やセクシャリティを肯定的に描こうとしてきた一九九〇年代における台湾女性文学の系譜のなかに位置づけることができる。[*4] しかし、蘇偉貞が『沈黙之島』でこうした赤裸々な性を描いたことは、戒厳令体制下で、女性の情欲の描写に消極的であったことへの自己批判の意味も込められている。中国文学研究者の王徳威は、蘇偉貞の描く女性たちを「沈黙の喧騒の中で激情の規律を鍛えぬいた」「行軍者」たちと呼び表したが、戒厳令解除前の蘇偉貞の作品には、男女間の純粋な情愛は描かれても、複雑な性愛の形は描かれてこなかった。[*5]

一方で、『沈黙の島』において登場する島嶼としての身体は、情欲の主体としての女性の姿が描かれているだけではなく、さらに他の島嶼(身体)との交渉によって、「私」が「私」であることを知る媒体として描かれている。「人生における最大の快感はセックスから得られ」ると考える晨勉Bは、常に

「性の喜びの中におのれを見出してきた」が、「性」は快楽としてのそれだけではなく、大海を一個の島嶼として航海する「私」の重要な座標軸としても機能しているのだ。

近しい血縁者との断絶によって「孤島」となってしまった晨勉の身体が、他者との交渉を通じて自らを世界に啓《ひら》き続けたことは、戒厳令体制下を通じて長らく自身を支配してきた、他者による排他的所有や単一的なアイデンティティの確立といった大陸的な思考から作者自身が離脱していく試みでもあった。テクストにおいて繰り返して描かれる性愛が、決して夫婦関係や家庭といった「所有」へと結びつかないことからも、『沈黙の島』における身体とアイデンティティの特殊な関係性をうかがうことができる。実際、晨勉Aは家庭や父親の存在を渇望する一方で、ダニーとの関係が「家庭の介在によって容易に平凡な存在へと変わる可能性」があることを肌で感じとっている。晨勉Aは、そこで結局彼の身体を所有することなく(あるいは所有されることなく)、同性愛者であるシンと偽装結婚することで、「正常」な生活を擬態して生きていくのだ。

そうした意味で、「死」や「性」といった可変的な要素によって決定される島嶼としての晨勉の身体とそこから生まれる一連のアイデンティティは、一九九〇年代における台湾政治への批判だけではなく、現在島嶼の主権をめぐって激しい鍔迫《つばぜ》り合いを繰り返す東アジアにおける一種のアンチテーゼにもなっている。喧騒の中で沈黙する島嶼には島嶼自身の感情があって、それは決して他者による支配や管理を必要とするものではないのだ。

おわりに

最後に、本書を翻訳するきっかけを与えてくれた愛知大学の黄英哲先生にこころより御礼申し上げたい。また、遅々として進まない筆者の翻訳作業に根気強くつきあい、校正に尽力していただいたあるむの吉田玲子氏にも、この場を借りて感謝を述べたい。はじめての長編小説の翻訳で至らない点が多々あったと思うが、吉田氏には最後まで懇切丁寧な校正をしていただいた。

そしてなによりも、本書を執筆した蘇偉貞氏に感謝の言葉を送りたい。数年前、日本からぶらりとやって来て、アポもなく研究室をたずねては台湾文学に対する情熱や拙い中国語による創作を披露しながら幼い気炎を吐いていた異国からの漂流者を、笑い流すでもまた追い返すでもなく、ただただ真剣に向きあってくれたことにこころから感謝している。日本にいたころ、初めて蘇偉貞氏の作品に触れた私は、作品に登場する人物たちのように繊細で鬼気迫る女性たちの姿を作者の身の上にイメージしていた。しかし、実際に出会った蘇偉貞氏はどちらかといえば快活で面倒見のよい兄貴分肌の雰囲気をもった人物で、そのギャップに不思議な魅力を感じたのをいまでもはっきりと覚えている。

私が成功大学で中国語を勉強していたころ、台南のランドマークともなっている巨大なガジュマルが見える成功大学のキャンパスで、蘇偉貞氏は例の相手を射抜くような鋭い視線を私に注ぎながら、「こんなところにいないで外に出なさい。若者はとにかく恋愛しなくちゃダメよ」と口にしたことがあった。いま思えば、それこそが蘇偉貞氏のもつ厳粛さと茶目っ気が見事に現れた言葉であったように思う。ともすれば表面的なつきあいだけに終わってしまいがちな異国での人間関係において、蘇偉貞氏は無条件に信頼することのできる数少ない人物であった。

また、本書は二〇一四年に印刻出版から出版された『沈黙之島』の新版を下敷きに翻訳を行った。一九九四年に出版された旧版との間では、表現のディテールなどにおいて大きな違いが見られる。その相違は二十年の時間の流れを感じさせるものであったが、ここでその詳細について取り上げることは差し控えたい。

なお、本書の出版は国立台湾文学館の台湾文学翻訳助成を得たものである。ここに記して感謝申し上げたい。

注

＊1 邱貴芬『仲介台灣・女人―後殖民女性觀點的台灣閱讀』（台北：元尊文化、一九九七年）六四頁。

＊2 蘇偉貞『單人旅行』（聯合文學出版社、一九九九年）一四五―一四六頁。

＊3 当時、「時報文学百万小説賞」にノミネートされたのは、朱天文の『荒人手記』と平路の『行道天涯』で、朱天文の『荒人手記』に関しては、池上貞子の翻訳で日本でも出版されている（『荒人手記』国書刊行会、二〇〇六年）。

＊4 日本でも翻訳された李昂の『迷いの園』（一九九一年）、朱天文の『荒人手記』（一九九四年）、陳雪の『天使がなくした翼を探して』（一九九四年）、朱天心の『古都』（一九九七年）など、当時台湾の女性作家たちは、自らのアイデンティティやセクシャリティに積極的に向きあおうとしてきた。『沈黙の島』における女性たちの赤裸々な情欲もまた、こうした現代台湾の女性文学の系譜のなかに位置づけることができる。

＊5 王徳威「封閉的島嶼：序論」、蘇偉貞『封閉的島嶼』（麥田出版社、一九九六年）八頁。

蘇偉貞（そ　いてい）Su Wei-chen
1954年台湾台南生まれ。本籍は広東省、外省人二世の女性作家。台南郊外の眷村で育ち、中華民国政治作戦学校演劇科卒業後は国防部芸術工作総隊などで軍職を歴任、退役したのち『聯合報』副刊などで編集の仕事に就きながら、旺盛な執筆活動を展開した。1980年代を中心に都市生活における女性の情愛関係を描いたことで、当時流行していた「閨秀作家」のひとりとして注目を集める。1990年代以降は鬼気迫る筆致で女性たちの独特の美意識を描き、ジェンダーやエスニシティ研究など幅広い分野に影響を与えてきた。また、自らの故郷でもあり、国民党軍人とその家族たちが暮らす官営村落であった眷村をテーマにした作品も数多く描いている。作家張愛玲の研究者としても知られ、香港大学中国文学研究所で博士号取得後は台湾の国立成功大学中国文学科で教鞭を執るなど、現在も創作と研究を両輪に活躍を続けている。

訳者
倉本知明（くらもと　ともあき）
台湾・文藻外語大学助理教授。専門は比較文学。台湾高雄在住。主要論文に、「愛情のユートピアから情欲と狂気のディストピアへ―「解厳」前後における蘇偉貞の眷村表象」(『日本台湾学会報』13、2011)、「「煩悶」の日本語教育―戦後台湾における日本語教育を視座として」(『戦後史再考―「歴史の裂け目」をとらえる』平凡社、2014）等がある。

沈黙の島

台湾文学セレクション 3

2016年3月15日　第1刷発行

著者——蘇偉貞
訳者——倉本知明
発行——株式会社 あるむ
〒460-0012 名古屋市中区千代田3-1-12
Tel. 052-332-0861　Fax. 052-332-0862
http://www.arm-p.co.jp　E-mail: arm@a.email.ne.jp
印刷——興和印刷・精版印刷
製本——渋谷文泉閣

　Printed in Japan　ISBN978-4-86333-102-0

台湾文化表象の現在《いま》
響きあう日本と台湾

前野みち子 星野幸代 垂水千恵 黄英哲［編］

幾層にも重なる共同体としての記憶と、個人のアイデンティティに対する問い。時空を往還するゆるぎないまなざしが、歴史と現在とを交錯させる視座から読み解く。クィアな交感が生んだ台湾文学・映画論。

津島佑子／陳玉慧／朱天心／劉亮雅／小谷真理／紀大偉／白水紀子
垂水千恵／張小虹／張小青／梅家玲

A5判 296頁 定価（本体3000円＋税）

台湾映画表象の現在《いま》
可視と不可視のあいだ

星野幸代 洪郁如 薛化元 黄英哲［編］

台湾ニューシネマから電影新世代まで、微光と陽光の修辞学をその表象や映像効果から読む。台湾ドキュメンタリーの現場から、転位する記憶と記録を探る。映像の不確実性を読み込む台湾映画論。

黄建業／張小虹／陳儒修／鄧筠／多田 治／邱貴芬／呉乙峰／楊力州
朱詩倩／簡偉斯／郭珍弟／星名宏修

A5判 266頁 定価（本体3000円＋税）

侯孝賢《ホウ・シャオシェン》の詩学と時間のプリズム
前野みち子 星野幸代 西村正男 薛化元［編］

監督侯孝賢と脚本家朱天文との交感から生まれる、偶然性に身を委ねつつも精緻に計算し尽くされた映像世界。その叙事のスタイルを台湾、香港、アメリカ、カナダ、日本の論者が読み解く。

葉月瑜／ダレル・ウィリアム・デイヴィス／藤井省三／ジェームズ・アデン
陳儒修／張小虹／ミツヨ・ワダ・マルシアーノ／盧非易
侯孝賢／朱天文／池側隆之

A5判 266頁 定価（本体2500円＋税）